明月　故乡

张德虎 ◎ 著

河海大学出版社
·南京·

图书在版编目(CIP)数据

明月故乡 / 张德虎著. -- 南京：河海大学出版社，
2024.5
ISBN 978-7-5630-8838-6

Ⅰ.①明… Ⅱ.①张… Ⅲ.①散文集－中国－当代
Ⅳ.①I267

中国国家版本馆CIP数据核字(2023)第256621号

书　　名	明月故乡
	MINGYUE GUXIANG
书　　号	ISBN 978-7-5630-8838-6
责任编辑	彭志诚
特约编辑	王春兰
特约校对	薛艳萍
封面设计	槿容轩
出版发行	河海大学出版社
地　　址	南京市西康路1号(邮编:210098)
电　　话	(025)83737852(总编室)
	(025)83722833(营销部)
经　　销	江苏省新华发行集团有限公司
排　　版	南京布克文化发展有限公司
印　　刷	南京迅驰彩色印刷有限公司
开　　本	718毫米×1000毫米　1/16
印　　张	18.5
字　　数	295千字
版　　次	2024年5月第1版
印　　次	2024年5月第1次印刷
定　　价	58.00元

目录

童年·故乡

看瓜的岁月 …………………………………………………… 003
那时家中烧草锅 ……………………………………………… 005
浴在月光里的村庄 …………………………………………… 007
推起童年的冻车 ……………………………………………… 009
永远的大手 …………………………………………………… 010
斗牛 …………………………………………………………… 014
麦子熟了 ……………………………………………………… 020
麦场上的星空 ………………………………………………… 025
等鱼 …………………………………………………………… 027
父亲的网 ……………………………………………………… 029
想起家乡的箹 ………………………………………………… 031
那条青翠的无名河 …………………………………………… 034
童年的"西小河" ……………………………………………… 037
我的被"偷"事件 ……………………………………………… 041
油灯下的壁虎 ………………………………………………… 042
"三转一响"的年代 …………………………………………… 044

远去的疾溜 …………………………………………… 048

油墨清香 ……………………………………………… 049

梦中的火塘 …………………………………………… 051

往事如风

想念祖父 ……………………………………………… 057

走近水口 ……………………………………………… 063

表姑 …………………………………………………… 065

往事如风 ……………………………………………… 068

清明雨纷纷 …………………………………………… 073

时代的光 ……………………………………………… 077

往事 …………………………………………………… 079

我的父母 ……………………………………………… 081

坦克驶过长江大桥 …………………………………… 084

芽豆芽的母亲 ………………………………………… 085

母亲的眼泪 …………………………………………… 087

车祸以后 ……………………………………………… 088

父亲住院记 …………………………………………… 091

上学记 ………………………………………………… 095

疯狂的篮球 …………………………………………… 108

怀念吕老师 …………………………………………… 110

想起同学陈元风 ……………………………………… 113

辉哥 …………………………………………………… 116

下草湾回眸 …………………………………………… 118

遭遇金雕 ·· 124

那村·那人·那事

人脚獾的故事 ·· 129

老红军和小季 ·· 133

小红毛 ·· 135

兆奎 ·· 136

愣小春 ·· 138

表大爷一家 ·· 139

陈氏 ·· 142

蔡红喜 ·· 145

赵柱子 ·· 147

滚滚红尘 ·· 149

车上的断臂人 ·· 153

姬大先生 ·· 155

逃亡之路 ·· 158

愤鸟 ·· 160

两只蜡嘴 ·· 162

饥民 ·· 164

土侠 ·· 165

九岁历险记 ·· 169

岁月留痕

温暖的地铺 ·· 181

哦,我的二外公 …… 184

去舅舅家的路 …… 188

父亲 …… 191

忆父亲 …… 195

最后的小舅 …… 199

走向太阳的小舅 …… 201

家在九庄头 …… 202

大洪山和小洪山 …… 205

大湖涛声 …… 207

风筝误 …… 209

鸟客 …… 211

蜡梅 …… 213

八里岔八章 …… 214

钓鳖小记 …… 219

游过时光的河 …… 222

彷徨的兔子 …… 225

人生如枣 …… 227

这是一片神奇的土地 …… 228

回不去的故乡

风雨仓营湖 …… 233

仓营湖上 …… 235

仓营湖上的鸟群 …… 237

话说溧河洼 …… 238

山芋情怀 …………………………………………………… 241

儿时的食谱 ………………………………………………… 244

一茬一茬的人 ……………………………………………… 246

说路 ………………………………………………………… 247

上梁 ………………………………………………………… 249

冷春 ………………………………………………………… 253

怀念蝉 ……………………………………………………… 260

喇叭·唢呐 ………………………………………………… 262

瓜事 ………………………………………………………… 266

猫狗事 ……………………………………………………… 270

偶遇儿时玩伴小兵子 ……………………………………… 272

春天里的村庄 ……………………………………………… 275

又见楝枣花 ………………………………………………… 277

失落的月季 ………………………………………………… 279

八月乡村 …………………………………………………… 281

回不去的故乡 ……………………………………………… 282

后记 ……………………………………………………… 285

童年·故乡

看瓜的岁月

我们搭瓜庵的时候，瓜地里传来一阵微弱且细碎的"咔咔"声。我寻声找过去，嘿，原来是黄鼠狼，正偷吃西瓜呢！西瓜半生不熟的，竟然被它啃了个窟窿。我并没有生气，只是感觉好奇，但总觉得既然已经这样，总该给它个教训才是。我悄然过去，往它身上就是一脚。它却在同一时间，反身咬了我的脚背一口。其实我并没有踩实，只感觉是软软的一团。而它也只是虚晃一枪，借此掩护自己，撤身逃走罢了。我们就像两个绝世高手，点到为止。在它放了个臭屁后，我们各自收兵了。

瓜庵都是由祖父主持搭的。他搭的瓜庵永远别具一格，无论有多少瓜庵，不用思考，你准能一眼就看出哪一个是我们家的。别人家的瓜庵都是大大方方，唯独我们家的每年都是穷将就。几根木头一架，排上两排芦苇，稻草胡乱地铺上去，再用烂泥这么一垛，成了。每次祖父完工之后，我眼前总出现一个舞狮的形象，毛茸茸的一团，活像过年时节乡间舞动的狮子。而事实上，它也的确比狮子大不了多少，仅仅能容下一张凉床，要上床还须从一头爬进去。那年暴风雨的夜晚我就吃尽了苦头，钻到这头，雨从这头打进来，爬到那头，雨又从那头扑过来，最后心一横，索性用毯子蒙了头，直挺挺地躺着吧，任它风吹雨打。到了第二天，洗脸也省去，全身被雨水泡得雪白，平生竟第一次有人赞了我的白净。

祖父每年总要搭两个瓜庵：一个是大儿子的，由他的长孙——我来接管；一个是给小儿子的，由他自己住。他自己的瓜庵略大些，里面还要支个锅灶，瓜地距家太远了，不想回家时，他就自己烧点吃的。

那时候，我们那里几乎家家有瓜地，每家都要搭瓜庵，瓜地挨着瓜地，瓜庵挨着瓜庵，俨然又成了一片村庄。只不过这村庄更为原始，蓬牖茅椽，绳床灶瓦，连点灯的都没有。

明月故乡

看瓜的多是老头和半大的小子,壮年人是不屑于加入这一行列的。一入夜,这座村庄便鲜活起来,没人管束,想上哪野就上哪野去。周围若是哪个庄上放电影,便一窝蜂地去,饿了就顺路薅几棵花生吃,渴了就折几根多汁的玉米秆哑哑,或是随便到谁家地里搬几只西瓜分着吃了。如果有手电筒,我还喜欢捉泥鳅、黄鳝去,但这也不是易事。手一入水,一切都模糊了,那些家伙便乘机逃之夭夭,少有收获,必须用专用的叉子才行,但那样又太残忍了。尤其是草虾,你看到绿绿的两点光,那是它的眼睛,须从后往前拢才行,不然它像个弹簧,一弹就不见了踪迹。

其实我还是愿意找个水沟扎俩"猛子",我喜欢水,就像我喜欢吃西瓜。没有比待在水里还惬意的事,夏天的水,永远让我迷恋。那时的水真清,一抬眼就能看到水底,甚至哪条小鱼在啃咬你的脚趾头都能看清楚。

骤雨初歇的夜晚,顶上再加一轮明月照着,是别有一番意境的。空气中依旧弥散着清新的雨的味道,到处是明晃晃的水,水天相接,天空一碧如洗,如盘的圆月熠熠生辉。水映圆月,月在水中,一切至纯至清,通透似嵌在琥珀中一般,恍如白昼,又似梦境。四处蛙鸣嘈响,小虫也跟风似的闹。远处一排高粱静立着,一缕缕云一样的雾气,绕在它们的半腰静静飘浮,在我们少年眼中神秘如仙境一般。

我们三五个玩伴,"扑通通"钻进水里,然后只露出脑袋,搜寻聒噪的青蛙们。一条小水蛇游过来,我屏住呼吸,不动,让它贴着脖子游过。蛇的身体是凉的,我的脖子也是凉丝丝的,心中便升起一种欢喜,仿佛做了一件不得了的事情。

我做什么,祖父从不会过问,更不会像有些家长喋喋不休告诫不要下水,或发现既成事实之后狂揍。我们有时一整天也不照面,有时偶尔能遇上一两次。我知道祖父也喜欢水。他洗漱用的是沟边挖出的土井里的水,而洗澡则和我们一样,跳到沟里泡个够,但祖父不愿走远,于是瓜庵边的水沟便成了他一夏天的专用澡池。有几次黄昏,我去找他时,看到他竟泡在水里打起了瞌睡。

我只有懒于回家吃饭时,才会溜向祖父的瓜庵。我必须先看看祖父带了现成的大饼没。我可不想吃他即兴做的"小鱼锅贴"什么的,我曾亲眼看见他这边挖泥修灶台,那边就和起面来,手也忘了洗。结果害得我一夜没睡好,总感觉有股黄泥水在肚里暗流涌动,不得不一次又一次起身,试图强行引流他处。

我们吃饭通常只有祖孙二人。我的记忆中唯有一次多出个搭伙的,来者德国论起来是远族的一位哥哥,其实只比祖父略小几岁,但按辈分他依然亲切地喊祖父为"侉爹"。有了客人,祖父有些兴奋,忙喊我去打水。土井被两只青蛙霸占了,我一去,它们只得仓皇逃走,跳在半空,仍不忘撒泡尿下来。我只好提着羼了青蛙尿的井水回去。我们吃的是馏的饼,菜是一种叫"皮条肘子"的菜瓜揉的咸菜,喝的是小麦面稀饭。我吃每样都感觉有股青蛙的尿骚味,但这位哥哥却吃得挺有滋味。

他对祖父道:"侉爹,饭做得不错啊。"

于是祖父张开满嘴的黄牙笑了,以致把"皮条肘子"的残渣都喷了出来。

祖父似乎一辈子没刷过牙,但牙出奇得好,活了七十多岁,竟然一颗也没掉。

这该是1989年的事,过了那个夏天,我就到十里外的小镇上中学了。而这个可爱的小老头,一晃离开我们也有二十多年了,有时真的有点想他。

(原载于2015年4月12日《宿迁日报》副刊《绿海》,题目《看瓜》。)

那时家中烧草锅

姐姐是有些愣。天蒙蒙亮时,母亲下湖锄地,交代她烧锅。她揉着眼应声了。等母亲扛着锄头回来,满锅屋糊烟,一揭高粱莛锅盖,已烧出一个洞,再看锅底,红彤彤,如喷发的火山口。姐姐还在边打瞌睡边往锅洞底塞着草,没引起火灾真是万幸!

当年每家都是这样,农村孩子早当家,早早就要学会凑火烧锅,撵鸡喂猪,做些力所能及的家务。烧锅并非一个简单的动词,而是涵盖大范围烧饭的意思,是馏饼,是烀白芋,是搂稀饭,是做一日三餐。烧锅的前提是要有锅屋,或草顶土墙,或灰瓦青砖,偏在堂屋一侧,一般是低矮的两间。锅屋里须有一个灶台。灶台要请庄上最好的瓦匠来支,这是个技术活儿,弄不好就会倒烟。灶台上须有两口草锅:一口十"张",一口八"张"。"张"是锅的大小单位,如同鞋码,十张或是八张足够用了,一口煮饭,一口烧菜。灶壁上点着如豆的油灯。锅门前摆着简陋的矮脚桌凳。桌旁的墙壁挂着面圃、擀面杖。这样便是地道的农家锅屋了。

农村人,如果勤快点,蔬菜是不须买的。房前屋后园杖围出的菜地里什么都可以种,四季时蔬,葱蒜芫荽,豆角青萝,白菜莴苣,想种就种,应有尽有。只是油太金贵,父亲只能隔一阵子,趁逢集提回一串猪板油,母亲便放在锅里卤油,用罐子装上存放起来。卤剩的油渣,喷香酥脆,则是我们垂涎欲滴的美食,能被我们裹着口水吃出熊掌鲍鱼的味道。每回炒菜,母亲用油都非常小心,用锅铲铲出薄薄的一块,放在锅里用"油闹子"一挠,倒菜便炒。"油闹子"多是老丝瓜瓤子做的,挠着挠着,便吃了油、挨了烫而变得乌黑油亮了。

其实我还是喜欢吃母亲做的发面饼、死面饼,尤其汛期父亲带了鱼回来,一顿杂鱼锅围饼吃得全家香飘四溢,风生水起,生动鲜活。趁着油灯光亮,墙壁的盖网蛛(壁钱)探出头,壁虎溜过来,灶角的蛐蛐瞿瞿地叫开。我们吃得慌张又小心,把腮帮鼓成青蛙,只有猫是慢条斯理,蹲在暗影里,歪头嚼着我们吐出的鱼刺鱼头。我还喜欢玉米稀饭里拍的"煮饼子"、干饭底特有的锅巴、锅洞里顺带烤的白芋、火叉上戳着的玉米棒,都是童年奢侈的牙祭。

烧锅,最好是用麦穰。稻草多是用来喂牛的。每家的麦草垛多是在打谷场,打谷场连在一起,麦草垛也挨着不远,零零落落,像一片片荒野中的岛屿。烧饭前,要背着畚箕过去,扯满麦穰背回,刚刚好好,正好一顿草,锅烧好,草烧完。白芋窖是要建在锅屋旁的,这是深秋还有冬春一家人的口粮,更是猪的主食。烀上满满一锅,人吃一小部分,猪吃一大部分,摸着滚圆的肚皮,打着芋头味的饱嗝,一天就满意地过去了。

日子就是这样一天一天在炊烟缥缈中过去。过着过着,才发现童年已走得很远,故时的乡村也走得很远很远了。我还时常想起姐姐烧空锅的情形,母亲没有责怪她。她那时还小,只有锅台高,孩子不做错事就不是孩子了。她还曾把一勺滚开的稀饭，误倒在我的手上，致使我手背现在还留有一片疤痕。我也从没有记恨过她，因为，她是我的姐姐。

（原载于2018年9月25日《宿迁日报》副刊《绿海》）

浴在月光里的村庄

月光奔涌，漫成一汪水，明晃晃的，映着蛙声。我们就在那片水里奔跑，像一条条乱窜的小鱼儿。每到秋夜，那轮月便分外大而亮堂，似谁家丢在院中盛满水的银盆，整个村庄都沐着水一般朦胧的光辉。

月下，我们总要缠着母亲，听她讲嫦娥娘娘的故事。每回讲完，母亲总仰头望着月亮道："你看，嫦娥娘娘正抱着玉兔站那呢，旁边便是桂树，吴刚忙着在树下捣药呢。"我抬起头，圆月里果然有一片阴影，却找不到嫦娥娘娘和吴刚，倒像一个回答的"答"字。

有月的夜晚，我们当然是待不住的，一有人招呼，马上从母亲的身边溜走了。月下的村庄是我们的，大人们劳累一天都睡了，剩下的只有如水的月光和狗的轻吠。

孩子永远不会累，要趁着月光做"赶月牙"的游戏哩。这游戏不知是从何时兴起的，反正一茬一茬孩子都这么玩，一茬一茬地传递下来，也不知传过了多少代。"凉月牙，赶豆茬，大麦小麦随你拿……"我们两排人，都手拉手面对面地站着，一句一答说唱着"赶月牙"的童谣，最后点到谁，谁就奔过中间空地冲向对方，仿佛两军对垒孤胆出击的将军。如果冲开对方紧拉的双手，便可任意挑选对方一员作为战利品凯旋，如若被对方成功截住，那就只能束手就俘并立马"变节投敌"了。这种游戏我们似乎总没有玩够的时候。我们不怕手腕被撞痛，不怕胸脯受不了，也不怕摔跟头蹭破皮，都泼皮得很。

终于玩累了，不远处九爹的菜园吸引了我们。在月光的映照里，那片萝卜泛着一片墨亮的辉晕。我们弓着腰,在园杖上扒个小洞,鱼贯而入,四散潜行,犹如一只只警觉的小鼠。萝卜叶子凉凉的,坠着露珠。我们揹着叶柄,又向泥里挖了几挖,一带劲儿,便将萝卜整个薅了出来。然后原路潜回,倚着园杖一排坐下,用衣袖胡乱擦两下萝卜,都咔咔啃起来。九爹家的萝卜就是好,水灵灵甜丝丝的,吃到肚里还有一丝辣辣的味道。九爹在他的茅屋里不停地咳着,他的嗓子似乎从来都没好过,白天喘粗气,晚上咳嗽,但人其实不坏。他年年种萝卜,我们年年偷。顶多明天他又用拐杖点着萝卜缨子,喘着粗气道:"嘿,这群小崽子,又糟蹋几个萝卜。"

那轮圆月还挂在当空,村庄如海底般沉寂,该是玩"藏蒙蒙"的时候了。我们还是分两组,一组藏一组逮,逮完再互换角色继续进行。这时候,整个村庄就是一个巨大的游乐园,每一个猪圈,每一个屋角,每一片草稞都可能是我们藏身的地方。一组是一群四下逃窜的小鱼儿,另一组则是一群凶猛的大鱼,紧跟着咚咚追赶。有的小鱼儿游得慢了,还未等钻进物色好的巢穴里,早已被缉拿归案;有人的藏身之所实在欠缺考虑,还未喘匀气息,已被瓮中捉鳖;而我的腿快,他们咚咚地追,追不到我。我一奔头跑到麦场上草堆林里,杨柳腰家的草堆中间被扯出一个大肚子,洞口还有一小堆凌乱的麦草。我立刻钻了进去,反身把乱草挡在洞口,只留双眼睛观察外面。这洞刚刚好,暖暖的,带着麦草香,半躺着真舒服。追兵咚咚地到了,停在草堆头,月色里我看清是兵子、凤蓉他们。他们喘着气儿,东瞅瞅西看看,不住嘀咕道:"人呢?明明是往这儿跑的……"我差点儿没笑出声来。他们走了。一会儿又来一阵脚步声,依然走远了。

麦草外的月夜如同落了一层霜,又仿佛结了冰的圣湖,静谧、悠远,带着青黛色的空旷。棉被般温软舒适的麦草中,我渐渐睡着了。我梦见白生生的月光正如水一般泻下,哗哗哗的,被月光淹没的村庄真的很美,很美!

(原载于 2018 年 11 月 4 日《宿迁日报》副刊《绿海》)

推起童年的冻车

门苫挡不住冬的冷。风从玉米秆缝隙舔进来,从门框钻进来,缸里盆里就结上一层冰,手搦也搦不破,将冰从盆里揭起,还带有盆的形状,往外一摔,只听"哗"一声,顿时碎成一堆冰碴。

这么冷的天,我们当然伸不出手,窝在被窝,起不了床。实在是直筒棉裤太过冷硬,如冰块一般,我们只穿着薄薄的秋裤,每回衣服还没沾身,寒气早扎进骨头里。数九隆冬时节,每天清早母亲只得用火盆烤棉袄、棉裤。等烤得满屋烟熏火燎,母亲说一声:"赶紧吧,要迟到了。"说着已把我和弟弟拔萝卜般给薅了起来。还没容我俩喊声冷,热烘烘的衣裤已套身上了。

穿了棉衣裤,我们活泛多了。放了学,提着小锄头就往南沟奔。沟里冻得严实,打滚蹦跳也不会裂出半点口子。但要提防着冰洞,这是近旁几户人家为担水、洗衣、淘山芋而凿开的,白天用,待晚上又结了层冰,一旦掉进去可不是玩的。

我是要凿出一块冰来的。先画一个大概圆的形状,便乒乒乓乓刨了起来,只见锄头飞舞,冰屑飞溅,但进程却很缓慢,冰异常厚实,硬如岗泥。我震得虎口生疼,依旧努力地刨。待累时,几个一同刨冰的伙伴便相互走动走动,观察一下彼此进程,然后又各自归位低头吭哧地刨起来。忙活半天,一块车辘轳般的冰块终于凿下。于是几个人一起协作,用钩捞了上来。如一不小心,让它钻进冰层下,就前功尽弃了。

我们先在沟边将冰块大致修饰一下,然后拖到家门口再精雕细琢,确定圆而又圆,毫无瑕疵,像个车轮了,再找到圆心,小心地用锄头尖做好标志,趁烧饭时请母亲用烧得红通通的火叉嗞嗞地锥出一个洞眼来。然后父亲帮着砍了两根不粗不细不长不短的棍子,像筷子般夹住冰轮,再用绳子穿洞而过,拴牢两棍棍端,再平躺着拿着上面的棍子忽悠悠这么转几圈,待绳子绕得紧实,一个冻车就做成了。

我和弟弟推着各自的冻车赶往小动家。小动年长我们两三岁,是我们的"头领",村上年纪相仿的二三十个孩子都听从他的指挥。每天黄昏,我们都有一个重要活动——推冻车。二三十个孩子推着冻车聚齐,每一辆冻车都是晶莹剔透的艺术品,没有优劣之分,只有大小之别。大家兴冲冲自动排好队,顿时形成一个壮观的冻车长龙。小动一声令下,冻车队就浩浩荡荡出发了。小动领着头,威风八面。

我们行车路线是精心策划的。我们队伍严整,表情严肃,轰轰隆隆,骄傲地经过每一个家门。所经之处,就有人伸出头来,说一声:"嗨,这些孩子!"

入夜,我依然关切自己的"专车",临睡前,冷得"咔咔"响的时候,便舀一瓢水滴在冻车破损处,让它自行修复,这样冻车就可以多推一段时间了。

天寒地冻的日子,我们推冻车,推呀推,推过了冬季,推过了童年,一晃已是光阴恍惚。我们的南沟没了,我们的老房子没了,我们的村庄没了……而现在,父母也都年逾古稀了。可是每当回想起童年推冻车的往事,我便心生温暖,仿佛一切就在昨天。

(2019 年 1 月 24 日)

永远的大手

"陶营长大手一挥,喊一声:'冲!'我们就随着陶营长的大手,一窝蜂地往外冲……"祖父说。

祖父不止一次向我们说起他当年打仗的故事。他讲多少遍我们都听不厌,那些故事既遥远且又新鲜,带着一股英雄色彩,最关键这群英雄中还有一个人是我们的祖父,那时候他是那样英姿勃发。

说这话的时候,我和弟弟们正坐在祖父的凉床上,他的床又矮又小,铺被下是网着的麻绳,一点也不柱壮,屁股一坐,就嘎吱吱直叫。这是小爷家的锅屋,也是祖父的卧室,而且还是牛屋。祖父和牯牛大黑住在一块,对它比对我们还亲。锅屋的土墙上原本开着两个三角形洞口的,那是窗户,已经被祖父用稻草堵住,门上挂着厚实的玉米秆扎成的门苫,整个屋子被裹得严严实实,这样屋里的热气就再不会逃出去。外面正下着小雪,腊月的天,一出去,寒气就直往棉袄里钻,双手拢进衣袖缩着脖子还是冷。屋里头虽然暖和,却满是大黑的气味,这骚牯牛真是骚。

"我们是营部警卫排,陶营长带着我们趁着黑摸到一个庄上,最东头,单门独院,是一个地主家……"这就是祖父糊涂的地方,他从来说不清他们是到了哪里,或许他一辈子都没能闹清,他们是在哪个庄上出的事。大黑旁边闷烧着一堆暗火,几点火苗竟然探出身,舔噬着几根麦草。祖父起身,抓了把麦糠盖了上去,火苗没了,呛人的烟雾却又从麦糠间冒了出来,整个屋子重又回到迷雾之中。我们低下头,终于能看到祖父了,烟雾浮在上面,像一片悬浮的浓云。

"地主家给我们吃的是桐油。"正卧在一旁静静听着的大黑站起身,浑身抖擞一下,尾巴甩了两下,甩下几片干草来。祖父见状,随即打住话头,摸过尿桶,塞到大黑的身下,一股尿就哗哗地下来,淌水一样淌了很久,直到尿骚味把整个屋子都淌满。祖父接了尿,又把尿桶放回屋角。大黑重新卧下。没等祖父吩咐,我赶紧抱一大抱草料放在它的跟前,那里已经不多了。大黑甩一下头,唻地打出个湿湿的喷嚏,眨巴一下眼睛,算是对我谢过。它紧挨着我们,窸窣地嚼着草料,两只耳朵却竖立着,等着祖父的下文。

祖父接着道:"我们被吃得上吐下泻,连裤子都提不上,折腾到半夜,刚迷迷糊糊躺下要睡着,大约是二更天,枪声就突然响了。"

我们听得正起劲儿。大黑却偏用牛角挠起痒来。祖父就住了嘴,凑过去,在它挠的地方捉出一只巨大的牛虱,两拇指甲对头一掐,就听啪的一声,虱子被消灭了。我就感觉肚皮上也是麻碌碌的痒,探手一摸,果然也是一只虱子,便一甩手,扔进火堆里。那虱子如小炸弹一般,啪地炸了。这可恶的虱子,该死!我心里骂道。

"第一声枪响,是我们站岗的打的。"祖父继续说,"接着敌人的枪就响了。我们一骨碌爬起来,摸起枪就投入战斗。"

"你们,衣服呢?"弟弟疑惑地问。

"嘿,那年月,我们都是和衣睡的,枪就摆在手边。"祖父说。

"那,你们怎么会被敌人包围了呢?"小爷家的大弟弟问。

"那还用问,就是那家地主告的信。"祖父答道。

"院门是出不去了,敌人的机枪堵在门口,刮水似的往里扫。敌人胆子小,不敢冲进来,他们封着门要等天亮。我们当然不能等,天一亮一个都走不了,只能趁着夜突围出去。陶营长让我们佯攻,吸引敌人火力。我们一呐喊,敌人的枪果然都响了。陶营长就找到了突破点,院子东南角敌人火力最少,院墙有点往外斜,外面是条旱沟,正好可以作掩护。"

小爷家最小的弟弟插话了:"你们怎么知道外面是旱沟呢?"

"还没进院呢,陶营长就带着我们绕院子勘查过,地形都记在心里呢。"祖父说,"我们秘密突围。陶营长双手一推,院墙就轰地倒了。"

我们听到这里,都吐出舌头:"就陶营长一个人?好大的劲儿!"

"就陶营长一个人,我们还没上前呢,墙已经倒了。陶营长身材高大,有这么高呢!"祖父立起身比画着。他的背已经驼了,满是皱纹的脸隐入浓云中,我们也看不清他高举在头顶的手,只能听到苍老而遥远的声音,在迷雾里悠远地传过来。

我的眼前立刻出现一位铁塔一般的英雄,他的双手依然推在半空,他的面前,一堵城墙般的院墙正轰然倒下。

"那夜真黑,连颗星都没有,我是紧挨在陶营长身后的。陶营长大手一挥,喊一声:'冲!'我们就跟着陶营长,边打枪边往外猛冲,耳朵两边风声子弹声嗖嗖直响。我们呐喊着,就跟下山的猛虎一样。"

"当时你就不怕?"我问。

"怕?不冲是死,冲也是死,还不如冲一下呢,说不定还能冲出一条命。"祖父说。

"后来呢?"三个弟弟急切问道。

"后来,我们冲散了。天太黑,两步就看不见人影,跑着跑着,枪声稀了,脚步声也稀了,最后只剩下我一个人。我是要护着陶营长的,结果竟和他跑散了。唉!"

"再后来呢?"

"再后来,我找不到部队,就回家了。"

"陶营长怎么样?他有没有死?"

"不知道。后来我去找过部队,找过陶营长,那时候兵荒马乱的,根据地都被'还乡团'占了。他们也不知打到哪里去了。"祖父说得黯淡,浑浊的老眼望着暗火堆,似乎想起了什么。

"唉!"我们都惋惜地替祖父叹了口气。

"唉。"祖父也叹口气道,"最可怜还是前庄那小子,才十六岁,我让他跟在我后边一起往外冲的,临走还在我身后站着,一转眼就不见了。后来听说,是听了枪声吓破了胆,一扭头钻床底下去了。结果被敌人拖出,一枪给打了。唉,可怜这小子,才十六,还是个孩子!"

"鬼子真毒!"我们道。

"不是鬼子,是国民党。"祖父纠正说。

祖父的故事最终让大黑给打断了,它忽地站起身,不停地在半个屋子里烦躁地走动。祖父以为它要大便,把桶抵到屁股下面,没屙,又放到肚底接尿,也没有,依旧烦躁地走动。我疑心它是能听懂祖父话的,这个结局是它所不愿听到的。

至于回家以后,就无须祖父亲自累述了,父亲和小爷都有记忆。那时地方武装撤走,"还乡团"卷土重来,到处是一片白色恐怖。祖父是半夜回来的,一点没敢耽搁,一根扁担两个筐,一头一个儿子,携妻带女,远走他乡,逃到安徽全椒要饭去,直到后来确定安定了,才回到家乡。父亲甚至连祖父当年参军时的情形都能记得。他说祖父参军时已年近三十,参军那天,他们都戴着大红花在街上行走,就有人喊:"看,那个侉子,卖小罐子的,也当兵啦!"祖父就转头用他上塘集特有的大嗓门乐呵呵答道:"俺就是卖小罐子的,等革命胜利了,俺回来还卖小罐子!"

1993年7月,因为一场意外,祖父从此离开了我们。我们再不能听他讲起他打仗的故事。

后来我曾查阅地方县志,上面记载着泗南县曾创建四个区队,营建制,第四区队队长陶德志。又有地方史记载:1948年2月16日,泗南县总队三、四两个连在赵圩活动,遭敌突然袭击,四连连长陶德志、指导员刘清山、支书张其生、排长王福均等牺牲,三连连长陈立贵被俘。

陶德志，无疑就是祖父所说的陶营长了。祖父所说的事件，或许正是这次战斗。祖父所不知道的是，陶营长已经在那次战斗中牺牲了。我眼前不觉又浮现出陶营长高大的身影，在他的面前，一堵高墙正轰地倒下，他大手一挥，定格成一尊永恒的雕塑。他高喊道："冲！"

（原载于《雏燕》2022年第3期）

斗牛

至今我仍时时记起喂养过的那头牯牛，毛皮油亮，高大威猛，一股英武之气。若论它的本事，该算作牛中的吕布了。但在我面前，它又是那样温顺，毫无一丝脾气。

我说："大黑，低头。"

它便把头低下。待踩上它的犄角，还没等再次吩咐，它已脖子上扬，让我顺势骑到它的背上。我相信祖父那句话，牛是通人性的。而大黑和我更是默契，有时只需一个眼神，它已明白该做什么了。我和大黑是一对形影不离的伙伴，有时甚至忘了它是一头牛。

大黑被祖父牵回时，只是一头小牛犊。祖父待它如自己的孩子，夏时驱虫扇风，冬天就拴在床头，生火取暖，常弄得满屋烟熏火燎，还夹杂着满屋尿骚。即使生活困难，有些口粮舍也不得吃，要留着给大黑添膘。因为大黑是家里未来的顶梁柱呢，全家二三十亩地，全要指望它耕耙拉打。

经过祖父精心调理，不出一年，大黑已出落成一个壮小伙儿。但随着它长大，麻烦也多起来。我再不能和其他小伙伴一起集体放牛了；再不能把牛丢到一处，我们自个玩着摔跤、斗鸡的游戏；也再不能一起薅花生、挖山芋、烤豆子吃了。

大黑不能和任何牛在一处，不管是公牛还是母牛。遇着母牛它就亢奋，拉也拉不住，非要厚着脸皮，凑到母牛身边套近乎。母牛一般是不表示反抗的,但放牛的往往不乐意,好像是自家的牛受了侮辱,便死命拽打着母牛,仓皇远遁了。而撞见公牛更是不必说了,似乎同性全是它的敌人,它不能容忍任何一头牡牛存在。离着老远呢,它就把头高高竖了起来,怒目而视。仓营湖中,上演了无数次同样的情形。不仅我们庄去湖地中放牛,其他庄的孩子自然也去放牛,往往突然的遭遇是不可避免的。不过还好,结局大多时还算简单,对方见它那架势,通常拔腿就跑,连屁也不敢放一个。偶尔也有自恃可以的,要试探一番,但一经接触,抵抗两三个回合,也便扭头落荒而逃了。

我不明白,为什么一见了同胞,它就变了性情。也许是它过于强大,强大到只能容忍孤独,就像那些雄狮,那些老虎。不管怎样,我们最终只能沦落到形单影只,相依为命了。

对于大黑,小兵是不屑的。他认为自家的小红眼才是最棒的。我当然也知道小红眼的厉害,个头虽比大黑小了些,却性躁彪悍,鲜有敌手。尤其那一双狠毒的红眼,莫说牛了,我看着都觉心惊。祖父也心知小红眼的能耐,一再告诫我,不要跟小兵一起放牛。他清楚这两头牛碰面的后果,二虎相争,非死即伤,结局当然不会是好。

我和小兵原是好朋友,因为两头牛的缘故,我们只能天各一方,只有在不放牛的时候才能在一起玩玩。但我们玩着玩着,又常会为两头牛谁更厉害争论起来,各不相让,最后总是不欢而散。

终于,证明自己的机会来了。

那是七月的一天,火毒的太阳把地面烤得发烫。午后挨到三四点,我把大黑从东沟牵出来,准备到北湖放去。但忽然记起没有带水,这个天可不是开玩笑,非渴死不可,只得折回,牵着大黑一步步往家去。谁知刚转过屋角,小兵牵着他家的小红眼也兀然出现了。他原本要从这里到南湖放牛的,做梦都没想到,我这时也会牵着牛过来。

我和小兵顿时都傻了眼。两头庄上公认的牡牛,不期而遇,只有短短的十来米距离。一切都无可挽回,它们看到对方,立刻把头高高昂了起来,摆好了一副决斗的架势,眼里都喷着火,露出狰狞的面目,仿佛彼此有着血海深仇!

小兵此时比我更紧张,拼命往回拽打着牛。但小红眼如一座雕塑,纹丝不动。

"怎么办呀!"他冲我哭丧着脸道。

我心里也明白完了!

大黑从未如此专注过。他如临大敌,头抬得越来越高,每一块肌肉都在紧缩,每一根毫毛都在竖起,双眼死死盯着小红眼。

它们同时从裆下挤出焦躁的黄尿,泼洒在燥热的地面上,凝固的空气顿时布满刺鼻的尿骚味。

到底是小红眼性躁,抢先一步,俯下脑袋,犄角紧贴地面,小跑着冲杀过来……小兵甩了牛绳,哭着逃跑了。但我不敢放手,死命拖着牛绳,试图把大黑拖住。

一切努力显然是徒劳。大黑已低下头准备迎战。它一步步上前。我咬着牙,双手扯着绳子,向后斜着身体,作最后努力。但我明显感到自己在向前滑行,脚下生着烟灰,仿佛鞋底就要磨掉了。

小红眼眼看就到近前。大黑一个猛冲。绳子带得我一个趔趄,忽地反身向前倒去,我连反应的机会都没有,眼瞅着就要直挺挺摔一个狗喳屎……就要倒地的一瞬间,一只大手突然横空挡住去路。我倒在了宽阔的胸怀里。

"傻不傻!还拽?不要命了!赶紧到锅屋去!"

我听出这是门旁的大爷。他来得太及时了!

"嘭!"

电光火石!像两块巨大的冷铁撞在一起,又像两座小山合到一处。声音铿锵,连地面也跟着战栗!两座山又突然拆开,各自后撤几步,然后一低头,又重新"嘭"地撞到一处。于是它们便在屋前空地上,走马灯似的转,四只角时不时"咣咣"地撞击着。地上的烟尘,逃蹿到半空,紧张地翻滚着,雾蒙蒙一片。

母亲领着我和姐姐还有弟弟,缩在锅屋的门里,紧张地关注着事态的发展。

"呀,盆!"母亲话才出口,刚做出抢救的准备动作。

然而已经迟了。退走中的小红眼已"啪啪"两脚,两只洗衣盆应声碎成凌乱的木块。可怜父亲新买的一套木盆,没出两个月呢,一股脑儿已下去两个,只剩下一个盛猪食的在锅屋放着呢。

此时,左邻右舍已被惊动,都围观过来,却束手无策。

雾气里，两头牛势均力敌，一会儿小红眼占了上风，逼着大黑呼呼往后退，一会儿大黑缓过劲来，又抵得小红眼呼呼后撤。

围观的人越来越多，围了黑压压的一圈，好像过年时看戏一般。浓烟起处，两头杀红眼的牛腾挪冲撞，似两个发疯的魔王。它们所到之处，一片惊呼，一阵惊慌四散。

又有一些妇女孩子躲到锅屋来，和我们一起伸脖子往外看。

终于有壮汉提了水来，往两头牛身上不停浇泼，防止它们被热死，也希望给它们降降温，冷却冷却冲动的头脑。半空的尘灰倒是被扑了下来，而两头牛斗得却愈发猛烈了。那惊天动地的撞击声，无不让人胆战心惊。

它们打斗多时，彼此杀得性起，各不相让。我看到大黑的眼也红了，眨也不眨一下，怄瞪着对方。两头牛已变成斑驳的颜色，满身灰色的灰尘，被水和汗水冲刷成一道道热气腾腾的沟壑。它们的腹部剧烈起伏，呼呼的喘息声急促而沉重。它们的鼻孔快速吞吐着云雾。它们的嘴角挂着白色的泡沫，像是谁家浣衣后的水盆，一滴一滴落下，但盆沿上依然是散不去的洗衣沫。它们僵持不下，四只角交织在一起，一直抵到地上，在地上蹭磨出一个光溜的泥坑。

有年轻人找来几根细树枝，拼命往两头牛身上抽打，试图用武力强行将它们分开。但这愚蠢的行为，立刻遭到长者呵止。稍有常识的人都知道，这无疑是火上浇油，哪里是拉架，反倒是把它们往绝路上推。

大半个庄的人都来了，纷纷出谋划策，却毫无效果。两头牛似乎是铁了心肠，一定要争出个你死我活。

有两个壮汉不知从何处抬出来一根房料棒，两端各有三四个汉子架着，横到两牛中间，企图强行把它们分开。但牛的力量出乎了所有人的预料，巨大的房料棒丝毫不影响它们的鏖斗，反倒是抬棒的汉子被牛带着，时而掀得人仰马翻，又强行试了几次，只得以失败告终。

又有人扛来两根手扶机上刹麦草的粗绳，各揽在牛的前腿上，各有一二十人拽在两端，希望以拔河的方式，用人海战术，将两头倔强的牛隔离开。但人们又一次低估了牛的力量，几十号人不仅没拽动牛，倒被牛拖得呼呼直跑。

两头牛的战斗，此时已是全村头等大事，尽管主意出了不少，但都收效甚微。一切又重回原点,大伙儿一时全没了主张,不知怎么办才好。

两头牛已酣战到白热化程度,它们的喘息越来越浓重,浑身都在冒着热气,头上脖子都挂了彩,殷红的鲜血无声漫爬着。

就听见人群里有人喊:"快,找你爹去!"

我知道祖父正在村西的瓜地呢,但此刻已不需我去找,早有人撒腿跑走了。

天上的日头依然火毒,每个人都是大汗淋漓,心里却又紧缩,如冬天的冷。大家都明白,这样耗下去,两头牛必将都被热死无疑!又有人拼命往两头牛身上泼水,以降低它们的体温。

小红眼显然有些体力不支,大黑却越战越勇,一步步逼着对方退走。小红眼只剩下招架之功,却又不甘于失败,便且战且退,脚步渐有些凌乱了。

小红眼被逼到墙边,又被迫贴着墙向一侧转移,它的皮肤紧擦着墙壁,发出破帛般的声响。早已成为碎片的木盆,再次惨遭踩躏,但我没来得及看清它的惨样,一个巨大的阴影已然堵了过来。

小红眼慌不择路的屁股,和着一股牛膻味,毫无征兆地涌进锅屋的门里。随着一阵惊呼,天色顿时阴暗下来,暗下来的,还有满屋提到嗓子眼的心。满屋人大气不敢喘,全一动不动盯着那个浑圆油亮的屁股。我看到那黑毛丛中,满是汗渍的黝黑泥土上,一只巨大的虱子正从一个庇护所中逃出,拼命寻找着下一处掩体。

母亲一把将我扯向后面。那屁股下的两个蹄子又蹬蹬后撤,有一只刚好踩进还有半盆猪食的木盆里。猪食顿时四处飞溅,溅得满屋都是,那盆也"哗"地瘫软成一堆。父亲买的一套三个木盆,全部香消玉殒,成了这次战斗中最无辜,也最惨重的损失。

姐姐和另一个女孩躲在屋角,终于忍不住呜呜哭开。她们当然不全是心疼那木盆。她们也意识到此时我们身处的险境。

满屋的人,包括外面的人都明白这一点。这次意外,无疑将屋里十几个妇女和孩子逼上绝路。屋里只有屁股大一片地方,可以想象,两头牛一旦挤入,会是什么样的情形!想逃出去?连门都没有!

屋外响起"嗨呦,嗨呦"的号子声。我看不见,但我知道外面的大人在干什么,他们一定又用绳子和大黑较上劲,以减缓大黑对小红眼的冲撞。这是他们所能做的唯一也是最大的努力了。

所幸锅屋门太窄,仅仅可挤下小红眼的屁股,到了肚子就卡住,进退不得,处境非常尴尬。小红眼似乎更不愿往这陌生的角落退败,它负隅顽抗,两条后腿绷得紧紧的,努力着让自己不再后撤一步。

我从草锅洞里抽出火叉,狠命往小红眼的屁股上打。草灰落在皮肤上一点也看不出它们是一个颜色,仅仅是打上去时出现一道白痕,但瞬间又化为乌有。

外面"嗨呦,嗨呦"的声音越来越大,大黑似乎松动了,小红眼趁势冲回门外。我们终于化险为夷了。

小红眼受了侮辱性的打击,一定是恼羞成怒,它抖擞精神又和大黑战在一处,一时难解难分。

祖父终于赶来了。他分开人群,敞着怀,赤着脚,气喘吁吁。

他喘着气,大声道:"快,快用火烧!"

人们如梦初醒。大爷随即提来一桶柴油,泼洒在粗绳上,火便点着。一道火绳冒着浓浓黑烟,释放着一股浓烈的柴油味,熊熊地燃烧在烈日下。火绳的两端依旧各有三四个汉子拉着,横到两对犄角中间。空气里立即可嗅到一股刺鼻的皮肉焦糊味。

火绳终于起到奇效,还没等绳子烧断,小红眼已经顶不住。它虚晃一枪,扭头便逃。大黑跟后就追。

人群忽地闪出一条道,两头牛一前一后扬长而去。人群也哄地乱追过去,屋前转瞬间空了。

我拔腿就跑,哪里还有牛的影子?沿途是稀稀拉拉掉队的人,就听见前头有人喊:"在后渠那里。大黑追上了。又打起来了。"我拼命往后渠那里跑去。

显然战斗已经结束了,人们围在后渠边,都往渠道里看。透过人群,只见半空有四个蹄子在胡乱地蹬着。

我挤进人缝一看,嘿,原来是小红眼。它正仰面朝天躺在水渠里呢。水渠不大不小,正好卡住它臃肿的身体,让它不上不下好生滑稽。我还第一次看到牛是这样的呢。它大约是给大黑挑翻的,肚子上还有一道血痕,但并无大碍。可怜英雄一世的小红眼,竟落到这步田地,太让人好笑了。它不断将头勾起,翻着红眼,无奈而又无助地挣扎着。

黄昏,我终于在我们常去的河边找到大黑。它把头藏在水里又冒上来,甩甩水珠,用耳朵扇扇苍蝇,眨巴一下狡黠的眼睛。我不禁笑了。

夕阳中,我坐在它的背上,踏上归途。我的心情是那样好,但大黑却平静如初,好像什么事也没发生过,仅止是身上蹭掉几块皮而已。

那一夜祖父特例为它打来许多玉米叶,并喂了半盆的青豆,这是对它最好的犒赏。

许多年过去,我还时时回想着它。清浅的梦里,在熹微的暮色中,它又在回首,哞哞地向我呼唤呢!

(2015年6月13日)

麦子熟了

麦子熟了,从南熟到北,从东熟到西,一片浩荡的金黄,像一片焦渴的海。

"该收麦了。"母亲下意识说道。她望一眼远方的田野,端坐不动。"该收麦了。"父亲也说。他望一眼远方的田野,也端坐不动。地下室的角落里,镰刀已生了一层黄锈,磨刀石已落了一层灰垢。

想想那些年岁,三月初八的骡马大会,早早备齐了杈耙、扫帚、扬场锨。到了小满,便买足了洋葱、马铃薯。这些地里扒的土疙瘩,受吃易放耐搁,十天半个月也坏不了。父亲还要提上一两提啤酒,收麦时便把它们放在井水里凉着,作为消渴的饮料。有人家也会买点馓子备着,以作农忙时的快餐。"小满三天看麦黄。"小满一过,气温翻滚着上涨,麦子见天地黄。要赶紧"按场",泼了水撒一层去年的陈糠,赶牯牛套碌碡滚一圈套一圈地压,场压得水平如镜再不起溏灰,这便好了,就单等麦稞上场了。

畲鬼的天,热得难受,光脚几乎不敢沾地,烫得很。可是,麦子熟了!家家"霍霍"磨刀声响起,镰刀已经雪亮。麦子熟了! 收麦,仿佛是一场酝酿已久的战斗,各家悄无声息地准备着,天未麻麻亮,已悄然向麦田包拢过去。镰刀当然要带的,这是农人手中的枪啊,当然草帽、毛巾、茶瓶都不能少,这是和太阳对着干的资本,遮阳、擦汗、充足的水,缺哪样都熬不过去。茶瓶里一定是新打的凉水,凉盈盈甜丝丝,还有人家加了点"酸梅粉",割麦间隙再没有比这更殷实的享受了。想多割点麦子的,连早饭都一起预备好了,两块凉饼、三五条黄瓜,能省事就省事,饿不坏就行。

我们迷迷瞪瞪被母亲领到地边,人是来了,心里还在睡着,醒不来。母亲把镰刀塞到手里,等割一垄回来,我们眼皮耷拉,依旧混混沌沌地呆立着。听说有孩子刀掉落伤了脚,却因祸得福,可以心安理得歪在田头睡了。

一眼望不到头的金色麦海叫人看得心慌。"眼是孬种,手是好汉!"母亲说。割吧! 我们藏在草帽底,埋下腰,"窸哧窸哧"的。镰刀露出狰狞的嘴脸,一片又一片麦子呻吟着痛苦地倒下。热! 燥! 麦芒刺挠人难受! 镰刀柄还硌手,手不一会儿就磨出了亮汪汪的血泡。我的那一垄麦子,被母亲和姐姐捎带着一点一点侵削得只剩下了一道麻线,可我还是被远远撂在了地的一头。割麦要讲究技术的,我揪住一撮方才割上一刀,好像在草稞里捂蚂蚱。而母亲她们连胳弯都用上了,三刀两刀已是扎扎实实一铺,扯出几根泛青的麦杆打个绕,再一反手已扎成一捆。麦捆须十来捆码在一处才好,平车装载实在有限,有时十天半个月麦捆都运不到场上,这样还能防着点雨水。当然遇到连阴雨就自认倒霉吧,麦垛也防不住,塑料布根本不够用,这一年只能家家户户守着出芽的麦子,吃着发黑的麦面了。但我割得实在是煎熬,一直幻想着像有些孩子那样误伤了手脚,便可以坦然做名旁观者,啃着黄瓜,或也可到近旁的花生地里寻一窝"疾溜鸟"了。但我一向胆小,对刀有种与生俱来的怕感,自然是一直小心谨慎地割,连一小块皮也没碰掉过。

家中孩子多的,也可能因割多割少起了纠纷,性子急的,眼一瞎,也不顾及安全与否将镰刀往天上一抛,扎了谁的脚也说不准。于是受伤者几声干嚎,便可光荣引退了。而肇事者除了受一顿皮肉之苦,还要再添一点意外份额,毕竟劳力又少了一个。

父亲是个"投机者"。他是用生产队遗留下来的"泼子"来泼麦的,这种工具很是奇特,须五大三粗的壮劳力方能使得。承重全在右手,一个椭圆带着网兜的支架,贴地横着一把两三尺长的快刀,左手木把手上的绳子拴在"泼子"的一端,只见右手一抖,左手一带,身子一拧,一大片麦子已倒入"泼子",然而并不停留,紧接着便飞进身后的拉网里去。这动作极像戽水逮鱼时的泼水动作,大约这就是"泼子"名称的由来吧。"泼子"虽快,能抵三四个劳力,却有些笨拙,且只能对付营养不良的稀毛秃子,等到后来肥料充足,麦子蔚然成林的时候,只能望麦兴叹了。好在劳动中出真知,便有好事者结合实际加以研究,逐渐将其改进为更轻便灵活的"大刀"了。"大刀"连半大的小子都能操作,蹲好马步,双手抱着只横着一扫,麦稞闻声而倒,秋风扫落叶一般,很是有成就感。而"泼子"其实是需要两个人共同配合的,一个前面"泼"麦,一个跟后拉网,一动辄动,一停辄停,如影随行,稍不留神,麦稞倒头上事小,更有受伤的危险。那网犹如手扶机的车斗,只是行走的不是轱辘,而是两个反弓的木杆顺地拖的,那车斗也不是车斗,而是一张比车斗还大还深的绳网,等的也不是鱼,而是一铺一铺的麦子。

有这么几年,给父亲打下手的是他的把兄弟朱殿荣。朱殿荣是个渔民,他的女儿是特意给我的祖父磕过头认过祖的。渔民在我们那里叫做"māo"子,"māo"子没有土地,他们的土地是水,鱼是他们的作物,他们一年的收成全看鱼逮的多少。朱殿荣长的黑灿灿敦敦实实,他的女儿也是黑灿灿敦敦实实,大约这就是"māo"子的标准形象吧,大家心目当中"māo"子就应该这个样子。黑灿灿是因为水上常年没遮挡给晒的,长得敦实是因为船上局促的空间给造就的。船狭窄顶棚低,确实是迈不开腿,只能屁股不离地,船头挪到船尾、船尾挪到船头,于是环境注定了运动方式,运动方式注定了体型发展。"māo"子和岸上人有着本质区别。岸上人不善捕鱼,"māo"子不会种地。但父亲和朱殿荣却是特例。父亲是个典型的"鱼鹰",摸、钓、等、打、叉……十八般武艺他都会,"māo"子使的手段他会,"māo"子不会的他也会。他和朱殿荣相识,便是源于到溧河洼打鱼。朱殿荣的家就在洼上,他的家是条船,一条不很大的船。溧河洼是洪泽湖的一个尾滆,水浅草盛,鱼是出奇的多。溧河洼离我们这里有好几里,且隔着一道水流湍急的航道河。但对于以逮鱼为乐的父亲来说,这都不是事儿,跟赶集似的,扛着网挑着鱼篓,去一趟也就几支烟的功夫。和朱殿荣熟稔之后,父亲没事就把他的渔簖拔回来,下到村西的"摇把"沟里。对此,母亲颇有微词,说这是人家吃饭的根本……父亲很不以为然,说都是自家弟兄,有啥?朱殿荣性格和相貌一样,憨实,每回麦季逢集,他卖了鱼必定要来的,什么活都会,尤其愿意给父亲打下手——给父亲拉网子。两个跟鱼打了半辈子交道的人,配合相得益彰,大约他们也把这当作了捕鱼,在这金色的大湖深处,他们以"泼子"为网,以麦子为鱼,层层跟进穷追猛打,忙得不可开交。

有一年麦季,父亲的把兄弟朱殿荣没有来,说是女儿嫁了个好女婿,出钱给丈人买了一条货船,已跑运输去了。过了几年,有一回父亲进城回来醉醺醺的,兴奋说道:"我正在洪桥上走着呢,就听桥下有人冲我喊哥,仔细一看,不是殿荣又是谁?殿荣哪能让走,拽到新大船上,烧了左一个菜右一个菜,从小半晌一直喝到天挨晚。"大约这也是这对干兄弟最后一次喝酒,后来再没偶遇过,音讯全无了。

还是再来说麦子,麦子割下怎么拉到场上也是个事。据说以前生产队时基本是肩挑的,一担一担往场上挑,道上络绎不绝来来往往,劳累不说,效率尤其低下,但没办法,那时生产条件就是这么着,你想好也没有,别说东方红拖拉机,就连牛车也是奢侈品。后来分产到户,平车渐多了起来,偶有了手扶机。再后来手扶机多了起来,平车褪变成了零零星星。比上不足,比下有余,说的就是平车。比起肩挑是进步了许多,但和手扶机一比较又差了很多,再高明的把式,就是把麦子码得天花乱坠,也比不上半手扶机的载量。于是没有手扶机的便要活泛心思,眼瞅着谁的机子得了空,便提一桶油半桶油的请去帮着拉两趟。只有呆头的死脑筋,既怕出油又怕张嘴,最后落得满湖清野,别人家豆子都二寸高了,还吭哧吭哧地在麦地里挣扎着。门旁兵子家就是一例,他父亲总是用凉床架在平车上的,自夸说这能顶上一台手扶机哩。顶没顶上没人知道,反正每年清净下来的湖地主要干道——拖路上,总会出现一个孤独的画面:一辆堆如山丘的的平车,蜗牛般缓缓前行着,一位父亲正低头捎着车把,脖子伸得老长,如同一头老牛;他身旁系着一根绳子,绳子一端拷在一位少年肩上,也伸脖向前,如同一头小牛犊;而车后跟着一位妇人,边拾麦子边推车。若路遇夏种的人,就有人夸道:这车拉不少啊,真顶得上一辆手扶机。兵子父亲也总是嘿嘿回应两声,又坑头向前挣去。有一回兵子被他父亲没头似脸打了一顿。正是上坡时候,他父亲催促着使劲拉。他却答道:怎么没使劲？你看绳都拉弯了。这事传开后,就常有大人笑对兵子道:你小子拉车上啊,绳子都拉弯了。

大约初中二年级,父亲兄弟俩终于合伙买了一辆老旧的手扶机,他们从未接触过机器,而其他弟弟都还小,我理所当然成为了唯一的司机。没想到第一次拉麦子,这个老掉牙的家伙就给我来个下马威:过一道坎儿的时候,轱辘一抖车把一挑,我竟被挑落车下,下意识刚爬坐起,这个怪兽带着整车麦子已轰然冲向路侧沟里,轱辘紧贴我的脊背差点儿把我也给卷下去。这情景,至今每每想起,后背依然是麻噜噜的凉,仿佛时光不曾走远,它仍在啃噬着那个呆若木鸡的少年。

麦到场上,并不敢耽搁,立马"抖场",抖得越乱越好,但须均匀,犹如在偌大的鏊子上摊一张大饼,满满当当,圆圆溜溜。麦抖好,晒到半晌便可"打场"了。有手扶机的就用手扶机,没手扶机的就套上牛,拉着碌碡吱呀吱呀地转起来。"打场"是要有讲究的,须滚套、滚、圈、套圈,心细如绣花。等到打得匀实,由发面饼压成了死面饼,就须"翻场"了。权一兜到底,兜个底朝天,把最底层麦子翻到了最上面,让轱辘再捶打一遍,当由发面饼再次压成了死面饼,便可"起场"了。"起场"是全家总动员,男女老少都上阵,翻的翻、抖的抖、推的推、扫的扫……一阵麦糠四起,乱乱哄哄不亦乐乎。麦草须挑到场的拐角堆起来,堆到一人高的时候,当家便攀上去,将其他人挑来的麦草接过,谨细地码起来,码得长长溜溜有棱有角,怎么看都好看,等场上草挑完,它已变成一座长方形的小山包,家中草锅的一年用度便有着落了。麦草挑完,麦粒连同麦糠囫囵堆成一堆,家主一显身手的时候到了,要趁着起风,看看谁家"扬场"扬得又快又干净。"扬场"才是整个麦季最升华的艺术,吃麦、抖手、扬锨,是力量之美;麦粒如鸟群腾空而起,又恰似一片暗色的云,这是理想升腾之美;麦糠如烟云,随风瞿然散去,悠悠扬扬且飘且远,这是自由放飞之美;一阵金色雨点落下,噼噼啪啪,这是收获的喜悦之美。于是老人带着笑,妇人带着笑,小孩带着笑,迫不及待往巴斗装呀装的,早有后生一哈腰一提腕,巴斗已搭到肩上,紧走几步,一座篅子已然敞开肚皮候在那里了。麦子打一场少一场,等麦子全部打完,再趁好天晒几个暴太阳,一场旷日持久的午收战斗终于悄然谢幕了。但大伙儿并不敢偷闲,要赶着雨水夏种去,玉米、黄豆、花生、水稻……哪一样都担待不起,有种才有收,秋收还指望它们呢。

种着,收着。收着,种着。年复一年。少年变成了青年。青年变成了中年。中年变成了老年……种着,收着,不知怎么,村庄就没有了,田地也没有了……

没有了村庄的农民还算作农民吗?失去了田地的农民还算个什么农民?

母亲忧郁地眺望着窗外遥远的金色的海洋,嘴里嘀咕着:"麦子熟了。"父亲抄着手,转到地下室又空着手转回来,说一声道:"嗨,镰刀都锈坏了!"

(2019年6月11日稿。原载于2023年《广饶大众》。)

麦场上的星空

"星星掉下来啦——"我一骨碌爬起来扯着嗓子喊道。

正在歇坐的母亲仰起头看一眼说:"这孩子,发癔症了?"

父亲掐灭了烟头,眼皮也不抬,说:"这星要掉下来还得了,还不得砸死几头牛!"

倒是准备挑场的祖父拄着杈仰看半晌道:"乖乖,还是小二眼尖,真是一场流星雨呢。"

随着祖父话音落下,漫天星空的流星果真多了起来,这边一朵那边一丛,带着亮闪闪的尾翼,诡秘地坠下天幕,一眨眼便失去了踪迹。

大人们都歇了活仰望天空呆住,我、姐姐、弟弟,包括其他在场上的孩子们,都平躺在平坦而空阔的麦草上,痴痴地看着。

一场无声的流星雨就在夜空下起来,先是像过年时的烟火,东一头西一头地这边暗下去那边就亮起来,此起彼伏的如同对暗号似的。接着流星如游鱼一般,在星空间乱窜开,一尾一尾的带着白亮亮的波纹;一时三刻,整个星空欢腾起来,像一锅煮沸的水,咕嘟咕嘟地甩出一颗颗晶亮亮的水

明月故乡

花……

好大一会儿，流星雨渐渐消散，大人们叹息一回，又说不出个所以然来，都各自忙活去了。

我依旧躺在麦草上发呆。我想起身下这麦场前年还是瓜地呢，那季瓜长得确实不错，有个北方瓜贩子亲自开着手扶机到瓜地装了满满当当一车，两毛钱一斤足足卖了500多块，把父母高兴得不轻，那年月，这笔钱可不是个小数字。瓜地的草棵里还发现一窝叫作"嚇咕"的小雀子，它们比黄鹂还小，在草间悬结出一个白色精巧的窝，卵如豆粒一般，雏鸟也不过拇指大小，我偷偷抓了回去，只一夜，它们却全都从鸟笼笼条间钻出来，冻死了……

那，这片麦场以前呢？哦，好像还种过黄豆，种过玉米，种过山芋，再早就是别人家的地了……那再早呢？当过私塾先生的曾祖父可曾在这片土地奔走过，劳作过？曾祖父的曾祖父呢？……

斗转星移，物是人非吗？老牛沉重地犁开岁月的田垄，任脚下的土地青了又黄，黄又青，唱和着生命轮回的叹息；而一代一代的人呢，亦如庄稼般一茬一茬地衰老，远去了……

唯一亘古不变的是星空吗？

当我咀嚼着一棵麦草再次望向星空，最后几颗懒懒散散的流星也已意兴阑珊，此时整个星空挤挤眨眨一片安寂，只剩下星空下的麦场还在一味吵吵嚷嚷着。抬眼向村庄里，树影婆婆娑娑，油灯的豆光从草屋的门缝、窗口透出来，连成一片星星点点的朦胧来，仿佛是一地坠落的星空。村庄里或远或近的狗，就在灯火与星空掩护下，深一声浅一声地吠着。

（2021年6月11日稿。原载于2022年6月16日《灌云报》副刊；同年6月30日转载于《芜湖日报》副刊。）

等鱼

梅雨时节,雨来得迅猛而冗长,缠绵了几天,方才放晴。我是惦记着父亲的鱼的,算准时间,小半晌赶到家,定不会错过一锅鲜活的锅贴鱼。说来也巧,刚到门口,就见不远处一个人挑着担子,踽踽而来,戴着斗笠,披着塑料布,打着赤脚,扁担是由几根斑驳的竹竿束成的,压得弯弯的,一头是鱼篓,另一头是渔网。这模样,仿佛是从唐诗宋词的意蕴中走下的老渔翁。

"唉,现在也没好水了,鱼也不像往年多了。"老渔翁说,"天没亮就找个小河汊等鱼的,只等了十几斤餐条,一路都散给别人了,扣下的大概够吃一顿。"

我接过鱼篓。鱼在篓底啪嗒啪嗒地跳,多半是鲫鱼,还有小鲶鱼、鲤鱼,约摸有四五斤的样子。

我知道以前只要发大水,父亲总是收获满满,老鳖、黑鱼、黄鳝,就连十几斤重的混子都逮到过。印象最深的还是十来岁那年的一次等鱼。那是连天的雨,瓢泼一般,从早一直下到晚,到了晚间吃了饭,父亲收拾好网具出发等鱼,并带着我给他伴怕。我们一前一后,冒着大雨在水汪里深一脚浅一脚地走。夜黑而鬼魅,劈雷合闪,雨打得睁不开眼,我们走迷头了。偶遇一村旁废弃牛屋,父亲带着我躲进去,冲门坐着,边休息边观察外面动静。屋里又闷又湿,有一股牛遗留的骚臭味,蚊子一团一团往脸上飞撞,还有不知名的虫子时而从腿侧窸窣爬过,让全身有种麻噜噜的痒。但这和外面比起来,已经算是天堂了,至少再不用在电闪雷鸣里担惊受怕。父亲抽着烟,我迷迷瞪瞪就要睡着了,外面雷声终于止住,转成了哗哗的平天雨。父亲掐灭烟头,说一声走。我们继续往东进发,又走几里路,已不见大路,只剩田埂。我跟着父亲又顺着田埂走一段,眼看着水到了脚脖子。父亲停住,用手电筒往四下照了照,拿过赶棍朝一旁的水沟里探了探,说:就这了,溜不急,水不深,正好等鱼。说罢撑网下水,连拦河的站网都没用。说是下水,只不过是从浅水下到深水罢了,深水也并不太深,刚好没过他的腰,这是等鱼最合适的深度。张好的网迎着溜立着,网的提杆尽头安着一个月牙形的底座,抵在父亲的大腿上。赶棍分成人字插在一旁,上面挂着鱼篓。父亲一根接一根地抽烟,雨都被斗笠挡住,烟火在雨帘里忽闪忽闪,像一只俏皮的萤火虫。

抽烟作用大着呢。能提神,让人不困,还不怕蚊虫毒蛇,他们见了亮光就都躲起来了。父亲说。

大雨的夜,蚊虫是不可怕的,但站在水里却不敢动,水位不断上涨,已经到了腿肚子,前面或后面一定更深,稍不注意便有可能滑下去。我只能木桩似的僵立。为了省电,手电筒只有父亲起网时照看一下,顺便前后左右巡查一下,时见水面一只鼠或一条蛇,眼闪绿光,掉头游走。

父亲起网,几乎网网不落空,有时能起上好几条,也没什么小鱼,就是鲫鱼也都是巴掌大的。起网,舀鱼,放网,入篓。父亲一气呵成,烟叼在嘴角,不忘对每条鱼作两句短暂点评。大雨之夜,是鱼儿们最欢畅的时候,它们顺着水流撒欢儿奔跑,横冲直撞,不时撞入网里。鱼儿撞网,父亲知道,他的右腿挡在网肚上,能探察出任何风吹草动蛛丝马迹。偶有杆举网空,他便咕囔一句:又是该死的鲤鱼拐子,鬼精灵,撞了网就掉头跑了。

一会儿一条鱼,看着提神,也不觉得怎么困,只是久站不动,腿脚便麻了,只能不时把脚从泥水里抽出原地活动两下。感觉腿上有两处麻噜噜地疼,一摸软乎乎,再用手电一看,原来是两条硕大的蚂蟥,正贪婪地饕餮酣饮呢。我只好下手去揪,但它们叮得太牢,就是拽不动。父亲说:巴掌。我铆足劲儿,啪一声,再看蚂蟥已滑落水中,只留下一晕淡红的血迹。

天亮了,举目四望,发现我们正处在一片汪洋之中,东边一箭地远便是航道河,航道东面便是洪泽湖的一个尾溜,此时连成一片,仿佛浩荡无垠的海洋。而不远处只露出半截的玉米,提示着我们这儿的确是田地,而且是旱田。细看身边,原来是一地黄豆,淹得只剩下顶端的叶子,随波招摇着。再看父亲等鱼处,却是田边一条小小的水沟,比网宽不了多少,水流依旧汹涌,时见红眼的马狼杆子贴着水皮飞冲过来。

挨到小半晌,洪水渐渐退去,田埂露出,沟里流水也渐趋乏力,父亲方才收网。一提鱼篓,哪里还能提得动,只得挑了再挑,拣了又拣,小鱼全部放生,勉强分作两蛇皮袋,一前一后压得网杆做的扁担几乎断了。父亲身高1米75,很有些力气,挑到家也累得吭哧吭哧,脚步踉跄。那的确是一场少有的大雨,只见回庄的土路,已被洪水冲刷得沟壑纵横,沿途枣树上半大的枣子落了一地。

至今,我依旧常回忆起那次和父亲等鱼归来的情景,远远见母亲系着围裙站在后屋角,正向东方我们归来的路上眺望。我抢上前,紧走几步腆着肚子扯着嗓子大声道:"妈!我们回来了!妈!"

(2020年8月16日)

父亲的网

父亲的渔具很多,丝网、簖、花篮、虾笼、罾……而最中意的还是这一张网。毕竟每年汛期,这张网曾给了他无尽的辉煌战果和可以炫耀半生的资本。这网细究起来还是有点来头的,若是看过拦河的大罾,你便能发现端倪。它竟和大罾一个模样,都是用两根竹竿分扎为"X"形撑着网,又都用一根木棍支撑它的起落,只不过网比这罾微缩了无数倍而已。《楚辞·九歌》里写道:"罾何为兮。"元曾瑞《哨遍·村居》套曲:"樵夫叉了柴,渔翁扳了罾,故来下访相钦敬。"明冯梦龙《山歌·睃》:"扳罾老儿上钓台。呀,曲曲背。"由此可见,至少数千年前,先民已使用罾这种捕鱼工具,并世代传承沿用至今。天网恢恢疏而不漏,指的是大罾,它铺天盖地,恢宏霸道,河有多宽,它便有多宽,张着大嘴静卧河底,一旦鱼群入网鱼星上泛,渔人辨知讯息,即绞索扳罾,撑着船或站到网里方能将鱼儿一网打尽。"纲举目张"一词便出自扳罾动作,渔人所绞的绳索即为纲,纲一拉(举),渔网的孔(目)就张开,这是扳罾的生动展现,而后才渐渐有了其他层面的意义。从一词或可感悟出古代劳动人民朴素的哲学理念。

扳罾，竟然还衍生出一种书法的执笔之法。明解缙《春雨杂述·书学详说》："又有扳罾法，食指挂上甚正而奇健。"意为：食指推上，如渔人之扳罾，故称。解缙所说的"扳罾"指的是父亲所用的这种网——手握着将木杆抵在腿上，杆另一端连接网顶有如杠杆，鱼至时用力一提便是所谓"扳"了，动作孔武雄健，有阳刚之气。从这里至少说明小的罾和大的罾是长期并存的。小者为网，大者为罾。或许上古时期都称为罾，终究搞不清到底是罾成就了网，还是网传承了罾。抛开鸡先蛋后的历史疑云，从中至少可以窥见古代劳动人民结合实际的智慧。大罾宜大规模作业，小网灵活机动，各有千秋，互有利弊。只是这两种网在乡间一贯罕见，我们庄却拥有两张这样的网，实属不易，其中一张是父亲的，另一张则属于后排邻居振邦大爷，他做事谨细，网破了父亲用线一撮就算了，他则要用梭子慢慢去补，裁缝做衣一般。

父亲把自己这种网眼小的网称为稠网。按网眼的大小，还可分为涝网一种。涝网网眼过大，留不住泥鳅黄鳝，少有人使用。有网，不尽是为了等鱼。等鱼非要等到入夏的汛期方可，一年也就这么几回，其他时候河无激流鱼不亢奋，很难有所收获。那么想要解馋，只能打鱼去。打鱼和等鱼又有所不同，等鱼是以静待动，打鱼是以动制静，也不必到河流，只须到村前屋后沟头塘口转悠即可。和等鱼一样，父亲将网侧立，网口正冲向右方，只见他右手举起赶棍猛地向水面打了个响杆，然后将赶棍探到水底，一点一点向左侧趟去，棍到网起，网颤鱼跳。但打鱼只能是打打牙祭，所获多是泥鳅、肉骨锥、陈小麦等小杂鱼，鲜有大物。若是等鱼，这些鱼都是不屑要的。于是我们每年都盼着夏季到来，发上一场洪水。

作为孩子，力气当然不济，大网是举不起的，只好让父亲从集市带回蒙门窗的纱网，自己用木棍或竹竿绑一个三角形支架，再把纱网做出网肚，然后用细线密密缠到支架上，做成轻便的推网。父亲打鱼时，我便用自己的网贴着浅水朝岸上推，也时有收获。每当发水，父亲在大的河沟等鱼时，我就找小的沟头塘尾，只要有流水就行，两侧拦好泥坝，单留中间支网候着。我学着父亲的样子，腿紧抵网肚，网一动腿便知鱼来了。这些鱼中还是餐条最刁，在网前忽地跳上泥坝，刚要手忙脚乱去按，它已腆着满是籽的肚子，三跳两跳跳落网后逃走了。

我们的网只是玩具,父亲的网才是真正的捕鱼器具。对于那时的我们是一种难以拒绝的诱惑。大姑家的三表哥和大舅家的二表哥,两人同村同龄,一次结伴来玩,赶上大雨,父亲要去等鱼,他俩争着跟去,父亲最终选了一位,另一位气鼓鼓,也不睡觉,整整坐了一夜。第二天父亲当然又是满载而归,两人各提着条大鲤鱼回家了。早些年,母亲还偶尔提到这事,父亲说早知都带了去好了,雨跟倒下似的,霹雷合闪,天又黑,谁知他们都想去呢。

我一直惦记着父亲的网,十几岁时,趁他外出,曾偷偷用过两次,装模作样扛到西边小河,但迎着溜站着实在不舒服,且泥软底杂总站不实。最可惜的是,明明感觉有鱼入网,提起却常常空空如也,后来才知是提得太慢,鱼儿们也不愣,知是自投罗网,纷纷掉头逃窜走了。尤其我还曾被鱼扎了手,弄得鲜血直流,那种又麻又疼的感觉,至今记忆犹新。

(2020年8月16日)

想起家乡的箮

想起家乡,我便想起家乡的箮,已经有许多年没见过这样的老物件了。对于它的记忆,只能停留在饭桌边的酒话里。

父亲最津津乐道的,是在他十六岁那年罩了黄盆般大的一只老鳖。那只老鳖是在村西的一个水塘里被父亲逮住的。水塘离庄上有几里路,是我们叫做"仓湖"的原野里一个很小很小的水塘,只有几间屋身大。父亲说他们一伙人在塘里也罩了不少鱼,然后又顺着水沟往东南罩去。他总感觉哪里有点不对劲儿,刚才罩到两次石头,这石头似乎有点怪怪的,明明是一块石头,却显然不在同一地点。难道它会移动?想到这里,他一转头,一个人又回到水塘罩了起来,等再次碰到那块石头,把箮扣紧,用手一探,边缘软乎乎的,他高兴坏了,原来是只老鳖!他一个人折腾半天,总算把老鳖掀到岸上,背回家了。

筲在过去是我们那里常见的渔具,几乎家家都有,夏秋农闲,劳力们扛起就走,回来便是鲜鱼满盆。而家庭主妇也会"因物制宜",春天母鸡抱窝时就借用过来,把母鸡罩在里头哪里也跑不了。

筲溯源古远,唐代温庭筠《罩鱼歌》中就曾写道:"朝罩罩城南,暮罩罩城西。……持罩入深水,金鳞大如手。"罩即筲,亦写作篧。《说文解字》中注:"罩,捕鱼器也。"《新华字典》则解释为:"捕鱼用的竹器,圆筒形,无顶无底,下略大,上略小。"

其实,筲更像个倒置的水缸。我们那里把制作筲叫做"盘",也许是因把它盘成圆筒形的缘故。我家的筲早先是祖父盘的,和他粗枝大叶的性格一样,盘筲也是大手大脚,随随便便将竹坯分开,胡乱用绳子一捆,成了。用父亲话说都是撮在一起的,又小又不经用,没罩几次呢,散架了。后来的筲,是请门旁瞎大爷盘的。瞎大爷眼没瞎之前,是乡间郎中,走南闯北,曾先后娶过四任女人,孩子一大群,但眼一瞎什么都没了,就剩了个独老和尚。眼瞎并不影响他盘筲,也许是做医生养成的秉性,盘起筲来同样一丝不苟。他先将整竹分成两指宽的竹坯,单保留竹坯顶端相连着,下部依次劈开,越分越多,越分越细,到最下部已经比筷子还要细了。这还没完,还要打磨,打磨到光滑圆润才行。接着就是盘筲了。他先将一支短竹坯熨成碟口大的圆圈,再将打磨过的竹条顶部依次排在上面绑好,接着用早备好的细绳打着扣儿上下翻飞,一圈一圈编到竹条上去,如同编竹帘一般,每圈之间隔着巴掌宽,圈越放越大,等盘了五六圈就有一半了,便用一个更大的竹圈撑到里面去,起到支撑固定作用,防止变形。接着又继续往下盘上五六圈细绳,盘到最后,竹齿之间舒密均匀,通透实用,连条泥鳅都不会逃出,这便大功告成了,顶多再辅以一根绳子留作背负之用,栓块破布防止刻手,就可走马上任了。

罩鱼是件体力活,不能吃苦当然不行。不过这对于惯于劳作的农村人来说自然都不在话下。这边麦场刚忙完,地刚种毕,一呼百应,背筲便走,打着赤脚,几十号人一路说说笑笑,直奔西小河而去。水深正好,刚刚及腰。就听河面一片人语喧响,筲声唰唰,水声哗哗。水中鱼儿自然惊恐万状,四处飞蹿,不时误入筲中,只见那人摁住筲,又使劲扣刹几下,这才猫下身,一只手从筲口探进去,划拉两下,嘴一咧,嚷一声:"我家伙!"一条甩着水珠的鲤鱼已举过头顶,中了头彩似的招摇着,还未待大伙儿看清,早已塞进腰间别着的蛇皮袋里去了。就有人大声道："好你个猴子！""还有二斤？""我看有。"……于是大伙儿都暗里加快了节奏，水面又是一阵唰唰的箌声和哗哗的水声。

我第一次罩鱼是在十四五岁的时候。那是八月天，刚过了午，我从瓜地回家吃饭，远远就看见一群人涌出村口。我知道他们又是罩鱼去了。但人群里没有父亲。他是个鱼鹰子，这样的机会从不会落下的。我又搜寻了几遍，还是没有。我拔腿就往家跑。家里没人，不知都去哪了，箌还挂在墙。我顾不得许多，背上箌撒开腿就追赶大部队去。

尽管不止一次看父亲他们罩鱼，但不得不承认，一旦亲身参与，感觉还是不一样的。对于我来说，箌太沉，举着费劲；水太深，迈不开腿；而水底泥又太烂，还掺杂许多未知物刺挠着，根本挪不动脚。于是就一直落在后头，苦苦赶着前头的人，却总也赶不上。

幸而有门东旁伦先大爷在，他注意到我的不适，便一直拖在队尾照应着我。等到一处开阔地带，大家都逗留住，分散开寻鱼时，我终于赶上了。

"鱼进箌你还知道？"大爷问。

"不知道。"我答。

"行。箌当当被撞响就是有鱼了，到时你喊我。"大爷说。他在不远处罩了起来。

我便学他的样子一次次举起箌又按下去。

"当当，当当……"我突然感到箌壁被什么东西撞了，箌止不住颤抖，颤抖传到手上，我心一惊，手也抖了起来。

"大爷！有啦！——"我扯着嗓子喊道。

"有鱼啦！赶紧，把箌按紧了！"大爷扔了自己的箌，三步并作两步赶了过来，水溅了一身。

他歪着头，憋着嘴，摸了一圈又一圈，终于摸了上来。

"乖乖，是个癞蛤子。"他说着，一甩手将捐着的青蛙又丢进了水里。

我们不由得都笑了。

不一会儿，箌又"当当当"地颤抖了。我忍不住又喊起来。

"这回动静大不大？"

"大多了。"

"使劲按，把箌再往下刹一刹。"

大爷又赶了过来。这回没让他失望。一条黑鱼!

"不孬!"大爷道。

我们同时都又笑起来。

"看,黑鱼!大侄子罩的!"大爷把鱼高高举过头顶,对着众人吆喝道。

西天绣满晚霞的时候,我们归来了。村庄一阵躁动,鸡鹅炸了窝,拼命叫着,所有的狗都奔跑着迎出村口,风一样飞快,摇着尾巴,带着欢迎英雄凯旋的崇拜神色。随即家家烟囱冒起袅袅炊烟,整个村庄飘满了鱼的香息。

(原载于 2017 年 3 月 23 日《宿迁晚报》副刊《梧桐巷》)

那条青翠的无名河

算来算去,那一年应该是小学四年级。收清麦子,天已经很炎热了。一天黄昏,父亲去下黄鳝笼,让我去伴怕。

我们一人一辆破旧的自行车,一前一后,在乡间崎岖的土路上骑行。父亲车后满绑着黄鳝笼,横七竖八犹如一只炸了毛的公鸡。弯来拐去也不知走了多远,过了几处村庄,又在荒野中行了好大一段路,爬过一道河埝终于到了目的地。回过身,只见夕阳正好落在河埝,好像一枚散了黄的鸡蛋。

至今我都不知那是何处,只觉那条小河静谧幽雅,是世间难寻的绝好去处。河呈东西向,笔直如哑巴飞机画出的线一般,遥遥不见首尾,幽绿得可爱。河水是清的,水草是绿的,走一步便有几只青蛙噗通通跳进水里,藏进水草底不见了。往河心去不到一米便已是芦苇了,边上稀稀疏疏,越往里越密集、厚实、高大且挺拔,河有多长它就有多长,逦迤在河中犹如一道城墙。

父亲独自背着黄鳝笼往东隔一段下一个,越走越远。我站在原处百无聊赖,青蛙抓不着,田螺不想摸,逮蚂蚱太无趣。倒是苇丛深处的苇雀浅吟低唱沥润似水,飘忽着透过来,在心里打了个卷儿,就把吾心勾住了。突然,芦苇深处"哗"的一声响,似野鸭戏水,又似游鱼摆尾。我竟心旌摇曳,不能自持了。我挽上裤脚就往河里趟——我要一探究竟去。

河水温润,并不深,只没到腿肚子。我便寻声大着胆子往里走。苇雀的清脆声永远藏在苇丛深处,那"哗"的声响时起时落,也永远在神秘的前方,总感觉马上能追踪到,却又始终保持着奇怪而不可逾越的距离。我愈走愈远,不知不觉水已漫到大腿,那"哗"的声响消失了,苇雀的鸣叫变得郁黯起来。我突然感到一丝异样,苇雀忽地住了口,四周顿时只剩下死寂,这时才发觉水凉入骨……

我下意识一回头,头轰地一声闷住了。哪里还有岸的影子!芦苇此时像一堵黑魆魆的高墙,铁壁般围堵在四周,收缩成一个冰冷的"囚"字。心头一阵慌乱,我清楚地意识到,自己迷路了!我已被困在苇丛中!

我张张嘴没有喊出声。父亲此时至少在一里以外,就是喊岔声也不会有人搭理。我站在水里,缺氧的鲶鱼般猛吸了一口空气,闭上眼睛抚平一下慌乱,抠着脑子搜索来时的路径,然后回转身试探着回走。还好,终究没有记错,返走十来步,终于依稀看见了河埂上青涩涩的玉米。

我跌坐岸边,如同做了一场梦,久久没回过神来。父亲下完笼子回来,看我一眼,我们都不说话。分吃了一块母亲做的发面饼,我们把塑料布铺在河边,盖着毯子,枕着河风就这么睡了。但睡又睡不着,苇雀的梦呓、虫子的谈情说爱、青蛙的呱嘈,还有不时的夜鸟飞叫以及父亲的呼噜声,把夜吵得惊天动地。夜空却是雪亮,低低的,每一颗星都在忽忽闪闪地炫耀着,犹如一盏盏40瓦的灯泡。我便一眨不眨地在星空搜寻疾驰而过的流星,也不知数到多少颗,竟不知不觉入睡了。

黎明醒来,头发潮了,毯子潮了,塑料布潮了,脸上也全是露水。抹一把,满脸糊里糊涂,权当洗了脸吧。正准备起身,却发现脚边一条水蛇正箍着一只青蛙,虽然青蛙依然强鼓着肚子,但直腿凉僵,早没了生机。我瞅着蛇,蛇翻眼盯着我,我们都不动弹,彼此大眼瞪着小眼。我是不怕它的。我曾提着本地唯一的毒蛇——"红山岗子"尾巴当棍子要过,吓得女同学尖叫着四处逃窜。我懒得理它,也懒得动——我的困意还没过去。

父亲回来了,由远及近,身影由模糊到清晰。他背着鳝笼,不时弯腰又捡起一个,在水里涮了涮添在肩上。到近前,父亲有点兴奋,摸出两个青皮鸭蛋,随口道:"乖乖,也不知谁家鸭子丢的。"

今天收获不错,几斤泥鳅,几斤黄鳝,还有少许草虾,从笼子一一倒进蛇皮袋里,整个袋子都扭动起来。

我以为时间尚早,准备回家吃点早饭再上学去,肚子早叽里咕噜了。我们的学校没有院墙,回家正好要经过教室前面——那里也是一条路。远远就见满校园一个人也没有,最东南角我们班上也是一点儿动静也没有,不禁有些窃喜。等到近前,哪里是没人,原来都在上课呢。跟在父亲后面,刚骑行到教室门前,恰巧有三位同学出来,站到了东山墙边。班主任张善辉老师紧跟着也出来了,一抬眼见了我,便冲我招招手。我心咯噔一下,心话坏了,这三位肯定是迟到了的,今天挨训是跑不了的,被老师尅一顿也未可知!

我看一眼父亲远去的背影,硬着头皮拐骑到门口,贴着三位同学站了。奇怪的是,三位神情很是自若,没装出一点儿悲苦的样子。张老师也是满脸浮笑,寻不出一丝要责罚的前奏。只见他神神秘秘故弄玄虚,从口袋里摸出不知何物,一一别在三位同学衣服的左臂。轮到我,他换了个口袋,郑重其事地将一张纸一般薄的软塑料牌子,也别到我的左臂,并且整理了一下。这场面倒是有点像受勋仪式的感觉。我们都兴奋地低头查看各自不寻常的奖品,又相互看了看,以作对比。只见这塑料牌子白底红杠,呈长方形状,上面有"少先队"的标志。只是,他们三位是一道杠,而我却是两道。不知为何?张老师解释说:他们是小队长,你是中队长。哦,我不禁有些感动。旷了课,不仅没被惩罚,还得了这么高的奖励,在全校大概也没有第二个人了吧?尽管肚子饿得咕咕叫,我心里却美得跟吃了油炒干饭似的。

下黄鳝笼、苇丛迷失、野外夜宿、教室外的"颁奖"……我的童年是幸运的,父母宽容的管束,让我得以常常亲近自然做着自己喜欢做的事情。更幸运的是,那时并没有太多的作业,老师平和亲切,并不是填鸭式的死磨硬缠,学习环境简单宽松,一切都是那么自然而然,一如那时的环境——醇美;一如那时的人们——淳朴。现在的家庭和学校教育正在将孩子带向一个未知的领域,一切都那么紧紧张张规规矩矩合情合理,却恰恰忽略了孩子最本源最纯真的部分——天性。

(2019 年 12 月 28 日)

童年的"西小河"

"你知道吗,你父亲还是我救命恩人呢。"电话那头说。

"哦,是的……"我应答着,思绪不禁飞到多年前的夜晚。

这事就发生在那条河边,所以有必要说一说那条河。这可不是一般的河,它是整个村庄的命脉,村西的田野全需它的灌溉。它虽宽不过丈二,浅处深不过盈尺,抑或是普通的水沟而已,只因功劳很大,在村人心中却是浩荡难测、无比壮观的存在。于是它便有了"西小河"这个学名,名字足凸显农民谦虚本色,没有称它是"大河",而只自谦为"小河"。当然,上些年纪的人,称它为"摇把沟",或因它拐了两道弯,活像发动手扶机的摇把的缘故,总之叫着亲切,有点乳名的意味。

这河便一年四季汨汨流淌。冬春时,细如麻线,水流是潺潺的;夏秋发水时,洪涛翻滚,肆无忌惮,就果真膨胀成一条大河了。

春来时,西小河当然是美的,我们得空时便挨坐河沿脚伸进浅水,也常常幻生出一些幼稚的非分之想来。这河埂须有桃花才好,河的清涟中须有一些温圆的石头才好,水深处木桥畔少不得一叶扁舟,这便完备了。堤上桃花迤逦,茅舍掩映。桃花纷落,微雨如丝,桃树下一少女轻抚古筝,木桥侧畔扁舟之上,少年箫声泗润,桃花带雨中,筝箫交错,悠远缠绵,犹如那一脉微皱出涟漪的清流。孩童则如林间的鸟儿,穿梭嬉闹,或是小鹿般轻点着那些石头,倏然跳掠过河面钻入对面的丛林。

实际上,这仅仅是童年懵懂年代兀生出的幻境而已,那河埂不曾见过一棵桃,有的却是两排龙似的洋槐林,每到春日盛开时节,也是蔚为壮观的美,花开到烂漫时,堆云扯絮,如两道棉花拥成的虹。开花时,我们当然喜到河埂去,在洋槐花的芬芳和蜜蜂的嗡嗡声中,去攀折尚嫩的花骨朵儿。洋槐花采回,须用开水烫一下方好,敛了青涩,藏了香息,放在日头下晒干,可以吃上很久。我是最喜洋槐花铺鸡蛋的,要趁着鲜,花的芳香、鸡蛋的醇香掺杂一起，别有一番诱人的滋味。

虽说是洋槐林，茅舍是见不到，茅草庵还是有的，但也只有两个。其中一个是赵奎庵。赵奎是前庄的老光棍，牙齿都掉光了，嘴瘪瘪的，活像个老太太。记忆中似乎有这样一个庵子，只是不见赵奎去住过。后草庵消失，"赵奎庵"这个地名依然被村上人叫了很久。另一个是祖父盖的，为的是看护这片洋槐林。这草庵是祖父铆足劲儿修建的，一泥一草都用了心思，只是也从未住过，甚至后来连边都不沾了，然而那里却成了我童年时的乐园，时常盘亘左右，有一种家的感觉。

洋槐林的确有点灵异。父亲幼年时曾在此追踪过一条丈把长的蟒蛇，后被某马戏团收走了，说是逃出来的。而最神奇的却是这一片林间水域生活着一条扁担长的白蛇。本地蛇只有两种：水蛇和红山岗。而白蛇却确乎在这片地域神一般的存在，便给这一方平凡注入了一种神秘和肃穆。庄上见过这条蛇的很少，仅限于几位胆大的壮劳力。每一位所见者描摹时都小心翼翼，尽可能不漏掉点点滴滴，眉眼中无不是紧张兴奋，还有遇见神灵般的神秘与自豪。其中门旁大爷说得最为传神，他说："我是河边瓜地看瓜的，那天天不好，睡到半夜燥醒，便准备到林子里方便一下。谁知刚蹲下便听到一阵唰唰声，抬眼一看，一条白影就风一样过来了。原来是白蛇在行风，头昂得跟鹅一样。我哪里敢动？蛇就贴着我一阵风过去了。顿时睡意全无，浑身起鸡皮疙瘩，连尿也没挤出一滴，蹲到腿麻也没能站起来。哪还能站起来？腿早软了！"虽然如此，这白蛇毕竟秋毫无犯，甚至谁家的鸡鸭也不曾丢过一只，村人便仅是敬畏而已，也不是十分害怕。

在丘陵与平原缓冲地带，有这么一处林水依绕的所在。虽不似青山绿水的旖旎，却着实有别于岗地的硬冷枯乏，多了点水乡的柔软。河水最柔是在初春，走过冬的寒苦，刚复苏成绕指柔的温润，清泠见底，潺然翕动，这就到了摸田螺的季节了。孩子们呼朋引伴，背着粪箕，提着竹篮或挎着口袋，直奔小河而去。河水清凉，大多时只没腿肚子，再深时也只是过了膝盖，河底板结，淤泥不多，倒很像一个游乐水池。我们从兆奎庵下水，过祖父的草庵，再到下一处"摇把"的拐弯口，水渐深，就收工了。我们一路摸，一路蹚水，一惊一乍，大呼小叫，摸个"大牛眼"惊呼一声，抠出个"歪歪"显摆一回，捯到条"曹鱼"炫耀一下，跑了条泥鳅黄鳝懊恼几回……等出了水，每人都是满载而归了。

我虽然每年都摸田螺,却不喜吃,母亲做得少油无盐,腥味太浓,还咬不动,就尝过一次,害得我三顿没吃下饭,直反胃,以后再不敢吃了。多年后,一次和母亲聊天,总算解开了心底的谜题。母亲说:你是嘴馋偷吃了刚烀出的"河歪"了吧,才挑出,还没上锅爆炒呢,哪能吃?哦,原来是这样!我暗暗把情形一核对,果然如此,没想到一次偷嘴却换来多年的谈虎色变,不能不说是个遗憾。

每到入夏过了栽秧季,连下几场雨,河水忽然从涓涓细流陡涨成排空浊浪,窈窕少女一转脸变成了油腻大叔。可是父亲喜欢,他闲置了一冬的渔簖终于又派上了用场。渔簖是从溧河洼他那位做渔民的把兄弟那里拿的,他也学着人家的样子,拦了河做出九曲十八湾虚虚实实的迷魂阵,引着那些愣头的鱼儿步步深入最终身陷囹圄。他的簖按照网肚可分两种。有一种圆溜溜的,立在水中,只留一道缝容鱼虾进出,这叫做"闷趄",大鱼逮不到,小鱼跑不了,进网的多是些虾兵蟹将。那年早夏,瓜地离得近,我看瓜也捎带照看渔簖,有一天竟连着从"闷趄"里倒出二三十条水蛇,全都昂着头在"闷趄"里乱窜。而另一种,网肚拖得老长,一节连着一节,节节有机关,一节比一节细窄的,才是真正的簖。鱼不论再大,一但误入,休想插翅飞出。在这簖中我曾逮到过一只碗口大的甲鱼,正捏着它尾部甲壳趟着水往回走,谁知快到岸边时它忽地探出头,蛇一般迅捷而凶猛地冲手咬了过来。我大骇,下意识一抖手想把它扔到岸上,谁知忙中出错,反倒是丢入河心去了。

那是九月的一天,父亲因事情耽搁,几天没去倒渔簖了,终究是不放心,便让我陪着,趁夜去查看。我们从村西拖路过去,绕道至河西岸,渔簖还好好在那,并没被谁破坏或偷走。父亲把所有网片稍做整理、一一插牢,又从渔簖倒出二三斤杂鱼,大约已有十来点了。我们由田间小道折回,拐到南面公路,骑车回去。

那是20世纪80年代,公路还是石子路面,白天路上车就稀少,更别说晚上了。此时公路一片死寂,四野的虫鸣如海涛般一阵阵扑打过来,振聋发聩。那天偏又是阴天,连颗星也没有,四面黑洞洞一片。父亲骑着自行车,我坐在后座上,斜伸着手用手电向前照路。我们父子俩就这么配合着往前骑行。

"别乱刺(照)!"父亲说。我的手电筒已偏离主线,歪到路边。

"车!"我说。我瞥见一辆三轮车。三轮车在那个年代很金贵,我们整个大队也就两三辆,都是跑运输的,比现在的汽车还稀罕。

父亲也注意到,赶忙刹住车,下来察看。

当时眼前的画面至今想来都很诡异,手电筒的光束中,一切已经静止,仿佛时间都不动了。一辆三轮车斜停在北面路侧,车前不远,一人摊着手仰躺着,人事不省。他前面两米远就是2公里的路碑,再往前30来米就是西小河上面的桥了。匪夷所思的是,路碑虽离得近,却显然没有撞上,而路上别无其他障碍物,这事故又是如何发生的呢?不容多想,借着灯光,父亲和我都把头凑了过去。几乎在同一时刻,我们都认出来了,原来是我们老校长的二儿子,我玩伴小兵的二舅!

父亲伸出手指在他鼻子底试了试,眉毛撮在一处,显然脑子在飞快旋转,内心在翻江倒海。他是焦虑地思索着处置办法。

父亲突然立起身,短促而低沉说一声:"走!"

他跨上车。我跳上后车架。刚才悠闲随意的父亲不见了,只见他埋头吭哧吭哧地努力蹬着。整个车严肃而又疯狂,仿佛一只正在扑食的野猫。满耳朵只有链条绝望的咯噔声。回村的路正是上坡,不一会儿父亲已是喘息如牛,我闻到的是一股渐趋浓重的汗湿味。父亲并没有拐回家,而是一路继续向上坡骑,到坡顶"丁"字路口,再向北一拐,贴路边有三间瓦房就是老校长家了。等老校长被咚咚的敲门声吵醒、披衣开门,父亲还没喘匀实,差点儿话都没讲出来。

过了两三天,小兵遇见我,嘻笑着说:"你知道吗,我跟妈去看二舅,二舅的脖子用绳子拽着呢,他前几天出车祸了呢。"

我终于安下心,他二舅终于是没事了。

父亲原本是个咋咋呼呼的人,什么事经他添油加醋,都会变得神乎其神。偏这件事父亲绝口不提,似乎早就忘了。而我也从未提过,没在父亲面前提过,更没在小兵面前提过。我感觉这事,不值得提。

一个电话,不禁勾起我沉睡的记忆来。现在想来,那次偶遇,该不是冥冥中就注定了的巧合吧?我想,或许做人也不必都打着旗号,去做惊天动地的慈善,偶然路遇做点力所能及的事情,别人也自会记住你的好。

(2019年7月19日)

我的被"偷"事件

"你还记得咬蛤蟆的事么？"德峰哥歪着脑袋笑问我。我茫然摇头。他依然道，"那年春天，你跟我们去摸田螺。我摸到只蛤蟆扔给你，有人捉弄你说：敢咬么？你捉在手里咔嚓就是一口……"

的确，在我记忆产生前的洪荒年代，是干出不少出格的事情的，父母和邻里都是历史的见证者。但我却羞于他们的转述，总感觉那个懵懂的我并非是我，而是邻家智力有些晚熟的男童，干着一些令人啼笑皆非的荒诞之事。比如：洪水过后在一处光滑的小水坑里，和一条小鲫鱼斗了半天的气；因解不开裤带，尿了裤子又试图把它焐干；还曾双手扒在锅台上看姐姐盛饭，却被姐姐用一勺滚开的稀饭倒在手背，留下一片永久疤痕；还有那年全家坐在房前剥一堆玉米棒，想找出一颗尚嫩的戳在火叉上烤着吃，却因口齿不清说成"这的不得，留刀的"而无人理解急得大哭……当然，这些事件如果和另一件比起来，就显得微不足道了。

那时，我家正东约一里远，有条直筒街，南北走向，宽不过三五步，两侧草屋成排，约定俗成三、五、八、十逢集。逢集时摊摊相连，日用百杂，蔬果时鲜，牛羊猪市，打把式卖艺，什么都有，四乡云集，甚是热闹。我被"偷"的事件就发生在这条街上。当时我大约四五岁的光景，祖父带我上街，人流纷乱，开始是牵着手走的，后祖父蹲下身买菜，等再起身，哪还有我的影子！祖父当时就慌了，扯着他特有的大嗓门，满大街乱转，嚷着他的孙子被人偷走了。一石激起千层浪，顿时满街震动，有熟识的人急忙奔回去通知我的家人。于是乎全家出动，四下寻找。

后来众人揣测，是当时我看走了眼，不知祖父蹲下买菜，跟错了人，当然就迷失在了人流之中，不知所踪了。但当时全家都很慌张，的确以为我被人偷走了。混乱过后，事件才渐渐有了眉目，有人报说曾看到有个小男孩在人群里边跑边哭，又有目击者称有个男孩从苏贻家那道巷口哭着折跑出去。

全家人便按照指引,追踪过去,行了二三里,又遇一放牛人。放牛人手一指:"诺,那孩子哭着往那边跑了。"一家人便继续追踪,又追了约二里路,终于在一处瓜地发现一个撅起的小屁股。

那正是我的屁股。之所以我要把它撅起来,是因我当时正在啃一只西瓜。一个孩子哭嚎着跑了几里路,想必是又累又渴,见了瓜自然就忘了和亲人团聚的大事,先解决口腹之欲吧。那西瓜才有碗口大,还是个生葫芦,但我也顾不得许多了。然而,我的力气毕竟小,手掰不开,只能下嘴一点儿一点儿地啃,谁知刚啃到白瓤儿,父亲他们就赶到了。看着我这滑稽的样子,父亲好气又好笑,往我撅起的屁股上就是一脚。而祖父则是抢上前,抱着我就是嚎啕大哭,哭得一塌糊涂。

走失了还能想着吃瓜,这样意外的结局,一直被大人们谈论了好多年。

(2017年9月1日)

油灯下的壁虎

"别招惹蝎虎,它专门钻小孩鼻孔的!"母亲总是这样告诫我。然而我是不怕的,我一手捏着鼻子,另一只手照样可拿着树枝恶作剧般拨撩着壁虎。壁虎终于忍受不住,挣断尾巴,趁着我被扭曲翻滚的断尾吸引,从容地逃走了。其实我是无意取它性命的,只是新奇取乐而已。

壁虎实在是丑,连贪嘴的猫儿都懒得碰它。它的灰白体色总有些冷的感觉,嘴巴过于阔大,眼睛又过于纤小,而体型尤其生得古怪,仿佛微缩了无数倍的鳄鱼,又如史前的恐龙一般,一副不讨喜的样子。

但幼时的夏夜,我却常看壁虎看得发呆,痴痴坐上一个晚上。那时村庄里还没有电灯。我家是石基瓦房,屋子内壁上涂着一层石灰掺着黏土的墙皮。这墙皮当然凹凸不平,尤其灯光一照,更是原形毕露。然而这也有它的好处,所有凹瘪处都被一种比麦粒略大叫作"壁钱"的蜘蛛所利用,它们织了一张张铜钱般大小的网片,把自己盖在底下,这一处便成了私家寓所且兼陷阱之用。每年开春,网盖下还会生出一群更小的蜘蛛来,源源不断向他处扩张。

这是那时乡村墙上的一道奇景。一面墙,便是一片荒原,那些星罗密布的网盖是一处处深不可测的泥潭,而那些平坦处自然可看作一马平川,那理所当然要成为壁虎的天下了。

我对壁虎的惊异,不止于它可以紧贴着陡直的墙壁爬行,甚至可以在光滑的玻璃上、屋顶的底部自由游走,更惊异于它扑食猎物的动作,绝不逊于任何一种顶级猎手。

墙上的精彩,总是要等到入夜点上灯才开始的。昏黄的油灯下,母亲做家务,我们做作业。灯影投上墙壁,墙壁于是也鲜活起来,趋光的蝇虫飞蛾,都借着灯光在墙壁上休憩。壁虎便开始悄然出动了。

蝇虫飞蛾不能靠网盖太近,一旦疏忽,网盖下会突地探出几支鬼影似的细足,无声无息就把猎物拖将进去。虫儿们自然警觉,只敢在开阔地里趴着,这无意中又正中壁虎的下怀,只见它如猫捉老鼠般,小心翼翼蹑手蹑脚一步一步向前趋进,双眼死死盯着猎物,尾巴却又止不住紧张得微微摆动。等挨到只有一个头的距离,它便定住,瞅准时机,整个前半身唰一下弹射出去,快如闪电,待缩回时,嘴里已多了一只正扑腾翅膀的飞蛾。

我最愿意看到的是两虎相争,还有虎蛛大战。壁虎和虎豹一样,都有强烈的领地意识。煤油灯光源有限,飞蛾苍蝇一类又喜聚于有光照的墙上,便时常有两只壁虎因追踪猎物而撞在一处,那么一场恶战就在所难免了。它们先是"嘶嘶"叫嚣,显露出狰狞的面目来,然后便奋不顾身扭打成一团。每回我总期盼着看到它们自相残杀两败俱伤的情景出现,它们却旋即意外分开了,一只服输,匆匆撤离,另一只也有绅士风度,并不追赶,然后它们相隔不远,又各自忙活起来,这比起狮豹之类恨不得把彼此赶尽杀绝而后快的残忍来,要平和委婉多了。

网盖下面的蜘蛛,虽和壁虎共处一室,但长期隐居,鲜有抛头露面时候,和壁虎倒能相安无事,和平共处。有一种跳蛛并不这样,如游手好闲的流浪汉一样,四处游荡,有时就难免误入到壁虎的领地。对于这样送上门的美味,壁虎自然是不会错过的。它套路熟练,谨慎迅捷,悄悄向蜘蛛靠拢去,眼看就到了攻击范围。而再看那蜘蛛,依然睡着一般,竟一点没有察觉。壁虎摆好架势,向前倏地一探,快如箭矢。我心想:完了!说时迟那时快,就在壁虎张嘴咬合的瞬间,那蜘蛛却突然从墙壁坠落下去——如同一颗弹出的石子,到半空又突然顿住,从容地攀上了另一处墙壁。整个动作一气呵成,真是不可思议!原来它是用一根细丝吊着自己,把壁虎戏耍了一回。壁虎呢,的确被跳蛛杂技般的表演弄懵了,呆呆地趴着想理清是怎么回事,也就只是趴了一会儿,然后一掉头又寻找下一目标了。

那时总感觉壁虎很有意思,模样虽丑又小,看似笨拙却很有些灵性,常引得儿时的我为了看它而耽误了作业。于是第二天,照例又被老师请到办公室的角落罚站半天。

(2016年12月30日)

"三转一响"的年代

那个年头,农村时兴的是"三转一响"。这是年轻人结婚时,女方索要的最基本彩礼,如达不到"三转一响"的要求,那婚事大约就要黄了。

所谓"三转"即自行车、缝纫机、手表。手表除新人为了显摆外,在当地是有些地位的人才能戴的,平头老百姓买不起,也不需要。凿井而饮,耕田而食,日出而作,日落而息,无需看钟点上班,一日三餐,抬头看看日影估摸着就行了,粗枝大叶地,何须那么拘泥古板呢。入了夜,一盏煤油灯忽明忽暗,把黑暗撑出巴掌大一块缺口,能照照亮,刷锅洗碗,大人缝衣纳鞋,孩子写了作业翻看小人书就知足了,若倦了就"噗"地一声,吹灯熄火摸上床睡觉。这也不需要看表,合眼便睡闻鸡便起,都随着天性来,要那表有啥意义呢。

父亲是大队里少有的戴手表的人之一,他是大队书记,假马六离地南赶北跑,不是开会就是在开会的路上,离开了手表就要耽误不少重大事情了。

至于缝纫机,我们家也有,是母亲的专属,那时很少有成品衣服,全家的穿戴包括上学的书包,都是母亲抽闲得空踩着缝纫机一针一线亲手做出来的。那时,家境似乎还不错,不像后来念初中时穷得叮当响,以致正长身体的我,却常常半夜三更被饿得辗转反侧难以入睡。

当然作为孩子,我对手表、缝纫机都是不感兴趣的,却独独对父亲的自行车觊觎不已。但父亲整天忙得脚不沾地,看不到人影,自行车哪有停留的时候。只能趁他召集大小队干部在家开会时,把他的自行车偷偷给推出来,和其他从家中偷车出来的小伙伴趁着夜色切磋技艺。

那时自行车似乎比现在的汽车还金贵,全村的都合到一处,也就那么几辆。"前轱辘滚,后轱辘滚,当中夹个小孬种。"这是没车的人家吃不到葡萄说葡萄酸的表现。除了我们家,其他人的自行车周身都缠得花花绿绿,以保护自行车不受损伤。最登峰造极的还要属全村最抠门的"老五档",他的自行车直绑得横七竖八,活像全身骨折的病人打满绷带。不论寒暑炎凉,骑车时他总要戴上一副手套,很有点自命清高的样子,知情的人却道:"狗屁清高,他是怕手上淌汗污蚀了车把。"这样谨细的人,自然是晴天人骑车,雨天车骑人,每回骑完还要擦拭上油,一丝不苟。用了 20 年,竟然和新买时一模一样。更离奇的是,他因细得喜,厂家不知怎么打听到他的光辉事迹,高价把车回收了去供什么展览了,又免费送了他一辆全新的自行车。但他的谨慎也有副作用——没有人缘,他家永远高挂免借牌,莫说别人借不到,就连亲生儿子也休想沾点边,只能眼巴巴坐在门边看着我们骑车在村庄里横冲直撞。

我们那时大约只有十来岁,身矮腿短,跨不上大杠,只能偏腿斜别在三角架里咯噔咯噔地蹬上小半圈。这种骑行方式有一个通俗明了的名称:别大杠。远观之,只见车身歪在右侧,人身斜在左侧,看着摇摇欲坠心惊胆战,却又出奇的平衡统一牢不可破。因身高所限,我们的眼睛似乎还没车把高,但这并不影响骑行,那时上学作业少,又没有手机电视什么的荼毒视力,每个孩子的眼睛都明亮如猫,黑月头也能把路看得一清二楚。我们排成车队,在村庄里嘀嘀铃铃地绕行,给死寂乡村夜晚平添了些许不安分的音符。

稍大时,我虽还够不到坐垫,但可以"骑大杠"了。我们把车推得飞快,左脚尖蜻蜓点水往车脚搭上的转轴一跐(踩脚搭高度不够),右腿一个秋风扫落叶已然骑到大杠上去了。然后又咯噔咯噔两脚尖点着脚搭划出小半个弧,想再往下蹬,脚就够不上了。若下车,又如法炮制,很有点杂耍的意味,但的确比"别大杠"要先进多了。

技艺提高,眼界就开阔。就如小蛇变成了苍龙,小沟河汊已满足不了膨胀的欲望。我们骑出村庄,骑到生产队的麦场,骑向田野,甚至更远的地界。麦场其实才是孩子们最好的游乐场,地面平整如镜,草堆柔软似馍,入了夜就变成了一片平静的海,我们骑着自行车犹如一只只耐不住寂寞的鱼儿,绕着那些礁石,犁开一片片欢快的浪花。有一次我突发奇想,鱼儿撞向礁石会怎么样呢?于是猛蹬着车径直向草堆撞去,就听一声闷响,我突地脱离了车的束缚,越过车把飞上了草堆,又从草堆滑落在地。好在麦草蓬松柔软充满弹性,我毫发无损,但以后再不敢冒失做这样危险动作了。

最值得骄傲的一次是大姑家三表哥来玩,回去时没车坐,步行又太远,于是骑车把我带到仓营湖西的猪场,然后继续步行回家,让我独自骑车返回。这是我第一次在石子公路独立骑行,还是七八里远的遥远路程,难免有些紧张。好在那时路上人少车少,并没有多少危险。先前一路平坦,骑起来尚好,到接近家时变成上坡,骑起来就有些费劲了,我只得改变策略,身体左右冲突,左歪一下右腿挂在大杠上,左脚借机狠狠蹬满一下脚搭,然后借势换到右侧,左腿挂在大杠上,右脚再狠狠蹬满一下脚搭……虽多费了点劲儿累得满脸通红,但效果着实不错。引得一位骑车赶超过去的年轻人回头给我竖个大拇指,说:"这黄子,真上!"

比起"三转"来,似乎"一响"更要稀罕。这"一响"指的并不是收音机,而是录音机。全庄上似乎一台也没有。我们家原有一台老式的唱片机,也能哼哼唧唧唱出一些老掉牙的歌曲,后来坏了,就只能用门前电话杆上大队用的大喇叭来定时收听风靡一时的刘兰芳的《杨家将》了。录音机是奢侈品,除了结婚时女方索要,没有谁家会主动烧钱去买这个华而不实、中听不中用的东西。

有一回,庄上一位女青年处对象,男方据说是哪里煤矿的,为了体现工人阶级的优越性,也为显摆一下讨女方欢心,他提着一台双卡录音机来了。他们很有些情调,不在村里待着,而是提着录音机到村西的仓营湖中一座小桥上去,边听着歌边来一段鹊桥相会。我们一群小屁孩,哪懂那些,被录音机吸引一路尾随,至小桥也歪倚在另一侧桥榔上,就听得录音机里那女声咿咿呀呀,缠缠绵绵,说不出的一种好听,只听得痴痴呆呆昏昏欲睡。的确该昏昏欲睡了,后回想当时情境,从月的恍惚、四下里虫声蛙鸣来判断,估摸都到大半夜了。

正是情景交融人歌合一一片歌舞升平的当儿,突然危险到来了!"咚咚咚……"一阵沉重的脚步声由远及近。有人在向这边奔跑。"是你爷。"眼尖的伙伴一抵我。我突然打个激灵,顿时困意全无,一下子站了起来。果然是父亲!他喘着粗气,来到近前,也不搭话,拃开双手张牙舞爪就向我扑了过来。

一见那势头,我腿一哆嗦:对方来势凶猛,且不可正面迎战,还是三十六计跑吧!我一哈腰,泥鳅般从父亲腋下钻了过去,也不敢折回,便顺着路一溜烟地向村庄相反的方向跑去。后面的脚步声初时如雷鸣,后渐依稀听不见了……我自小就喜欢跑,莫说同龄伙伴,就是一般的大人还真不是对手,虽父亲人高马大,但穿着沉重的大皮鞋,和我这灵便的光脚丫实在是不可同日而语。

我一气头奔到西小河,河埂上有看林的兆奎庵子,本想钻进去躲躲,但庵子里没人门也锁了,绕了三圈也没找到进入的通道,只好作罢了。继续跑吧!沿着河埂径直向南,在洋槐树林间的羊肠小道一路狂奔,到了南面石子公路又转道向家的方向奔去,公路上空空荡荡一辆车也没有,只有石子在脚底飞迸。这一圈绕的,呈一个长方形,足有七八里路远,直跑得气喘吁吁浑身是汗。来到南沟边,只见村庄黑灯瞎火一片沉寂,没有一丝风声,连狗叫声也没有,全睡熟了,沟边的树上只偶尔有蝉轻微的梦呓。

摸到家,其他人都睡了,只有父亲还没回来。突然有点担心,跑过初一跑不了十五,这顿揍注定是躲不过了。管他呢,先睡再说。心一横,也不洗漱,往床上一躺,扯过毯子往头上一蒙,没出两分钟便睡着了(实在太累了)。

第二天一睁眼,竟然风平浪静,啥事也没有,父亲早干自己的大事去了。后来听母亲说,见我晚上没在家,父亲先是在村里找到半夜,后打听着往西湖去找,结果一路又没追上,便在西小河那边树林寻找到天亮才垂头丧气回来,全身的怒气早消了,直指望孩子跑丢了再找不回来了。没曾想早已溜回家正呼呼大睡呢,哪还忍心去打,便带着困意赶到公社开会去了。此事画上一个句号,从此再没人提及。

多年过去,"三转一响"早已成为云烟往事,但儿时那些记忆偶尔反刍出来,依旧氤氲出一抹淡淡的温暖。

(2020年4月24日稿。2022年8月18日转载于《济南日报·新商河》。)

远去的疾溜

疾,快也。溜,跑也。合在一起便是形容这种鸟跑得飞快。这是本地人给这种雀子起的名字,虽有点土,倒很贴切。自小我便领教过疾溜的快。

天热时,鸟儿也洗澡。有的鸟儿洗澡用水,如翠鸟、白头翁。有的鸟儿洗澡,却用溏灰,如喜鹊、疾溜。溏灰是何物?土路的灰尘是也。仓营湖干旱时节,连路面都干成了灰,拖拉机驶过便是一阵黄烟滚滚,蔚为壮观。尘埃落定,依旧是一层黄色的细面,柔软细腻,暗藏一种静谧的安宁。于是乎,喜鹊乍开翎羽,在路面打起滚来,如牛泡汪一般。疾溜鸟从半空坠下,乍开羽毛在路面打起滚来,也如牛泡汪一般。有时想趁它不注意上前扑住。可往往刚到近前,它已然一个翻身一抖羽毛,拔腿便溜,看似从容不迫,却比飞的还快。

当我在一望无际的花生地,搜寻它们的巢穴的时候,却遇见过几只溜不快的疾溜。它从半空如被疾风打折的树叶一般,斜厌厌地跌落在不远处。它扑腾着,似乎受了很重的伤,把身边的草稞打出一晕暧昧的波花。我当然要追,何况它是一只受伤的疾溜呢。它的确跑不快,歪歪扭扭似乎费了吃奶的劲儿向前挣扎着,却始终在前方保持着三两步的距离。我自信马上就会扑住,却匪夷所思地总也追不上。我两眼冒火,如同盯着辕前那撮青草的驴子,一味前奔,穷追不舍。等越追越远,追得呼哧直喘,满头狗尿的时候,它竟忽地腾空而起,钉在半空里唧唧哇哇叫了起来!它不是伤了么?我满头雾水,解不开谜团。回去问母亲,她竟笑而不答。

后来锄地的时候,终于在花生秧底下扒到一个拳头大的鸟窝,只是里面还是几只鸟蛋,我便暗暗做了个记号,等"肉吧唧"(幼鸟)长了绒毛之后,偷了一只带回去喂养。这只雏鸟胃口很大,无时无刻不在咧着黄嘴丫找我要吃的,我满湖逮蚂蚱、捉虫子,忙得马不停蹄不亦乐乎,真如它的亲鸟一般。它就快能飞了,每天跟在我的屁股后寸步不离,要吃要喝。每回放回笼内的窝里,它便挣脱出来,依旧是紧跟着。反复几次,加之有它跟随时还有点内心的满足,便默认了。谁知没过几天,就为这种过分的溺爱付出了代价。那天中午,我端着饭碗从锅屋往堂屋来,它却拃着翅膀迎过来呀呀地讨吃的。我走得匆忙,并未发觉,待看到它时已收不住,一脚踩在它的腿上……这只还没飞上蓝天的疾溜,最终在我的掌心不情愿地阖上了眼睛。我很难过,是我的横刀夺爱,剥夺了它父母养育的权利,又最终剥夺了它稚嫩的生命。尽管情非所愿,但我的确是个罪人!相逢终有离别时,爱得越是炙切,伤得越是最深!既知如此,何必当初呢?从此,我再不养鸟了。

我常常想起那时的仓营湖,满野的花生连成一片青绿的海。绿海之上,蓝布般的天空,那些疾溜鸟儿一颗一颗定格着,似蓝布上钉着的无数的纽扣,又似九天落下的数不尽的星辰。它们叽呱地叫着,热闹地叫着,热闹着仓营湖的寂寞……这些仓营湖的精灵们如今都飞到哪里了呢?

(2020年6月10日稿。原载于2022年8月15日《宿迁日报》副刊《绿海》。)

油墨清香

上学第一天,就喜欢上新书的油墨清香。我从此知道,书,是有着缱绻的书卷香息的。

那时候,我们的小学连院子都没有,两排破旧的青砖瓦房,倚着一溜儿有年头的小叶杨树,古董似的铜铃就挂在办公室前的树杈上,上课或是下课,都由校长亲自执掌着绳索"当当"地敲响,声音清脆而悠远。开学第一课是垛泥位子,然后在裤子上将双手擦干净,恭恭敬敬接过新书,小心翼翼装进妈妈缝制的蓝书包里,带回家用报纸包装好,再请高年级的孩子帮着写上大名,才如释重负,安心翻看了。

现在想来,那时的知识基本是在课本中得来的,至今仍能记起一年级第二学期第一课的内容:"春风吹,天气暖,冰雪融化,种子发芽……"我仿佛又看到老师站在讲台前,领着我们一遍又一遍朗读,我们稚嫩的读书声从破门洞里飘了出去,飘进飞舞的雪片里。我们读书的时候,脑子里映现出一副画面:春风吹来,冰雪融化了,小草绿了,燕子归来了……似乎还嗅得到青草的芳香……

我们上学的路有两条,一条是土路,近一些;一条是石子路,要远一些。我们却常常故意绕弯走石子路,目的只有一个:顺道溜进路边的新华书店里一饱眼福。新华书店里永远散发着淡淡的书墨香息,就像刚开学时书本油墨芳香一样,这种香息常让我流连而耽误了上课。新华书店里不仅卖书,还有其他文具什么的,我们囊中羞涩,多半只能是看看。冲着大门,永远挂着几个当时很时髦的黄书包,上面端端正正写着"风华正茂"四个大字。这是我不敢妄想的奢侈品。书包旁通常挂着很多画,几乎占了书店的半个空间,我印象最深的是一幅大龙舟的画。画中龙舟巨大,分了四五层,每一层都有穿着不同民族服装的男女在载歌载舞,画面靓丽,十分喜庆,大约是取各族人民欢聚一堂的意思。那些画下的柜台里,才是我最向往的书籍。书其实并不太多,农村毕竟读书的人少,也没有那么多的闲钱,更多的是小人书,专门为上学的孩子准备的。我的记忆中似乎只买过一本叫作《戴手铐的旅客》的小人书,但一直到现在我都没闹明白,主人公是那么好的人,为什么要戴上手铐呢?而更多时间,我们是趴在柜台上,伸长脖子,探头往里贪婪地看着书的封面,感觉看一眼也是享受了。新华书店的营业员姓贺,大人叫他小贺,我们也叫他小贺,他高高瘦瘦,白白净净,脾气很好,每当这时他便眯起眼睛看着我们,从未有驱赶的意思。

小学时代,我们的课外书当然只有小人书,也仅有小人书可看。自己没有,就到门旁哥哥姐姐那里借着看。如若班里某同学新得一本小人书,一定会被挨个借着传看。小学时期,看小人书成为我课余最大的乐趣。通过小人书,我认识了《鸡毛信》中,机智勇敢、把信塞在羊尾巴下的海娃;认识了《孤胆英雄》中,在中越边境自卫还击作战中深入敌后,单身毙毙数十名敌人的孤胆英雄岩龙;也认识了大庆油田的铁人王进喜,为国争光的中国女排……

伴着童年的油墨清香,我们开启了读书的岁月。

(2015年10月10日)

梦中的火塘

我突然就记起旧日的火塘来,恍若是梦中,还依稀颤缩着北风呼啸而过毕剥皲裂的寒冷。

那时的教室和现在比起来,实在是寒酸,青砖灰瓦,阴暗陈旧,据说是由土地庙改成的。它的年代自然久远,因此门窗都破败,四处透风,到了冬天,冷得和外面没什么两样。于是,每到天寒地冻时节,老师便只好动手用塑料布把门窗蒙实,在教室中央支起一个火塘,把柴火烧得旺旺的,大家围在火塘边,边烤火边听课,再不用拢着袖子跺着脚了。跺脚是没法上课的,那样满屋只有一阵敲鼓声,还有一片震起的尘烟,老师只能住了手,立在黑板前冲我们傻笑。

火塘生起来以后,我们再上学,就多了点事儿,每天要带点柴火和干粮。说是干粮,其实也没有其他的,那时穷,几乎是清一色的窝窝头。这是我们的午餐,午时就不用再来回奔波了。

我们一口教室有二三十个学生,还是三个年级的复式班,年纪差别很大,家离校也是有远有近,最远的能有十几里路,天寒地冻,来回一趟确实不易。

吃午餐是每天上学的一项重要环节,中午放学铃打响后,老师端来大家所上交的窝窝头放在火上烤。这时我们都围着火塘伸着手烤火,没人说话,双眼却全盯着火塘里的窝窝头滴溜乱转,忍不住的,口水早暗里流了下来。

每人上交的是两个窝窝头,到老师手里,收在一处,就不分彼此了,大囫囵架在柴火上,随便拿了吃。其实我们自己知道,各家窝窝头都有各自的记号,搭眼就认出,但偏不自己拿,要留给别人,然后偷眼看对方是狼吞虎咽还是皱着眉头,好回家说给母亲,母亲心中就有数了。

别小看了这些窝窝头,这也是暗里各家伙食技艺的大比拼。尽管家穷,每家只能吃上窝窝头,但也要拿上家里最好的窝窝头,到校里和大家合伙吃。我家的窝窝头大多是高粱面加上芋干面,再掺上些玉米面蒸出来的,有股甜丝丝的味道,预备拿去上学的,还尽量包点菜在里头,以增加营养。母亲总要在窝窝头顶上做一个别致的揪儿作为标记,每回到家,母亲第一件事就是问吃得怎样,我若说别人吃着好着呢,饭渣都没剩,母亲便点头,露出满意的神情。

其实仔细想想,虽然都是窝窝头,还是能体现出家境的。家境好的,细面就添得多些;家庭困难的,糠菜就多了几分。而各家窝窝头的滋味也不尽相同,时有怪味、异味、淡寡的,这就体现出各家主妇手艺的良莠之分。那时我们虽小,但也有自尊心,偷看别人吃自家窝窝头时,别人吃得香便喜,别人吃得没滋没味便忧,回家自然要抱怨母亲。母亲呢,不敢怠慢,就是翻出家底也要把第二天的窝窝头给做好了。吃着吃着,窝窝头逐渐趋于统一化了,原料接近了,做工也相似了,渐渐都吃出了同一个味儿,甜丝丝的。

每人两个窝窝头吃完,老师照例要搬出一口大铁锅,架在火上烧一锅开水,每人一碗,午餐就这么结束了,然后任由我们屋里屋外疯玩去。我们最喜欢的,还是贴着黑板玩"挤冒油"。我们不分男女,全班都上阵,分两拨儿,紧贴着墙,使劲儿往前挤,挤着挤着就挤出了一位,于是一阵哄笑,叫嚷着继续往前挤呀挤。我们都穿着直筒棉裤,厚实的棉袄,十分耐磨,袖口擦鼻涕擦得油亮。我们挤着挤着,挤出一身汗,劲头儿过去,便都出来一溜儿蹲在墙角,在太阳地里,翻逮衣里的虱子,看谁逮得又大又多。

这么多年过去,再没有虱子可逮,也没有窝窝头可吃了,但我还记得全班一起玩"挤冒油"的情形,挤呀挤,挤出了教室逮虱子。可我印象最深的还是一起围着火塘烤火、吃午餐的一幕,大家都不做声,只拿眼睛偷着乱瞟,只有窝窝头下肚的"库哧库哧"声。

我们吃得都很香,因为我们吃的是最好的窝窝头!

(原载于2018年12月16日《宿迁日报》副刊《绿海》)

【注】 其实这是一篇"伪作"。本地并无火塘,小时的学校并非土地庙改建,也并没有上过复式班,且没有见过窝窝头,在校搭伙吃饭更无从谈起……但它又是真实的。一日闲读《宿迁晚报》,竟被"梧桐巷"一篇《火塘》所吸引,感觉字字真切,犹如身临其中,看署名,原来是相熟的文友。待早晨醒来,方觉是午夜一梦,发信息向文友确认,答复未写过此文。再一想,可不是?文友年纪轻轻,且出于养尊处优的优渥之家,连麦苗都能当作韭菜,怎么写出如此的文章的呢?不过是梦中读梦罢了。于是趁着梦意还未散尽,寻章摘句囫囵吞枣搜罗点大致的形骸,改作《梦中的火塘》,按着原处投给了《宿迁晚报》副刊《梧桐巷》。但遗憾的是,这篇散文最终却在《宿迁日报》副刊《绿海》刊登了出来。

往事如风

往事如风

想念祖父

公交车转弯的时候,车子一颠,我的泪水就滚落下来。不经意间,我想起了祖父。现在算一算,祖父如果没有去世,也该过了期颐之年了。祖父刚过世的那一年,我曾两度梦见他。一次是在隔壁人家的屋檐下,祖父蹲在土墙根底,全身土黄,喊他却没有应声;而另一次,却是在他出事地点东邻的高原地上,我发现他时只剩下模糊的背影,我无助地呼喊,他却头也不回,一步一步踟蹰着消失在荒草瑟瑟暮霭沉沉之中。从此,虽时常记起祖父在世时的点点滴滴,却再不曾梦见。

清楚记得,那是 1993 年 7 月的一天,天异常燥热,吃了晌饭,我从家往后走,正遇见祖父从小爷家往南来。祖父是和小爷家一起过的,小爷家的锅屋是他的卧室,还兼牛屋。我们那里称呼有些特别,父亲喊作"爷",二叔则称作"小爷",而祖父则又称作"爹爹"。那一天,现在想来似乎有点怪异,太阳干燥得发白,地面被晒得烫脚,没有一丝风,连树叶间的蝉都响得有气无力。祖父光着上身,衣服披在肩上,坑着头,蔫耷耷地走着,似乎在想什么心事。我呢则走得急急匆匆,但至今我都记不起当时我是干什么去了,也许是往瓜地去的,或许是找玩伴去了。我喊一声祖父,他答应一声。我们一南一北,各自走了。我没意识到,这竟是我们祖孙二人最后一次对话,也许这也是祖父留存世上的最后一句话了。

我在外游荡整整一个下午,黄昏时才回家,那时家中已翻天了。门口正撞见小爷,他平生第一次结结巴巴对我喊道:"赶,赶紧!你,你爹爹不见了!牛,牛在南沟饿得把桩都,都拔了!赶,赶紧⋯⋯"我一个激灵,一股冷气从头顶直贯脚底!出事了!祖父对牛比对我们还亲,绝不会让牛饿肚子的,要是往常早拉去放了!我拔腿就跑,我知道祖父一定在瓜地。可是,瓜地没有,我家瓜地,小爷家瓜地瓜庵都没有,其他人家的瓜庵也一一找过,没有!

整个原野此时空空荡荡没有一个人,安静而诡异!暮色渐渐合拢,我的头轰的一声,第一次慌张得不知所措。我口干舌燥,发疯般在暗淡空旷的原野奔走呼号,但没人回应我。我又转道石子公路,边喊着祖父,边向家狂奔。夜黑了,没有风,两侧树影模糊,我不知疲倦,一味地奔跑呼喊,脚底的石子像蚂蚱一样惊恐逃窜。渐渐地,我发现自己再喊不出,嘴巴也张不开了,一股东西堵在喉咙里,已说不清自己是什么状况,想哭又不敢哭,只剩下慌乱和无助。我感觉像置身深渊之中,一股不可抗拒的水流正把我往某一未知的黑暗拽去……我已明白,今天家中肯定有重大的事情发生了,但我又不死心,我向家中狂奔而去……

我最终没能跑到家中,刚到村口,撞见几个行色匆匆的人影。

"快!你爹爹找到了!"他们嚷嚷道。

"在哪?"

"拖路河。"

我调头就跑。等跑到拖路河,模糊的夜色里,河边已满是影影绰绰的人影,估计大半庄的人都来了。没人说话,大家都静默着,只偶有轻微的叹息声,整个河边一片死寂。一股不祥的预感在我的脑海中迅速膨胀,胸口犹如有块石头,压得难受。我向前猛跑几步。哭声越来越大,我两腿已开始筛糠似的战栗……

怎么会?我跑向瓜地的时候,就从这经过的,什么也没看到啊!我所不知道的是,为了寻找祖父,庄上知情的人都出动了,成群结队,一轮又一轮,在村庄周围拉网式地搜寻。终于,有人在河边发现了祖父晾晒在草稞上的衣服,几个年轻后生就噗通通跳下河里。

我终于看到祖父。此时,他已躺在河边的草地上,无声无息,被水浸白的身体在夜色里尤其醒眼。我不知怎么挪过去的,腿一软,跪在祖父的身侧。我抖着身子,伏下腰,一点一点端详着祖父。祖父依旧是一如既往的坚定,他瘪着嘴,双手握着拳,一腿高高抬起,作努力攀登状。我突然泪如泉涌,失声痛哭,下唇不听控制地打着颤。这一刻,我知道,祖父走了!永远地走了!祖父,你怎么就不知道,这条河开春才翻挖过的呢!祖父!谁能体会祖父最后的痛苦和坚韧!河坡是如此的陡,他心知再无力登上,但依然努力着,直到最后时刻,都不曾放弃,更不曾吸入一口污浊!

不知什么时候,家人都赶来了,围在祖父四周,哭声一片。有人扛来凉床,把祖父架上去,抬回来,放置在我家堂屋里。然后连夜到街上,敲开彭裁缝家的店门,赶制送老衣。

我躺在沟边树下的凉床上,毫无睡意,瞪着眼睛,仰看黑魆魆的树影和树叶间隙里透出的惨白的星空。我努力地思考点什么,却什么也想不起。夜蝉不时偷哭出两声,凉床边一只叫油子拼命嚎叫,我已麻木,任凭蚊子在周身嗡嗡作响。

天麻麻亮的时候,我们分头通知亲友去了。因处三伏,不能久停,明天就需开门。我到城里告知了三姑一家,回来送老衣已做好。小爷和我给祖父换衣服,祖父依旧抬着腿紧握着拳,小爷便埋头把祖父的腿小心地捋直,又一点一点掰开祖父的拳头。他做事的时候,我一直盯着祖父的胸脯看,老疑心祖父的心脏又开始跳动了,但直到最后小爷停止动作,祖父依然平静地躺着。我叹口气,开始给他穿衣服。小爷把草纸蒙到祖父的脸上。

祖父的生命,最终停留在80岁的门槛前。还有几个月就是祖父的大寿了。父亲和小爷也三番五次商讨过,要把祖父的大寿做得隆重些,我的眼前甚至多次出现祖父坐在藤条椅上,眯缝着眼睛接受儿孙们拜寿的情形。可是,这一幕再不会出现了,永远都不会出现了!

"唉,你爹爹从未过一天好日子。"母亲抹着眼泪说。是的,祖父从未过一天好日子,我知道。祖父的一生,尝遍了人间的艰辛与磨难。祖父的父亲英年早逝,母亲不谙世事,染上赌博恶习,竟把家中八十余亩田产输光,只得将幼子寄养到姊妹处,自己带着长子投奔上塘集的娘家去。待祖父长大成人,操着一口上塘集的侉腔回来时,家中已上无片瓦、下无立锥之地,只得靠打长工卖小罐子勉强维持生计。祖父心善人懦,常受欺凌,甚至差点被自己的亲弟弟一棍子擂死。他受了半辈子气,终于等到两个儿子成长起来,不曾想大儿子却不成器,做个小村官竟把家里家外闹得鸡犬不宁,直闹得灰溜溜回家种地。祖父一定为这样的儿子痛心过,但儿子这样,他又能如何呢?打记事起,就知道两家脏累的活儿都是他一包背的,喂牛、耕种这些最重要的农活全是他一人承揽。他所不知道的是,自己拼死苦干,却把两个儿子惯出了毛病。祖父苦了一辈子,吃不好穿不好,现在家境终于有点起色,也该享几天清福了,却不曾想发生了这样的意外。

开门当天,宾客往来凭吊,热闹而又凌乱。父亲吹奏班的朋友都是夹着喇叭来付礼的,来了便不走,坐在桌边呜哇呜哇地吹,虽都是悲调,却吵得没了一点悲伤的氛围。祖父的灵堂边,席地而坐的女眷中只有大姑哭得死去活来。母亲和小娘都是内敛的传统女性,不善于表达自己,且忙着给厨师打下手切菜烧饭。母亲得闲时,就会躲到里屋,偷偷哭几声,抹几把眼泪,又匆匆出屋忙活去了。

我的眼睛害了,红红的,睁不开,泪水涟涟。我难受,看到祖父棺前插着筷子的倒头饭我就难受。几个月前,一次晚饭时,我就是这样把筷子插在碗里的,被一向温和的母亲狠狠训斥一顿。祖父,我对不起你!我不知道这样不吉利,更不知道这是对你的大不敬!现在每每看到筷子插在饭碗的一幕,我依然心如刀割!

直到今天,我仍会时不时记起祖父,仿佛一切就在昨天,但他的故事已碎成凌乱的片段。祖母去世太早,唯有她驮着着我过巷口和去世前后的零碎模糊的记忆。而祖父,却与我相依相伴,是我童年的依恋,是我一生的精神家园。

还记得,小时候每到过年那一天,他带着几个孙子给祖坟烧纸的情形。那时真冷,地是结着冰的,踩上去咔咔作响,每回他总是领着头,微探着身子,精神抖擞地往前走。他嗓门太大,嘴巴冒着白气,为我们介绍那是他父亲的坟,旁边是他父亲的哥哥嫂子,又向我们解释为什么老兄弟俩会离家这么远,而他母亲的坟为什么又离得更远,挨到别的村庄上,这原来隐藏着一个家族盛衰的往事。还有一回,祖父突然道:"走,带你们给俺哥烧纸去。"我们都惊讶,祖父竟然还有哥哥!祖父说:"是啊,才二十来岁,在双沟被人打死的——"竟然是被打死的!这里面一定有很多的故事,但祖父不再说了,我们也不敢深问。他说着往东走两步,又打住说:"算了,太远了。"我其实是想去看看的。我想知道祖父的哥哥究竟埋在哪里,但祖父不去,也就不好去了。没想到这一犹豫,竟成了永恒的遗憾,以后再没机会跟祖父去了。

我还能想起那年祖父做护林员,几个孙子跟着去玩,因调皮打闹横穿马路,一辆疾驰而来的货车紧急刹车,司机探出车窗劈头盖脸责骂祖父的情形;还能想起冬日里,猫在祖父温暖而又骚臭的牛屋里,听祖父眯缝着眼讲他参加队伍,在营部警卫排和陶营长并肩作战的故事;还能想起瓜季,和祖父一起搭瓜庵,在瓜地生火做饭的情景;也还能记得那次,祖父非把父亲的朋友拽到一边,给他背毛主席语录,因嗓门大又离得近,而喷人家一脸唾沫的可笑样子……

最不能忘记的,是那个秋天的午后,祖父痛哭的画面,虽时隔多年,却犹在眼前。当时专横跋扈的父亲,尽管什么都没了,却依旧和以前一样,游手好闲,无所事事。那天祖父找来,他正在屋里站着。祖父对他大声道:"你看看哪家地还没种?就你家地在那撂荒!"没想到,心情不好的父亲,突然转头冲自己的亲老子猛地吼道:"要耕你耕去!我不去!"祖父一震,陌生地看着眼前的大儿子,一掉头踉踉跄跄地走了。我感觉不对,紧跟在祖父身后。来到祖父住的牛屋,祖父回过头来喊我的小名道:"千万莫学你爷,你爷完了啊!"说完已是老泪纵横,泣不成声。我从未见祖父如此伤心过。那时我虽年幼,却也能切肤感受到家庭变迁所带来的无形压力与痛楚。我点着头,顿时也是泪如雨下。是的,或许父亲曾是祖父的骄傲,但事已至此,祖父多希望自己的儿子能踏踏实实做个农民,而他却做不到。

第二天一早,祖父就套好牛给我家耕地去了。这是一个早秋,热而干燥。我中午上学前给祖父送午饭,他正光着膀子,大鞭搭在肩上,打着号子催促牤牛用力前行。没想到,才到学校一会儿,天就变了,紧接着狂风骤雨夹杂着鸡蛋大的冰雹铺天盖地就下来了。父亲是从一个桥洞把祖父背回来的。牛被冰雹砸得狂奔,祖父去拽牛,反被牛拖倒,再加上被冷气激冰雹砸,父亲找到他时他已冻僵了。祖父被背回来,用被子焐两天才缓过来。这件事似乎对父亲触动很大,此后他的脾性改了不少,开始勤快起来,再后来竟成了邻里交口称赞的弄园好手,可惜田地又没了。

祖父去世后的前几年,父亲还时常和我们提起祖父的往事。说起他在村西头陈家做长工时,有一位长工春耕,惊起一条扁担长的蛇来在身后紧追,追到村口被祖父他们合伙才给打死;说起他受人欺负,在村东头路边哭泣,恰巧被陈家做了泗南县领导的大少爷撞见,陈家少爷闻听非常生气,说我民主根据地竟然还有人欺压劳苦大众,非让警卫员把他抓起来,他却紧抓住马头替对方求情;说起两位堂侄儿参加新四军,祖父照顾堂兄堂嫂直至养老送终;说起国民党抓壮丁,祖父替亲弟弟顶包,走到上塘集抓破自己眼上起的眼疸装死而躲过劫难;说起他上学时,祖父打的草鞋出门根本穿不了一个来回;说起祖父用小罐子给他送稀饭,站在校门口吆喝他的小名,全校都能听到;说起他当兵时来带兵的老红军住在家中,祖父和他促膝谈革命谈战斗,兴气所至两人整整谈了一个通宵……

父亲说起祖父的故事,最有血性的莫过于年近三十,戴着大红花去参加队伍,几经生死。后部队打散,回到家中带着全家到安徽全椒逃荒避难,生活所迫将女儿送给当地一户地主家,几年后回来,生活好转,立马去接女儿,但那户人家不给,反而把祖父打得死去活来,最后祖父找到当地政府,恰巧遇到一位老战友,那老战友上门了,那户人家才答应放人。父亲说,几百里路,你大姑硬是被你爹爹一步一步背回来的,一路餐风露宿,边要饭边走。一次走到一镇上,你大姑嘴馋想吃油条,可是兜里一分钱都没有,你爹爹心一横,冲到油条摊上抢根油条就跑,顶着被人一路追打,最后把油条塞进大姑嘴里。我的眼前就时常出现两个画面:一个是身材单薄衣衫褴褛的父亲,背着女儿在荒凉陌生的路上一路走着,走着;另一个则是闹市上,一个乞丐握着一根油条缩着脖子弓着背努力跑着,跑又跑不快,卖油条的一路斥骂追打,满是油污的竹签嘭嘭地落在他的背上,他满眼噙泪,老鸟喂小鸟般将油条迅速塞进女儿嘴里,而女儿也是满眼泪花,边狼吞虎咽边看着追打父亲的人,那人叹口气转身走了,父女俩抱在一起,哭作一团,女儿哭着吃着,三口两口把油条吃得精光。

祖父的故事,其实就是一个家庭的磨难史,更是一个时代的缩影。在磨难困苦中,祖父隐忍坚守,从未失掉对生活的信心。也正是他们这一代人对命运的抗争、对未来的不放弃,才有了我们今天幸福安稳的生活。可是,祖父却早已不在了!

祖父勤劳善良,尝遍世间冷暖,饱受欺凌,但在大是大非的关键时刻却绝不懦弱,表现出了应有的血性;他爱生活,爱家,爱国,爱党,尽管不是党员,但我却再没见过比他更像党员的人。

父亲说起祖父,越说越少,渐渐不说了。往事已被时光淡去,也许他知道祖父很多很多的故事,但他永远不会知道,在那个秋日的下午,暗淡的牛屋里,祖父曾像一个绝望的孩子一样,为他的儿子哭泣过。

(2018年1月23日)

走近水口

我们是要去琅琊山的。那座千年前老酒翁的亭子在等着我们。琅琊山在何处?"环滁皆山也。"原来它是在安徽滁州,是韦应物笔下"独怜幽草涧边生,上有黄鹂深树鸣"的滁州,更是"春潮带雨晚来急,野渡无人舟自横"的滁州。

向滁州进发,到安徽地界,不由心中一震。全椒!虽从未来过,却突然感到莫名的熟悉,心底竟生出一股久违的温暖来。我不知自己为何会这样,抚一次胸,嘘一口气,靠着座椅靠背闭目养神,眼前却出现了祖父佝偻而倔强的身影来。我再次睁开眼,透过车窗望去,只见两侧楼房、树木、田园悉如旧时相识,毫无违和之感。

不一会儿,车过全椒,来到来安。我止不住心跳得厉害,一种无法名状的激动,正在周身弥漫开来。近了,更近了!我明白,我已触摸到父辈当年走过的足迹,虽然已过了半个世纪的光阴,我依然能感知它的温存。我知道祖父领着全家艰难跋涉,最终找到的安身之处,一定就在不远处!儿时的记忆中我憧憬过它们:全椒、来安。祖父的叙述里,父亲的故事里,它们是那般亲切,以致我在梦中也曾印刻下它们。那应该是二十世纪四十年代,依然战火纷飞,生灵涂炭。祖父带着全家就在这一带要饭讨生活。其实也不全是要饭,更是为了避难,他参加队伍遭遇袭击,只身突围回家,乡中却已被"还乡团"占领,他只得带着全家远走他乡。远走才有活路,在家只有死路一条。我知道他们最后是在某一处定居的,尽管不能确定确切位置,但可以肯定,它一定就在不远处了!

我忍不住拿出手机,给父亲打了电话。"什么?你在来安?"父亲诧异道,"来安水口镇,有一条大河,我们家就在河埂上……"哦,原来是水口镇,那河岸上的林间空地肯定是祖父搭的地趴趴式的茅草庵,这便是一家五口蜗居之处了。我甚至已看到了他们生活的情形,树林、草庵、一家衣衫褴褛的外乡人,靠乞讨和看当地人的脸色,艰难苟活着。父亲的记忆里,似乎并没有多少苦涩不堪,反而是充满美好的回味和怀念。当地人淳朴憨实,对他们外来户不曾有过欺生和压榨,而是宽厚以待,尽量帮衬,这才是这家人得以定居数年的原因。左邻右舍的孩子,都成了幼时父亲的玩伴,他们一起游戏,一起逮鱼摸虾,开春一起到附近的山上捡拾野鸡蛋……父亲后来当兵到附近抗洪抢险,特意请假转道去探望过一次,当年的小伙伴已长成小伙子,一起凑钱招待父亲,临走送了一程又一程,最后挥泪而别。

　　我浮想联翩,脑海中一幕幕出现父亲童年生活的情形,温馨、激动,仿佛溯源岁月,正侧耳倾听大梦轮回的裂帛之涛。汹涌澎湃的岁月之河,拍打着我的思绪,祖父的脚步、父亲的脚步咚咚而响,时悠远时亲近,时模糊时清晰,似乎我的脚步已和他们重合,进而连成一串,把岁月咚咚地踩响。我急切想知道水口的方位,急忙打开手机上的导航。13!此时水口就在我的右侧,只有13公里之遥!车在行进,我手握手机,密切关注数字变化。12.5、12、11.5、11、10.9、10.8、10.7……大巴车对于水口是平行而驰的,当数字定格到10.4之后,慢慢远离了。中途我们下车午餐,和老板娘提起,她道:"水口,很近的,也就二十多里路。"说着指了指方向。

　　其实,琅琊山距水口也不过十几公里罢了,父亲和伙伴们说不定当年也在这座山上游荡过,只不过他们不是游山玩水,而是搜寻果腹的食材。入琅琊,林壑幽美,蔚然而深秀,一路游人如织,两侧阴翳,鸟影浮动。未行六七里,早有水声潺潺,大约是酿泉了。再行一段,已到醉翁亭。写《醉翁亭记》时,欧阳修三十八九岁,放在今天不过小青年一枚,但在那时他已"苍颜白发",以老翁自居了。想想水口那些父亲儿时的伙伴,算算年纪,都已是古稀之年,大约这才能算作真正的老翁吧。不知他们还能否记起那个叫"小根"的北乡小侉子?水口镇到底什么样?父亲记忆中的那条河是否依旧是当年的模样?祖父当年搭的草庵还能寻出一丝痕迹吗?

　　回程,车竟然是向着水口的方向行驶的。我关注着手机上的导航显示,满心忐忑不安地憧憬。17、16、15、14……可是,当还剩5.5公里的时候,车向左一拐,与水口镇擦肩而去。看着越变越多的数字,我明白,我与这血脉交织的地方再无缘相见了。

5.5公里,也许这是我和水口今生最近的距离。

(2018年8月5日)

表姑

父亲的表姐,我的表姑,摔了一跤,当即就不行了,虽经治疗,勉强可蹒跚行动,却再不能说话。父亲听说后,联系了他的姐姐和弟弟,准备去看望。

其实表姑的住处距我工作的地点是不远的,但我们又毕竟远了一层,从未来往过,也仅是见过一次面吧。而更多的了解是来自父亲酒后的唠叨。每回回家时,他若想起来,就道:"你表姑家是不远的,就在旁边的小村子上,你大表哥在庄上混得不错,还是队长呢。"

大表哥我没见过,他家老二我是见过的。我结婚的时候,他前一晚就赶去,木讷少言,有些憨的样子。至于表姑家其他情况,就一概不知了。

表姑的村庄,前两年赶上拆迁,原本家园已化为田地,他们一家的去向也成了一个谜。父亲经过辗转打听,终于确定是搬到东面一处乡间小区居住了。

核实清楚,父亲他们便约好,一同坐了车来到镇上,然后让我带着他们过去。我已在这里安身二十年,虽不是每一片都熟知,毕竟比他们要熟稔多了。况且,我真的一直想去看看这位表姑的。

大姑父也来了。四位暮年皓首,脚步虽迟缓,走到一处依然亲密无间。小爷和大姑父觉得去看一回只掏点干巴巴的钱似乎不妥,又奔到远处小贩摊上买了些水果提着回来,才觉安心。

一上车,父亲就感慨道:"可怜母娘舅一家也就剩这一个了,我们再不来看她,谁来看她呢?"

大姑"唉"一声,接过去道:"兄妹四个,老大是天天带着我们玩的,十三岁,一场疾病,没了。老小,四妹长得窈俊的,在我们家养到十五六岁才回去,二十一岁,去扒大河,得了急性白血病,就倒在河堤上,在公社大院里开的追悼会呢,一晃也几十年了……"

我开着车静静听着。这些同样的话,父亲已唠叨过好多遍了。人活着真的不易,就像一枚秋天的叶子,说不定哪一阵风过,便飘零散去,再不能回来。每个人也许有太多的故事,但到最后,都被简化成一句生死。再隔一代,连存世的讯息,也都一同湮灭了。

父亲说:"那个表叔,你还记得,好好一个人,却被雷打死了……"

表叔当然我是知道的,初中毕业准备离校的时候,正碰上他带着女儿去新生报名,我们还站着说了会话。没想到,这竟是最后一面。大约是两年后,听说他被雷击了。

那是收麦时节。当时,割下的麦子依然要铺在场上,用手扶机带着碌碡绕圈打轧,然后起了麦草,留下的就是麦子了。这是我们传统的"打场"方式。表叔家的一场麦子,手扶机已打过,但还没起,晒在场上,人都回去吃午饭了。但麦午季的天说变就变,一刹那天便沉下,酒盅般的雨点一颗一颗往下砸。表叔一推碗,扛杈便走,一路狂奔,眼看就到麦场边,"咔嚓"一声雷响。就见一道刺目的白光,瞬间划破天空,毒蛇般倏地斜过电线,攫住他扛的杈。表叔就倒下了,倒在麦草边,从此再不用惦记着"起场"。

一家兄妹四人,就这么去了三个,还剩一个,按状况,现在也是朝不保夕了。

一路上,父亲用手机不断和大表哥联系,以确定方位。而车上的话题,自然还是围绕表姑一家。几个人,只有小爷是不插话的,仅是偶尔附和着嘿嘿笑两声。他长年嗜酒,没喝酒时也是晕乎的状态,且耳背严重,听声便扯,常常是风马牛不相及,让人哭笑不得,近两年自己也有所察觉,便很少接话,见人家笑也便笑,跟孩子似的。

比较起来,他们姐弟三人应该是幸运的,尽管都在逐渐老去,但毕竟都健康地活着。其实他们也是不易的。大姑几岁时就被送给了别人家。那时家道艰难,举家逃荒要饭,到实在活不下去时,只得将女儿送给当地一户地主家。等到家境稍好转,祖父便又步行几百里路,被那户人家几近打死过几回,终于把女儿背了回来。而小爷,能活下来就是奇迹,他刚出生时,身体孱弱如猫，疑心养不活，便扔到了乱坟滩，但他的母亲终究于心不忍，又折回去，赶在野狗下嘴前把孩子抢了回来，这才多了枝繁叶茂的一支。

大表哥时而打电话过来，询问具体位置，怕我们错了路，说他在汤南小区西边路口等着我们。但我们却从东边绕过去，他又骑着电动车回来，守在小区南门领我们进去。

表姑住在地下室里，但很宽敞，足有三间瓦房那么大，中间一道墙隔成两间。

我们进去时，表姑正撑着拐杖，枯坐在床头，两眼无神，嘴巴干瘪，如一截朽木。大姑紧走几步，两双苍老的手就紧紧攥在一处，四目向对，嘴角翕动，却没有一丝声音，只有两行浊泪从脸上滑落。满屋人无不伤感，都默默看着恸哭的姊妹，没有一个人劝解安慰。这是一群儿时的玩伴，如今老境，让人唏嘘。

良久，大姑抬起头，轻轻拭去妹妹脸上的泪痕，喊着她的小名道："你比我还小两岁，怎么现在竟然这样……"

表姑面无表情，依然垂泪不已。

大表哥接过去说："我妈心里什么都明白，就是不能说了。听说你们要来，天天挂着拐杖踱到门外看几回，心里惦记着你们，刚才还在门外等着呢。"

问起病情，大表哥道："去年还神头似的呢，到哪都精神抖擞。收麦时候，她没事非要去拾麦子，背一捆准备进家门的，结果绊摔了一跤，人当时就不行了，挂了一星期的水，不吃不喝，身体都硬了，当时估计是留不住了，连送老的衣服都买了，但还是不死心，又继续挂水，竟然又回头了，还能慢慢挪步了，就是不能讲话……"

作为家中长子，大表哥的确为这一家付出很多。表姑住的屋子是他买下的，平时还要照顾母亲的起居。

"里面还有一位呢。"

他说着把我们带到里间，原来这里躺着他的二弟，我结婚时到过我们家的表哥。他躺在床上，翻着白眼，对我们似看非看。我的心底突然说不出的沉重。

大表哥领我们出去，解释道："都躺下两三年了，不能动，但还能讲话，是神经上的问题。我们弟兄四人,已经下去一个,再算上这一个,就剩下弟兄两个了。"

他说得满是无奈。我完全理解他的心境。二弟本来应由母亲照料的,现在却连自己也一并扔给了大儿子。可以想象,他的负担到底有多重。但他毕竟是有些本事的人,紧挨着楼上便是他的小家,看上去过得倒也殷实。屋里一对双胞胎孙子在尽情嬉闹着。孩子是家的未来,家的希望,是家中一切欢乐的源头。

世间万物轮转,新陈交替,老树逐渐淡远,新穗方抽芽吐嫩。岁月就这样无情,将你的青春一点点剥去,最终削刻成一堆凌乱的记忆。但它又是那样热情,热切地拥抱着每一个初绽的生命,让他们尽情盛开成美丽的风景。世界原本就是这样的啊!该老去的老去了,该来的悄悄地来了。它原本就是新老相依,失望和希望交织,幸与不幸如影随形的矛盾载体。

大表哥已是做祖父的人,黧黑的脸上,满爬着岁月的印痕。而我,也不再年轻,和他一样正在一步步走向人生的后站台。

相聚总有离别的时候——不管你多么恋恋不舍。大姑和表姑双手又紧紧握在一起,心中似有千言,此刻却一句也说不出,唯有浊泪两行!

谁都不知道,这究竟是不是最后一面。

(2015年5月30日)

往事如风

九十三岁高龄的三姑父,此刻正躺在冰冷的冰棺里,被一片白花簇拥,更显冰冷。这将是他在世间的最后留存。三姑父的去世源于肺癌,早年他领着一批进步青年,仅凭几杆"土冲子",依托洪泽湖湖汊芦荡与强敌周旋。为保存革命力量,队伍经常转移,敌情紧急时,只得跳入冰冷刺骨的湖水中躲藏,靠着口含一根芦苇管呼吸,因此落下了肺疾。灵堂中他的遗像挂在墙的中间，微露笑容，神态安详，注视着我们，仿佛在诉说往日的峥嵘岁月。

遗像两侧的挽联写着："讲党性几十年奋斗一尘不染众口皆碑，善亲朋九十载人生德高望重后人敬仰。"

我以为，这副挽联是对他一生最贴切的注解。虽然他曾经是县里的实权派人物，但却很少为子女谋取福利，他儿女数位，皆是普通人，就是有一定成就，也是自己努力的结果。

然而我的父亲——并不是他最亲的内弟，却在他的帮助下，一度干得风生水起，在自己的一亩三分地也是个说一不二的人。现在想来，其实都是三姑的缘故，她太爱惜这个家里根正苗红的弟弟，想像她哥哥一样把这个弟弟往正道上引。只可惜这个从小要饭的弟弟，自小少人管束，性格缺少修枝剪杈，总是做出出格的事来，最终还是让她失望了。

我们到殡仪馆的时候还不到上午八点，二表姐老远迎来，一再道歉，到里面凭吊过三姑父，又赶过来解释，说："昨天母亲气得直跺脚，连说我的娘家人呢，我的娘家人呢，怎么一个没来？"说要怪就怪她，原来是她忙忘了，到了晚上九点多才想起来。

不一会，外面传来一片哭声，三姑来了，由孙女搀扶着，女儿围在左右，一路哭着走来。其实三姑并没有哭，哭的是她的女儿和孙女，但她眼睛委实是红红的。她满头银发，形容枯槁，表情木讷，颤颤巍巍走将进来。

这哪里还是我眼中的三姑？当年那个风风火火的女干部不见了，我只能凭着儿时的记忆来辨识眼前这位满脸皱纹、身体佝偻的老人。

"小二，把毛主席头像拿回来，不卖。"

三姑站在我家旧瓦屋的门槛上，左手叉腰，右手擒着纸烟，对我道。她语气平和，却透着威严。

"卖吧，再添点钱怎么样？"那收破烂的商量着说。他一眼就看中了摆在柜顶上的毛主席头像。这个像章很特别，是父亲从部队带回来的，足有碟子那么大。

"五十不卖。就是五百也不卖。毛主席像章不能卖。"三姑吸一口烟道。

我那时还是十来岁的孩子，正站在门口平地上，回过头仰望着门槛上的三姑。一抹烟雾在她的脸上拂过，说话的时候，一颗银质的假牙露了出来。她胖却结实，齐耳的短发，英姿飒爽。

收破烂的见无可能,只得最后贪婪地看一眼我手中的像章,很不情愿地走了。

三姑是县供销社的干部,加上三姑父在县里的影响,于是父亲在她的关照下,做过磷肥厂工人,收过芦苇,开过石场,最后回乡做了大队书记,还是什么公社党委委员,要不是自己走了一段弯路,说不定后来也是人模人样了。

三姑被搀扶着到偏室陪寝的床上坐下,父亲他们全拥过去,陪着坐下,但全说不出一句安慰的话来。眼前这位骨瘦形销,脊背伛偻的老人,和我记忆中意气风发的女干部,再没有半点关联。然而恰在此刻,父亲曾提过的一段往事,忽地跃上我的脑际。1973年冬,时为大队书记的父亲,领着一大帮村干部到县里参加"三干会"。会议结束的那天,一众人来到住在县委大院的三姑家,此时正值晌午,刚刚端起饭碗的三姑,急忙放下手中的碗筷,起身道:"介(这)不是他根先舅嘛!……"和大家一一打了招呼后,回身又麻利地从米缸中舀出刚从自由市场上高价买来的大米,加些玉米米(在那个物资匮乏的年代,粮食都是按人口定量供应的)淘米下锅,洗菜、切菜、炒菜,在三姑一连串熟练的动作中,一大锅香喷喷的米饭和几大盘家常菜不一会儿便出了锅,接着又从咸菜坛中抓了一大把刚腌制好的"梅干菜"……当大家开始大嚼大咽时,已临近下午上班时间,三姑丢下只吃了一半的饭碗,拿起工作包,匆匆作别出了家门,只给这23位亲戚留下他们眼熟的她——那曾经在老家"挑花挑"时的轻健而高挑的背影……

灵堂里一阵紧似一阵的抽泣声打断了我的思绪,我的泪水不自觉地流了下来。每个人都在擦着自己的眼睛。是啊,这是两株生死相依的老树,在一起风风雨雨纠缠了半个多世纪,就是根须都扎进了彼此的深心里去,如今一株走了,剩下的一株又将怎样呢?

我不敢久待,便溜到大厅去。当然多半亲友我是不认识的,即便认识也多是多年未见,陌生到连话也寻不出几句了。我终于见到了南京和淮北的几位哥姐。若和我们一样,世居祖地,那么我们该是相亲相近的一家人,但距离割断了我们的亲情,他们大约已是知天命的人了,我们却是初次见面,一家人的情分自然谈不上,话也是寥寥,生分得很。倘若走在大街上,即便擦肩而过或也不知彼此是自己的亲人的。

三姑的两亲兄,老大在淮北,老二在南京,年纪比我的祖父小不了几岁,都已故去多年了。这是一对为革命做出过一定贡献的兄弟。据三姑说,老大振先于1946年淮北根据地大撤退时,由洪泽湖退到山东做地方工作,1949年新中国成立后在安徽省委任职,后因一些历史原因到了淮北。村里人只记得他两次探家的经历,第一次他是骑着高头大马回来的,带着两名警卫,第二次则是坐着吉普车,依然带着两名警卫。他第一次回来或许是因自己母亲病危,第二次则是我奶奶的缘故。他父亲去世较早,母亲病重时子女都在外地,身边并无亲人,据说都是我的祖父母端屎端尿在跟前伺候,养老送终的。待听说我奶奶病重,他便义不容辞赶了几百里的路回来探望了。父亲说我这位大爷书法了得,是安徽八大家之一。我曾在三姑家见过他的小楷,工整端庄,很见功力。淮北的大爷家,父亲以前是时有走动的,甚至还嫌招待不周掀过他家桌子,直把一桌酒菜掀得满屋都是。父亲并不自臊,每每提起,还有点儿心安理得或自以为"傲"。每回说到结尾便自笑道:"你们大娘是大学教授呢,平时很有风度的,但当时也被我气得脸都黄了……"

而我听来关于这位大爷最传奇的故事还是他姐夫投奔他的事。困难时期,大姐一家生活不下去,大姐夫就去投奔大舅子去。怎么办呢?总不能让姐姐一家十来口饿死,加之姐夫唱大鼓出身,也能识文断字,颇有点文化,便因材选任入党提干,后来担任某公社一把手。这姐夫倒是有两下子,到任不几天便把公社管理得井井有条。但他姐夫毕竟是唱大鼓出身,脑子活泛,不几天竟飘飘然起来,和公社一位年轻貌美的播音员传出了桃色事件。结局当然只有一个,从哪里来还回哪里去吧。年轻貌美的播音员并非是觊觎他的地位,发誓要嫁给爱情,等跟着他到家中一看,傻眼了:几间摇摇欲坠的茅草屋,屋内乱如猪圈,找不出一点儿下脚地方,屋角挤着几个糖团似的孩子,最关键当门还站着一位一脸惊讶的黄脸婆。她看看屋角的孩子,看看当门的黄脸婆,一扭头走了,从此再没了音信……

按父亲的话说,二哥梅先是由新四军骑兵连干出来的,渡江战役时似乎已是副师长级别,解放南京后便就地转业,做了省供销总社干部,还娶了小他十几岁的二大娘。父亲说二大娘年轻时是剧团台柱子,长得跟天仙一般。这次她也来了,虽已是古稀之年,但依旧能看出当年的风韵来。

父亲说:"二哥是最关心我的,还在念小学时,就常写信鼓励,说'弟弟,要努力学习,字要一笔一划写,人也要端端正正做人'。"

巧的是,后来父亲当兵,正好在南京中华门旁边,他的二哥很高兴,几乎每个星期都要去看看。大哥振先"文革"避难时也去小住过一段时间。三姐夫宋广辉和三姐张林也偶尔去看望过。父亲退伍后被安排在秦淮区,先做公安局一名干事,派驻到某万人钢铁厂做保卫科长。然而父亲自小吃百家饭大食堂,出了部队便不会生活,加之思乡心切,当保卫科长没几天,便把大圆帽往墙上一挂,连夜打了铺盖卷"潜逃"回家了。他二哥可被这个不懂事的老弟气得不轻,从此和我们家再无半点往来。一年后,组织上派人来找父亲作最后沟通,父亲不敢见,不知跑哪里躲起来了。两位领导在门旁大爷家坐一会儿,又在门前站一会儿便走了,没几天他的档案从南京转了回来,南京成了他不愿回首的旧梦。前两年听说原先当兵的有一定补助,父亲就到县档案馆找档案,去了几回都没找到,最终在二楼干部档案馆找到了。父亲不禁又想起二哥对他的好,这还能是谁做的呢?他的二哥对他的帮助只能这样了。然而,他知道真相时却已是几十年之后了……

到了九点半,追悼会开始,相关领导人对三姑父的一生作了回顾。一个人,有血有肉的漫长一生,最后只浓缩在几张单薄的纸上。我听到三姑父是1948年入党,同年参加工作;新中国成立初期,担任管镇乡乡长。党校毕业后,他从基层开始一步一步一直干到县里,分别担任过县供销社主任,工业局局长,县公交办、经委书记等职,八十年代离休,又颐养天年三十余载。

三姑父静静躺在百花丛中,挂在墙上的照片做了他的代表,笑看着祭拜他的众人。沉闷的大厅里回荡着撕心裂肺的哭喊声。哭喊的是女儿、儿媳、孙女她们,而真正最该哭喊的三姑,却躺在一边背过气去,由着痛哭的二女儿掐着人中紧急救治。此情此景,不管是出于真情还是假意,大厅里没有谁脸上不挂着泪珠。

一个人的走也便是这样了。他走了,至少有人为他悲戚过——尽管他也许并不愿看到这样。三姑父在世间最后一段路是走向大考山,那里将是他永恒的家园。

(2015年8月12日,8月28日补记;2022年7月1日晚改,7月19日再改。兄建国协助整理。)

【后记】 冥冥中有些事似乎是说不清的。这篇写实性文字为七年后第一次翻出来整理,没想到竟然延宕近一星期,反复修改不得要领,心境颇不安稳,便欲再找三姑请教,以让一些细节更为翔实。2022年7月1日清晨突然被手机铃声惊醒,父亲沉默一会儿告知,三姑已于6月30日(农历六月初二)夜去世,享年九十。

清明雨纷纷

清明前后,天总是不好,阴沉沉的样子,倒是符合节气的氛围。

清明前一天,父亲提议回母亲的娘家,看望两个舅舅,顺便给他的岳父母大人送点纸钱。

母亲揶揄道:"我妈死的时候都没去,几十年下来,倒想起来烧纸了!"

父亲有点委屈道:"那时不正赶上开三干会吗,我一个大队书记怎么能随便走?"

我听出了他语气里的自豪。当年芝麻粒大的一个村官,似乎是风光无限的。而今古稀之年,剩下的只有回忆,就是没有人语言"勾引",自己也要把这些陈芝烂谷每日拿出来翻抖几遍。

我到超市买了些礼品,又顺道买了些火纸和冥币。那摊位上还有些假花,我举起一枝道:"要不要买几朵?怪漂亮的。"

父亲说:"买。今年流行这个。"

母亲却不同意,说:"算了吧,都死几十年了,还要什么花。"

我们只好作罢。

沿途,眼见一些新祭的坟上都插满了花,五颜六色的,竟装扮出了节日喜庆的味道。

于是父亲便抱怨起母亲来:"你就心疼那点钱!你看看哪家不是带花来

祭扫的？卖花的人都说了,烧纸带点花,一年都顺当。"

母亲明显有点懊悔,道:"你也不说清楚。谁知道今年会流行这个？"

车上的气氛开始变得沉闷起来。

母亲的娘家在僻远的乡村,好像是三个乡镇交汇的边缘地界。车驶过一座又一座村庄,最后进入一片广袤的麦野,正疑心走不到绿海尽头的时候,终于,又一座村落出现了。

车停下来,小舅已到路边迎接。小舅家的草房消失了,留下的空,被矮砖墙填补住。小舅和小舅母便住在黑矮的锅屋里。

我们进去,也没有下脚的地方,只好就这么站着说话。梁上和屋顶的黑烟灰,记录着锅屋的年岁,大约是和被扒掉的主屋同一时期的吧。两间房子,草锅和饭桌占了一间,一张窄窄的小床紧靠另一端山墙放着,中间用破碗橱和外间隔开,便成了他们的卧室。我们家虽也是穷,但要是搁三十年前,我也不愿住这样地方的。

父亲却道:"这房子住着也不错,冬天暖和。"

这话说得有点违心,但足可引起续篇,气氛就融洽多了。问起主屋的事,小舅说:"政府现在考虑到安全因素,要求拆除草房,所以拆掉了。"

小舅妈接过去道:"现在政府政策就是好,房子都几十年了,每年都要修几次,说倒就倒,结果这么一拆,政府还补贴了近一万块钱,跟捡来似的。"

小舅母平日里总是乐呵呵的,似乎没有一点忧愁,往往还没到人前呢,"咯咯"的笑声已经到了。小舅也是喜欢笑的,但笑中似乎总含着一丝忧愁,没有舅母那么开朗。

其实,他们大可不必如此蜗居,前排还有一处瓦屋,多年前就盖好了的,尽管屋里空空如也,但和锅屋比起来,已是天壤之别。

小舅的身体越发衰弱,腰身也佝偻起来。小舅在五兄妹中,排行老小,大舅比他年长二十多岁。兴许生养他的时候,父母年龄都大了,以至于累及小舅从小身体就孱弱。九几年他患肝硬化,差点命都丢了,近几年,又连着做了两次肝部肿瘤摘除手术,每次都要花去几万块钱,如果不是身为乡村教师,每月拿着些工资,外加做生意的大女儿补贴,说不定早就倒下了。

小舅家后面就是大舅家,中间只隔一条路。聊一会,小舅两口子便陪我们一起过去。

往事如风

我小学时曾在这里上过一年学,住的就是大舅家。那时草苫的猪圈和厕所还在,土坯院墙也还是原样,唯有变化的是当年的草房变成了两间小小的瓦房,一同变化的还有无情流逝的时光。它让当年的中年人,变成了耄耋老人,让当年小鸟依人的孩子,眼角也爬满皱纹。

半道上,小舅提及大舅母的病,说因为脑梗塞,现在只能躺着了。

我似有些不信,说:"上次来,还能慢慢在道上走呢?"

然而,果真是这样了,大舅母躺在床上,头发乱乱的,由大表姐在旁边伺候着。

原来,大表姐在南京打工,刚刚趁着清明放假,赶过来看望母亲的。

见我们来,大表姐贴身对母亲说:"三姑一家来看你了。"

"三姑?"大舅母嘴里喏喏道,却挣扎着要起身。

我走过去。

大表姐又俯身对大舅妈说:"这是三姑家的二子,以前在我们家上过学的,他们一家来看你了。"

"二子?"大舅母重复道。她面带微笑,但眼中一片茫然,显然已认不得我,却仍努力着要坐起身。自然,一切都是徒劳,她努力的结果只是将脚伸到了被外。她的脚趾蜷缩着,扭曲而僵硬。

我心中一酸,赶紧让大表姐扶着舅母躺好。

多好的人呐!我的印象中,他们从未和谁红过脸,吵过嘴,夫妻俩也是相敬如宾,甚至都没有发过脾气,说话一律是慢条斯理、和和气气,任和谁都不曾闹过别扭。我在他们家住了一年,其子女都比我年长,待我更亲一筹。记得那年八月半,我回家过节了,回来后,大舅妈第一件事,是从梁上的饭篮里取出一丫西瓜给了我,这是专门为我留的。那时,西瓜是不罕见的,但八月后的西瓜确实难得。于是我一直记着这丫西瓜和大舅母踩着板凳取西瓜的动作。

老天似乎很会捉弄人,不管善良还是奸佞,在时间和疾病面前,一律变得脆弱不堪。大舅母晚境让人唏嘘,犹如一盏即将燃尽的油灯,剩下的只是时间而已。

大舅家的境况,大约和小舅家差不多吧。唯一的家电,是一台黑白电视,正哇哇地唱着泗州的拉魂腔,此时却是没人听的。

明月故乡

父亲递给大舅一支烟,大表姐夫随即把打火机凑过去。

我说:"大舅身体还这么硬朗。"

大舅道:"都八十三了,其他都还可,就是腰越来越弯了。"

我们就有一句没一句地聊。

聊着聊着,时候不早了,我们从大舅家出来,依旧由小舅和小舅母领着,祭拜祖父母去。

坟地在麦田深处,昨夜下过一场小雨,麦苗上还挂着水珠,我们便顺着别人踩出的路往里走。

祖坟只剩下一片荒草滩,并不比平地高出多少。小舅指点道:"中间这是你外爹外奶的,左右是你二外爹和三外爹的。"

原来是老哥仨,生时也许不在一处,甚至还有隔阂,但入土为安时,还是选择了共同的归宿,这时才能体会到什么是情同手足。

小舅说外爹是1960年饿死的,那时他还小,记不得。外奶去世时,他大些了,印象深些。而我对外奶的认识,仅凭着家里留存的一张画像,也许是画面模糊的缘故,我看了数次终究不知道外奶是什么模样。

血脉相连的亲人,永远不会谋面的先祖,最为亲近的孝悌,只能是多烧点纸钱,再叩三个响头,然后怀着肃穆的心情离去。

返回途中,我忽然想起大表弟来。

父亲道:"别提了,让你小舅送精神病院去了。"

我心头一惊,怎么会?那年我想把老屋改造一下,就请大表弟帮着改电路,没想到一字不识且看去有些呆傻的人,竟把我看不懂的电线盒整得有条不紊,很是专业。吃饭时他说,最大的愿望就是开个电器修理店……多么正常的人,怎么会如此呢?

我便说道:"我们应该看看他去。那次从看守所出来,到我们家第一句话就是'在里面待几个月,我算是把什么都看透了',就凭这一句,你能说不是正常人?"

那一次,要怪,只能怪那两个多事的长舌妇吧,背后嚼舌根,揭他的痛处,恰好被听个正着,结果只能是这样,他摸起棍子,把人家的胳膊打折了。

父亲道:"唉,送进去也好,再不会鸡飞狗跳,左邻右舍放心,你小舅也安心了。在里面还能吃顿饱饭,总比在家饥一顿饱一顿强多了。"

"你懂什么!"母亲道。

父亲黯然闭上嘴巴。我们都沉默了。

车窗外,天空下起雨,纷纷扬扬,却悄无声息。无边的麦野,愈加阴郁起来。

(2015年4月13日草稿,2022年7月8日(农历六月初十)改,大舅于是日下午去世,享年八十九岁。)

时代的光

时光回溯至1988年。

当时我并没有意识到,就这一刻,崭新的生活之门已经徐徐打开了。只一瞬间,一晕昏黄的灯光如洪水一般席卷了整个房间,那样来势汹猛,猝不及防!

我怔住,突然欢呼着冲出家门,和汇集来的小伙伴们一起,麻雀般叽叽喳喳,满村冲撞,宣告有电的讯息。

是的,农村千百年来的油灯历史结束了。从此,母亲再不必担心挂在烟囱壁上的油灯煤油洒进草锅里;我也无需再因在油灯下做作业而吸了满鼻孔的黑烟灰了。不久后,村上两户有些闲钱的人家买了黑白电视,那时似乎正在热播电视剧《西游记》,村里人立即把看电影的热情拿出来,晚饭吃不迭就赶去抢占地方。若是晴天还好,那户人家把电视搬到室外,再多人也能容下。如果赶上阴雨天就麻烦了,屋里空间狭小,早去的还能坐个板凳,有个位置,迟些的也还能站在后面看得清屏幕,再迟的就只能踩着板凳、桌子,跐着窗棂,扒着梁头了。要不了多会儿屋里已占实,一直堵到门口,外面的人再挤不进。不想走的,只好窝在墙角听个声响,更有甚者就势猴在树上,透过窗角、门角往里张望,即使只能看到些模糊的影像也心满意足了。

时光回溯至1998年。

家中三间瓦房盖起来，屋里电灯已换作电棒，光线柔顺，如丝绸般缓缓落下。

"来家里看电视啊？"父亲冲门前经过的庄邻道。

"不了，回家看去，刚买的。"对方脆声答道。

父亲靠坐着藤椅，黑白电视忽闪忽闪，头顶吊扇呼呼转出一团白烟。他手持蒲扇，习惯性扇两下，又抬头看看吊扇，露出一丝笑意。花猫蹲在椅子旁，用爪子挠洗着脸，不时瞅瞅电视屏幕，一副似懂非懂的样子。

母亲在厨房的炒菜声传来，一同传来的，还有饭菜香气，丝丝缕缕，透进堂屋里。花猫迎门"喵"地叫了一声，这一抹诱惑的香气，已在岁月中定格。

时光回溯至2008年。

崭新的平房，内外白粉装饰，吸顶灯柔和静谧。

我们从田地回来，已是虫声四起，满天星斗。

母亲已把饭菜端到桌上，热腾腾、香喷喷。父亲打开落地扇，从冰柜摸出两瓶冰镇啤酒，我们爷俩就用蓝边海碗，细品慢尝。

"赶紧打开电视，看奥运会！"我冲正在桌边玩耍的小侄女伊蕊说道。弟弟两口子在上海打工，女儿放在家里上幼儿园，淘气得很。

17寸彩色电视打开了。鸟巢里正在举行北京奥运会的开幕式，正是入场时段，中国代表队旗手姚明身形高大，尤其引人瞩目。

"姚明真高，快能够到平房顶了吧！"父亲边喝着酒边评论道。他在南京军区当兵时，也曾是团部篮球队员，对篮球很是关注。

这一届中国男篮，在姚明、王治郅的带领下，勇闯八强，就是和美国、西班牙等强队过招，前半场也是丝毫不落下风，让世人为之眼前一亮。

时至2018年。

一晃三十年过去，原来低矮土房的村庄，已变成现代化小区。网络电视也变成寻常之物。洗衣机、冰箱、空调、电脑、手机更是飞入千家万户，成为生活必备用品。改革开放四十年，乡村的变化，在电灯的光耀里无声却热烈，迅捷而澎湃地奔流而来。

父母现在住的是商品房，做饭用电饭煲，炒菜用燃气灶，洗澡用太阳能，空调、洗衣机等家电更是用得得心应手；每日吃了饭，干点农活，溜达溜达,悠闲、安逸、满足。父亲常挂在嘴边的一句话是:"嗨,现在这日子,真是没想到啊!"

是的,三十年前,电灯在岁月中点亮的一瞬,谁会想到,世界会从此变得如此日新月异,绚丽多彩呢!

(原载于《分金文学》2018年冬季刊)

往事

对于老一辈人来说,那是怎么都忘不掉的一年。

那一年,父亲还在上小学,上着上着学生越来越少,最后老师也饿得走不动了,靠着黑板无奈地吐出几字道:"都,各自找活路去吧!"

饿!这种感觉笼罩在仓营湖周边每一个村庄、每一个家庭、每一个人的头上。仓营湖一片赤野,能挖的野菜挖完了,不能挖的野菜也挖完了,田原上游荡着灰色的死寂。村庄里所有的树皮都没能幸免,全都赤裸裸地表白着生命的无奈。

家中已无一颗粮食,祖父把生存的能耐都使遍,但到最后有时一天连一棵野菜也寻不到了。年幼的父亲便去摸鱼,摸了半天仅摸到巴掌大的一条。

日子已过不下去,在家就是等死!玩伴美明找他道:"我大(父亲)他们在窑湾那边扒大河呢,河堤上有吃的,肯定饿不死。"于是父亲便辞别他的父母,和美明一道,餐风露宿、忍饥挨饿寻到窑湾河堤上。河堤上果然有吃的,虽然每顿只有二两,且是黑乎乎的山芋杂粮饭,但在那年月算是弥足珍贵了。可惜父亲只吃了一顿便没了着落,河堤队长是美明父亲,那时口粮那么吃紧,当然只能把自己儿子留下。

于是父亲又投奔到另一处河堤上,他本村的姨哥在那边扒河。等吃到第二顿,队长还没说什么,倒是"秃鸭子"讲话了,他说:"口粮这么紧,我们自己都吃不饱,哪能收留一个只能吃饭不能干活的孩子!"姨哥争辩两句,"秃鸭子"性情暴虐,抬手便打将过来。他们姨兄弟当然也不示弱,冲上去便和对方扭打在一起。怎奈对方五短三粗,正值壮年,而姨哥身体单薄又没什么劳劲,自己还是个孩子,结果兄弟俩没打过对方,反被打得青一块紫一块。姨哥含泪道:"姨弟,我照顾不了你了,还是投奔你姐张萍去吧,他们前两天还在这里慰问演出,估计还没走出多远。"

父亲挥泪告别姨哥,按他指引的方向,又一路询问,没出两天果真找到了姐姐所在的文工团。文工团是到处慰问演出的,虽有辗转的辛苦,但伙食确实比河堤上要好得多。弟弟来了,姐姐当然不能擅自做主,便向团长请示。团长慈眉善目、德高望重,有心要收留他,便说:"我们这也不能白养人的,你还会点什么?"

父亲道:"我会唱。"

"那唱一段听听。"

父亲腆着肚子便唱起来。他唱的是打姐姐那里听来的曲子,虽然铆足了劲儿,声音洪亮,怎奈天生左嗓子,五音不全,竟唱得没一句在调上。

团长笑道:"你还会什么?"

"打鼓。"

他便抱过鼓来,一通咚咚乱敲,虽见过别人敲鼓,但着实生疏,又加之急于表现,更敲得杂乱无章如一阵狂风乱雨。

团长又笑道:"你还会什么?"

"我还会摸鱼。"他如实答道。

"那行,这样吧,你平时台上台下搬搬幕布,遇到有水的地方就摸点鱼,帮我们改善一下伙食。"

父亲便留下了。

有了饭吃,他们也不敢太肆意。姐弟俩每顿只吃半饱,省下的口粮找没人的地方晒干存储起来,这样过了一些日子,口粮也积攒不少了,姐弟俩在一起嘀咕道:出来时家中就已断粮,父母现在也不知怎样了?心中委实不安。姐姐最后还是决定让弟弟赶紧回去。姐姐把平时攒下的微薄工资全拿了出来,团里同事知道情况后也纷纷解囊相助,团长还偷偷塞了一点杂粮。父亲把钱贴身塞好,十几斤重的口粮用布袋缠在腰上,再用绳子绑好,上衣一罩什么也看不出来。

往事如风

他按着姐姐的叮嘱,不走大道,不走村庄,不走人稠的地方,只拣荒郊野岭、偏僻小路甚至乱坟滩子匆匆赶路,入夜便找背风地方猫一会儿。姐说按日中的方向,他便按日中的方向紧走慢赶,走了四五天,终于看到了熟悉的村庄。村庄一片空寂,家中房门洞开,却无人相迎。原来父母已几天未进食,全身浮肿,躺在床上,口角淌着清水……他如再晚回半日,都不知会是什么结局了!

他带回的救命粮立刻把父母从死亡线上拉了回来。自此,家里渐有了一丝生气,但他的母亲不敢大意,依然省吃俭用,每日野菜汤里只敢掺上些许粮食,钱也不敢乱花,只买一些食盐之类的必需品。当麦子开始泛黄时,靠着十几斤的口粮和带回的钱,全家终于熬过了那段最刻骨铭心的饥馑岁月。

(2022 年 7 月 14 日)

我的父母

父亲背着蛇皮袋,母亲提着布包到公交站台,要坐 10 路公交车,然后由汽车站转道回家去。

弟弟在上海打工,前两年孩子尚小,让我们的父母过去照看。他们自然不习惯,虽远隔千里,却依然不厌其烦地一次次往家奔,像两只恋巢的老鸟。现在孩子大一些,终于不去了,但在家并不闲着,家中十余亩地虽被村里整体包出去,但仍有老屋前后的空地属于自己。他们便专心于一处,整日里侍弄园子,时常卖些时鲜,再加上父亲逮鱼摸虾卖得些钱,平时开销用度绰绰有余,虽无甚积蓄,但自给自足也是说得过去了。

我最担心的还是他们的身体。父亲已经七十有余,2008 年出过一场车祸,当时查出有轻微脑梗塞,现在不知到底怎样了。而母亲也年近七旬,去年得了肾结石,长期吃药,也不知现在情况如何。我于是打电话回去,让他们来县城做个全面体检。

父亲接到电话非常高兴,说你妈正准备去检查身体呢。听他那兴奋劲儿,估计又该向邻家炫耀了:我儿子让我们到城里体检哩!

父母总为孩子感到骄傲,即使子女再平庸不过,就是对他们一点儿的好,也要挂在嘴上唯恐别人不知。我常感愧对他们,混迹半生没混出名堂,生活潦草艰涩,如果没有给他们丢脸就算不错了。

我是要星期五顺路带他们的,住一夜,第二天正好有足够的时间陪他们。他们却提前上午坐车到城里,弟弟在城里有套房子,刚贴上地板砖,他们赶过去打扫,装潢师傅等着刷大白呢。等到下午,父亲打电话来,说也不用转道过去带他们了,那里到我家也就两三里的距离,他们步行过来就行,还可以顺路看看风景。我便往家赶,快到小区的时候,果然遇见了他们。两位老人贴着道边踽踽而行,父亲背着口袋,母亲拎着包裹,一副农村人的装扮。看着映在夕阳中,他们斑白的头发,佝偻的身子,缓慢而迟疑的背影,我不禁心头一酸。他们真的老了,老得再寻不出一丝当年青春的痕迹。

父亲从袋子里倒出一大包鼓鼓囊囊的蚕豆,是他们种的,这次没带豌豆来,冰箱里还有很多,都吃得发腻了。口袋里还有一大包烧麦和包子。烧麦是专门给他们的孙子小宝买的,这小子最喜欢吃烧麦,总是嚷着好吃,七岁的孩子,一口气能吃下去三四个。包子是他们中午吃剩的,这就是他们的午餐,估计水都没喝,要喝也不过喝点自来水罢了。

晚饭父亲照例要喝酒,喝茶的玻璃杯斟了一半,他不满意地说再倒点,直斟到八分满才终于说好了。饭桌上我便提出,明天早饭不用吃了,空腹到医院抽血化验,查查心电图、血压等等,做一次全面检查,特别要查查父亲的脑梗塞和……没想到话未落音,他们早已急了,尤其父亲头摇得像个拨浪鼓,连连说不行。他说年纪大了,谁不有个小毛病,一检查平白增加心理负担,过得再不踏实了。母亲也是坚决反对,除了查肾一项,其他一概否决。

人到老时,就像个孩子,有时真的很拧,九头牛都拉不过来,只好先这样吧。我知道他们现在过得的确还够称心,父亲每日三顿酒,抽烟、打麻将,最近还把老屋旁的沟塘插上红旗"占为已有",以延续他儿时就痴迷的逮鱼摸虾事业。当然园地才是他们的主业,每日在园里忙活,收益也不错,光去年一季菜豇豆就卖了几千块钱。母亲勤劳,而父亲更是种园的好手。他没事总往种子站跑,常能得来最新的讯息,弄来最时新的种源,虽同样的地却总比别人家卖的钱多。邻里都交口称赞,有时路遇,说:"你父亲种园拿手,唉,我们种一辈子地都不如他,谁能想到呢!"的确,四十多岁前,父亲是没种过地的。他那时是大队书记,每天忙得脚不沾地,家里的田,耕种的是祖父,锄薅的是母亲,午季秋收农忙时节,总有人来帮忙,他却梳着大背头,穿着锃亮的皮鞋,奔忙于各处会场,俨然一个大人物,连自家地在哪都不知道。他气性暴躁,易于冲动,年轻时犯了不少错误,甚至做了不少荒唐的事情,没想到暮年时竟来个180度大转弯,也许这是连母亲都不曾想到过的。

到了早上,我又做一番动员,父母依然固执己见,只得吃饭,然后带母亲去做唯一的检查。父亲作为局外人,一点不作假,又自斟自饮了半杯白酒。

到医院,医生给开了彩超单,去到三楼检查。没想到已经迟了,前面已排了三十多个人,等候大厅里黑压压的一片,连走道里都是。他们就有些急,中午有份礼要出,园里还有活要干,怕赶不上。母亲不停询问什么时候能到。父亲当然也闲不住,背着手,在走道里一会儿从西走到东,一会儿从东走到西,一会儿又不见了,等再次回来,手里提溜着两块烧饼塞到小宝怀里。

好在医院工作效率也很快,挨到近十点终于轮到母亲。她走进去,不一会又出来了,手里拿着检查单。我接过一看,非常好,竟然没有结石了,给医生看过也说好了,并叮嘱说回去再不用吃药,完全正常了。这是再好不过的结果。母亲的面色舒缓许多,不停咕囔说原来是不是检查错了呢。

医院外面不远便是站台,他们坚持不要送,自己走到站台去。当他们转身的一刹那,我突然醒悟:会不会是父母不忍心我多花钱,而舍不得体检呢?也许是。我冲他们的背影张张嘴又止住了,是的,即使这样,这也是他们对孩子的善意欺骗,我怎能忍心把这个秘密说破呢?

父母要回家了。公交车还没来。在五月的微风里,包裹躺在地上,他们站在站台静默着。他们内心的确有些焦急,家里有很多事在等着他们,有份礼要出,园地里的活儿还没干完。

可是,公交车还没有来。

(原载于《家乡》2018年春季刊)

坦克驶过长江大桥

我的父亲于1964年至1970年在南京军区服役,驻地雨花台,是一名装甲兵。装甲兵司令员是大将许光达,父亲见过,长得高高大大的。而父亲见过最多的还是当时南京军区司令员许世友,尤其部队每回在五台山体育场开会,他们装甲部队都是坐在最前沿,自然最能领略到主席台上领导的风采。父亲说许司令中等身材,敦敦实实,皮肤黧黑,乍看像个大老粗,其实满身都是军事家的大智慧。

那时,南京长江大桥刚竣工,为检验长江大桥的承载能力和部队的应急作战能力,按照毛主席指示,许世友将军决定调动一个装甲团由江北出发,从长江大桥上穿过。我的父亲作为一名装甲兵,有幸参加了这次坦克部队通过长江大桥的仪式。

父亲清楚记得,1969年9月25日刚入夜,他们装甲团已到达指定地点。从花旗营至北桥头堡,118辆坦克一字排开,车与车间隔50米,整个车队绵延近10公里,非常壮观。当晚,每辆坦克上都接到命令:为防止坦克碾坏桥面,大桥路面上提前铺设了三层草包垫,车队行走前用水浇湿,所有坦克在整个桥面行驶过程中严禁调整方向,不得有误。

第二天天还未亮,父亲他们已被吵醒了。观看的人们从四面八方潮水一般涌来,大桥两侧公路两旁早已挨挨挤挤、满满当当,坦克车队有多长,群众队伍就有多长,和坦克车队一起组成了一条不见首尾的长龙。

上午9时许,过桥仪式开始了,4辆三轮摩托前行开道,2辆宣传车紧跟其后,4个大广播全时进行宣传报道。第三辆是许世友上将的指挥车。许司令手持毛主席语录,身穿绿色军装,神采奕奕,不时向道路两旁的人群挥手致意。紧接着就是过桥的装甲车队,每辆战车上都插着红旗,保持着几乎相同的距离,缓缓向大桥驶来。但见铁流滚滚、浩浩荡荡,马达的轰鸣声、履带转动的碾压声、观众的欢呼声,汇织在一起,好似奏响了雄浑壮丽的交响。父亲说他当时坐在坦克里,既紧张又兴奋,手心不停地淌汗。

11时左右,整个车队全部通过大桥桥面。看完战车通过大桥的盛况,人们又纷纷涌到桥头堡下面的广场,参加庆祝大会。许司令一跃身从指挥车上跳下,健步走上主席台。他站在麦克风前高声宣布:"坦克部队顺利通过南京长江大桥,我要向毛主席报告这个好消息。长江大桥是好样的,中国人民解放军是好样的,我们有能力消灭一切来犯之敌……"

父亲说你不知道当时的场景,人山人海,挤得风雨不透,据当时媒体报道,最起码有60万群众参加了这次历史盛会。

转眼父亲退伍已近50年了,但只要提起那次坦克部队通过长江大桥的仪式,他依旧两眼放光,滔滔不绝,满脸自豪。毕竟,这是一次意义非凡的过桥仪式,不仅证明了祖国科学技术的实力,更是彰显了强大祖国的豪情与魄力。能荣幸参与其中,怎能不让父亲倍感荣耀呢!

(2017年1月10日)

芽豆芽的母亲

夜半,我又一次被惊醒,尽管母亲轻手轻脚生怕惊扰我们。她窸窣披衣起身,擎着暗淡的煤油灯,正给豆芽浇水。

墙根底挨排摆着十来口大缸,缸的最下沿被母亲不知用什么钻出一个小圆孔,再塞上苇管,以做排水之用。母亲提着桶,依次揭去盖在缸上的稻草、麻袋片和塑料布,再掀开一层白洋布,下面便是豆芽了。母亲便一瓢一瓢往上簌簌地泼着水,白生生的豆芽吃得饱胀,多余的水就哗哗从苇管排出,接进候着的盆里。

豆芽价贱,却娇嫩,很难伺候,必须勤浇水才行,即使这滴水成冰的时节,每夜母亲也须起来几次。即便如此,仍免不了偶有"倒缸"——豆芽上火烂根,一缸豆芽就只能自己吃或是喂猪了。

母亲浇完水,又一一查看豆芽生长情况,我看到她不时呵着手,她的手一定要冻僵了。我缩在被窝里只露出一张脸,仍感到寒气像刀子一样往肉里扎。母亲粗糙的手指上已经缠满缝衣线,每到冬季,她的手总是发疯般开裂,小孩嘴似的,面油效果是好,但不敢用,怕影响到豆芽,只能用线扎,每天依旧又有新的血口冒出来。

我朦朦胧胧睡去,天刚蒙蒙亮又被外面"咿呀呀"的打水声吵醒。我听出那是母亲压水的声音。我们这里是岗地,当初打压井时,废了一口井眼,坏了几个钻头,才打透岩层从 37 米深处引出水来,因此,这口井吸力特别大,压起来很费劲,且稍不注意压杆就会反弹起来,箭矢一般,不偏不巧正好打在人的下颌。周围来压水的人,好几位曾被打伤过,最重的一位喉咙被打裂了,在县医院足足住了一个星期。姐姐的下颌上至今仍保留着一道压杆打的伤痕。

今天逢集,母亲把储水缸等装满水,为我们烧了饭,喂过猪,挑着豆芽赶集去了。

母亲是在家境最艰难竭蹶的当口学会芽豆芽的,开始用蒲包,后来又改用水缸。她原本就不喜说话,因为生活压力更加沉默寡言,只是每天忙忙碌碌,把自己使得像个陀螺。豆芽毕竟利润微薄,为降低成本,母亲留出几亩地,专门种芽豆芽的小嘴黄豆,砍杆之后,只用棍捶,尽力避免豆子破损。收一季豆子,足够芽上一年。尽管如此,我们家吃的菜通常只有卖剩的豆芽和豆腐,一个月难得吃一回肉。她卖的豆芽钱平时要攒着,除了供我们三个孩子上学,还要还父亲前几年不务正业折腾出的巨大债务。那些债主,知道我们家情况,有的来吱个声并不催要,有的干脆就不来了,也有极少数堵在门口赖着不走。

"人穷志不能短。"这是母亲常教导我们的一句话。事实上她一直在践行着自己的承诺,"人不死债不烂","做人不能装孬种",因此,只要是债,不管是欠债还是赌债,也不管如何艰难棘手必定都要还上,尽管有的在时间上可能会拖得长久一点。那些年,家中便不断重复着同一种情景——卖豆芽的钱一毛两毛攒起来最终又转进了别人的口袋里。这样的情形一直延续了不少年头,随着时间推移,渐渐地再没人上门讨债了。

现在想来,那时家里该是多么黯淡的景象,这个家已到了土崩瓦解的悬崖边缘,是母亲用她并不宽实的肩膀,撑起了整个天空。

我依然记着母亲每次赶集回家的情形,吃完午饭,坐在桌边理着皱皱巴巴的毛票,理着理着,她的眼里就噙满了泪水。

(2016年5月5日)

母亲的眼泪

这事下来不少年了。那时弟弟初中毕业无所事事,一心想外出闯世界,因庄上不少年轻人在上海打工,每到过年回来时都是衣锦还乡的样子,便也想到那边去。

十几岁的孩子,几十里外的县城几乎都没去过,乍要到一两千里外的大都市去,父母当然舍不得。怕他到那边人生地不熟,受委屈。

但弟弟是铁了心,一定要到上海闯荡。父亲还好,三言两语就被说动了,但母亲爱子心切,始终不同意。弟弟就和母亲死磨硬泡,拉锯拉了个把月,母亲最终磨不过他,叹一声说:"既然你诚心想去,那就去吧。"

趁着过春节打工的人回乡团聚的当儿,父亲找到庄上一位沾点亲戚的后生,请他把弟弟带到上海去。这后生虽年轻,在上海却已混迹几年了,他很爽快地应承下来。临别的时候,弟弟脸上挂着兴奋的笑,父亲也是颇高兴地说着鼓励的话,交代一些要注意的事项。唯独母亲挤不出一丝笑意,只是不停地帮弟弟往包里塞东西,唯恐丢了这个漏了那个,一大堆馒头和煮鸡蛋让一定带上,防止途中受饿。

记得那是一个春雨绵绵的下午,屋中光线昏暗,母亲端出簸箕坐在当门,挑拣着花生,以备春种。村庄一片沉寂,只能听到雨声和拣花生的哗哗声。

离家近两个月的弟弟终于来信了。母亲不识字,我坐在门边读给她听。弟弟在信中说,他已找到一份厨师工作,有吃有住,工资也可以,让父母放心,一切都很好,就是有点想家。

当读到"有点想家"的时候，母亲突然停住手中的活，低头轻轻哭出声来。半响低低道："唉，在家都没烧过饭，还能做厨师了？"说罢又继续挑拣起花生。

母亲的表现，让当时的我的确感到诧异。母亲是传统女性，性格内敛，不善言辞，更不喜表露自己。我印象中，母亲只流过一次眼泪——还是祖父意外去世时，她躲在里屋偷偷哭了一场，甚至我们年幼时家中遭受变故，家境最艰难的时期，全家重担全压在母亲身上，都不曾见她掉过半滴眼泪。

对于弟弟做厨师，我也颇感意外。他是家中老小，烧饭的事从来都是轮不上他的。现在突然就做了厨师，确实让人纳闷。春节回来，弟弟才道出实情，打工实在不容易，他到上海一个多月也没找到工作，虽然有老乡照应，眼看也是撑不住了。那天恰巧看到一家小饭馆招厨师，他二话不说，蹿上去，举锅就烧。老板一品尝试菜，还算不错，就把他留下了。原来他就记住一点：盐要把握好，千万不可咸了。于是盐是一点一点往锅里添，一添一尝，最终蒙混过关了。弟弟已在上海好多年，现在和朋友合开了一家快餐店，虽然还谈不上事业有成，至少已是衣食无忧了。

母亲的眼泪让我明白，其实每个孩子都是父母的心头肉。可是，要让孩子在跌爬滚打中摸索着长大，就必须懂得适时放手。

（2019年3月14日）

车祸以后

2008年的最后一天——12月31日12点20许，父亲吃了午饭到前面小冯庄去，就在过马路的一瞬间，一辆货车从东疾驶而来，扫过他的自行车尾，他便一头栽倒在地，血流如注，顿时不省人事。一位过路的公交车司机恰巧认得他，边开车边打开车窗冲着村庄扯着嗓子嚷开，说快去，可能已经不行了！住在路边的德峰哥闻声撒腿就往出事点跑去，母亲得了信也是一溜小跑，公路两侧已站满看热闹的人。

父亲终究是命大,躺了一二十分钟后,竟悠悠醒来,在众人的注目中,爬起坐在路心,失魂落魄如呆子一般。

父亲坐起时我正在单位打牌,因第二天是节日,单位下午搞一个文艺活动,我们吃了饭无所事事,便找一僻静处打"掼蛋"消遣,等待文艺活动的开始。

电话是张烨姐打来的。我牌一扔,拔腿就走,偏公交车稀少,一时半会儿等不到,只好包一辆车赶过去,原本要到事发地点去,半路再联系时,父亲已由120车送往县医院了,便继续往县医院赶,到医院下车时才发觉钱不够,正和司机纠缠不清,雪弟迎出来才解了围。

父亲正在做全身检查,检查室门前站立一位瘦高的中年人。我走到对面问道:"是你开的车?"

那人还没作答,十米外正倚窗抽烟的德峰哥见状,立马扔了烟头,三步并作两步插到我们中间,道:"二……二弟,他不是司机,是他姐夫!"

我自是心知德峰哥用意的,他打小看着我长大,对我太知根知底了。我不喜多话,却继承了父亲毛躁的秉性,一言不合点火就着。但他所不知的是,经过这么多年社会大滚筒的磨砺,我虽未油光水滑,但棱角已磨灭得差不多了,我不过是询问一下而已。

父亲到病房安顿好,第二天所有的检查已陆续出来,虽性命无虞,伤情却也不容乐观,左胳膊骨折两处,锁骨也骨折了。"还有,"医生抽出脑电图道,"你这还有脑梗呢……"父亲在病床上正皱眉呈痛状,微闭着眼睛聆听,闻听突然睁大眼睛,一副不敢相信的神色。他的举动把医生吓了一跳,他忙解释道:"这是老年性的,还很轻微,但以后一定要注意了。"

这是不幸中的万幸,脑梗的及早发现,让平时粗枝大叶的父亲关注到了生命的脆弱,以后时时留心,十几年下来,竟然和脑梗和平共处、相安无事。

父亲的手术做了几个小时,好在手术很成功,康复只是时间问题了。小冯庄几位牌友没等到他去打牌,便来医院看望他。他的老朋友赵华也来了,临别走到门外时塞过来一把十块、二十的票子,我犹疑间他还是把钱塞到了我的手里。回到病房,父亲唉一声道:"你收他什么钱呢,自己都够糊的了。"原是赵华老伴去世早,独子又在城里工作,他便一个人在老家生活。后老房子年久失修,眼见摇摇欲坠,时欲倾覆于草莽。儿子再三催促,他这才恋恋不舍投奔过去。临行,他把仅有的家当都搬到了我家锅屋,后偶尔回来便住在这里,权且当作思乡之地了。这次不知是怎么听到了消息,能赶过来探视已是难能可贵了。听了父亲的话,我着实有些不安,只怪自己做事不够活泛,有时更不懂如何委婉拒绝,以至于常常事做完,留下的却是一连串寝食难安。事后我一直想找机会补偿一下,结果直到数年后闻听其已过世,也再没见过一次面。

交警队是必须去的,但事故认定始终没有最终确定。我最关心的当然是责任的划分,这才是事件关键点,因为拖得太久,终究心中不踏实,恰有一位朋友的父亲做交警,便请他前去询问了一下。后责任划分出来,是四六开,感觉还算中肯,对方车速过快,没有提前预判及时处理,负有主要责任,而父亲急于去打牌,骑车横穿马路,疏于观察,也绝对脱不了干系。

那天交警把双方都喊过去,就是为了动之以情,晓之以理,相互协商解决。对方去的依然是肇事者的姐夫,他对责任划分也并无异议,却突然对我道:"毛××是你同事吧?我和他们两口子都是同学唉。"我还没有接话,他话锋一转又道:"那车,能不能让我们先开回去?这不,做生意全指望这车的,没车生意也做不成了。"

原来那车一直被扣押着呢,这事我竟然毫不知情。我说:"你想开就开走呗。"交警道:"没你签字谁都开不走。"

"哦。"我顿时感觉手上沉甸甸的。本有些犹疑,又一想他是毛老师两口子同学,而我也曾得到过人家的帮助,加之对方说得如此诚恳,放就放吧。于是拿起笔,举重若轻,一辆如此重要的车便被我笔尖所指轻轻带出了囚禁之地。

签完字回医院,正好撞见大爷来先,他埋怨道:"你把人家车给放了,还用什么把捏人家,对方要是耍赖不给钱怎么办!"我一听,确实是这个道理,但事已至此,只能随他去吧。好在对方虽是生意人,用汽车倒腾赶集卖货的,但为人还算厚道,住院续费通知便到,每回还不忘带点大骨头什么的意思一下。

住院实在是一种煎熬,无论是对于病人还是病人家属都是如此,虽住院费无需考虑,但平时的吃喝用度、生活细琐无不烦心劳神,让人疲于应付,加之因病疼折磨,父亲情绪起伏不定,时不时发一通无明业火,这些都需要容忍着。一晃十几天过去,好在一切顺利,父亲的病情也正悄然向着预期的明朗方向发展着……父亲待伤势好一些,已在医院再待不下去,他急不可耐,嚷着要回家,任谁劝都不行,医生晓以利害也不行,他是铁了心要回去。他倒不是因为心疼对方花的冤枉钱,而是在医院待得实在发腻,尤其是还没法打麻将,更让他心如猫抓,辗转难安,总而言之已到了非走不可的地步。

主治医师无奈,只好让家属签字,多开了一些药让回去继续服用,提前给办理了出院手续。

出院后,对方一次性补偿了几千块钱留作拿钢板手术的费用。父亲考虑到自己的年龄,便一直没取出来,由它们去了。肩膀上的钢板在一次给水稻打农药时,被肩上水箱意外压断了,他还为此特意去办了个残疾证。

但残疾证对于他实在毫无意义,一直躺在抽屉里,落了一层灰。

(2021年12月4日补记)

父亲住院记

大姑快八十的人了,晚上11点多到外面解手,下着毛毛雨,又是水泥地,一跤摔倒,竟跌得双手手腕骨折,右肘也骨折了。父亲和我约好了去看望,到医院找到病房,大姑双臂都打着石膏,躺在病床上。我们询问伤情,又聊了一会天。巧的是邻床是同村人,被钉子扎了指尖,拖延一两年,竟积累成木枣般大小,迫不得已,只得来医院动手术,说不定手指第一关节都不保了。

提到病,父亲说:"千万拖不得,昨个天热,贪凉吹电风扇就冻了,到小园地里薅花生,忽然就怵冷了,全身打摆子,差点儿没走回来。到家就去村医疗室挂水,这才好一点。"

从医院回来,隔一天,父亲来城里卖花生,见面就道:"又挂两天水,挂水就好一点,但发烧总不见退。"

第二天我终于有些不放心,打电话询问,让他到医院检查一下。他敷衍道:"再挂水看看吧。"

又过一天,晚上父亲突然打电话来,说挂水还是不行,而且吐血了,看样子情况是不太好。我心一沉,安慰几句,让他明天一早赶紧来医院做检查。

第二天早上7点多我赶到医院,父母已到多时,已经做过胸透和血化验,就等着拿结果。看父亲情形的确不好,没精打采,走两步就喘得不行。母亲说:"你父亲昨晚一夜没睡着,直说难受,多少年发过那么多次烧,从来没像这么厉害过。"

我买来早点,父亲只吸食了一点稀粥,就靠在候诊区的椅子上闭目养神,一副有气无力的样子。

首先取出的是血液化验单,只见上面满是上下箭头,想必是不好的意思,便又去拿胸片结果,但总不见出来,到窗口一再询问,毫无结果,只得耐心等着。倒是父亲焦躁了,不时打电话来催促,仿佛在急等着一张生死判决书。

终于等到片子出来,隔着塑料袋,我迅速扫一眼诊断结果,只见上面赫然写着"肺部感染"四个大字。我不禁长舒一口气,尽管还不知道病情轻重,但毕竟只是肺部感染啊!

"我还以为是癌症呢。"父亲诺诺道。虽然依旧是有气无力,但神情明显轻松多了。

找到医生,他看了片子说:"你这病情非常严重,必须马上住院。"我们不放心,又找到主任医师看一回,说话如出一辙。见我们迷惑,他指着片子道:"你这是弥漫性肺炎,你看,右肺三分之二都白了,左肺也有三分之一,再不住院治疗,就有可能危及生命了。"

父亲听说危及生命,终于妥协,决定先住院再说。然而毕竟没有做好住院的准备,住院须预交2000元,父母是空着两手来的,钱只带了500元,而我也只揣着500块钱应急,好在弟媳带着银行卡及时赶到,才解决了住院问题。

住院第一件事是做CT,以进一步确定病情。此时父亲已是呼吸不畅,举步维艰,只得戴上氧气罩,用轮椅推着过去。

这真是忙碌的一天,医生护士走马灯似的过来,上氧气、测血压、量体温……之后又是各种频繁的检查,未到第二天已经欠费了。

黄昏时候,值班医生找我过去,说:"你父亲这病相当严重,炎症面积太大,且引起肺炎的病因还没查清,我们一方面估计是普通的肺炎,另一方面也考虑是由一种虫叮咬后引起的,症状和普通肺炎相似,但却更加难以根治。有一个病人,就是你们那地方的,昨天刚住院,恰好就是这种病症,正在重症监护室抢救呢。你们也要做好思想准备。"谈话完毕,他过来抽取父亲的动脉血,紧急送去化验,得出的结果是供氧不足,便加大了供氧量,又紧急开了三瓶药连夜吊了,并嘱咐道:"先吊三瓶看看吧,如果还不能退烧或导致呼吸衰竭,就只能送到重症监护室进行抢救了。家人密切关注病人,随时通报医生。"

三瓶水吊着,护士不停过来量体温,体温依然没降。护士吩咐用温水擦。到21点半水挂完,父亲的体温终于由38.3度降至37.8度,这是不小的胜利。到天明,烧已完全退下去。

我7点多送早饭过去,主治医师找我过去谈话,内容当然还是昨天值班医生说的那一套,且更是往严重的说了,最后道:"你们家人要做好思想准备,如果病情有反复,送到重症室去,莫说三五万,就是十来万都是不一定管用的。"

签过字回到病房,父亲用异样的眼神盯着我看,问道:"医生找你干什么?怎么在病房里什么都没跟我说?……"

我看一眼他的眼神,道:"医生说你暂时还死不了,不过要是不配合治疗,送到重症监护室去,十万八万也有得花。"

他噢一声,还想说什么,却被痰堵住,吐到纸上,依旧是紫褐色的一团。

这一天说是挂六瓶水的,末了又加了一瓶,一直挂到午后。父亲依然气短,戴着氧气罩,但一天终究没有再发烧,精神好多了,饭也吃了不少。

第三日一早过去,我刚进门突然感到异样的肃静,四张病床满是病人、家属,此时竟一丝声音都没有。再往里看,父亲的病床用青帐幔挡着,十几位白衣人围成一圈,都木偶般僵直地站着。我心头一惊,手中的饭盒差点掉落,赶紧紧走几步,伸长脖子,终于看到父亲。他好端端正神仙般端坐在床心,背后有医生不知在忙什么。"右肺有啰音,左肺少许。"一个女声轻轻说道。"怎么?"我低声问邻近的护士。"主任巡查。"她道。我噢一声,轻嘘一口气,才感到心脏在怦怦直跳。待他们走了,邻床家属笑道:"刚才看你进来脸都白了。"

虚惊一场。父亲体征平稳,再没发烧,人也活泛多了。但他属猴的脾性又暴露出来,不停抓耳挠腮,非要用挂水的手去做无需做的事情,怎么劝阻都不行,以致手面鼓了三次,其间还有多次药水停流、胶布脱落的意外,有时他发觉不对劲还要将手抻着,试图用意念来纠正错误,但无不又进一步加重了错误的程度,于是护士们一次次跑来,而父亲却以怨报德,不停抱怨护士水平太差,还不如乡下卫生室,到最后弄得护士都不愿来了。我只能归结为这是他身体转好的迹象,若是前两天气喘体虚时,他是绝没有闲心做这些事的。

这几乎成了他每天的主旋律,护士一来便抱怨她们技术不行,连母亲都看不下去了。而每天清早医生查房,他第一句话就是:"医生,我今天能不能出院?"然后是诉苦,说自己住在乡下,家庭条件不行云云。然而没有医生点头,每天六瓶水照挂,按惯例临了总还要再补上一瓶。父亲就心烦,每天唠叨下在西小河里的花篮没人去拿鱼啦,他"霸占"的水沟没人看着龙虾被人偷啦、地里毛豆没人摘啦、花生没人薅啦,还惦记牌友找他打麻将找不到人将来回去占不上位子什么的。但他又不愿别人知道他住院,连母亲回去拿换洗衣物也一再叮嘱保密,对谁也别说。母亲没好气道:"住院还能丢人吗,还是怕别人来医院看望你的!"

总之,父亲是一天比一天好起来,但不中听的话也一天多似一天,护士厌烦,医生也厌恶了,挨到第六日终于说:"你们签个字提前出院吧,给你们开个方子,回村医务室继续挂一星期的水,然后再来复查一次。"父母听罢,同时长出了一口气。

出院的路上,父亲狡黠说道:"我都是故意的,到医院就是吃钱。"

唉,这就是老一辈人朴素的观念吧,虽有养病如养虎之嫌,但毕竟初衷是好的,谁愿意多花冤枉钱呢。我心里明白,他们其实是不愿多花儿女一分钱,更不想给子女增加一点儿负担。前些年母亲手摔骨折,疼得夜里睡不着觉,但她咬着牙只字不提。等我听说后带她到医院检查时,手部错位已经自行愈合了。

父亲到家的确又挂了几天水,但最终没来复查,听说酒又喝上,麻将又打上,烟也开始抽上了。他最大的遗憾是花篮里进了些鱼,全闷死了,其中还有只野生甲鱼,足有三斤多,如果不死,至少能卖几百块钱呢。

(2016年10月2日)

上学记

我至今仍珍藏着三张奖状和一个作为奖品的日记本。日记本其实当时得的是两本,另一本送给了弟弟。

那是在初中二年级的时候,学校新分配来一位体育老师,姓许,个头不是特别高,却健壮如牛,尤其大腿比有些女生的腰还粗,据说是县里100米记录的保持者。学校原来教体育的两位老师,王老师已调到淮阴去了,吴老师就快退休了,他的到来的确给学校体育带来了不少生机,这学年就破天荒举行了一次全校田径运动会。

这次比赛是全校大呼隆,不分年级只分男女,大有"是骡子是马拉出来遛遛"的意味。我参加的是跳高和跳远两项,跳远颇费了一番周折,最终仅以10来厘米的优势战胜学长夺得冠军。而跳高比赛却显得有些平淡而糊涂,起跳高度也不知道多少,反正往上加一点高度我就跳一下,跳着跳着场上没什么人了,还想再跳,裁判老师道:"算了吧你,就剩你一个人了,还跳什么跳。"那边王立慈老师已现场写好了奖状。

我的确是糊涂,上学时代基本是在糊涂中过来的,第一次入学就为后来的学习状况打下了基调。那天我闲来无事,持长竹竿在门前打半生不熟的枣子吃,正打得起劲,突然瞟见门旁的玩伴小兵穿戴一新,被母亲领着往东急急走去。"兵子,哪去啊?""报名,上学。"他回答。待他们走远,我一寻思,他们都去上学了,我还和谁玩呢?干脆也去上学得了。我竹竿一扔拔腿就追过去。

"大号叫什么?"负责报名的杜老师问。

"啥叫大号?"我一头雾水。

"报名费带来没?"

"报名费?"我满脸狐疑。

好在一旁的兵子母亲及时解了围,向杜老师介绍了我的情况。

杜老师听罢,抬头略思索一下,道:"那先给你起个大号吧,德字辈,就叫德飞吧。"

于是这个名字便成了我的第一个学名,并一直伴随我到小学毕业。

我如愿上学了,背着母亲连夜赶制的蓝书包,每日里和其他同学一样,风里来雨里去,也是有模有样的,实际上却是擀面杖吹火——一窍不通,不过假装大尾巴驴,滥竽充数而已。冒充到期中考试终于露菜了,拿到试卷大眼瞪小眼,它不认识我,我也不认识它。好在那时期中考试还不是特别规范,就是本班语文老师自己监考的。我思忖再三,老师再次踱到面前时,终于鼓起勇气报告道:"张老师,卷子能不能带回家做啊?"

张老师闻听先是一愣,而后哈哈大笑起来,笑完道:"行,下午带来。"

下午再来,试卷肯定满满当当,工整而规范了,绝不会扒出半点毛病来。那是在屋后的桃树下,请一位哥哥做的,他是学霸级人物,是后来村里出的几位仅有的大学生之一。

三年级时,我的成绩依然不好,尤其数学,我就是班里那位永远完不成作业的学生。于是乎整整一年,几乎每天都因作业问题被教数学的张老师罚在办公室墙角站着,有时还被罚到操场跑步。那个时代村小没有围墙,操场也是原汁原味的泥土场地,有几年村里集市西移,还把操场占去一部分,我当然喜欢被罚跑,更喜欢往人窝里跑。那天正逢集,迎头撞见母亲在卖豆芽。

"不在班里学习,跑什么跑?"母亲道。

"老师让跑的。"我回答。

"哦,那要好好跑。"母亲话未落音,我已混入人群没了影儿。

到了四年级,不知怎么我的成绩突然变好起来,不仅好,还做了班长,不仅做了班长,还要在学校期中总结大会上发言。然而最终还是迷失了自己,五年级上学期期末,我的数学还考了100分满分,到了毕业考试,据说语数两门加起来刚刚过百。到下学期,我的弹弓生涯到了最后的绝唱,不是在打鸟,就是在打鸟的路上,庄上的鸟似乎都已认识我,离着老远呢,早纷纷惊慌失措地飞走。可以想见,上学已然成了应付差事,成绩自然一落千丈,但自己却不自知,还一味地在和那些披羽之士勾心斗角。

升学考试已过,所剩之事只剩玩弹弓。每日里呼朋引伴,很有点声色犬马的意味。那日,正带着兵子和雪飞在人家屋后的树下搜寻几只浅吟低唱的鸟儿,班主任善辉骑着自行车嘀铃铃地过来了,瞅见我们便闸了车,边拉开提包边走过来。"兵兵,考得不错,喏,联中录取通知书。""雪飞,考得也不错,喏,联中录取通知书。"他俩喜笑颜开鬼屁急地跑上前接过通知书左看右看。我还在原地等待,老师却已把提包合上。见我望着他,欲言又止,临走时还是转头回了句:"你,没考好啊——"

人家跟屁后混的两位都考上了初中,而自己却名落孙山!我一路坚持,待一进家门终于嚎啕大哭起来,站在床上的蚊帐里直哭得昏天黑地。当同伴们步入中学校门的时候,我则扔掉弹弓到几十里外舅舅家复读去了。因没了嗜好的啃噬,又因人地生疏缺少玩伴,用在学习上的时间就多了些,虽仍是浑浑沌沌,但最终还是考上了乡里最高学府——魏营中学。

到了初中,我的学习依然是糊涂,初一成绩尚好,到初二时有的学科又开始一落千丈了,尤其英语和代数,永远只能在40分左右徘徊。一次实在心灰意冷不想再读书了,我便偷偷跑回家一星期,天天和几个儿时玩伴蹲在动子家的屋前无所事事。"军师"季军道:"我看你还是回学校读书吧,你看看我们里面,就你一个在乡里上学的,跟我们一起瞎混什么呢?"听了他的话,想想也是,于是我又偷偷回到了学校,不过依旧在学校混日子而已。每学年唯一能学好的便是班主任所教授的学科。初一时,班主任吕老师代地理课,地理就突出些;初二时,班主任张老师教物理,物理就好了许多;初三时,年轻的班主任宋老师上的是语文,语文成绩又突突地涨了起来。

其实那时学校的学习氛围还是不错的。不爱学习调皮捣蛋者大有人在,但"万恶"的人确实不多,有抱负的学生不待扬鞭自奋蹄,闻鸡起舞,孜孜以求。诸如宋森、张创先、刘阳、张德乾、李仰志、李顺、许中、张家谱等老师都是当打之年、风华正茂、多才多艺,让校园充满了生机。陈碧青、朱学良、吕士谦、吴建华、王立慈等老领导、老教师老当益壮、当仁不让、治学有方、外严内宽,学校氛围宽松和谐。张创先、刘阳、李仰志、杨召公几位老师似乎教我们的时间并不长,学生的名姓自然都不甚清楚,张创先老师为了避免乱点鸳鸯谱似的指认式提问(那样多少有点尴尬),便踱到后墙黑板报前端详一番,然后踱回慢条斯理道:"×××同学,请你回答一下。"但教室里一片寂静,竟然没人站起来。他又重复一遍,教室里依然一潭死水。他的目光在教室里扫视一圈,感觉莫名其妙,便又转到黑板报前查看。突然,张老师自我解嘲笑道:"难怪不回答,在中央开会脱不开身啊。"原来那是一则新闻,写的是参加中央会议的领导名单,他没留神误作了学生姓名。这个乌龙惹得大家也都憋不住,嗤嗤笑出了声。

刘阳老师给我们代英语课,一天竟提我背诵刚学的一篇短文,以我当时的学习水准,实在有点勉为其难,吭哧半天,一个单词也憋不出来。好在刘老师还照顾点学生颜面,并未批评,只是让放学后到他办公室继续背诵。一来强扭的瓜实在不甜,二来对于语言天生愚钝,狠背了一上午,结果我只能背出头一句来。但老师说的话又不能不做,只得硬着头皮,惴惴不安找刘老师背书去。巧的是,刘老师并未在办公室,而是正端着饭碗在食堂前的压井边吃饭。那时老师也很清苦,简单的饭食,甚至连个餐桌都没有。

"Long long ago, there was a king ……(很久很久以前有一个国王……)"背完第一句,我特意停顿一下,故作平静地看了老师一眼,实则内心万分紧张,老师只要让再背一句就露馅了,下面狗屁不通,一句也不会啊!刘老师不知是忙着吃饭,还是感觉第一句背得很流畅,没必要再背了,端着碗只说一声"好",便示意我可以走了。我如释重负,扭头走开几步拔腿就跑,生怕再被老师给提溜回去。

那时上学条件着实艰辛,除了学习,吃住都是问题。学校只有一口宿舍,黑洞洞的,据说满是臭虫,且人满为患。我们只能四处打游击,同学间谁若找了个好去处便一窝蜂地跟着去住,后来算了算,初中三年,竟然换了十来次住处,西到先射院,东到猪场,南到前营,北到魏营,甚至其间因私拉电线,差点儿触电身亡。实在找不到住处时,便等晚自习结束大家散去后,把桌子拼在一起睡在上面。一夜半,忽觉得身体轻飘飘的,仿佛正在宇宙滑行,下意识双手一推,正好推在地面上。原来是睡熟时翻身掉下了桌子,如不是手伸得及时,想必是鼻青脸肿了。

吃的方面,也是寒酸。学校的食堂是没有餐厅的,所有师生都要在外面站着吃，做饭的是老张、老马他们几个小老头，鼻涕眼泪一大把，做出的饼不是火候不到能捏成面人，就是碱使多了叫人难以下咽，做的菜更是可想而知了。最重要的是，食堂实在太小，只够几十个人的伙食，学校几百口学生，大多数只能另谋出路。于是乎，学校周围数家代饭点应运而生，但做饭水平都实在不敢恭维，如不是迫不得已，估计没人愿去吃那样的饭菜。那时我家境不好，每星期只有5块钱的生活费，早晚是在班里啃家里带来的干馒头、喝点自来水，中午才到代饭点买一碗干饭和一碗稀得能照见人影的豆芽汤。这当然都吃不饱，有时半夜突然饿醒，只能起身到操场转悠，对着自来水龙头使劲儿吸点凉意（夜晚停水），回去接着睡。后来我常想，如当年营养能跟得上，我的身高一定会更高一些，体育成绩也一定会更好一些。

不谦虚地说，在当时的学校里，我的体育的确够出类拔萃的了。初二夺得两项冠军之后，接着初三又举行了一届运动会，开幕式上我作为运动员代表发言，因稿子丢了出了洋相，但并未影响我的成绩。这一届运动会是按年级分组的，我的成绩已比初二时强出一大截，所参加项目更是所向披靡，连夺100米、跳远、跳高三项第一，还偷偷帮同学跑了200米和400米，也都是第一名，结果这两项不仅没帮同学拿到奖状，结束后还被教导处朱主任迎头撞见，直训得个狗血喷头。

或许在体育上我是有些天赋，跨越式跳高可以跳到和我的身高持平，这在几乎都没有体育课的乡镇中学，确实有些稀罕。但我自己知道，这不过是"爱好"的水到渠成罢了。我打小除了逮鱼摸虾、打弹弓，就是琢磨怎么玩。小学时候，有那么几年，天不亮我就起身，从每家门缝里招呼着伙伴，不是去学校早自习，而是去跑，顺着"拖路"一直向西，穿过仓营湖直跑到猪场河挡住去路，便自以为到了天的尽头，于是对着河对岸吼几嗓子，调转身再跑回来。在家时，我早早瞄上了瓦房里梁头的横梁，每天回家必定一番跳跃尝试，并比划一下和横梁的差距，随着时间推移，手指和横梁越相接近，进而摸到，最终超越了横梁。家中平板车的轱辘也是我的目标之一，小时是当作玩具推着满村跑的，后来有了要举起的冲动，刚开始身矮力小提都提不动，稍长后可以双手举起，及至初中，已可单手舞起来了。锅屋山墙边有棵楝枣树，有根横枝不高不矮粗细合意，正可做单杠，这便成了我练习引体向上的主阵地，结果这棵楝枣树太过脆弱，过了两年竟然被折磨死了。我还曾请母亲缝制了一副沙袋终日绑在腿上,待到一年后解除下来,似乎已经身轻如燕了。

没想到一个爱好,竟能改变一个人一生的走向。临近毕业,初三最后一次摸底测试后,班主任宋老师找到我说,淮安师范有个体育专业,你体育成绩是绰绰有余的,只是,体师班分数线减去50分也需要接近500分啊!我伸头看看老师手里拿着的分数单,我的成绩300露头,离分数线还差近200分呢!

"怎么样?还有整整一个月!"宋老师问。

"嗯,我学!"我点头说。

我原本的目标是考上双沟之类的乡镇高中混个毕业证,以后学个修自行车什么的,也能勉强混日子了,老师的建议完全出乎了自己的意料。这么好的头绪,岂有不干的道理!目标既已定,剩下的只有决心和努力了。

"我要学习!"我说。

有好友不屑道:"就你那和我们一样的狗屎成绩还学什么学?还不如高高兴兴玩到毕业算了……"

倒是凌峰跳了出来对我大力支持,说:"想学是好事啊!我给你挡着,这一个月谁也别想跟你玩,你安心学!"

最后一个月,我果真成了孤家寡人,平时玩得好的同学刻意远离我,给予了我最大的学习空间。学!怎么学?怎么能把这近200分成绩涨上去?实在伤脑筋!古语云:知己知彼,百战百胜。我一寻思,首先要找到自身不足,制订一个学习计划才行,不然还像以前那样糊里糊涂,估计连门都没有。六门要考的学科,代数、英语、政治最差,其他学科还可勉强,如这三门有所改善,成绩必将会有所提高。政治似乎容易些,多花点时间死记硬背足矣,但代数和英语必须从头学起,找到症结所在才行,不打通这任督二脉,要想考上学校简直就是天方夜谭。我连夜拟订学习计划,以这三门课为重点,规定每天每科需要掌握的内容,以防学期结束了,知识还没学完那就麻烦了。

好在初一、初二的代数、英语课本都还没丢,便全都找了回来。当别的同学忙于做成摞的复习资料,老师忙着讲中考必考题解的时候,我则如小和尚念经一般,每天默默翻看着别人已抛在一边的旧课本,老师讲课我是从来不听的,试题也是从来不做的,偶尔动笔只是为了记点笔记。那些复习资料不是不想做,而是实在没时间,我的计划只能保证在中考前一天把全部课本看完。而且感觉做那些复习资料对于自己毫无意义,本来就不懂,还要做题,岂不越做越糊涂!好在那时学习环境非常宽松,如遇上较真的老师,他在讲台上挥汗如雨讲解着中考试题的精髓,我却趴在桌上没心没肺地翻看着毫不相干的课本,岂不把我给赶出教室几十回了?

虽然学习变成了自学,但还是严格按照学校作息时间来的。早上起床号一响,我便立即赶到学校,晚上9点晚自习结束的铃声一响,我合上书便随即撤离,不作半点停留。那时是十几个同学在前营三间草房租住的,有一晚睡到夜半醒来,突然想起桌洞里遗留了一件非常重要的东西,生怕丢了,就摸黑回去拿。谁知毕业班的教室里还是一片灯火通明,我们班的教室里也依然有十几名同学在埋头做着习题。这让我大吃一惊,原来还有这么多同学,为了改变自己的人生,在废寝忘食、挑灯夜战呢!震惊之余,却没有刻意效仿。刻苦学习精神固然可嘉,但遵循劳逸结合之道,科学调配学习时间才是硬道理。若为了学习而牺牲了睡眠时间,其学习效果很值得商榷。我感觉,睡眠不足,脑子不清醒,学习都是白忙活。熬时间,题海战术学习,这无异于自我摧残。因此,我每日依旧我行我素,按自己的方式学习,别人不妨碍我,我也不妨碍别人。

随着时间推移,在流水似的翻阅中,代数一门终于在初二上学期找到问题所在,理清结点再往下学习便颇为入巷了。而在英语上却遇到很大问题,由于荒疏已久,我就连初一的英语单词都已是"故人相见不相识",更别说读文断句了,一句话:擀面杖吹火——一窍不通。如按部就班地咬文嚼字去学,再来三年也不够,别说短短一个月了!怎么办?憋了几天,突然灵光一闪,不如只背单词表吧!那时考试没有听力部分,不如就钻这个空子,不问它叫啥,只记它是啥。反正不会读,就记它的意思吧。于是孤注一掷,铤而走险,剑走偏锋,赌上一把,化繁为简,撇去课文内容,只记单词表和它们的意思。这种霸王硬上弓似的强行记忆,确实是对自己前所未有的考验,无意义记忆味同嚼蜡,自我感觉仿佛是一只强行给自己填食的鸭子。但一天天过去,单词逐渐在脑海里积累起来,没有排异反应,损耗也不是太多,一切都在朝着预想的方向发展。我的计划每天都随着课时推进不断修订更新,终于在考试前一天完成最后一次修改,并画上了一个完美的句号。

这就是我的糊涂所在。我们少部分同学是到县城洪中考试的,我也没和同学告别,也没有收拾书包、用品、被褥,拿两支笔坐上车就走了,以为只是到县城游玩一圈,马上就会回来。结果三天试考完,回来一看,校园空空荡荡,人去屋空,同学没了,书本没了,书包没了,被褥也没了……连一本可留念的书都没留下!这也成了我不小的遗憾。

在洪中考试,我们住的是二招。虽不是第一次到县城,却是第一次在县城住宿。但住在县城的感觉并不是那么美好,反而有点儿怪怪的,因为每天早晨醒来太阳都从西边升起。到底是县城啊,太阳升起的方向都和农村不一样!我不禁有些感慨。到第三天和室友聊天,才明白自己是转向了。这简直是个笑话!也许是因为转向的缘故,以后好多年也不知二招到底在县城哪一个地方。

那时社会治安不好,后到淮安上学,每回外出到大街上总能遇上打架斗殴,甚至转一圈能遇上几起。前往考场的路上,就曾遇见一位考生被一小地痞拿砖头砸得头破血流,却捂着头动也不敢动,任由对方欺负。一日考试回来,正爬楼往自己的房间去,突然发现楼梯上军海和一个陌生的半大孩子纠缠在一起,定睛一看明白了,原来是个小痞子在抢夺他手中的苹果。抢苹果?这在今天看来确实有点儿好笑,但那时物资匮乏,能抢个苹果就不错了,再说那孩子又矮又瘦跟瘪皮虱子似的,抢别的东西大概也没那能耐。军海当然不能放手,咱西南岗就没有认怂的人,东西被人抢跑了岂不是个笑话!而小痞子自然也不能放手,一个苹果都抢不下来,那还算个痞子吗?他们就默不作声僵持在一处,把那只苹果当作必须拿下的高地,劲儿便都使在小小苹果上,任谁也抽不开身。我迎头撞见,顿时血往上涌,大白天都敢下抢,成何体统!

"你个不识好歹的!"我咬牙切齿。

"你敢骂我!"那孩子梗着鸡脖子,眼里透着与年龄不相称的凶光。

"骂你?我还打你呢……"说罢我已到近前……

"算了,算了……"这时不知怎么,永璋从楼上下来了,他阅历比我们多一些,处理事情自然也成熟许多。他见状嘴里劝解着,却用手半搂着小混混连推带搡给赶了出去。

幸亏永璋及时赶来,谁知那混混是不是一个人?不然拔个萝卜带个坑,若因一个小流氓再招惹来一帮大流氓那就麻烦了,被揍一顿事小,耽误了考试可就是大事了。后在淮安上学,星期天晚上和十来个同学在街上溜达,和几位喝过酒的人发生冲突,暴打了对方一顿,结果第二天学校出入口被混混围得水泄不通,学校里出去一个就打一个,直唬得全校师生人心惶惶不可终日。我们有位体育老师是当地人,经他的调停,才解了学校的危机。

每日二招和洪中两点一线,步行往来,也不觉紧张,转向和小混混闹事的小插曲也并未影响考试心情。但走进洪中考场压力还是有的,据说好几个考场都是报考同一学校同一专业的,只见他们一个个人高马大,有一个甚至比我高出两个头来,犹如千军万马过独木桥,一个个虎视眈眈,垂涎着眼前的肥肉。这哪里是考试,简直就是命运的争夺战啊!所幸试卷似乎都能看懂,但做题对与不对却常模棱两可。不论怎样,毋庸置疑的是肯定会比一个月前的成绩要好上许多。

成绩出来了。到学校去,迎面遇见初一曾教过我的张倩老师,她笑着说:"考得不错啊,500多分呢。"接着又遇见教英语的韦占老师,也笑容满面说道:"英语考得不错,80多分呢!"我心里便有了底,快速赶到宋淼老师住处,一查分数,略有失望,考500多分的并不是我,而是一同报考淮安师范体师班的传石,我的分数是478。但已足够了,洪中录取分数线是469,我没报考。淮安师范体师班达标分数线是472,将将多出6分。涉险过关!接下来就要看体育成绩了。

首先是本县体育加试。我身着长裤长褂,脚穿母亲纳的半新不旧的平底布鞋,与考试氛围格格不入。眼看第一项立定跳远就要开始了,父亲买了衣服匆匆赶来,拉着我躲到近旁的厕所换衣服,鞋子就不用说,不知是不是运动鞋,反正比布鞋强多了。

我平生的第一套运动衫却出了点儿状况,我那时很瘦,只有105斤,但运动衫显然比我更瘦,上衣费尽九牛二虎之力好容易套上去,短裤提到大腿却怎么也提不上了,裤脚没有大腿粗。"看我的。"父亲说着,让我褪下,他冲着裤缝一咬线头,用双手奋力一撕,竟然在裤缝处撕出了一道缺口。

"这回行了,你再试一下。"

我接过,套在腿上果然宽松一些,终于提到腰上,但全身被裹得僵硬,犹如套了一套紧身衣,很不舒服,仿佛一只被束缚在壳里的乌龟。但只能这样了,立定跳远已经开始了。匆忙赶回场上,正好叫到姓名,根本摆不开架势,生怕裤裆给撑撕开,也用不上全力,只感觉身体轻飘飘的,还未摆好动作就已经落地了。往回走时想顺便看一下成绩,就见那位美女记录员边记录边嘀咕着:"这么小的个头怎么跳这么远!"我一听不用看了,百分百满分。

县里体育加试结束还要到淮安(今淮安市淮安区)体育加试,决定最终的去留。但家中没钱,连去淮安的车票钱都没有。被迫无奈,父亲只好使出他的"无赖绝学",把我往正在二中承包食堂的大姑家一丢,自己不辞而别。往淮安加试的费用当然就有了,但大姑一家都很忙。大姑父带我到教育局问了一下,正好有一位姓柏的领导负责这一块,要同时到淮安去,可以带我前去。

破旧的长途汽车,凹凸不平的石子公路,一路颠簸,扬一路烟尘,耗了半日才到淮阴(今淮安),还转道淮阴师范一趟,才转车前往淮安,到淮安已是挨晚。当然又是转向,只觉得入淮安城的丁字路口宽阔得像个广场。我们考生统一住的是"江淮宾馆",一日三餐也都在宾馆里。我前脚刚到宾馆,大姑父后脚就到了,说我连县城都没去过,大姑实在不放心,到底让他赶来了。

第二天就是体育加试,须增加点营养。我和室友韩业江到对面小摊上吃馄饨和茶叶蛋,他的父母和大姑父却都不吃,在一旁微笑着看着我们大快朵颐。大姑父很健谈,一直在向韩业江的父亲吹嘘我在学校体育怎么样,说得人家眉头紧锁,不愿搭理才作罢。韩业江比我略高一点,只可惜最终没有考上,后再未谋面。马路对面有个院子,院子里有棵几人才能合抱的古银杏,郁郁葱葱,后来在学校宿舍一抬眼就能望见,形似一个人背负包袱策马扬鞭。看到这树,我便想起那个在路边吃小吃的黄昏。

体育加试是在镇淮楼对面的体育场里,那里拥有当时最时兴的炭渣跑道。虽是体育场,门楣上写的却是"总督漕运部院"几个大字,想必有些来头。体育加试项目是100米、立定跳远、铅球、800米四项。100米当然意料之中,依旧是小组第一。三班的同学传石却出了意外,一组8人,他一直处于领先位置,眼看还有十来米就要到终点了,却见他一个趔趄竟摔倒在地,待爬起来跑道只剩下他一人。在旁边观阵的大姑父认识他的父亲,跌足叹息道:"唉,完了,这一跤估计要把学校给摔没喽!"后他果然没考上,而是改志愿到淮阴师范上学去了。

立定跳远也不必说。因身高的缘故,我在铅球项目上相对弱一些,但长期干农活,割草喂牛一百多斤的挑子也不在话下,力量还是有的,虽投得不算出众,但绝不会差多少。800 米是关键,之前没练过,更没参加过比赛,心中着实没底。为了保险起见,我采取跟跑战术,保留体力到最后 100 米才发起冲刺,但领跑的拉开的距离实在太大,最后几步我才赶上,过线一瞬间感觉还是比人家慢了一个肩的距离。

跑过之后,多数考生已是精疲力竭,家长都拥过来左右架着在场外慢慢踱步调整。大姑父也带着小跑赶过来。我摆摆手,往他走过去。其实除了喘点粗气外,我一点儿也不感觉累,我有点儿懊丧,跑完了,力气却还没用完!只怪自己以为对方都太厉害,太过保守,如从最后 200 米就开始提速,一定能甩掉领跑的那位 10 米远。大姑父却笑眯眯道:"那些家长都夸上你了呢。说这小伙子最后冲刺跟跑 100 米似的,三步两步就撵上去了。俺看你们是同时过线的,说不定还比他抢先一步呢。"

7 月份,宋老师帮忙查看一下分数,回来说很有希望,体育分数在十三个县市区中排在第六位。8 月份,终于等来录取通知书。在农场工作的本家二姐,特意送给我一支钢笔,这也是我收到的唯一一件礼物。笔盒精美,笔身用蟒蛇真皮作装饰,一看就不普通,后只使用一次便珍藏起来,只可惜工作以后一次搬家时不知怎么竟神秘失踪了,从此再没见过。

清楚记得,当时的报名费是 705 元。这点钱现在看来确实微不足道,但那时却有点"咬手"。别的不说,就说那时工资,乡聘教师 30 块钱一个月,正式教师也不过几十而已,我们上师范时一位老师说道:"你们是幸运的,一毕业就能拿到一百多了。"我毕业第一月工资是 347 元,比老师的预言还要高出不少,但还是相当寒酸的。705 元,打实说,农村一般殷实人家自不在话下的,偏我家并不在殷实范畴,且四处外债,因此东拼西凑划拉许多天也没把钱凑够。父亲故伎重演,又把我丢到了大姑家门前。

又是大姑父把我护送到淮安,到了车站,已有学长们在迎候,把我所有的生活用品往学校唯一的大卡车上一扔,哐当哐当的,我在师范的生活开始了。这一届体师班共招收 52 人(包括十来名委培生),泗洪县仅仅考上 3 人,我是其中文化分最低的,也许也是全班最低的。身在他乡,老乡自来熟,当晚就搭伙一起吃饭。买饼时,都估摸既然都是练体育的,彼此饭量都不会小吧,一块饼怎么够,于是每人买了三块。结果拿到饼傻眼了,饼跟砖头块似的,口味还不是特别的好,我们三人死撑活挨,每人仅仅吃掉一块,只好在众学长诧异的眼神里把饼抱回了宿舍。合伙吃饭一学期,也无矛盾,我们不知怎么却散了伙,各自寻求新欢去了。我和淮阴的学军、涟水的建华组成新的吃饭小集团,一直吃到毕业。

实际上三年师范生活,每天有一半的课程是体育课,体力消耗大,我们还是很能吃的。一次打篮球过了食堂的饭点,和学军、建华到校门旁的小吃店去,菜还没上,一大锅稀饭已被我们喝了个精光。永闯、学龙、正贵、张建等几位同学到外面小摊吃油条,张建嘴快,一个人稀里呼噜连吃了二十多根,结账时有些不好意思,怕有饭桶之嫌,便委婉以减半应付。炸油条的却已是嘴巴惊得老大,说真能吃啊,从来没见过谁吃了十多根油条。那时每月的生活费,除了少部分用在鞋子、衣服上,基本都耗在了吃喝方面。好在我们是有伙食补贴的,普通班是每月30元一人,我们班是50元一人,足够用一个星期。

我们第一任班主任佘山老师,开学第一天是在学校迎门的林荫大道迎候我们的。当时只感觉有一种山的压迫,他1米88的个头让我们只能仰视,超长的腿和俊朗的容貌相得益彰,给人一种卓立不群的洒脱感。事实上,他还是当时淮安市三级跳远纪录保持者。只可惜,教了我们一年,第二年他就调回南京了,听说是在二十七中。我们第二任班主任是冯西平老师,其实在一年级时他就教我们田径了。因他一对门牙相当突出,大家背后皆亲切以"二马"称呼,一直到毕业,老师竟浑然不觉。其他如二余(音)夫妻老师、陈小红老师等,都是第一届体师班留校的。陈卫星老师教我们排球。教篮球的起先是开卫华老师,后是吕美健老师。吕老师个头不高且有些发福,据说年轻时他和后国家队队长孙凤武同被省队看中,就因为身材被刷下来的。他看似肥胖,却有着和肥胖不相称的灵敏,尤其他的反应速度,如毒蛇吐芯一般,让人望尘莫及。时有自认篮球技艺相当不错的学生,三四人围追堵截,欲把球给抢断下来,只见他或左或右、或疾或徐、上下翻飞,令人眼花缭乱,几个人满头大汗忙活半天,结果连球边都没碰上。有人说他还是淮安市乒乓球赛冠军,这没有任何学生敢提出异议。

往事如风

我们在初中就没系统练过体育,全凭一腔热忱瞎琢磨,有了这些老师的点滴栽培,就像老鼠掉进米箩子一般,各项成绩都明显提高了。1993年,应该是我人生最美好的一年,青春年纪,血气方刚,总觉有使不完的气力。假期回家时,我在平整的稻场上一口气连做了百十个俯卧撑,脸不红心不跳,自认为连做三百个都不在话下。至于弹跳,我更是有点自诩,每回跳在空中总感觉像鸟飞起一般,忽忽悠悠似乎可以定格在半空。自古道:淹死的都是会水的。我的跟头恰就栽在自恃的弹跳上。我原地直立摸高2.10米,跑跳可以抓住篮圈,篮圈标准高度3.05米,我的摸高大约3.15米多一点儿,弹跳应该在1米多一点儿。据说黄种人的弹跳极限是1.20米左右,我自认为还有20厘米的潜能,最关键还有实现扣篮梦的野心,再来20厘米,超过篮圈30厘米,或许勉强可以扣篮了吧。为了实现这一目标,我当然要更为疯狂地训练,每回练到筋疲力尽的时候,还要把杠铃扛在肩上或让男同学骑在肩上加一组深蹲跳。1994年无疑是最为灰暗的一年,由于长期粗暴训练,加之营养跟不上,腰部的一块肌肉突然罢工抗议,犹如插了根钢筋在腰上,就死死别在那里,疼痛难忍,动弹不得。建华扶着我找到一位老中医,他也是无能为力,别无他法,只好给我打了一针"封闭",但疼痛却没能得到一丝缓解。当建华扶着我往回走的时候,我不经意一抬头,只见镇淮楼隐隐约约立在路的远方,沿途人流熙熙攘攘,却又无声无息、冷冷清清,心中不禁无比悲凉。不曾想腰部自此落下病根,每年尤其秋风乍起时节,总要反反复复承受着同样的病痛,多则三四次,少则一二次,且均由微小动作引起,实在防不胜防。发作时,堂堂七尺汉子竟然提不动一两重的衣服,实在是悲哀;严重时我只能平躺在床,吃喝拉撒都成了奢望。多年来针灸、推拿、按摩、药敷各种偏方都曾试过,却不见一点儿效果,且近年来有了更进一步发展的势头。别人弯腰不过自然动作而已,我却每每如临大敌,如履薄冰,若必须如此时,则心惊胆战、小心翼翼,生怕弯下去就被定格住。后来腰好些的时候,有一次打篮球抢篮板,我跳在空中时被人从后一推,飞出两三米跪摔在水泥地上,左膝盖当即变成紫黑色,虽未伤及骨骼,软组织却已深受损伤,后在校一年多的时间一直在养伤中度过,工作以后约三四年膝盖方才逐渐痊愈。

那时的星期天似乎总是下雨,淅淅沥沥的,不下雨时我就到街上玩玩,到运河边去转转,下雨时便时常在学校的梧桐树下发呆。淮安和家相距几百里路，且被一个洪泽湖横隔着，回家一趟确实不容易，要转好几次车，而且也没那么多的路费，只能一学期回家一趟，思乡之情自然是难免的。上学时总巴望着什么时候才能毕业呢，结果一晃毕业已经许多载。回想上学时代，似在眼前，恍如隔世。

（2021年7月15日）

疯狂的篮球

还是读小学三四年级的时候，我突然就迷恋上篮球，只要看到篮球，那感觉就像是一条饥饿的狗找到了一根肉骨头。只是那时篮球太稀缺了，别说孩子，就连老师也没球打。学校也没篮球。谁要是带个皮球去，篮球场上就如同造了反，直抢得跌爬滚打。

忽一日，一同学带一篮球到校，班级破天荒上了节体育课，这节课相当惊心动魄，只见全班男生全部上阵，随篮球起落抢作一团，哪里是打篮球，简直就像一场橄榄球比赛。班主任按捺不住，上阵亲自操刀，和同学们"打"成一片。他终于抢到球，埋头弯腰拍了起来。这时神奇的一幕出现了：只见他刚才很正常的双腿突然抖如筛糠，好像是得了痢疾正打摆子，双眼死死盯着手底的球又像是得了癔症。我们都吓坏了，全钉住不动，眼看着他的动作发愣。身旁一位同学小声道："张老师，他，他不会尿裤子吧！"但张老师却自我感觉良好，边拍球边叫嚣道："都过来呀，都过来，看谁能把球抢走？"谁敢上前抢？没吓跑就不错了。

我们渴望打球，但着实不懂。星期六，不知谁带了个篮球去，橡胶皮的，孬好也算个篮球吧。我们十来个孩子没了老师管束，在学校唯一的篮球场，不管泥地的凹凸不平，也不管篮板歪斜、篮圈滴溜，更不论什么规则打法，如一群土狗抢绣球一般，东抢西夺如痴如醉，直从上午折腾到下午两三点，也不觉焦渴更不觉饥饿，一个个打了兴奋剂一般。

往事如风

父亲骑着自行车不知从哪儿拐了过来。他接了球也不搭话,随意拍两下球,一个"三步篮",篮球应声抹进篮筐。我们顿时眼都看直了,原来篮球是这么打的!父亲身高一米七五,那个时候也算个高个子了,他在南京当了六年的装甲兵,据说还是团部篮球队的一员。大姑父曾到部队探望过,说每天早上,父亲他们每人一个篮球,篮球场是水泥地坪,结实又平整。这让儿时的我羡慕不已。

父亲当时是大队干部,忙得很,当然无心关照我们。篮球的事只能自己琢磨。后到中学念书,打篮球的机会也不多,只要有球也不怕盛夏酷暑,往往趁着最热的午休时间去打球,只热得脸红脖子粗,差点儿就中暑了。

那时乡村篮球非常盛行,公社年年有篮球比赛。我们年年旷课跑去偷看。中学和小学老师平时打得多,训练有素,几乎年年包揽前两名。只有一年,小王庄一群血气方刚的小伙子意外夺得冠军。那阵势!他们把冠军锦旗绑在手扶拖拉机栏杆上,一个个挺着胸脯傲立着,目空一切,仿佛凯旋的英雄一般。

我初现体育"天赋",虽个头不高,球技不佳,但爆发力却实在惊人,校田径运动会蝉联跳高、跳远冠军,可以这么说,有我参加的比赛,别人就只能争第二名了。到初三的时候,我在跨越式跳高时已可轻松跳过自己的身高。学校有四个篮球架,都不标准,或歪斜或翘头,有的比标准篮架还高出不少,但不论多高,只要想跳,我一把就能薅上去。

凭着这点"天赋",我最终考上了师范体师班,开始了凭体育"混"饭吃的生涯。很有幸,吕美健老师系统教了我们一年篮球。吕老师在淮安大名鼎鼎,曾和国家男篮原队长孙凤武是队友,手上功夫了得,篮球粘在手上一般。曾有同学不服气,自觉抢断技术也是炉火纯青了,便三位上前一起抢球,只见吕老师人球合一,球如蝴蝶穿花一般,三位同学累得曜曜直喘,总感觉就在眼前,却不曾挨上半点边。吕老师的灵敏反应,球性手感,独一无二,以后见识过打篮球者无数,再没见过能像他这么打球的。他不仅是教师,还是国家级裁判员,我们近水楼台,沾他的光看了不少场市级以及省级的赛事。我们大开眼界,初领篮球真谛,与乡村所见篮球自然是天壤之别,不可同日而语了。

吕老师曾出了个谜语:"什么东西越爱它越要打它?"大家憋了半天才猜出答案。既然越是爱就要越是打,那就狠狠打吧。在那个荷尔蒙严重过剩

109

明月故乡

的年代,篮球发烧友们经常夜半三更爬起去抢占场地,在夜色里仅凭着感觉练习。师范十几块篮球场地,不少了吧,起迟点,就只有坐场边观看的份了。那时我也很疯狂,为了实现扣篮目标,每日让同学骑在肩上练习弹跳,结果篮没扣成,却落下了折磨一生的腰伤。

毕业后分配到酒镇,镇上篮球风浓郁,酒厂职工打球、水泥厂职工打球、社会闲杂人员打球、学校老师打球,学校的孩子也打球。那时我对篮球痴迷,两天没打,见了篮球就激动得发抖。

1999年,我第一次带学生参加全县小学男子篮球比赛,和学生吃住一起集训一个月,区赛轻松夺冠,复赛阶段小组赛依然轻松出线,半决赛和对手实力相当,鏖战到最后一刻,终因体力不支以微弱劣势惜败。在争夺季军时,我们一直被对手压制,最多时落后十几分,第四节如梦方醒绝地反击,最终1分险胜,拿到宝贵的季军。

原以为这是一次美妙的开始,谁知竟成最后的巅峰。第二届篮球队最为可惜,那一届队员素质、技术更加均衡,配合更加流畅,憧憬着卷土重来,冲击冠军的宝座,谁知一晃几年没了赛事,白白浪费了那一群孩子的天赋。此后虽又带两届进入全县前八名,还有一次获得第四,但不得不承认是一届不如一届,再没了那可夺冠的高度。

随着年岁的增长,我与篮球已渐行渐远,唯一感到欣慰的是,县城夏季篮球联赛上偶然还能看到当年弟子活跃的身影,我想这对于我来说已经足够了,毕竟,他们还在延续着我当年的篮球梦。用梦想传接梦想,这不正是对篮球运动最美好的诠释吗?

(2022年6月18日)

怀念吕老师

教过我的老师中,吕士谦老师是最为特别的一位,因为我父亲是他的学

往事如风

生,弟弟也是他的学生。他整整教了我们家两代人。

记得第一天上初中,兴奋中似乎还有点忐忑,我们走进一道院墙镂空的院子,那圆门上似乎还写着"曲径通幽"四个字,意思不甚了解,只觉得有些意境,于是心境也随之好起来。折过一道砖路,就到了我们班。教室中有三路长条桌,上课时我们须面对面坐着,只能侧身望着黑板。一位新同学感慨道:"原来中学是这样上课呀!"听着我也不觉对未来的学习神往起来。

不一会儿,来了一位老教师,高高瘦瘦,面容清癯,戴着一副近视镜,表情严肃,似乎近于刻板了。这就是我们的班主任吕老师。他解释道:"这是学校的化学实验室,现在教室不够,只能临时在这里上了。"原来是这样。我们不禁有点失望。后来果真不到一学期,我们便搬到了新的教室。

同学中有的是本地的,对吕老师的情况颇有了解。他神秘地对我们道:"你们知道吗,吕老师教出很多厉害的学生呢,他的三个儿子都是大学生,其中大儿子还是秦山核电站的工程师呢。"我们听着不禁肃然起敬,进而有些怕他。吕老师的确与众不同,班会课上他会结合自己孩子的成长经历,向我们灌输将来怎样做人做事。我们则听得哈欠连天,以为未来还太遥远,哪里会用上呢?没想到一晃过了这么多年,他的有些话语无时不在耳边萦绕,时时给我以提醒和警示。

如果某同学犯错,吕老师最严厉的处罚就是"谈心",他会不厌其烦地向其灌输"勿以恶小而为之"的道理。无一例外,最终我们都会被他的"唠叨"击倒,于是装出一副恭敬且顺从的样子,表示屈服。他见我们心悦诚服,自己的循循善诱是起到作用了,终于把长篇改成结束语道:"回去好好想想我的话,终究不会错的。"于是我们雀跃地走了。到现在我才慢慢理解老师的良苦用心,他的话也许对我们一生都大有裨益,但那时我们年纪尚小,并不能真正理解老师的初衷。

吕老师虽是班主任,却只代地理课,而且每周的课也不多,但每节课他都上得一丝不苟,不仅让我们做笔记,而且不局限于课本,有时还要我们查找相关的资料,甚至让我们动手做一做。记得一次上到全国各省份和直辖市地图的时候,吕老师鼓励我们动手画一画。我突发奇想,把地图画在硬纸片上,然后把各省份和直辖市用剪刀剪下来,做成一个拼图,这样就容易记住它们的版图形状了。吕老师对此非常满意,拿着到他所任教的四个班一一展示,并着实鼓励了一番。我的这一"创造"对自己确实很有帮助,以至于到现在仍能知道某些省份大致的样子。

其实,吕老师还是和蔼可亲的,课余也愿意和我们亲切交谈,不摆出一点老师的架子。于是我们时常到他的办公室去玩。他的办公室大约也就是宿舍,墙角放着一张单人床,迎着门是办公桌,他经常坐在办公桌后和我们讲话。我每次去,都要抬头看看他身后墙上那幅横幅,上面书着四个大字:为人师表。我以为这四个字,用在这里再恰当不过了,正符合吕老师的形象。但最让我感兴趣的,是横幅的落款,竟是我小学班主任的名字,应该不会错,我似乎曾见过我以前的班主任拜访过这里。

我升到初二,没有地理课了。吕老师不再担任我们班的课程,也不再做我们的班主任。

一晃多年过去,应该是2010年的某一天吧,一位同学打电话来说,吕老师病重,刚刚做了手术。于是我们约好一起看望老师去。

那时,老师已经移居县城。我们来到约好的地点,远远看到路边有位戴着鸭舌帽的老者,拄着拐杖正翘首眺望。我紧走几步。没想到那老者隔着老远竟喊出了我的名字。真的是吕老师,但我已几乎认不出来了!只见他瘦弱得好似一阵风就能吹倒,衰老而苍白的脸上,竟寻不出一丝当年的影子来。我不禁鼻子一酸,赶紧上前握住老师的手。

"我出院几个月了,完全康复了,你们看,现在不是挺好?"老师把我们领回家中,解释道。

聊天中吕老师告诉我们,他是喉咙上的问题,在县城检查怀疑有点问题,已经做了某国企老总的大儿子,立即把他接到当地有名的医院去进一步诊治。

"医院召集专家会诊,并在最短时间内给我做了手术。医院说发现得很早,手术非常成功。"吕老师说。临别,老师一再坚持送我们出来。

"你们放心,我身体已经好了。我还想多活几年呢。"他说。我们一再劝说下,老师终于停止脚步,站在巷口,挥手依依道别。

没想到这一别竟成永别。三个月后,我又打电话给同学,相约再看看老师去。没想到却听到一个噩耗:老师已经走了!我不禁沉默了。

斯人已去。数年来,总想寻一点文字,来寄托对老师的哀思,但又觉文笔粗陋,无处着笔。唉,也只能这样吧,或许这样的纪念是老师最愿意看到的。

(2015年4月5日)

想起同学陈元风

和许新广、许长军、王辉、魏艳红等几位同学偶聚小酌,酒至半酣,不知怎么就提到中学时代,进而又想起一位同学来。

同学道:"我们班唯一走了的就是陈元风了。唉!那天上午,我起迟了,同寝室就剩了陈元风。他说半边麻得不行,不能动弹。我就忙着背他上医院去,但他全身瘫软,怎么也背不走。后来还是万利娟找了平车来,才送到医院去……"

敦敦实实的身材,天蓝色仿军装的旧褂子,眼角上一处俏皮的疤痕,未曾开口,双眼已笑眯成一条缝……酒意朦胧间,眼前不觉浮现出陈元风久违的模样来,遥远又亲切,清晰又模糊,这一晃犹如隔世,匆匆已是十数载的光阴!

作为一个乡下中学,那时学校的宿舍实在少得可怜,外地学生只能求亲拜友寄人篱下。初中三年,我辗转十余处寄居地,西起先射院,东达猪场,南到前营,北至魏营,几乎把魏营镇区都住了个遍。那一学期,我们班外加其他班大约十几个男生在种子站一间瓦房里打通铺,陈元风也在其中,和我铺挨着铺,平时上下学也都一起。

那时学校当然是落后的,瓦屋教室,尘土飞扬的操场,最不正规的还是大门,因没人看管,串联和小豁子这对人高马大的愣兄弟经常窜到校园,拖着鼻涕淌眼泪,开着裤裆在校园追逐扭打,把学生的注意力都转移了过去。当然,最让人头疼的还不止这些。那时人是散养,对于牲畜更是如此,大街小巷到处是闲庭信步的鸡狗猪羊们。对于校园这一片天堂般的乐土,这些牲畜们当然是如入无人之境,啃了花草树木且不说,光是那一地随处乱屙的臭屎,就很是亵渎了教书育人的清净之地。学校下定决心,集思广益,把西大门给关上,单开一扇小门,且小门下半截还焊了大半米高的栏杆。这一招果然有效,那些小短腿的牲畜确实再进不得校园了。

坏就坏在那一截栏杆上,虽挡了猪羊,也为师生出行带来了不便。我们每至近前,必提裤抬腿,先敬"跨拜"之礼,方可登堂入室。那天清早,和往常一样,我们几位同学结伴前往学校,到了门前鱼贯跨入,陈元风不知怎么却突发奇想,忽地一跺脚儿从栏杆上蹦了过去,谁知他铆的劲儿太足,竟"嘭"的一声撞到了门上沿铁管上。对于农村孩子,磕磕碰碰都是常有的事,而且感觉撞得也不是太重,就都取笑他一回,嘻嘻哈哈地往班级去了。一天下来都很正常,晚自习也很正常,谁知睡了一觉醒来,他就不行了……

喝完酒回来,我翻箱倒柜扒出散发着霉腐气息已经泛黄的日记,想重温这一不堪回首的往事。最先翻到的,却是和陈元风一起逃课寻蜗牛的糗事:

"3月24日　星期六　阴雨

"昨天,我和朱光永、陈元风去'宣艳'(先锋)水库找蜗牛,走了二十多分钟,到达水库。我们决定顺着石堰往南找,本来打算到此便拿几只回去,却让人大失所望,一望无际的光石头上见不到一只蜗牛。已经找了一半石堰还没找到一只,我们很扫兴。朱光永忽然在石头边找到了一只,使我们信心倍增。后来陈元风也找到一只。我下决心不找到一只不回学校。朱光永又找到一只给了我,到了最南头,我再(在)失望之余猛然发现一只。我非常高兴。我捡到2只,朱光永捡到3只,陈元风捡到2只。回到学校,已经3点挂零了。今天我把两只蜗牛带回家里,放在碗里喂养。"

再往后翻一些,和陈元风有瓜葛的,便是他的离开了:

"5月25日　雾　星期五

"今天12点左右,陈元风从魏营医院转去泗洪看病去了。昨晚他说腿疼,我和李雷把他扶来种子站睡觉,今天早晨动也不能动了,说左膀左腿麻木。一些同学早自习还没有上完,便准备送他回家,可他连自行车也不能坐,在吕老师带领下,陈元风被送进医院。李雷、莫军、张华、张子健、宋保利等人,早饭也没吃,便去找他家长,回来时已经上了第二节课了。

"我去看他时,他在急诊室里,一位女医生在为他用针打药水。他面无表情,时而看看我们。在别的床上放着些同学送来的食品。一会儿他便由家人开手扶机送走了。"

"5月29日　阴转雨　星期二

"这几天,我的心总平静不下来。星期日,我们上星期一的课,星期一便放假去家过五月端。

"中午我打篮球淌了一身汗,便和李雷去水库洗澡,我骑的是陈元风的自行车,可偏不好骑,到公路上才发现一点儿气也没有了,和李雷勉强骑到水库。刚回到班门口,便听有人在议论——'陈元风死了'。什么?这个噩耗如一声晴空霹雳震得我头皮发麻,我怎么会相信呢?我的心在拼命地叫着:'不会的!不会的!'星期四时,他还是一个活生生的同学,怎么会……入院时同学们都认为他只是伤风感冒而已,或许是不小心摔了小伤。有的同学说:'陈元风可以留级了。'我正强忍着怦怦的心跳,吕老师从一(3)班闪出,批评我和李雷天还未热便去洗澡,最后叫李雷快把车送去陈家。

"过一会儿,我和朱光永借了王彩萍的自行车,也准备去。正逢李雷在打气,我、陈昌建、李雷便心急火燎地赶去'南王庄'。绕了好一会儿才摸到,那是一个偏僻的小村。他家是两间小茅草房,阴暗的屋里旧而乱,最贵的便是一台电视机。我们默默把车放好,进院和他哥说了两句。他哥足有一米八几,瘦高个儿,赤着脚。我们进屋里坐在板凳上,屋里已有好多人,有他家的亲戚,其次便是比我们先到的几位同学。他的父亲身上打着补丁,眼圈红肿,无神地坐在地上,哭咽着述说着陈元风的死。啊!真的死了!他母亲大哭,周围的人也哭了,陈昌建呜呜地哭着,我心里像针扎一样……

"1990年5月26日黎明,陈元风(小军),我们的同学病故于泗洪医院。"

同学的回忆,加上日记的记载,往事愈发清晰,如在眼前。内容摘录完毕,内心无比沉重。那时的我们真是愣!他说腿疼,没人想起送去医院,只是扶回去睡;待第二天人已不行,还要送其回家,如不是老师,可能还是没人想起送去医院,更没人把他的病和"碰头"事件联系起来。真是一群糊涂蛋啊,白白错过了最佳的救治机会!可转念想想,那时我们才多大呀,十几岁的孩子懂个什么!懵懂无知,心如白纸,谁能把伤病和死亡联系在一起呢!再说,就凭那时的医疗条件,小小的县医院头痛发烧或可药到病除,若是这种颅内出血的症候,即便及时就医,大约也只能听天由命罢了。

  一次看似偶然的巧合,竟然夺走了一个正欲却再也无法盛开的生命,岂不悲哉!谁又能道清这究竟是命运的安排,还是上苍搞的一个不近人情的恶作剧呢?

  岁月流转,光阴如坠,他的那些同学们依旧活在世上,吊儿郎当地抽着烟,喝着酒,打着麻将,吹着牛皮,嚷着生活的虚无,抱怨着世道的不公……而他坟头的草,枯了又青,青了又枯,已不知度过多少遭轮回。

(2020 年 2 月 26 日)

辉哥

  这事过了不少年头了。那天我们在"再相聚酒楼"碰面,要尽地主之谊的小李子匆匆赶来,夹着公文包大步流星,一副成功人士的派头。

  我们几个久违的同学落座,闲话毕业后各奔东西,相距遥远,音信全无,见一面确实不易,若不是这次学习偶遇,还不知何时才能相聚呢,不禁生出些感慨来。酒过三巡,我突然想起一个人来,心里就有些不舒服,放下酒盅冲主人道:"小李子,你不够意思,有个人你竟然没请!"

  "谁?"小李子莫名其妙。

  "还有谁?你最铁的弟兄!"

  "你说的是辉哥?"他的同乡施妹说,说着看我一眼,又看小李子一眼。

  小李子低头夹菜,默不作声。气氛顿时有点儿沉闷。

  沉默片刻,施妹轻声说道:"他,走了,已经几年了。"

  "怎么——?!"我一脸惊愕,望向他们。

  我眼前不觉闪现出一个体形精瘦,却骨硬如钢、桀骜不驯的年轻人。我想起他误穿了我的鞋去打篮球,鞋子穿了帮,我大发雷霆,而他却笑脸相迎的情景;我想起毕业离开淮安的那天,我坐着黄包车往车站去,正遇见他坐着黄包车往学校来,我们彼此尽量伸着头,隔着马路不停摇手再见的画面。

毕业后的一个夏季,他和小李子跑了许多的路、问了许多的人找到我家,就是为了和老同学见见面。只可惜,他们来得匆忙,乡间也无甚佳肴招待,只有薄酒一杯。公交车上他们从车窗探手挥别,没想到这一别竟成了永别!

辉哥本是学长。那时整个淮阴市的师范类学校有几家,每年招收的学生也不少,而体育专科却稀有,只有淮安师范设有体师班,且每届只面向全市十几个县市区统招三四十名学生。这就要求所录取的学生不仅文化分数要达线,而且体育方面必须要有专长。尽管每年只有一个班,但体育班的存在的确给学校带来不少麻烦,他们每日与杠铃哑铃为伍,荷尔蒙无处发泄,打架斗殴、惹是生非在所难免,学校被迫停招了几届。因此到我们去的时候只有体一、体二,并没有三年级。尽管没有老大哥们示范引领,我们依旧在校内外闹腾出一朵又一朵不和谐的浪花。辉哥便是体二班的"刺头"之一,一言不合便出手,哪里不平哪里走。一次因故将普师班的一名学生打落两颗门牙,学校要严惩,决定将他开除,后经他重病的母亲找到校长求情方才保住了学籍。据说他被母亲送去做船员,遭了不少的罪,一年后再回来就变成了我们的同班同学。

相处久了,我们才发现辉哥真是条汉子,耿直仗义热心忠厚,绝不跟任何人玩心眼子,完全没有初印象中的痞性。只是时光飞逝,本以为永恒的、轰轰烈烈的学生年代一晃便远去,不见辉哥已是数年了。

施妹的话不禁让大家沉默了,酒桌失去了原先的氛围。

小李子端起酒盅一仰脖子一饮而尽,抹抹嘴,道:"既然这样,就说说辉哥吧。唉,他这一家,太惨!"他把酒盅放下,低头接着说:"他一家,也就奶奶寿终正寝。他要被学校开除时,母亲就病重了,是骨癌,他毕业后不久就去世了。接着妹妹查出脑瘤,年纪轻轻,还没结婚,也走了。没多长时间,辉哥感觉不舒服,到医院一查,和妹妹一样,也是脑瘤。那天我到医院看他,他一见,忽地从病床爬起来,一定要拉我到外面饭店尅两杯。见他那情形,我哪还有心思喝酒啊,就安慰说等你病好,咱兄弟俩再痛痛快快喝一场。谁知过两天,他在手术台上没下来,丢下个几岁的孩子,就这么走了。唉,他这一家!媳妇孩子倒还好些,若找个好人家,还有新的开始。最苦的是他的父亲,眼看别人热热闹闹的一家,他呢,眼睁睁瞅着亲人一个个离他而去,到头来家破人亡什么都没了。搁谁能受得了?他经不起打击,最后在自家猪圈用一根绳子也随他们去了……"

小李子说完,红着眼圈将酒盅倒满,提议道:"让我们为辉哥一起干一杯吧!"

"干!"我们异口同声道。

(2019年10月8日)

【注】 后据同学吴中兵言,辉哥父亲得的是肝癌,是在我们师范毕业后走的;妹妹得的是脑瘤,是在我们师范三年级时走的;妈妈是骨癌,也是在我们毕业后走的。辉哥的脑瘤被误诊为脑积水,耽误了最佳手术时间,他的妻子一直未嫁人,只身抚养儿子,孩子现已上大学。(2021年7月)

下草湾回眸

因扶贫再次回到下草湾,我感到一丝熟悉,更多的却是陌生。那座工作过的学校还在,因为修路只能远远一瞥,算是拜见了。下草湾所辖的几个自然村落——上垫子、上草湾、小北洼,已变成一片荒野,下草湾则是住宅小区,再寻不见往昔的古朴醇厚。所遇见者皆一片茫然,不知来者何人。

一晃离开此地竟已二十余载!二十世纪九十年代某一个初秋下午,披着一身阳光,天宝、纬坤、士波和我,四位师范毕业生踏进了这座踞于丘岗之巅的小小的村小。锈迹斑斑的校门敞开着,走一步是一脚荒草,再走一步还是一脚荒草,蚂蚱仓皇蹦跳,几个偷眼看我们的孩子将我们引进老旧的办公室。两位老教师弯腰正整理新书,以便学生报名。介绍后才知,两位看上去老实巴交的农村小老头却是学校的"重量级"人物,一位施校长,一位周会计,都是老"民办"。他们正为缺老师而焦心,我们的到来可算为他们解了难。

往事如风

　　下草湾,名字很有诗意,然而现实却很荒远。双沟东南一片波涛起伏的冈峦,下草湾小学就浮在最把边的岗顶上,四下皆无所依,远观仿佛一座孤寂的寺庙。淮河的一条支流——"淮洪新河"就与它依伴缠绕成半个圆,忽然一个转身直向洪泽湖奔流而去。著名的"下草湾人"遗址就在河边上,距学校不足二里的路程。村聘教师陈家平曾带我们去过一次,远远指着一片荒草道:"喏,就那里。"

　　陈家平和我叙起来还是远房亲戚,便更亲一分。他在这座小学代了半辈子的课,风风雨雨送走一批又一批领导和老师,教着村里一代又一代的学生,虽教学水平有口皆碑,但依旧是一名"村聘",连"镇聘"都没能混上,每月只能领着养不活自己的微薄代课费,最终结局只得黯然回家拾起了荒疏已久的犁耙。

　　我们走进下草湾小学的时候,第三位认识的便是陈家平,他和我们自来熟,两分钟没到似乎已是相处多年的老友了。在这学校里,陈家平其实是真正主角,他正值大好年华,精力充沛,痴心教育,爱校如家,每天校园内都回荡着他嘹亮的上课声。相对于他,我们这些"正规军"倒好像成了狗屁不通的菜鸟,耳濡目染,从他身上学到不少东西。他是"土著",学生众多,各庄的后生几乎都是他的学生,乡情熟络,人脉广博,课余便时常带我们到各地周游,或是月夜泛舟,或是横渡淮河。可以说,如没有陈家平,我们在下草湾的生活一定会枯寂得多,很难坚守两年之久。

　　学校实在太小,五个年级共五个班级。教师也是实在太少,除了我们几位,还有几位镇聘或村聘老师,十来个人便组成了学校教师的全部阵容。我所任教的是三年级。九月依旧干热,我第一次走向教室,刚走到狭小的窗口,一股扑面而来的浓烈的汗腥味让我打了个激灵,班里二三十个孩子都滴溜溜望将过来,充满好奇和期待。再看这群孩子,多是黧黑干瘦,还有不少脖子上戴着黝黑发亮的"车轱辘"。我很是惊诧,靠着淮河竟然都不洗澡?我的第一道作业就是让他们回去洗个澡,把"车轱辘"都去掉。结果第二天情况没得到一丝好转。陈家平道:"算了吧,这地方缺水。再说家家忙农活,谁有空闲收拾孩子啊。尤其淮河凶险,更不能让孩子挨边。这不,暑假才淹死两个。"

　　陈家平所说的缺水我们很快就体验到了,校园内唯一一口压井,雨天压出的是黄泥汁,根本不能用;而晴天则变成了眼药水,挤了一天还不够陈家平家烧顿饭的。没水大家都过不下去,更别提工作了。迫不得已,学校只得将四、五年级比较健壮的男同学组织起来,分成组到下面村庄帮老师抬水。但孩子毕竟是孩子,四五个人吭哧吭哧抬回一桶来,到校时已颠簸得只剩下了小半桶,对于干冒烟的学校来说只能是杯水车薪,有时还不够学生自己喝的。好在我们都是农村长大的,有的是力气,放学得空便时常结队挑水去,很有点"小和尚下山去化斋"的意味。于是放学的路上常出现这样一幕:四个小伙子挑着水桶抱着衣服,一群孩子一路尾随,也偶有懂事能干的女生顺道到水井边帮老师洗衣服。离学校最近的是小北洼,约有一里多路,稍远的是下草湾,差不多二里路。所谓的水井,也不过都是人家的压井,水不甚丰但确实比岗顶要强多了。一往一返,四人轮流换肩,不是上坡便是下坡,折腾到校已过去两三个钟头。为了解决缺水问题,我们还曾在半坡的小水塘边挖了口土井,虽有些混浊,但有总比没有强吧,洗刷用度尚可勉强保证。过了一阵子,早上正用这水洗脸呢,两位学生探头探脑犹犹豫豫道:"老师,和你说个事,那个土井被人撒了泡尿……""啥时候?""好多天了。"胃里便是一阵翻江倒海。这孩子,尿过你孬好说一声,老师也好有个心理准备。这么多天过去,该吃也吃了该喝也喝了,耳不听心不烦。这一提,好嘛,这口土井当然就废了,一下子又回到了解放前。

这大约就是岗地的特点吧,干旱、坡陡,没有一尺平缓,骑自行车出行确须谨慎。一次我到小北洼下的河边去,骑着新买的山地自行车,不想刚放几步已刹不住了,一路风驰电掣、两耳生风、分外惊险,除了几处重要部件,铃铛、水杯等尽皆颠掉不知所踪,等最终车停下,浑身早湿透,也不知是热汗还是冷汗。听说我们到来两个月前,前任校长就是在上垫子那处半坡上出事,因公殉职的。

岗地的土质,色黄,性黏,干时硬似铁,潮时黏如胶。那日来校适逢雨大泥泞,鞋子被裹成两只哑铃,只得脱了提在手里往校赶,虽是下雨却又寻不出一汪水来将脚洗净,便带着两脚泥走进教室。下课到办公室,施校长莫名惊诧,低声批评道:"这,怎么可以?"周会计正看报,老花镜忽然滑到鼻尖,漏出眼珠望将过来,"哦"一声继续看他的报纸,一副见怪不怪的神情。

总之,那时生活的确艰苦,不必说屋漏偏逢连夜雨的住宿,不必说大雪登堂入室的彻骨寒,也不必说北风在午夜如狼似魈的凄厉,单说时有硕大的老鼠潜入室内啃床嚼柜引发的人鼠大战就足够恐怖。但日子总要过,学生也总要教。好在农村的孩子生来就质朴憨实,偶有几个调皮的也仅是调皮而已。其中最出格的是两位姓陈的男同学,刚批评过,一掉头便模仿我的动作。一次得了机会,我决定好好治一治两位,我让他们一直在办公室站到学校所有学生都已散去,方才放他们回家。两位出门来,忽见暮色合拢,四野沉寂,哇的一声哭了出来,也不知两位调皮鬼是怎样惊慌失措、踉踉跄跄从夜色朦胧的荒野回到家的,反正第二天两位已换了一副面目,变成了品学兼优的好学生。村小本是没有广播操的,我在师范学的是体育,体操是必修课,便找来图解研究,学校于是开始有了广播操的旋律。但农村孩子终究腼腆,做到臀部动作,男同学就站着嘿嘿笑,女同学则忸忸怩怩涨红着脸想做又不好意思,感觉屁股扭来扭去怪难为情的。后来带孩子们到镇上参加舞蹈比赛,依然如此,动作做是做了,却放不开,表情木讷像挂了层霜,不知道的还以为在和谁生气呢。

至今我都认为自己是个不称职的老师,生性内向,不喜说话,嘴拙,教学水平可想而知,但对于学生却是真心的,不以老师自居,而是把他们当成弟弟妹妹看待,学得好时一起高兴,成绩下降时一起难过流泪。对于他们,似乎没有什么工作方法,我唯有坦诚相见而已。那时镇聘老师多吃不了学校的苦,走马灯似的换,有一个多月竟然找不到一个搭班老师,这一个多月我便搬了椅子坐在教室,上了语文便上数学,有时也上上体育课,或是带着大家到田野走走玩玩。

时光飞逝,一晃一学期已过去,翻过冬,麦野泛着油绿绿的浪花。我带着孩子们在麦野散步。田埂垄畔的绿茵间,一枝枝灿烂的黄色花朵正迎向太阳热烈地盛放着。东风袅袅,满野是青麦、芳草和这种花儿混合的香息,给人一种沁入心脾的陶醉感觉。

"真美!"我说。

"好香!"孩子们说。

"谁知道它们是什么花?"我问。

"不知道。"大家纷纷摇头。

"那我们就给它起个名字吧。"

"不如就叫无名花吧。"有孩子提议……

"老师,你喜欢这花吗?"孩子们问。

"喜欢。"我大声说……

午后,我踩着校园砖铺小径向班级走去,两侧几株梧桐刚刚绽出嫩绿的新叶。春晖使整个校园变得暖洋洋的,还未走近,早已闻到一股熟悉的香气,教室出奇的安静。

一踏进教室的门,我顿时震住了!破旧的教室被打扫得一尘不染,黑板擦得干干净净,连一丝粉笔灰也没有;砖铺的地面不仅扫过还洒了水,就连砖缝都被仔细清理过。最让我意外的是,此时教室已成了一片黄色的花海,简陋的讲桌上,左右各插着饱满的一束,每一位孩子的课桌上也都各自插着一束或者两束。在这片黄色的花海中,一双双狡黠的眼眸含着笑,迎向他们的老师,扑闪着,带着骄傲的期冀……

只记得当时我是忽地愣住了,激动得张口结舌,竟不知所措。至于后来我说了什么已毫无印象,只是在脑海深处永远铭刻下这样一幅画面:一间萦绕着清芬、简陋而洁净的教室,一片灿烂的嫩黄色的花海,一双双如繁星般忽闪忽闪带着笑的明眸。

无疑,这是我人生中所遇见过的最美的教室,最美的学生,最美的一课!至今我虽还在教育的岗位,但再没遇见过这样一群如此质朴如此单纯而又让我如此挂念的孩子。两年后,已升入镇上初中的孩子们,骑着自行车雀跃着来看望他们这个曾经的老师的时候,我知道他们并没有忘记这个不会教书的"菜鸟"老师。他们当中虽也有后来考上相当不错的大学的——当然这已不是我的功劳,而更多是中学毕业甚至还有中途辍学的,但不论他们后来是打工还是种地,都凭自己的本事吃饭,踏踏实实做人,这已足够好了。更让人欣慰的是,他们偶然聚会的时候总会记挂着小学时代的老师,请我们也去坐一坐,叙一叙师生的情谊。但每回坐在一处,总感觉亏欠他们。我在当年一些事情的处理上考虑欠妥当,伤害了部分学生的自尊心;对于有些同学没能很好地指导,没让他们达到应有的高度;有些同学我没能照顾好,以致让他们过早步入了社会。尤其是第一任班长,因家庭原因,一段时间常偷带年幼妹妹藏在课桌下,后因故撤换了其班长职务直至辍学,多年来我对她一直怀有亏欠之心。还有转学来的大个子,和班里最矮的同学打了架,我一看"海拔"对比,顿时火冒三丈,上去就教训一顿,后一了解竟是我武断了,原来是小个子不自量力先行挑衅。几年前班长请同学吃饭,也把我喊去,一再感谢老师当年的照顾,让我汗颜。而大个子在中学时代参加全县运动会夺得铅球第一名,恰逢我也带着学生参赛,遇见我依然毕恭毕敬喊老师好。我明白,学生永远都会记着老师的好,而并非对他们的惩罚。这是学生对于老师发自心底的尊重。

其实,我一直想说:不管怎样,不论你们有多高学历,不论你们在何岗位,也不论你们富有或是贫穷,你们都是我的骄傲,你们都是我最好的学生!是的,在最好年华,能遇见最好的你们,这是我一生的幸事。

(2019年11月25日稿。原载于2022年10月12日《咸阳日报》。)

【后记】 2020年3月16日,当年四位毛头小伙子再次相聚下草湾,看望老同事陈家平,并故地重游,不胜感慨。家平兄因脑出血后遗症,行动已相当不便,两口子见到我们意外而惊喜,临别时一度哽咽。细想确实心酸,当年风华正茂,一晃二十余年,物是人非,我们都已变换了先前的模样,逐渐老去,人生又能有几个二十年呢!看似平常的每一个日子,我们却无时不在改变着自己,当时间终堆积成天荒地老无可奈何,又怎能用蹉跎二字了得!最后以一首小诗,为此次重游留下一点痕迹。

故地重游

一

满地黄花似曾前,物是人非二十年。
天若有情岂会老,愿回当年苦作甜。
担水岗下衣襟湿,荒郊僻野缺时鲜。
夜半奋起捉恶鼠,往事历历似云烟。

二

故地多年未曾游,高岗远眺草木羞。
学童挚友今何在,物是人非事事休。
忆兮当年正年少,而今归来鬓渐秋。
日暮乡关何处是,淮水依旧绕岗流。

遭遇金雕

在整个仓营湖一带，我大约是唯一遭遇过金雕的人，而且遭遇地点，正是在仓营湖中。

仓营湖其实并不是湖，而是一片方圆几十里的广袤田野。至于为什么要把田地称为"湖"，不得而知。按地理位置，西部为仓湖，东部为营湖，合到一起便为"仓营"。在西南岗的丘陵起伏中，难得有一片一马平川一目十里的所在。实质上这却是一片洼涝地，如遇发洪水，只见水乡泽国一片汪洋，真的成为一个烟波浩渺的"仓营湖"了。因此，偌大湖地里是没有一座村庄的。

大约是在初中二年级的时候吧，我从乡里中学回家吃午饭。学校在西，家在东，相距十余里，一条简易石子公路正好贯穿整个仓营湖。我骑的是一辆破旧的自行车，一路匆忙，到家吃罢饭又赶紧往学校赶。

那是一个早秋，仓营湖中的作物一片焦黄。尽管才是九月天气，但因缺水，公路两侧大杨柳树的黄叶纷纷扬扬，雪片一般飘落，给人一种深秋的错觉。

正值午时，路上一个人影都不见，只剩我形影相吊，死命蹬着自行车匆匆赶路。虽已入秋，"十八天的地火"显然没有消尽，热且干燥，连一丝风也没有。吸入的是热气，呼出的是干气，汗还未离开身体就已被焦渴的空气给搜刮走。那一刻，感觉自己就像一条腌鱼，正一点一点被风干成"干鱼靠子"。

荒寂的路上，我独自骑行着，满耳只有石子被车轮碾压迸溅的"啪啪"声，和黄叶纷然飘落的"嚓嚓"声。此时我已过村西的花桥，离西小河还有一截地远。

正行间，蓦然"呼"地传来一声沉重迟缓的声音，有一股气流从天而降，直向我扑来。我下意识一抬头，一块云一样巨大的阴影正紧贴着树梢，从我的头顶掠过！我顿时张大嘴巴，大脑一片空白！确切讲，我近距离目睹了一只巨鸟的灰色肚皮！虽小时候我是一度痴迷于弹弓打鸟的，但如此巨大的鸟闻所未闻,更别说见过了!它展开的两翼,就是两个我,也抵不上它的宽度!

就那一瞬间,我已看清它那黑得发亮铁钩似的喙,如关羽般的丹凤眼,以及能攫住人心的犀利的眼神,还有藏在身下那双触目惊心的利爪……这不正是村西头水利家墙上挂的《鹏程万里》中那只在云彩上翱翔的金雕吗?活脱脱、真真实实,几乎一模一样,却又比画上更神采奕奕、精神焕发,更多了几分威严、几分震撼、几分杀气!

只见它如鱼鹰一般,略抬头向前方探去一眼,又略勾首向后下方扫描一眼,似乎在搜寻猎物,眼光所过之处,仿佛能抓出一道印痕来。我其实并没有多少害怕,只是呆怔住,竟然忘了骑车,差点儿撞路边树上。就在那一瞬间,它翅膀不曾扇动,已带着"呼"声向远天疾驰而去,如疾风一般,不曾留下任何痕迹……

"大鹏一日同风起,扶摇直上九万里。"只有真实遭遇,才知此言不虚。"燕雀安知鸿鹄之志哉!""北冥有鱼,其名为鲲。鲲之大,不知其几千里也;化而为鸟,其名为鹏。鹏之背,不知其几千里也;怒而飞,其翼若垂天之云。是鸟也,海运则将徙于南冥……曰:'鹏之徙于南冥也,水击三千里,抟扶摇而上者九万里,去以六月息者也。'……"世间本无"鹏",而"鸿鹄"也为虚指,大约都是金雕的化身吧。从头顶掠过的金雕身上,我幡然领悟出古人所说的意蕴。

我们这一片虽然号称"西南岗",却只有岗而已,并没有高山大川茂林丛莽供其栖息,而仓营湖也只有野兔、野鸡之流的野禽小兽,打个牙祭尚可,若用以度日大约太勉为其难了。因此,仓营湖一带,自古就未闻听有此类猛禽。不知所来,不知何往,或是正所谓"徙于南冥"吧,其志向我辈又怎么知道呢。只是陡然遭遇,于我是一场福佑也未可知,总之它并未将我列为猎物范畴,不然以我当时瘦小的体格,说不定多舛的命运早该改写成另一种风趣的版本了。

多少年来,我曾无数次清晰地忆起这场仓营湖中离奇的经历。每当在我失意无法排遣的时候,眼前总浮现出那只金雕从头顶掠过的身影,它的声息是那样沉重迟缓,带着巨大的负重,眼神犀利,像云一样向远方飞驰而去……

(2020年4月10日稿。)

那村・那人・那事

人脚獾的故事

父亲今年六十整,在五十多年前他还是个几岁的孩子。父亲记得那年他刚好七岁,这个故事便正好发生在那年村外的玉米林中。

五十多年前,父亲住的村庄还是非常小的,仅是个由几十户人家低矮且旧的草屋胡乱拼凑成的村庄,还未入夏,已被淹没于无边绿的汪洋之中。

那时村外种的全是玉米,恍如深邃无底不见边际的原始丛莽,将村庄重重裹围,永远保持着进一步侵袭的良好态势。于是丛莽深处的村庄,便很长时间停留在玉米叶清新的味道里,及至扬花时节,满村庄又飘满玉米花穗甜美的味道,仿佛一切都很美好。在甜美的花香中等待收获的到来,的确是非常美好的。

这个故事发生在七月末的某一个午后。七岁的父亲感觉肚中很饿,他想去偷几个玉米棒。那时玉米棒刚好灌浆,正是好吃的时候。

他看到看青的老甩头正在树下呼呼睡去,四周悄无一人,便放心大胆地往西面的玉米地去。他知道西面那片玉米长得最好,他已经偷过好多次。

他一猫腰钻进去,未走几步,突然发觉前面竟有一人已赶在他前头偷上。便往前紧走几步,想看清是谁在偷。他想知道是不是狗剩也在掰棒子,刚才还看见他呢。

一看不要紧!他顿时吓呆住,两脚像钉上铁钉。哪里是狗剩!一个黑乎乎的怪物!它正背对他,也像人一样两脚站立,在掰弄棒子呢!七岁的父亲双腿打颤,不由得倒吸一口凉气,嘴巴倏地扩张到极限。但他没能喊出,被自己的双手及时按堵住。我的父亲当时只有七岁,连猴子都没有见过,哪见过这样比他高过两头的怪物呢?他吓得可不轻,两腿抖得像筛糠一般,但竟然没有尿裤子。他抖了一刻,终于想起要逃走,便晃着两条发抖的腿,边注视着那怪物边悄悄撤退,等退到地边,扭头就逃,拼命地向庄上逃去。他可不是胆小的孩子,尽管腿已发抖,却并不瘫软,禁受刺激后反而比平时跑得更快,兔子似的。

刚到村口正好撞上正看青去的老甩头,他背着兔子枪,准备顺便打几只野味。

"鬼!鬼!鬼!……"我年幼的父亲跑得口吐白沫,语无伦次,差点没哭出声。

老甩头一把逮住他道:"你个小东西,又偷啦!"

"鬼!鬼!真是鬼呀!在那边偷棒子呢!"我父亲黄着脸,颤抖着嘴唇,终于哭开。

"别哭!带我去看看。什么鬼?看老子一枪不打死它!"老甩头终于听明白,一只怪物在偷玉米棒子呢。

他们赶到,那东西已退到玉米地的边缘,正剥开一根嫩玉米棒往嘴里塞。

老甩头趴在田埂上"轰"地放去一枪。眼看是打中,但那怪物却动也没动,只是扭头望过来一眼,那张丑陋的脸上似乎在笑。他们看到它嘴角的汁液正往下滴淌,然后它把玉米棒又往嘴里塞去一口。

老甩头拽起我的父亲就跑。他也吓得心惊胆战。他从未见过刀枪不入的野物!

等老队长闻之,召集人马再次赶来,那怪物仍旧没有离去,棒子掰掉许多,玉米林被它弄得狼藉一片。

老队长见多识广,一眼辨出,高声喊道:"好一只人脚獾!都给我上!快拿下!"

那人脚獾吃得高兴,不觉将饱,正欲离去,忽见无数穿衣的生物,挥权弄棒,张牙舞爪直向自己奔来,也是吃惊非常,赶紧扔掉最后一根玉米棒,四肢着地,飞也似的向密林深处逃去。人群在后紧追不舍。

它跑得虽快,但怎奈追的人太多,总是跑不脱。人和獾在密集的玉米丛林,兜着圈子追逐奔逃,展开一场紧张激烈的追捕大战,所经之处全如刮风一般,玉米踏倒无数。

终于,人群追出阴郁无边的茂密丛林,追过一望无际的仓营湖,追过数座村庄,仍旧紧紧追赶。他们气喘吁吁,汗流如雨,依然叫喊不绝。人脚獾在前头奔逃,越跑越慢,越跑越慌。

所经村庄,村民尽悉惊起,全尾随观望,不觉竟形成千余人浩然大军。千人一处便有气势,喧喧嚷嚷,沿途环堵,黄土扬在半空,半日不落。他们一路追看,等待结果。

在第七座村庄,人脚獾慌不择路,竟钻入一死胡同,最终再无路可走。它向墙头努力攀爬几次,但墙头太高,没有成功,只好返身冲逼近的人群龇牙咧嘴,做誓死反扑状。

人群哪里容它得逞,早一拥而上,乒乒乓乓,一阵刀枪乱棍,人脚獾霎时一命呜呼。据说拿苗刀的二愣子连砍十八刀,刀口都卷了。

这是只雄性人脚獾,足有牛犊般大。一口大锅就架在老队长家门前。黄昏中的老队长威风凛凛,亲自把人脚獾皮毛钉在自家西山墙上。

火光猎猎,夜幕沉沉。锅中油花翻滚,腥香扑鼻。村中男女老幼,尽皆夹捧碗筷,或远或近,或蹲或坐,专候佳讯。有人不厌其烦,不断复述追捕细节,说到可笑处,人们便笑,边笑边咽口水。而村中的狗,则自觉围于近旁,都如狼般端坐,伸长舌头,嘴角淌着黏液,大口喘息,虎视眈眈。老队长撵过两次,撵过后它们又复聚拢来,端坐如初。

一时锅开。人群哄然而起。老队长亲自掌勺,他敲着锅边叫道:"不要挤。不要挤。按人头来,老规矩,大人一碗,小孩半碗。"话音未落,无数只碗已纷纷伸过去,顿时把锅遮没住。

"咳,再给点,再给点吧。"混乱中不断传来请求声。碗与碗叮当撞响,不知可撞坏多少,反正有人在叫骂。

当时我刚七岁的父亲,因为他的母亲生病,是端回去吃的。等再去盛,人已稀少。老队长敲着锅边道:"没啦。大人一碗,小孩半碗,盛过就没,你没听清吗?"

我年幼的父亲很不服气,昂头道:"是我先看见的,我不说,你们谁都别想吃!"

老队长便撇了半勺清汤放进他的瓦罐里,用油花花的勺头,敲他的脑袋道:"滚!"

是夜,皓月当空,沉寂一片,万籁无声。整座村庄都沉浸在混合着玉米叶味道的油腥气息里。

夜半,蓦然传来一阵惊天动地般奇异的声响,全庄人尽被惊醒,再无睡意。只听那声音如怨如诉,如悲如怒,似风坠寒涧,又恍若霹雳惊雷。其声惨森可怖,听者无不毛骨悚然、手脚发凉,心底生出一股莫名的寒意。

庄上数十条狗一吠而起,一路叫嚣,发疯般向西南狂奔过去。那声音正来自西南方。

我的父亲爬起,隔窗向外看,只看见惨白一片。他下意识喊道:"雪!"

他的父亲赶忙把他按回地铺上,捂着他的脑门说:"这孩子吓得,七月怎么会下雪呢?"

它们厮打。从庄外一直向庄上推进。撕咬声由远及近,由小到大,每个人都听得真切。

在老队长家门前,它终于站住,和群狗展开最激烈的战斗。刹那间,咆哮声、犬吠声、撕咬声、惨叫声、皮毛撕裂声、骨头断折声响成一片,如同一场腥风血雨。一时鬼哭狼嚎,一时日月无光。

父亲再不敢看,躺在铺上直喊冷。他的父亲翻出仅有的一床被子,一家人盖着,依旧都在瑟瑟发抖。

它们就这样厮杀,持续了一个多时辰,最终在几声更为可怕的怪异哀叫后,群狗声淡下去,接着传来一阵猛烈的拍打门的声音,拍打声异常响亮,在村庄上空久久回荡,似乎每个人家的门都在震响。

当时只有七岁的父亲害怕极了,他病中的母亲说:"快!门!"他的父亲闻声,赶紧用家中唯一一张桌子紧抵在门后,坐下歇一刻道:"没事,不会来,没在我们家烧,它要的是老队长。"

天将放亮,人脚獾在群狗反扑声中,一路长啸远去。

天明,只见村口到村里一路全是血迹和零落的兽毛,不知是狗的还是人脚獾的,大约都有。老队长家门前最为惨烈,满地殷红,落毛如雪,足可让人想见夜中场面。场中三狗倒毙,尚有余温。老队长家的大青狗,倒在门边,惨遭开膛;麻脸家的黑狗,死在灶旁,血肉模糊;二愣家的花狗,则躺在山墙底,墙上皮毛已不翼而飞。全村三十多条狗,无一幸免,或轻或重,全部挂彩,都趴在自家门前死一般不动。

老队长家的门任谁也叫不开,里面抵得结结实实,所有能用物件全用上,床柜桌椅,甚至衣裤都抵在门上。一家人缩在屋角,紧裹两床被子。被子湿得透亮,不知是汗还是尿。老队长吓得动弹不得,形同木偶。他的胖女人,牙关紧咬,已经不省人事。

老队长缓过气来头一句话是:"吓死我啦!吓死我啦!"

第二天夜晚,它又来,和群狗鏖战至天明,虽再次闯入村庄,却在群狗的阻挡下未能再接近老队长家。

第三夜,它在村口嚎叫一夜。群狗在村里狂叫一夜。

第四夜,它没有来。再没有来。

(2006年8月27日)

老红军和小季

村西的仓营湖里有两处很别致的地名:老红军磨和小鸡磨。两地之间隔条小河,老红军磨在西,小鸡磨在东,离村庄有二三里路。打小我就纳闷,自古这里就没住过人,哪来的磨呢?后来一问,才闹明白,哪里是磨,原来是"墓"字。我们这地方土语"磨"和"墓"发音太相近,久而久之竟说混了。

老红军墓旁曾有一小水塘,父亲小时在里面用罩罩过黄盆大的一只甲鱼。他还曾在墓上打过一鱼篓的兔子。仓营湖地势低,通常情况下是旱田,但每到夏天发大水,就立马成了湖泊。那一年父亲趁水势去逮鱼,仓营湖已是一片汪洋,只有老红军墓剩半截露在水面像座孤岛,上面黑压压挤着一群兔子,见人来就吱吱直叫。

按照风水,这里是不宜作为墓地的,村上的公共墓区是在村东的向阳坡上,但他的墓偏在这里。我一直以为是一位老红军在这里牺牲了,可是这位老红军怎么会跑到这里呢?这里虽是革命老区,但绝不是红军的根据地,离得远着呢,而且这么多年也没见民政部门来寻,把他给迁到烈士陵园去。

明月故乡

父亲说,不是老红军,他的名字就叫红军,在庄上辈分高,大家都喊他老红军。他是在大芦黍(玉米)地里薅草给热死的,便就地埋了。哦,原来是这样,就这么简单。

那小鸡墓呢,当然也不是小鸡的墓,而是叫作小季墓。小季是个大姑娘,十八九岁,长得窝俊的,一条大辫子一直垂到腰。然而,小季却是上吊死的。

她家不远有家小店,村里人有时去买点东西,有时不买也到店里去玩玩坐坐。在贫穷且资源匮乏的年代,农村的小店就显得很时兴,花花绿绿的商品很能吸引人,店里不仅卖东西,同时也是村里男女老少聚会娱乐聊天的地方。这家店主是个鬼精灵,小店内外都摆着桌子板凳,给大伙儿打牌聊天,尤其农闲时更是热闹。这样自然对小店有好处,一来增加了人气,二来"近水楼台先得月",自然捎带促销了商品,可谓一举两得。但店主确实过于精明,缺少一点儿厚道,一天说店里少了东西,认定是小季拿的,证据是那个时间段只有小季到过店里。店主喧嘈得很,一定要小季把东西给还回来。小季有口难辩。她说不清,当然说不清,她毕竟一个人到过店里。但小季也真是有气节的女孩子,二话不说找根绳子就上吊了。

我说:"她真的偷了吗?""什么偷!"父亲说,"要偷能上吊么?"据说后来东西找到了,是店主记错了,也有人说压根儿就是诬陷,店主好色想打她的主意,没成,就怀恨在心,想把她的名声搞臭。"后来呢?""后来就有了小季墓呗,那家店也关门了,没人再去买东西。"

老红军和小季原来是八竿子打不着的两个人,也许他们也不是同一辈儿的。但他们都是村里难得的顶真人,他们一个用生命诠释了劳动的意义,一个用生命捍卫了自己的清白。

人们用他们的名字命名了田地,于是世代都记住庄上曾有这么两个人。他们一个叫老红军,一个叫小季。

(2016年5月29日)

小红毛

父亲提起他的时候，他已死了很多年了。父亲说他是后拐某一家族的，五短三粗，一身横劲，干蛋得很，尤其是一头红毛，让大家都忘了他原本名姓，直呼他小红毛了。

"干蛋"是我们本地方言，大约与犟的意思接近，还夹杂一点神经质的意味在里面。父亲的话我是信的，这个家族至今仍有一部分人保留着敦敦实实的体形，且多少都有些不同凡响的个性。

说小红毛干蛋，倒是不假，有两件事足可印证。

头一件是解放前卖老婆。

解放前治安很乱，民不聊生，赌毒横行。小红毛嗜赌如命，且总是输，家里有点钱都给败光了。回到家老婆当然要规劝，苦口婆心，晓以利害。赌钱当然不是好事，玩物丧志，闹不好还要家破人亡。但小红毛很不受用，嫌烦！一日又去推牌九，输得眼红，又迁怒于这唠叨的女人，脑子一热，回家竟把老婆连同三个孩子一起给卖了，卖了一百个大洋。从此家里终于消停了，再没人唠叨。

第二件事小红毛更浑了，浑到无知，连自己的命都搭了进去。

那时庄上刚有磨面机，柴油机头带动的，一条皮带连着两头。我小的时候磨面坊还在，就在我家东边，三间土房子，里面整日白雾沉沉，隆隆不绝。

去磨面当然要排队的，但小红毛思维还停留在解放前老一套上，仗着人浑，偏要插队，前头人不让，结果两个人就打了起来。小红毛虽然浑，也有一身蛮力，但对方人高马大也不含糊，他打不过人家。按小红毛的个性，打不过也不能让，不能让又无奈何，只能被人家揍。他满腔怒火，最终发泄在磨面机上。让你磨！他一脚踹向飞旋的皮带，想把磨面机踹停。他不知机器的厉害,如果知道,估计再浑也不敢往上端。结果,皮带没端下来,自己的腿反被绞断了。那时医疗条件有限,腿断了只能在家等死。

他儿子被卖时已经十几岁,什么都懂,听说亲老子要死了,当然要回来看望。小红毛见了儿子,满心委屈,拉着手说:"我亏呀,你们娘四个卖了一百块大洋,就捞到用一块,其余都输了……"真是哪壶不开提哪壶。

儿子听闻脸色大变,一言不发起身就走,头都没回。后来他再没回来过,小红毛死了也没回来。

(2016年5月27日)

兆奎

秋风起时,才知秋天的干旱,洋槐树叶哗哗直响,犹如晒焦了的山芋干。且不时坠下几片来,蛱蝶般飘呀飘的。

旱秋起花生是件头疼的事儿,牯牛铆足劲儿才犁出浅浅的一道沟,还要抓、刨、手薅,等拉回院前的场上,花生差不多就已经干得无须晒了。

小爷(二叔)家的花生秧就堆在那株大洋槐树下。花生秧连着花生果。花生秧前横着一根粗树干,我们几个孩子和小爷坐成一排摔花生。我们薅着叶茎,一甩手挥向树桩,花生根便撞在树桩上,花生果"哗"的一声四散飞去,像一群遭惊吓的蝗虫。

"远看小瘪嘴,近看是兆奎。"小爷突然冒出一句。

我抬起头,果然就见前庄的兆奎来了。他佝偻着腰,披着灰褂子,踟蹰着走过来。

"你个'坐圈猪',嘴里能吐出什么象牙?"他也不恼,张开没一颗牙的嘴巴反讥小爷道。小爷幼年体弱,曾差点被扔到乱坟岗,长身体时又受亏,因而瘦矮总长不大,庄上人每开玩笑时,便以光吃不添膘的"坐圈猪"称呼他,小爷每每听了倒很受用。

小爷再不搭话,乐呵呵地随手把屁底的矮板凳递过去。兆奎也不客气,接过坐下,摸起花生就摔。

小爷道:"小瘪嘴,不用你摔,先来两段。"说罢拐回锅屋另拿个板凳,又带一碟一筷来。

兆奎接了碟筷,单手五指配合,蝴蝶穿花般"叮哩个叮,当哩个当"敲击一阵,清清嗓子唱将起来:"手扶栏杆苦叹一声,鸳鸯枕上诉苦情。上身打得皮开肉烂……"一曲《手扶栏杆》唱罢,又唱起《五只小船》来:"一只小船漂江东,又装个萝卜又装葱,又装个女花容。"

兆奎唱着,我们听着。小爷摔着花生,不时跟着哼上两句。兆奎唱乏了,我们也听累了。他丢了碟筷,抓过花生"啪啪"地摔起来,还时不时和小爷开着玩笑相互取乐。一时晌饭已好,兆奎也不成含意(方言,即不讲究),摸过饼就吃,拿起筷子就夹,端起稀饭就喝。由于没有牙齿,饼在他嘴里团来转去,好像一头老牛拖着破碌碡在打着麦,等稀饭入了嘴,咕噜一声,稀饭连同饼子都咽将下去。

吃了晌饭,又摔了一下午花生,晚饭喝了二两小酒,兆奎方才回去。

"兆奎好人啊,可惜打了一辈子光棍。"小爷冲黄昏中兆奎模糊的背影说道。

我问:"怎么会是光棍呢?"

"穷啊!"小爷叹道。

兆奎本姓冯,冯庄人。冯庄在南面,和我们村仅隔一条石子路,于是,我们只以位置称其"前庄",而并不呼它的本名。既然邻庄的,多少都沾亲带故,诸如姓那的家庭、马昌献家等,都因亲戚里道才走得更近一点,而兆奎似乎是例外,往上扒几代也没有亲缘关系,只是性情朴实随意,彼此走动勤点而已。

兆奎去世应该好多年了。可惜,直到冯庄拆迁,我都不知道兆奎究竟住在冯庄哪一处角落。

(2019 年 11 月 11 日)

明月故乡

愣小春

　　洋槐树叶落尽的时候，愣小春又来了。夹着碗，蹲在牛屋的墙根下，眯缝着眼，晒着午时的太阳。

　　这是生产队的牛屋。屋里已没有牛，角落依旧散发着牛臊的虚土里藏满缩头缩脑的土鳖虫。

　　愣小春蹲着，嘴里嚼着根麦草，动作慢慢吞吞，说话也慢慢吞吞，像一头转世的老黄牛。可不是黄牛么？连他的头发、胡须都是黄的，甚至眼珠也是黄的。可他的皮肤却白，白里透着些微红，如果不是手上皴裂的口子，一点也看不出是个要饭的。他的身材矮墩墩，短腿，走起路来晃晃悠悠，真的是一头黄牛呢。

　　我们这群孩子当然不怕他，在他的四周围成半个圈。他有牛的脾性，说话瓮声瓮气，对哪个孩子都是略羞涩地憨笑。我们盯着他腋窝里的空碗。就有人问："你晌饭吃了吗？可饱？"他自然是眯缝着眼睛答："饱了呢，你们庄人好，几家就要饱了。"

　　晌午的太阳暖和，愣小春解了怀掐起虱子。我们就围看他如何从衣缝搜出虱子，又如何用两指甲一对，崩出一小朵血红的花儿。

　　"你家在哪里？"

　　"很远，很远呢。"他腾出手来，指向东方。

　　"你家里还有人吗？"

　　"妈妈死了。还有哥哥嫂子。"

　　"那你还出来要饭？"

　　"谁想出来呢。在家放牛。牛放丢了。怕哥哥嫂子打，只好跑出来了。"愣小春说得慢条斯理，看不出一丝悲苦。

　　"你放的黄牛？"

"嗯,黄牛。"

和去年几乎如出一辙。同样的牛屋墙根底,同样的愣小春,同样的围观孩子,同样的一问一答。连愣小春眼角的皱纹,也似乎和去年一模一样的。

我们当然要同情他的遭遇。风里来雨里去的,有家不能回,冬天的晚上还不知怎么熬呢。我们也都放牛,没想到放牛还有风险。不过我们也没怎么放在心上。他放的是黄牛,而我们放的是水牛。水牛通人性,识路,轻易丢不了的。

但这愣小春的确是有点怪异,他放黄牛,牛不安生,最后竟然把自己活成一头安分的黄牛来,确实让人匪夷所思。

开春的时候,愣小春离开村庄,临走冲我们嘿嘿笑着说:"天冷再来,你们庄人好。"

洋槐树叶落尽的时候,愣小春没有来。又一些天过去,还是没有来。"这愣小春怎么还不来呢?"我们说。

又一年洋槐树叶落尽的时候,愣小春依然没有来。关于愣小春,再没人提及了。

(2018年11月18日)

表大爷一家

表大爷手里提溜一个鸟笼,迎着阳光走进村庄。他照例戴着礼帽,五短身材走起路来倒行壮得很,很有些领导的派头。实际上表大爷就是县邮电局里的一位领导,据说当年小小年纪就参加了革命,新中国成立后当然要培养,便保送去学习,然后就进了邮电部门。

表大爷手里的鸟笼是送给我的,这也是我期盼表大爷到来的原因。父亲说:"还不谢你表大爷。"我有点腼腆,接了鸟笼,低头不好意思作声。表大爷则哈哈大笑,露出金灿灿的门牙来。我便一扭头提着鸟笼钻进屋里。

那时,除了不喜学习,逮鱼摸虾,打弹弓,掏鸟窝,我什么都来,至于打伤的鸟儿或掏来的雏鸟总要千辛万苦地养着,尽管几乎每回鸟儿都不得善终,我依然乐此不疲。表大爷居住在城里,也喜欢养鸟,见我有共同爱好,便慷慨赠送鸟笼,以示支持。只是无一例外,都被恶猫趁家中无人时将鸟笼扒得稀烂。鸟笼挂得很高,不知恶猫到底是怎么做到的,笼子里的鸟儿自然也是难逃厄运了。表大爷见了,下次再来,手里便又多了一个崭新的鸟笼。前前后后,表大爷送了我几个鸟笼,有竹质的,也有木质的,每一个都很精美,再配上一对供鸟儿饮食的精致陶盏,实在有点儿过于"奢侈"。这让童年的我确实有了骄傲的资本,农村养鸟的孩子大有人在,但能用如此高雅的笼子来养的,那就绝无仅有了。

前两年,儿子想养只鸟,便专门到花鸟市场转了一圈,所见鸟笼多是合金的或塑料的,而竹质或木质的皆高挂在室内成了艺术品,自然价格不菲,最低的也需二三百元。

表大爷姓王,其实并非亲戚,而是邻居,他的母亲和弟弟依然住在我家门西旁,只隔三户人家。他的弟弟名康银,身材高大,能比哥哥蹿出半个头来,老大不小了,却还是光棍一个。论缘由,不光是穷,更因相貌实在与众不同。他的眼睛大而出奇,眼珠凸出半个,似谁家挂在墙上的灯笼,嘴巴却平阔,犹如无须的鲇鱼,多年后当我看到某部电影中的乌龟大师时,眼前出现的却是这位小表大爷的形象。他常年戴一顶帽子,酒醉时曾被捣蛋的孩子用树枝挑落过,结果白亮的秃头吓得孩子们一哄而散,据说是12岁得了"鬼剃头",一夜间头发落得干净,这也成了他一生的包袱。

老大不小的人,依旧游手好闲,从来不着家。他的母亲每回烧好饭便满庄喊:"小网子哟,吃饭喽——"我们这些孩子听着总感觉很好玩,这么人高马大的人,还被喊着小名,怪好笑的。现在想想,能被母亲喊着小名,又何尝不是一种幸福呢。但这位小表大爷总是不耐烦,老远就吼母亲道:"喊什么喊!"

因为兄长的缘故,这位小表大爷自然也和我的父亲走得近,有时甚至是形影不离,我的父亲到哪他便跟着到哪。我的父亲当时是大队书记,大家也私下给小表大爷封了个官:二书记。实际上,他连小队长也不是,但混在后面好处还是有的,混吃混喝事情倒是沾光不少。后来父亲还和他组了个吹鼓班子,父亲吹喇叭,他便吹笙,虽都听不见响,但他把笙横拿竖放,翻眼骨碌,对着女观众摇首弄姿,一看也不是一般的人物。

表大爷虽是干部,却没给母亲和亲弟弟谋过一点好处,小表大爷穷得叮当响,别人家房子不是翻盖就是另建了大瓦房,而他们母子几十年来一直住着地趴式的茅草房子,成年人弯腰撅腚才能进出,不然准能撞门梁上去。出门便是一个大土堆,比房子还高,堵着门,也不知是从何而来。唯有屋角一棵高大的香椿树亭亭如盖,似乎在述说着他们一家曾经的繁荣。

据说他们家上一代也曾人丁兴旺,老弟兄几个呢,结果没能熬过饥馑的年代,都饿死了。传言他们家还有一位最小的叔爷,早年去当兵,几十年音信全无,也不知死活。只因当的是国民党兵,他们家讳莫如深,从不提及。

那时表大爷两个儿子都已成年了,隔段时间就要来看看奶奶。城里人毕竟是城里人,穿着打扮洋气得很,有时还带着相机来显摆一下。在那个年代照相机可是个稀罕物,很多农村人没见过。弟弟当时还穿着开裆裤,留着一头焦黄的披肩发,跑前跑后地看稀奇。两位哥哥觉着这个小老弟很有意思,便举起相机"咔嚓"一声,弟弟终于有了人生第一张照片:穿开裆裤的"毛头鹰"(因弟弟幼时留一头又黄双稀的披肩发,长辈常以"毛头鹰"亲切称之)。

有一天,表大爷家门前突然多了一群陌生人,为首一人早已踉踉跄跄泪流满面。原来是他们失联多年的小叔爷回来了。遥忆当年,离别时,一家人其乐融融,大侄子刚蹒跚学步。再归来,一代人仅剩寡嫂,业已耳聋眼花风烛残年,而大侄子也是近退休年纪。唯有古董似的房屋还是当年模样,和年老的嫂子一样,摇摇欲坠,岌岌可危,就是在贫穷的乡村也显得无比寒酸。物是人非,家道零落,怎能不触景生情?堂堂八尺汉子竟然号啕痛哭得不能自已⋯⋯

他身材伟岸,身板挺拔,仪表堂堂,显得比参军时还没出生的小侄子还要年轻。说起经历,那时日寇入侵,民不聊生,他正在读书,便决定弃笔从戎,报效国家。但那时正是国共合作时期,都是打击日寇保家卫国,当时国民党军队驻扎近,便就近参军了。因有文化,加上身体条件出众,他不仅被选拔加入了空军,还做了飞行员大队长。他说那时他和一位"空姐"一见钟情,已到谈婚论嫁的地步。一天母亲突然找来了,还带着另一位母亲和一个不太漂亮的姑娘。她们把姑娘往宿舍一丢,起身就走了。没想到这竟是最后一次见他的母亲,也是见岳母的唯一一面,看着她们远去的背影,再看看床沿低头不语的陌生姑娘,又转头瞅瞅不知所措的未婚妻,只能无比尴尬地叹了口气,无可奈何了。

他说淮海战役中,他是负责开飞机过来轰炸的,飞得低的时候,连自己家的村庄都能看得清清楚楚,但他不能降落和家人团聚,更不愿轰炸自己的同胞,便把整个飞机的炸弹往空天野湖扔下去,然后回去交差。等到1949年眼看大势已去,国民党要败退台湾,他一寻思兵败如山倒,谁还能顾上谁呢,还是保全自家最当紧,于是乎妻子儿女,一架飞机一家人,房产细软也不要了,驾起飞机径直飞到了台湾。谁知这一走便是近半个世纪,两岸关系缓和后,才踏上了寻亲之路。

小叔爷回来一趟后,表大爷家的草屋立马变成了带走廊的大瓦房,日子也过得滋润多了。可惜几年后小叔爷再次回乡时,只剩光棍小侄子孤零零地迎接他了,嫂子和大侄子已先后病故。小叔爷有个儿子很念旧情,有老兵后代找他通融一下,提起是老乡,二话不讲,立马就把事情给办了。还有一个儿子做大生意,全世界各地跑,后来特意代表父亲来老家看了看,在祖居前站了站,又到祖坟前烧了纸钱,临别时道了声:"好地方。"但从此再没回来过。

小表大爷在吹鼓班子混了不少年头,后年纪大了吹不动了,便将房门一锁,和门旁其仓爹一起搬到了敬老院。村庄里从此少了一户王姓人家。

(2021年2月15日)

陈氏

村庄不大不小,骑着牛不消半天就能绕着庄子走上一个来回。但没人愿意这么绕,耽误时间不说,在别人看来,这种无所事事的行为无疑是吃饱撑的。

村庄也是有姓的,姓丁。但庄上偏没一户丁姓人家,甚至嫁来的媳妇也没有姓丁的。这就有些匪夷所思了。如从村旁"仓湖""营湖"颇有古军队屯垦意味的田地名称来看,或可找到一丝缘由来。而此处为一马平川中唯一缓丘,说不定是当年屯垦时草料场的所在地,有草料场就要有兵丁来看守,来的兵丁多了便形成了一个巷子,称丁巷。丁,并非姓氏,而是兵丁的丁,或是壮丁的丁。

后因岁月流逝、朝代更迭,屯垦的军队撤离了,草料场撤销了,而兵丁们驻过的巷子也悄然泯没于苍黄的尘沙之中。唯有"丁巷"的名称依然被匆忙的商贾过客唠叨在嘴边。

不知又经历了几世几劫,这片不毛之地终于又有了人烟。首先定居的大约是张姓人家,后来繁衍出千百口的人丁,不说别的,单论人口,怎么也占了村庄大半个天了。除去张姓,其他就只能算是小姓了。小姓也就那么几户人家:一户姓许,一户姓刘,都是上一代迁居过来的;还有两户姓王,其中一个是入赘过来的,不能算数;剩下的还有村东涂姓,有这么几户,一个小家族;而居村西北的陈氏却是例外,他们不仅家族不小,而且诗书传家,个个文质彬彬、谈吐不凡,与农村面朝黄土背朝天的地气有些格格不入。因为他们有这本钱,祖上非地主即富农,家境优渥得很。近代,他们家族也的确出过一些不同凡响的人才,如陈向东、陈卫东。陈向东曾任安徽省新闻出版局副局长,陈卫东曾任上海市民族事务委员会副主任。

当年,祖父生活最落魄的时候,就是在陈卫东家做的长工。那时地主和长工可是矛盾尖锐的两个阶级。他家虽是地主,却开明和善,待长工如家人,因此祖父一生都念及陈家的好。陈卫东书读得多,思想进步,追求光明,老早就秘密参加了革命,泗南县成立的时候已是一位重要的领导人。一天祖父受人欺负站在道边黯然垂泪,正逢陈卫东骑着马带着警卫回村。见状当即下马询问详情,待听完已是火冒三丈,对警卫道:"堂堂民主根据地竟然还有欺压劳苦大众的!去,把人给我带来!"祖父一听,赶紧拽住他的手道:"算了算了!这都小事……"

后来,陈卫东调到上海工作。他一族叔,春耕耕出一条扁担长的巨蛇来,人跑蛇追,一直追到庄后被祖父等几个长工遇见合力打死,但他惊吓过度,不几天便过世了,留下一个十几岁的儿子,娶一房媳妇领门头过日子。谁知这个儿子弱不禁风、手无缚鸡之力,连犁梢都扶不住,耕地不是他指挥牛,而是牛拖拽他,闹腾得只能看着田地一把鼻涕一把泪,毫无办法。最后媳妇也看不顺,丢下他跑了。他既不会耕种又不会烧刷,实在活不下去,只好跑到上海投奔族兄。虽身体柔弱,却是块学习的料,在兄长的资助下,他到大学深造并留任复旦大学。原来弃他而去的媳妇还想回头找他,结果人家已娶了知识分子了。后有陈家投奔的,也都适当做了安排,因此陈家在上海工作的不在少数。这就是陈氏家族的立族之本:谦逊和睦,相互提携。

我的祖母杨氏,娘家赵庄。祖母姊妹二人,均嫁在丁巷。一嫁张氏,一嫁陈氏。嫁陈氏的是祖母姐姐,我的姨奶。姨奶生数子,就属姨大爷脾气火爆,眼不容物,宁折不弯,嗜酒如命。他独老和尚一个,自给自足,我家刚买手扶机的时候,我开着手扶机和父亲一起帮他拉了一季的麦子,本来打算秋季继续帮他收的,结果没能等到,那一年他在王集妹妹家因饮酒过量意外去世了,时间是1990年10月初。

姨大爷的脾气在陈家是个特例。他的族弟立东,和他正好冰火两重天,是温文尔雅的代表。立东烟酒不沾,到哪都笑笑眯眯、和和气气,说话温温柔柔、不紧不慢。但他和姨大爷一样,都是光棍。那时村上光棍不少,都是马尾穿豆腐实在提不起的那种,像他这样不像光棍的光棍确属异类。儿时的我们非常不解。大人就说:"嘻,他以前哪是光棍啊!他的老婆在庄上也找不出第二个来,雪白干净的,长长的辫子一直拖到腰……"

哦,原来是这样。当时我们不懂事,当面问他的时候,他也不恼,很释然了,依然平和地说道:"唉,都是命。一场疾病,人就没了。留下个儿子,活蹦乱跳的,长到十二岁,都快有我高了,一场疾病,也没了……娘家那头有什么事都还来带话呢。我哪还能去,人家都是有家有口的,就我孤零零一个人,我去干什么呢?……"他是轻描淡写地说的,没有一点儿眼泪打转的悲戚,倒是其他大人受不住,赶紧岔开话题。

立东身体还好的时候,和侄子们一起到上海打工,后来再没见过他。

(2020年6月3日)

蔡红喜

他是镇上的名人,没人认不得他。他一向漫步于街面,心无旁骛,目不斜视,一副淡定且从容的样子。他时而目光深邃,恍若哲人,时而抽着纸烟,眼神迷离,依旧形如哲人。

他,本土出身。一个体面的精神病患者。有称其"霉子"的,也有称其为"蔡霉"的。但也有人直呼他的本名:蔡红喜。他不同于一般的流浪者。他的衣着一贯素净,并不给人以嗤之以鼻的厌恶。

这大约全仰仗母亲的健在。他的头发时常剪,也并不胡子拉碴,而衣着也还合宜,少有脏兮兮的时候。然而,过了几年终于差一些了,据说是他的母亲过世,由其兄弟接管,但也只是差一点,并没有沦落为乞丐那一类。

蔡霉真的并不讨人嫌。他走路是款款的,女人的样子,带着些舞蹈的韵律,还有些柔弱的书生气。走在路上,如非本地人,定猜不出他终究是怎样的人。他也并不与人搭讪,只是一味沉浸在自己的世界、做自己的事。但他确无多少事可做,没有家室牵累,也无琐事可烦心,唯能做的便是漫无目的地走,茫然地站立。若偶遇跳舞的人群,而曲子恰又是老歌,他也会随旋律翩翩起舞,自我陶醉了。这样的情形,大家都习以为常,任由他在人堆里跳,我们初到小镇的人则惊讶不已,且更为他竟能随音乐唱出完整的老歌而震惊。

后看得多了,终于寻得规律,他只是沉迷于八十年代的老歌,而其他的歌曲则充耳不闻。我们便从中判定他疯掉的年代,也许正是那一时期吧。于是他只活于那个特定时段,后面的岁月和他再无任何瓜葛,再大的世界,对于他来说全都是虚无。

关于他的故事,版本似乎比较单一,并无众说纷纭之嫌。有年纪偏大些的同事,是曾教过他的。说这蔡红喜也只资质平平,文化成绩一般,但却有点文艺范,最不该是情窦早开,疯狂爱上一同学,却仅是一厢情愿,最终那女子跟着别的男人走了,他受了刺激,终于成了这样。这爱情原是有毒而危险的,有情迷心窍卧轨的、跳楼的,失了性命,只是这情伤致疯的还未闻第二桩来。但凄惨的悲情爱情只用只言片语的传闻来作解,似乎多少有些单薄和苍白,也只有当事者才能还原出事件的血肉来。但故事的主人公之一,再无回忆的心灵,他把深痛酿成一道永远都不会愈合的伤疤,每天重复着同样的溃烂。而另外一位,我估计她但凡有一丝良心,也早该远走他乡了,她每天该怎样直面为她痴迷而疯癫的人呢！爱情啊,爱得越深,伤得越重,最终伤得连自己都失掉,而最后真正该伤心的只剩下他的亲人,尤其他的母亲!

我常想探究人疯掉的真实症结,便妄自以为是否像贾宝玉那般灵魂出窍,非得用补天的宝玉方能将其引导回来。但世间必定没有这般石头,倘若在你盛怒或悲戚之际,回路恰好被关闭,于是飞出的灵魂,再找不回自己的巢穴,只能在外孤苦地游离了。躯体便成行尸走肉,头颅空洞成黑暗的空棺。灵魂再不是他的牵引者。他终蜕变成了行走在空气里的木乃伊。我竟也常常想象自己,某天过分喜怒哀乐之后,也是这样再回不去,我该怎样面对非我的自己,是不是别人也将称我为"张霉"了……

但蔡霉的确是疯了。他再不用回家,再不用做饭,再不用为琐事烦恼,再不用为爱疯狂。他解脱了。他唯记着把恨转嫁到女孩子身上,时而追打擦身而过的小女孩。这种错,并没有谁来过分追究,顶多是教育自家孩子下次远离。

蔡霉依然每天在小镇的街上行走,目空一切。烟瘾犯时,就捡起地上的烟蒂嗅嗅,遇着谁抽烟就靠过去,按惯例,那人也一定会排出一支烟来,递过去。若是肚子饿了,往谁家门前一站,谁家也必将把自己吃的让出一部分的。

有一年,堂弟在镇上开了间小吃店,有一个黄昏,没什么生意,我们在店里闲坐。

他从外面走进来道:"给我点吃的。"他说得很平静,不像是讨饭,也不似顾客,倒像是自家的人回来了。

店里生意清淡,也没什么可烧,便给他做了一碗面条。

等面条端过来,他却客气起来:"不要太多,多了吃不了。"

我突然感到有些异样,盯着他的脸看。这个人到底是真疯还是假疯呢?是不是有时是清醒的,却依然装出疯的样子?

他仍是没有表情,自顾自地吃着面条,斯斯文文地、安安静静地吃着。他把面条吃得精光,连汤也喝得精光。然后站起身,也不道声谢,便径直走出去。后来,他再没光顾过。

是一个冬天的晚上吧,天气已经很冷了。大约九点的时候,我从街上走过,街上已没有一个人,只有微黄的路灯在触冷似的颤缩着。但让我更冷的是一阵啪啪的声响,单调而奇怪,仿佛冰层裂开的声音。

到近处,才看清是蔡霉,他狠命地拍打着墙面,似要将手掌骨都拍断。他边打边对自己的投影凶狠地骂着。我不由倒吸一口凉气,他的每一次拍打,都刺向了我的心脏。

他又想起了什么?他又想起那个女人了吗?可怜的人啊,疯掉了,还是躲不过痛苦的折磨!

(2015年5月7日)

赵柱子

赵柱子来了,依旧是把手纸顶在头上,眯缝着眼睛往厕所走,口中念念有词,一副很惬意的样子。

"赵柱子,光华旅社不是有厕所吗?你怎么天天来公厕?"老史问。

"嘿嘿,不给。"赵柱子呢呢喃喃答道。

"赵柱子,老板娘白不白啊?"一旁蹲坑的老王,边啪嗒抽着烟边问。

"白哦。嘿嘿……"

"哪白?"

"嘿嘿,纸白……唔……吧……"说着,赵柱子啄一口准备擦屁股的手纸,又嘿嘿笑两声。

"乖乖,这赵柱子……"几位蹲坑的老头都笑起来。

赵柱子是光华旅社老板老赵在大街上捡回来的。

老赵在本地可是个肉头户,经商几十年,至于有多少家底,没人猜得出。别的不说,单论闹市区他家住宅三层几十间房,已足够让无数窝棚户眼红不已了。

家财万贯却无福消受,他女人在老赵六十多岁的时候,一场疾病撒手人寰,到另一世界享受纸钱香火了。老赵还算年轻,自是守不住,"老树发新芽",娶了个小他二十多岁的小婆子。

老婆年轻貌美,如花似玉,老赵醉卧温柔乡,再没了进取心。于是生意都交给了几个儿子,他落得一身轻,因地制宜把住宅稍做整改,变成"光华旅社",挣点儿钱,享受天伦之乐。

小镇虽小,倒也繁华,人流过往,商贾不断,加之"光华旅社"依山傍水,地处闹市,生意自是不孬。生意不孬两口子就忙不过来了,不谈各房间床单被罩拆换浆洗,光是几十间房地面卫生已够老赵头疼。头疼归头疼,他又舍不得雇人,毕竟工资也是个头疼问题。

那天,当赵柱子走过大街的时候,老赵一眼就相中了。带回去给洗了个澡,换上自己穿旧的衣服,竟然还有些人模人样。

赵柱子来历?不明。姓名?不详。

老赵判断不错。赵柱子不疯,也不愣,只是憨得有点过分,还弱智,智商仅达到三四岁孩子的水平。问其姓名,自己也不知。老赵便按自己的姓给他胡乱起了一个,就像鲁滨逊遇到星期五那样。教导了一阵子,赵柱子已基本胜任自己的打杂工作了。老赵很满意,做事不偷懒,还不要工资,吃的有啥吃啥也不讲究,白白捡了个金元宝。

赵柱子自此在光华旅社住下,每天都在拖地或干一些力所能及的杂活。其实这也算他一生最舒心的日子了,毕竟和流落街头比起来,这种有吃有喝人模人样的生活简直是天堂一般了。

然而,幸福的生活总是那么短暂。几年后的一天,赵柱子照例上厕所去。这次他第一次没顶手纸,表情也不再笑眯眯的,嘴里不停地嘀咕着谁也听不懂的话。

"赵柱子,怎么不顶纸了?"老史问。

"不行了……都回来了……"赵柱子继续嘀咕着。

果然,光华旅社里人明显多起来,几个儿子也都回来了。老赵得了重病,眼看卧床不起。

这样过了一些天,赵柱子又来上厕所。

"老赵怎么样了?"有人问。

"嘿嘿,死了……"

老赵果然死了。吹吹打打了几天,光华旅社平静下来。赵柱子也不来公厕了。

原来,作为遗产纠纷点,旅社已被老赵几个儿子卖了。这笔巨款他们和继母究竟如何分配的,外人不得而知。总之,赵柱子失了业,又回到了熟悉的大街。

再次看到赵柱子是在一里外的小街口,他依然顶着一张废纸走在寻找厕所的路上。他眯缝着眼,一如既往的神态怡然,只是衣服已褴褛肮脏,头发长而结成饼状,胡子拉碴,看样子好多天没洗了。

再后来,听说赵柱子死了。和一个疯子争夺一处猪圈,被疯子一砖头砸在脑瓜上……

"这赵柱子,太憨了,哪是打仗的料啊。"那几个蹲坑的老头说。

(2020年6月6日)

【注】 赵柱子确有其人,因不甚了解,文中其他人物和内容多为想象虚构,请勿过多解读。

滚滚红尘

洪泽湖北面有个泗州城,泗州城里有座老九楼,老九楼不高不矮正好九层。在遍地还是低草屋矮瓦房的年代,它可是鹤立鸡群般的存在,无高不高的,离着二十里都能望见。"那不,九楼在那呢。"九楼便成了著名的地标。

九楼独领风骚许多年,逐渐淹没于鳞次栉比的摩天大厦中,矮且老了。

老九楼西侧是星星剧院。星星剧院对面是老汽车站。汽车站已搬迁了好几磨子,这里早已改作他用。因地处闹市,汽车站西面一块地方变成了泗州商城。泗州商城是个大杂烩,卖什么的都有,最靠边的是一溜小吃,也是五花八门,卖什么的都有。这些小吃店里来的不尽是吃客,时常还有一位头发花白的妇人。她通常牵着两条狗,一条是白色的,另一条也是浑身滚雪一般,都是雪白的哈巴狗。

"白玉妈,给,钱。"客人追过来。

"哦,别给多——"她冷冷说道。

毋庸置疑,白玉妈是城里唯一享受如此待遇的乞讨者。别的乞讨者伸着手,弯着腰,一副谄笑,往往却换不来一枚硬币。她倒好,牵着两条白狗,闲庭信步,似乎来逛街的,还让客人追着她一路小跑攥过钱来,多了还不要。她架子摆得不小,人家还心甘情愿,真是有些怪异。

"天妈妹,你知道我看到谁了?白玉妈!还塞给她一块钱呢……"给白玉妈攥过钱的客人,正打着电话向朋友炫耀。

白玉妈的确是个名人,名红人更红,出名可不是一天两天了,甚至跟泗州那些老建筑的年龄也有一拼。县里换了多少位县委书记没人记得,你要说不知道白玉妈,那你肯定不是地道的泗州人。但白玉妈的出名还真和一位县委书记有关系。那天县委书记到一座大桥下去视察,突然发现一位女士正拥被而卧。那女子圆睁杏眼,警惕如猫,惶恐不安地扫视着这群正走近的人。这正是当时尚年轻的白玉妈,一头黑发如瀑,脸上还有三分未褪尽的姿色。

县委书记见状先是吃了一惊,进而表情凝重起来,竟然还有人无家可归露宿桥底?尤其还是一位妇道人家,这让民众怎么看待咱们呢?白玉妈因祸得福,县委特意为她批了宅基地,还给她盖了两间小瓦房。她总算有了容身之地。这位县委书记因亲民事件,自此威信大涨,口碑如春潮涌动。但有人自是不信:"你想想,自古以来,历朝历代,你听过哪个当官的给一个要饭的盖过房子?白玉妈,注不定就是他家亲戚……"

一片质疑声中,白玉妈亲自出来辟谣:"姆么(我)唵,哪是他家什么亲戚嗨,姆么家八毕(辈)子也没出过一个人物唉。那天睡过头了,正急攒着想去解手,他们一帮子就过来了。姆么急滴不行,他们就是不走,还七姑八姨刨根问底。姆么当时要是在被窝里多穿个裤子,早日个楞登颠的了(跑了),哪跟他们扯的个被绦似滴……"

虽然话不中听,还是一口能掉渣的俚语土话,但到底证明了县委书记的清白。县委书记不久后调到市里做副市长去了。他的升迁和此事并无关联,但毕竟和白玉妈产生过那么一点儿的纠葛。白玉妈也因此事意外走红起来,且自此一发不可收拾,从青丝到华发,一红红了二三十年。

人怕出名猪怕壮,用在白玉妈身上也是再恰当不过。她一出名,就有好事之徒,不厌其烦,追根溯源,把她陈芝麻烂谷子的悲惨往事给扒拉出来。她似乎也曾水灵过,嫁了个男人不知是在小刘庄还是在小宋庄,姑且叫作小碰庄吧。她勤快倒是勤快,只是肚子"不争气",连着生了两个丫头片子。奈何又赶上一个守旧人家,认为有男丁传宗接代才是正理,而婆婆看她心地善良得有点像缺心眼,说话还整头整脑不讨喜,就愈加地不给好脸色。儿子和母亲是一条心,自然也看她不顺,稍不如意非打即骂,想着法子摧残。白玉妈过得水深火热,受尽一家人折磨,身上时常青一块紫一块,渐渐地精神就有一点儿失常了,终于有一天跑了出去。被找回来后,肯定又少不了一顿毒打,于是又偷跑出去。反反复复,精神状态愈加痴蔫,最后一次离家出走,全家人终于叹兴,再不找了。

"就任她去吧。"男人说。

一个女人漂泊流浪,总不是个事,况且农村还有那么多错失人生伴侣的老光棍。不久以后,她便被一位老光棍给"捡"了回去,只是,依然生下个女儿。或许这家人对她还算不错,只可惜,她旧病复发,又把自己给跑丢了。此后,她大约就是如此,被人家"捡"回,又跑丢了;跑丢了,再被别人"捡"走。折回往复,她也不知经历了几户人家,终于在一片山芋地生了个儿子。儿子本无名,因生在山芋地,山芋本地又称白芋,便以"白芋"呼之,久而久之又传成了"白玉",她也母因子贵,由无名氏变成了"白玉妈"。

有了儿子也没能阻挡她"出走"。她最终"逃"到泗州城,虽然只能在墙角、涵洞、大桥底勉强苟且,但毕竟也算城里人了。白玉妈逐渐人老珠黄,打她主意的光棍愈发稀少,逐渐安稳下来,精神上也恢复不少。但生存仍是个问题,白玉妈为了果腹,常出没于大街小巷,尤其那条斜路上的不夜市——

大排档,更成为她每日必经之地。后大排档东迁,她便跟到东边。再后来大排档撤了,她又恢复到满城游走状态,最终见泗州商城处在繁华闹市,是个再好不过的去处,便欣然囊于自己的领地范围。

要饭也要有尊严。白玉妈一直恪守此道,不管遇见高官也好,泥瓦匠也罢,一贯是不卑不亢。先前,她还到人家吃饭桌前略站一站,给就给,不给拉倒,有兴致的客人和她攀谈,她也应付几句。后来随着水涨船高,名声逐渐"显赫"起来,她便有些不耐烦了,再不愿在某处屈膝停留,而是左右牵狗,昂首阔步,一副闹中取静、优哉游哉的架势,但得的钱依然不少。城里的名人谁人不知,能追上去,哪怕只塞过一枚硬币,也自觉沾染了名人的气息,才感觉颜面有光了。因此,她的口袋虽时常叮当作响,竟没有一丝铜臭。

白玉妈在县城红火了这许多年,直把自己活成了神仙般的存在。她衣食无忧,每日里遛狗逛街,加之旁若无人的气质,显然是参透了人生真谛,抛却了生活的苦辣酸甜,已渡到了人生另一重境界。"你看人家白玉妈,那才叫个滋润,我等不如啊!"她的生活,的确让不少囿于市井不得挣脱的人,投去无限羡慕的眼光。直到有一天,网上爆出白玉妈躺在墙角下,鼻青脸肿……竟然被人打了!后据网友查证,不是别人,正是她儿子白玉做的"好事"。他寻上街来找母亲要钱,嫌给得太少,便将母亲没头似脸毒打一顿,直打得狗也跑了,碗也砸了,打得满城风雨,一片讨伐声……

风雨过往,滚滚红尘,不管钟鸣鼎食,还是布衣人家,都逃不脱"烦恼"二字。原以为看破红尘,大隐隐于市的白玉妈会超然物外,到头来竟终没逃出世俗的藩篱!唉,可叹。

(2021 年 8 月 20 日)

【后记】 某人言:白玉妈莫非某城红雨妈?答曰:天下相似之名,相似之事,相似之遭逢际遇,不甚枚数,相似而已。

车上的断臂人

六月午收时节照例是热得燥人,南风从残破的围墙吹进小站,带着麦收前夜的骚动与惶恐。通往乡村的公交车自然是败落的光景,漆皮脱落成癞皮狗,车门上吊着两个矿泉水瓶,座位的布套已脏得失了本色,不少地方露出了黄中泛黑的海绵。

天刚过午,地面被日头晒得发烫,车厢里闷热如炕房,只穿着短衫还是止不住淌汗,公交车司机也不知躲到哪里乘凉去了。车站里寥寥几个人,都没精打采的样子。我上车,车上已经坐着一位中年人,解开怀正抖着衣襟扇风。

"真是热!"他道。

"真是热。"我回应说。

站门口又悻悻走进三个女的,直奔车而来,农村人的装扮,大约是来城里办事赶着回去。

"这天热的,小麦都翘头了,下午再找不到收割机,明天只能自己割了。"领头的边上车边转头道。

"你算了吧,十几亩地,就一把镰刀,还不够你割一毕(方言,即辈)子的。"另一个人道。

她们也找了背阴的座位坐下,有一搭没一搭地闲扯,东家长西家短的,还不时抱怨这个鬼天,却完全没受到天气的干扰谈得越来越欢。突然她们不说了,异样的沉默。我抬起头,邻座的女人一努嘴,哦,原来上来一个干瘦的老头。最为特别的是,老头竟然没有双手!

他约莫六十上下的年纪,头发花白,胡子拉碴,上身披着的确良短袖白褂子,敞着怀,腰上系着一条已经很少见的滚环裤带。他一肘挑着没有拉链的旧提包跨进车内,也不看人,便一屁股坐在走道间的长条凳上,似乎很有自知之明。

我们不说话,都被他的胳膊吸引,空气静得就剩下阳光熠熠地发着声响。我非常惊讶,双手残废到这样程度真是少见,他的生活自理能力实在让人无法想象,就是每日吃饭都很成问题,也不知活到这把年纪究竟是怎么熬过来的!他的左臂过肘只剩下十来厘米的一小截,而右臂更为可怜,只有上臂保留一部分,像一根棍子生生被折断了,终端是看着不洁的疤痕。而他的上身及脖子也全是烧灼的伤疤,向我们无声展示着许多年前无情的火灾噩梦。

对于这样一位老人,理应是同情的,但我说服不了自己,心里一直作反。他白色的上衣大约很久没有洗了吧,上面满是污浊,且散发着一股不可名状的酸腐气息。也许这正是我满心难受的根源吧,我想。

受影响的显然不单是我,离他最近的两个女的龇着鼻子离了座位,到后排坐到阳光底下。这种"礼遇",放作一般人当然是相当尴尬,但他大约早习以为常了,没看见的样子,孤零零坐在车的最中间,似乎很坦然,完全不像一截木讷的树桩。

他就这么坐一会儿,可能感到有些无聊,清了清嘶哑的嗓子,便弯腰用残肢往敞开的包里捣鼓起来。我正想看个究竟,只见他两只胳膊已夹起了一包香烟,左臂的残端只在烟盒底部轻巧一点,烟便凸出一支来,他低头一叼,烟已到嘴里。更让我震惊的是他点烟的动作,那么小的打火机依然是被两臂夹着的,还是左臂的残端仿佛指头般轻轻一按,一道蓝火已生出,他一颔首,烟早已点上了,整个过程是那样自然娴熟,没有一丝生涩的痕迹。

车上的人都呆住了,目不转睛地看,所有鄙夷的目光都变成了佩服的神情,且不去指责公共场所吸烟的不妥,何况那时尤其是乡间,这种事毕竟是司空见惯了的。就单说他这看似平淡的抽烟动作,背后该付出多少的辛酸呢,这么一个简单的动作,他是练了上万次才练就的吧?!

他深吸一口烟,又缓缓吐出,烟气便在他眼前汇成一团谜一样的云雾。他神态自若,由雾气里看向窗外,然后又深吸了一口烟。

麦子已经熟了,也许他在赶回家割麦子?

(2016 年 6 月 16 日)

姬大先生

姬大先生喜欢阴天，还喜欢大风。对于钓鱼人，这种貌似重口味的偏好，自有他的原因。他使的是抛竿，专钓鳊鱼、嘎针，而这两种鱼偏喜静怕光，只有夜晚或是阴雨大风天气方敢出游行食。

别人的钓技名气是靠朋友捧出来的，他却是例外，自己捧自己，把自己捧得很高。他说："我这抛竿指哪打哪，你看到那排木桩没？我每次都打在一米范围内，绝不多一点儿。"我不信，就撑着船过去查看，果见铅坠带串钩噗噗入水，刚好都在一米左右。我便服了。这牛皮真不是吹的，他说的倒是大实话。

我们是在网上认识的，有一次我偶然浏览本地风情网，发现一个野钓群欢迎垂纶人士加入，便申请入群了。入群后询问哪里有好的钓点，有人回复说南水北调，但我找不到，不知何处，就有人发信息过来，要带我去。这人就是群主——姬大先生。我们算是认识了。南水北调风景固然秀丽，但一排钓客全无收获，我们自然也是铩羽而归。

再去，姬大先生便领我到洪泽湖的外湖去。地方出台退渔还湖的政策后，一大片当初围湖圈地的养殖塘被政府收回，就等挖土机推埂回湖。塘虽被收回，但其间鱼蟹依然颇丰，在推土机到来前的这段日子，成了少数知情钓鱼人的天堂。而其中有处塘口，没有鲫鱼，只出鳊鱼、嘎针，这是群主的私密钓点。

姬大先生说："只有一个月时间，过了一个月，啥都没了。"

这我当然知情，再往东，也是外湖，前些天曾钓过一处螃蟹塘，全是清一色二三两重的鲫鱼，钓得欢心，等一星期后再去，已不见蟹塘，唯剩下了一片湖水。

正是人间四月天，塘埂上的野油菜开得旺旺的，我就坐在喷香的黄花丛里钓鱼。说是三四级的风力,但到洪泽湖边无遮无挡便倍加肆虐,猛烈时连举竿都显艰难,那水当然是汹涌堆叠,浮漂如浮萍辗转。我疑心无所获了,却不想连着钓上几条野鳊。姬大先生收获尤其丰硕,他一溜打了五六把抛竿,既不用地插也不用铃铛,只是把竿梢埋在水里,自己在埂上巡视,不时摇起一根,那钩上不是一尾鳊鱼,就是一条嘎针,都筷子长,有时甚至还能一钩双飞。

等再去,我还是热衷于野鳊,但意外的是,尽管每次都是晴好天气,却再无收获了。我于是换了主意,买了抛竿向姬大先生看齐。谁知这器物看似简单,实质难得很,连抛几次竿,不是啪地砸泥岸上,就是甩得不知所踪。终于有一次抛得有些模样了,便学着他的样子按捺一阵再去提竿,竟然没提动！没想到第一竿居然钓个巨物,心头一阵狂喜,赶紧请姬大先生帮忙。他三步并作两步赶了过来,一试,一本正经说道:"你这相当大了,都剋人家网箱上去了。"那塘中央是几排木桩,木桩中间拴着网箱,原是养螃蟹苗用的,现在空着,我的串钩就打在了空网箱里。这整的！原以为是个惊喜,却闹了个大红脸,那串钩子自然是"交了学费",一通挣扎之后,只回来一截主线。

"不急的,慢慢练。"姬大先生说。他是生意人,健谈得很,来去总有不尽的话题。他说:"我们钓鱼人就是不一般,你看,起得比鸡都早的是钓鱼的和扫马路的;睡得比狗都晚的是钓鱼的和打麻将的……可以这么说,钓鱼人起早贪黑,不怕脏不怕累,不怕风吹日晒、霜打雨淋,宁愿忍饥挨饿、餐风露宿,只要有鱼钓,往那一站就是个活神仙。要是用这种精神工作,你说什么工作能做不好?"他哈哈笑两声,接着道,"但有一样,有些好钓点绝对不能轻易透露。跟你举个例子吧,有一年我和侄子发现一个塘子,非常僻静,地方也小,顶多有三间瓦房那么大,却不知从哪蹿了一塘子家鱼,仅一上午,混子就钓了十几条,最小的都三四斤。回去后,侄子心情激动,就跟一个最要好的朋友炫耀了一下,结果你猜怎么着,等第三天再去,当时就傻眼了,一个塘子围的全是人,围得水泄不通,比垂钓大赛的人还密集,竿子打着竿子,线子绕着线子,不到一袋烟功夫,塘子里清得比用清塘剂还毒怪,连个餐条鱼都没剩。"

现在这个塘子当然比不上一上午可以钓十几条混子的塘子,但在钓鲫鱼钓得发腻的时节,换换口味也确没什么不好,何况这两种鱼,体型的确不错。我们便秘而不宣,得空便赶过来,加紧对塘口围追堵截。当然,我们的角色是不一样的,他是"主犯",我永远是个"帮凶"。毕竟,塘子就快要消失了!

对此,我没有一点紧迫感,甚至还有点不以为然。"塘子这么大,埂那么远,纵使被扒掉,里面的鱼怎么会知道呢?就是知道,也未必会游向未知的水域吧?"我说。

他道:"那你就不懂了。要是你围网养过鱼,就一定知道,假如围网有一处破洞,不消一夜,一塘的鱼就全逃了,一条都不会剩。螃蟹也是这样,要是有一处可攀爬的地方,你就会发现,它们会一个挤着一个蜂拥着往上爬,如果补救不及时,损失就惨了。鱼有鱼道,虾有虾路,鱼的世界你是不懂的。"

终于有一天,我们看到远处的围塘上已经有挖土机在作业,像个怪兽般挖刨着堤埂。隔了一天,天气不好,我原是不想去的,姬大先生道:"等不了,等到明天埂就没了,啥都没了。这是最后一次。那么大的湖,你还上哪去找它们!"

但我们还是迟了一步。那条埂没了,开得旺旺的野油菜花没了,只剩下一大片相连着的怪异的水面。雨下起来,天色渐渐暗下,提前进入夜幕中。第一声春雷在远天滚过,一道道闪电划过夜空。

我颇失望,说:"回吧!"

姬大先生查看一下水情却兴奋道:"刚刚扒过,鳊鱼走了,嘎针还在,趁着春雨,正是时候,此时不钓,待到何时?"

我们便站在塘埂的残端,在闪电的光照里,拼命把串钩往夜色深处甩过去,甩得呜呜直响。雨在下,风在刮,雷声在透迤,闪电在游走。闪电里偶见两个诡异的人影,正手舞足蹈。姬大先生竿梢上的铃铛不停地响,钩上的鱼不是双飞就是三飞,全是大嘎针——比筷子还要长的大嘎针。

午夜 12 点,雨停了。姬大先生大手一挥,果断决定:撤!

他提着沉甸甸的渔获,非常高兴。他为自己收获高兴。我提着空空如也的桶,也非常高兴。我为水里未上钩的鱼儿感到高兴。

姬大先生对我的怪异感到非常诧异。他当然诧异。尽管他学识渊博,钓技高超,但他还是不能理解,有一种垂钓,钓的其实是心情。

(2017 年 6 月 23 日)

逃亡之路

2007 年,新买的商品房装修还剩最后一道工序——窗帘。我们大姑娘上轿——头一回,什么也不懂,便到大街上瞎转悠,希望多跑几家窗帘商铺摸摸底,以做到心中有数。

当经过一处毫不起眼的小店铺的时候,无意中往里一瞟,店里一对男女立刻从板凳上立起身来……

"哦,你——"

"哦,你家——"

原来是十几年前表哥家的房客。那时表哥家在城乡接合部买块皮地盖了两层小楼,一家人住不了,就把多余的租了出去。租客就那么几位,且多是熟人熟事的小本生意人,他却是例外,浓眉大眼皮肤白净,怎么看都不是小县城的人。

一次到表哥家,正逢他们在打麻将。表哥把我拽到一边努嘴道:"这洪明有些来头,从来不工作,除了打麻将就是打麻将,到月就有人寄钱来……"虽有些疑惑,但怎么也看不出哪里不妥,安分守己,未曾开口三分笑,就是打麻将也是规规矩矩,绝不弄奸耍滑。因此和周围人家相处也都不错,一段时间后已打成了一片。

过了一二年,再次到表哥家,洪明已处了女朋友,圆嘟嘟的脸,相貌不是特别出众,但能看出是个纯朴而善良的女孩子。然而一晃多年过去,没想到竟在这里意外遇见了。

两口子非常热情把我们让进店里,这还是多年来第一次和他们正式聊天。他们夫妻二人现在开了一间小小的窗帘商铺,那还跑什么呢,就他们了。

洪明也很爽快,也不提价格,带上工具就来测量窗户的尺寸。他量得很细,并向我们详细介绍了根据房间和现时的流行,应该装什么样款式、什么样的花纹、什么样的颜色,并推荐了几款价格适宜的式样。

我道:"我们也不懂,你看怎么好就怎么装吧。"

他笑着点点头,拿出本子对各窗数据都做了详细记录。卫生间里我本来想安装百叶窗的,他敲了敲墙砖察看一下,说建议还是不装的好吧,容易把瓷砖打坏,在窗上贴上贴纸也就可以了。

临走,他承诺,一个星期后窗帘做好就过来安装。

一个星期后,他的妻子来了。他却没来。他的妻子刘蓉不像那天满脸堆笑,而是阴沉着脸,默不作声、机械性地做着自己的工作,显然情绪不好,心境不佳。难道是两口子吵架了?

"洪明呢?怎么能让你一个人来?爬高下低的……"我试探着问。

"他,有事了——"她只回答半句,直到结束,再没续出下文。

后来遇到表哥,表哥道:"你知道吗,洪明被抓了,都十九年了,他父母以为平安了呢,就偷偷联系一下,想来看看孙子孙女,结果他们还没来,警察已先到了……"

通过闲聊,才知道洪明本不姓洪,在那地方是很出名的富二代,长得又英俊,黑白通吃,人又仗义,江湖官称"三哥"。毁也恰毁在"仗义"上,几个小混混谋划抢劫银行,苦于没有接应(那还是二十世纪九十年代初,交通工具实在太少),便把他给拽上。他家哪缺钱呢,但为了"义气"二字,二话不说骑上新买的摩托车就到了约好的地点。结果第二天东窗事发,案犯先后被抓,只有他一直负案在逃。其他人为了减轻罪责,又欺他没有归案,便都往他身上推,结果他倒成了被长期通缉的主犯。

堂弟就住在表哥家隔壁,和洪明两口子也很熟络,听刘蓉说,多少年来,每当夜半有警笛响过,洪明总会从梦中惊醒,一身冷汗,坐在床沿对着妻子儿女一根烟接一根烟地抽,一直抽到天明……大约谁也不知他在想什么。人的一生谁能不犯错呢?但有的错代价却实在太大,就是用整个后半生也赎不回了。

2020年的一天,一位侄子结婚,堂弟让我开车和他一起去拉礼包。把礼包搬上汽车,堂弟突然道:"哥,你看看,老板娘还认得?"

我透过车窗,只见老板娘头发花白,满脸沧桑,正趋向老年,看了半晌也没认出是谁。

"是刘蓉啊,看不出吗?"

再仔细端详,果然有些当年的轮廓,只是岁月剥蚀,早已变换了青春的容颜,苍老且陌生了。

"这么多年,一把屎一把尿,支撑这个家,实在不容易,刘蓉,好人呐!洪明,估计也快回来喽!"堂弟低语道。

刘蓉送出门来。"慢走哦——"她微笑着说。

这微笑竟然和当年一模一样。

（2022年9月10日）

愤鸟

睡眼惺忪的河流,带着不可名状的诱惑。河面生着薄雾,梦一般氤氲,似醒非醒,袅娜着河水潮湿的腥味。

掐指算准,天麻麻时,我恰好赶到河边。下车来,我站在河埂,伸着懒腰,却用眼睃寻垂钓的位置。水面依稀可听到鱼儿啃噬水草的"啪啪"声。两岸草色朦胧。对面几行杨树,码成一堆城墙,叶片墨绿如漆,一动也不动,三两缕雾丝缭绕,衬在灰蒙蒙的天空底,显出异样的诡异。

"嗤——嗤——嗤——"

蓦地传来一阵低促的喘息声,若有若无,带着莫名的躁动。

我举目四望。天依旧灰蒙蒙,树丛依然岿然不动。一定是错觉。

"嗤!——嗤!——嗤!——"

声又蓦然传来,愈显清晰,且带着愤恨,如火车来临前的震颤。

四下依然不见影踪。奇怪？心里便有一丝的慌。仰起头,我终于找到声的来源。它如一块黑的暗影,钉在头顶,是冲着我叫嚣呢!

"嗤!——嗤!——嗤!——"

空气在局促震动,震动着一股压抑不住的怒火。我似乎已看到那一双火烧似的鸟眼。

我一阵头皮发麻,空旷的原野,高高的河埂,静寥的时空,我竟意外逢上一个未知的敌手。它黑铁一般,形似乌鸦,却有一羽修长的燕尾。我确定这是本土稀有的鸟类,见过,不熟,更没听过这奇异的叫声。

为何?我纳闷,竟一时不知所措。我既不曾伤害,也不曾干扰过你,掏鸟蛋打弹弓还是儿时干过,现在已恍如隔世。我也不曾砍伐树木,影响你的栖息。据说两月前的黑水污染,我也只是耳闻,若你居所环境恶化食物难觅,和我也实难相干。再说,这也是我今年第一次光临此地。这苏皖交界,荒僻之所,如不是垂钓,就是八抬大轿相请,我也未必愿来……

"咔——咔——咔——"

不容我多想,一串冷铁的折断声,让我打个激灵。呼的声响,如雷滚过,一道暗影,从天幕滑下,快如箭矢,直奔我俯冲过来——

我下意识护着脸,一缩脑袋。这片暗影"唰"一声,擦着头皮错过,忽地重新归位半空,连连愤恨"嗤!""嗤!"地叫嚣着。

我冷得打着颤,汗却下来。

"去!"

我强打精神,仰着脸,挥舞着双手,呐喊着,装出狰狞的样子,试图把它吓退!

"嗤!——嗤!——嗤!——"

"咔!——咔!——咔!——"

我失算了。它竟被彻底激怒,像一个幽灵,一次次俯冲而下,挟着周身怒火,带着风的呼啸,如一支利箭,轮番向我的眼部刺来!仿佛深仇大恨,似欲赶尽杀绝!

我只剩下招架之功,抱着脑袋,护着眼睛,辨着风声,俯着身子,左躲右闪。

三十六计走为上计,走吧!趁着它攻击的间歇,我护着头,终于飞也似的逃走了。其状之惨,若有旁观者,必定谓以"抱头鼠窜"。

一晃数月过去，每想起当时情形，依然百思不解。这小小的生灵，哪来的勇气如此仇恨人类呢？值得深思！

(2018 年 11 月 16 日)

两只蜡嘴

父亲从田里回来，气不忿地说道："可恶的雀子，脸皮太厚，一来就是一大阵子，怎么赶也不走，这么下去，豆荚都成空壳了！"

他坐下抽了根烟，想起了什么，到堂屋和锅屋间的夹巷里翻出一抱站网来。站网是他早年从洪泽湖边做渔民的把兄弟那里借来的，胡乱下在西小河里，偶尔也能得点鱼鲜，只是很久不曾用了。父亲捆了又捆，扛起向庄后条田大踏步走去。

待父亲再次回来，已浑身浸湿。他噙着烟喘着粗气道："这下好了，四面都围上了，看它们还怎么来？"

我只感觉有点好笑，雀子又不是鱼，上天遁地的，都是精灵，几片网子如何拦得住。

第二天一大早，父亲从地里转悠回来，一手掮着一只鸟儿，乐呵呵地道："喏，就是它们，都是一根筋，明知网眼容不下，还伸着头死命往外钻……看不弄死你们。"

他虽是这么说，却没有伤害性命的举动，倒是感觉两只雀子突然变成了烫手山芋，不知怎么处置了。

小儿时值五六岁，见了祖父手中的鸟儿，倒是兴奋起来，嚷着要喂鸟玩。

父亲借坡下驴，把自己闲置的鱼篓找了来，篓口一拴，便成了现成的鸟笼了。

这是两只蜡嘴，我认得。鸟喙笨厚蜡黄，如孩子画画用的黄蜡，身体却玲珑轻巧，骨骼清奇，模样不俗，是一种观赏鸟，县城的花鸟市场时常见有卖的。我曾在初春时节,见它们于嫩叶新绽的枝头,呢喃细语,声清越如清风拂过,煞是好听。

那两只蜡嘴囿于笼中,先是惊恐万状,左冲右突,折腾半天筋疲力尽之后,终于意识到一切都是徒劳,才不抱奢望,安静了下来。小儿自然兴致颇高,不时过来,蹲下歪着脑袋,瞪着两只小眼珠,隔着笼子琢磨着对方,直瞅的对方心里发毛,又一番折腾起来方才作罢。

待鸟儿终于老实,小儿抓了门边喂鸡的稻谷来,撒进笼子,又要用他吃饭的碗装上水放进笼子,以做长期打算,好生喂养。他的饭碗自是不能放,我找来一只残碗代替了。

刚开始两只蜡嘴是不吃了,倔强得很,一副大义凛然、视死如归的气概,对于嗟来之食全然不屑一顾。待到第二天,野性已消磨尽,加之饥肠辘辘,终于低下高傲的头颅,一口水一颗稻地吃了起来,只是再听不到它们快活的转吟。

我们惊奇地发现,蜡嘴的喙看似笨拙,却无比轻巧,一粒稻谷叼起,只听"啪"一声脆响,一具完整的稻壳蹦落,白生生的米粒已然下肚,真是奇异!就是再灵巧的手也比不上啊!我尝试着亲自剥了几粒,水平了了,比两只鸟儿的嘴巴差得远了。这一发现,一时间成了家里重要新闻,父亲也过来坐看一会,嘴里"啧啧"称奇。

因两只蜡嘴这一重要"贡献",加之养了几日,孩子也看厌了,两只鸟儿的"终身大事"也提上了日程,最终全家一致同意——放生。

这一重要"仪式",理应由我和儿子共同完成。最后一次喂罢食,我把鱼篓提到院子中,打开篓口。儿子轻轻抓起鸟儿,一手一只,举起摊开手掌,变成两处平台。两只鸟儿懵懂呆愣片刻,几乎同时转望向男孩的脸,接着先后一蹲身飞了起来。或许是"久在樊笼里,复得返自然",已经困得蜷惶的缘故,两只鸟飞得相当沉重,只飞出几米便都落在院墙上,又歇了半晌,方才飞到隔壁的树枝,然后跳了几跳,终于消失进绿色的荫翳中。

(2020年2月28日)

明月故乡

饥民

雨，接天连地，如倒下一般，没有雷声，也没有闪电，从早至晚，已经下了几日。

她们进来了，十多个人，无声涌入，立刻压迫得屋里更加逼仄郁暗。这群奇怪的女人，她们一进来，把风雨都带了进来。她们是清一色赤脚，裤子也不卷，浑身衣服都湿得贴着皮肉，而头发自然也是湿漉漉，胡乱撩在脸上，雨水便顺着发丝一颗颗泄下来，连成一串珠子。我很惊异，她们既不擦拭，也不去甩动，似乎带着长途跋涉的疲惫，连做这些动作的力气都没有了。

屋外的雨哗哗响着，屋里如同海底般沉闷。她们把所有的板凳都坐满了，原本只能坐三人的长条凳，她们挤坐了五人。没人说话，脸色一律灰白僵冷，偶有点凄惶的神色。她们的嘴多是抿着的，双眼却变作一张张贪婪的嘴，伸出"舌头"将这个陌生的大队书记家的屋子舔了个遍。大队书记家也不过这样，普通的石基草屋里，屋角的床、盛粮的大缸、窗前的裁缝机、当门的长条柜，以及柜前她们身侧的旧大桌……仅有的家什每一样都被"舌头"的倒刺钩划过。她们的眼神透露着同样讯息——饿！

其中一人的目光最终锁定在大桌的一角。我顺她的眼光看去，哦，是我前天遗留下的干饼头，是块死面疙瘩，硬得跟铁一样，实在咬不动，就扔那儿了，只有指甲大的一块。她伸出手，蛇一样迅捷，那饼头就不见了，她喉咙抖动一下，一切恢复如初。看她的脸，也不过二十来岁的样子，但神情却是和年龄不相称的麻木。

雨哗哗下着。

一阵杂乱的脚步声在门前停住，没人进屋，雨中，就听见父亲对赶来的大队会计和小队长大声道："都提着篮子。赶紧。挨家摞。不要粮食，只要是吃的都摞来。山东那边发大水，都饿坏了。赶紧，都麻溜点！"脚步声便都在门前散去了。

山东？山东在哪里？远吗？难怪。她们一定在雨里走了很远的路,走过很多村庄才走到这里的。

擓干粮的回来了,几个篮子汇到一个篮子里,大半篮的干粮,几乎没有白面饼,大多是玉米面做的,还掺杂些菜团和烀熟的山芋。

"只有这些了,"父亲站在一边道,"青黄不接,我们这年收成也不太好……"

似乎没有人听见他讲话,所有的视线全聚焦在篮子里,还没等放到桌上,所有的手已抢着探了过去。没人说话,没有争抢,整个屋子异常安静,只有吃饼的声音,吞咽的声音,和饼渣掉落的声音。她们全都埋着头,一手握饼往嘴巴里塞,另一只手拢在底下,等着饼渣。像一群午夜里饕餮的野兽,大半篮的食物,一时三刻吃得连渣子都没有了。

她们吃完食物,喝了点母亲烧的开水,休息一会儿,又低着头鱼贯而出,消失在无尽的雨里。她们还要赶往下一个村庄,也许还要走过许多村庄。她们还能走回自己的家园吗？

多少年过去,每当回忆起那个下雨的午后,那一群逃荒的女人,一种饥饿感便扑面而来,突兀横亘,澎湃汹涌。她们的结局会怎样呢？愿她们后来都还好吧,也愿世间再不要有如此的饥馑和灾难！

(2017 年 4 月 1 日)

土侠

乡村里三十年前的秋夜,纯粹而浓重,漆黑中,天上的星盏便愈显突兀明亮。耿耿星河中常有耐不住寂寞的星,缓缓漂移,如星河中的一叶浮萍。

三表哥总是说:"看,那是侠客提着灯笼在走呢。"

他的话,我自然是相信无疑,且臆生出无限遐想:哦,侠客,他们当然可以在天上飞,但或许夜空过于黑暗,抑或是天上的旅途太过寂寞,便只有提着一盏灯笼在星空里穿梭。

三表哥是大姑家的三儿子,只比我大几岁,但似乎什么都知晓,因此,他的话我可以确定都是真的。三表哥还常自诩会拳,当然是无师自通的那种,有一回嚷着要打给我看,然而动作并不好看,狗熊一般。但我必须承认他的身手灵敏,一旦到了树上,立刻变成猴子,再高的树梢都能爬上去。有一回到树上掏鸟窝,随同折断的树枝一同跌落,竟然没有摔死,也没有半身不遂,仅仅是把一只胳膊摔断而已。

秋夜里还不是很凉,我们把床抬到外面睡,这样就便于找到那些星空里侠客们提着的灯笼了。

"你知道么,这些提灯笼的都是土侠呢。他们只能在晚上飞,而白天则是常人。不像那些真正的侠客,白天晚上都能飞的。"三表哥玄秘说道。他躺在凉床上,星辉的斑斓中,显得神秘而有城府。

"土侠?"我也躺在凉床上,搜寻着星空的灯笼,一脸茫然地问。此时夜空一片沉寂,再找不到一个夜游的侠客。

"土侠脚底都有三根红毛,到了晚上就能飞起来了。"三表哥道。

我下意识摸摸脚心。脚心光溜溜,什么也没有。

三表哥立刻觉察到我的可笑,不屑道:"摸什么摸?我们都是常人,脚底没有的,就是黑毛也没用,必须是红毛才行。"

终于又有颗亮亮的星,从远处漂移过来,无声地在天河里滑行,到了天际又消失不见。

"土侠到底什么样呢?"我心底依旧疑惑。

"当然和我们是一样的,只有到晚上才能飞起来。"他再次强调道,"南庄就曾有一个呢,你看,这个土侠的灯笼到那就没了,说不定就是到他家聊天去呢。"他手指着刚才那颗星消失的方向,似乎很有把握。

三表哥对于方圆团转奇闻轶事颇为掌握。他连南庄土侠的名字都是知道的,但过了三十年,竟被我遗忘,再寻不出,脑子里只存下泛泛的"土侠"两个字。三表哥说土侠那时还年轻,家里两进院子,母亲住前屋,他住后屋。他白天拖鼻涕淌眼泪,一旦到了晚上,又神采奕奕起来。每到半夜,他的院里总是亮堂堂的,土侠们擒着灯笼一个接一个从半空落下,到他的土房里玩,而他也隔三岔五在半夜里提着灯笼出去,飞到其他土侠家里聚会。这一切虽热闹又静悄悄,以至做母亲的从未发觉。其间有一女侠,和土侠最要好,相互都有意,就商议共飞到一遥远乐土过日子去。商议停当,他便找母亲说明。母亲闻听吓坏了,不愿独子远离,也怕儿子受苦,就趁着土侠熟睡时,悄悄将脚心的红毛全给剪了。没了红毛,土侠变成常人,再不能飞,他的幸福也就一同停飞了。后来母亲去世,土侠依旧独身,每天拖鼻涕淌眼泪的样子,偶尔还有念旧的土侠们夜半来找他玩,只是其中再没了心仪的女侠。

三表哥见多识广,认定刚才又走过的星,同样是落到土侠家去了。

"你看,那边就是土侠家,刚好就消失了呢,肯定也是到他家了。"表哥像破解了宇宙奥秘的天文学家一样,自信而从容地望着寂静的远空。

三表哥可以确定土侠家还有侠客往来,仅仅是偶尔,且这偶尔也是愈发稀了。这非常确凿。三表哥曾实地探查过,当然是和其他孩子一起,夜半去的。

我自然不敢夜半去。对于侠客或是土侠,虽好奇,却又斜慑,毕竟他们都是遥远又高高在上的,与我们隔着一层世界,听着尽管是向往,若真的见了,还是有些恐惧感,尤其在半夜。

于是三表哥答应白天带我去看看土侠。

那天似乎有些阴,表哥带我往南走了好几里的路,终于看到一个孤零零的院子,离村子不太远,在村子最北头。有三间似乎要坍塌的草屋立在那里,不像表哥说的两进院子,也许土侠母亲住的早已倒掉了吧。

篱笆院墙里,传说中的土侠穿一身土布衣服,正在土屋山墙下,斜倚着一堆草睡着,至今已记不清是什么草,也许是一堆玉米秆吧。

我们隔着篱笆,悄悄观察一阵。我有些怀疑,无论如何,也找不出土侠的影子。

三表哥小声道:"人不可貌相,真正的高人我们肉眼是看不出来的。像铁拐李、吕洞宾,这土侠和他们一样,都属于丐仙。"

我"噢"一声,心里敞亮多了。

"你可以试一下。"三表哥又小声道。

"怎么试?"

"看我。"

他说着,随手拾起一块土坷垃,隔着篱笆砸了过去。我们随之矮下去,探着脑袋,查看究竟。

土坷垃"嘭"一声落下,离他有三四米远,砸起一根草棒。但土侠一动也没动,浑然不觉。

三表哥贴着我的耳朵道:"看到没,要是一般人,早惊起了。"

我也捡起一块土坷垃"嗖"地砸过去。我的准头显然比三表哥好多了,土坷垃紧贴着土侠的耳朵飞过去,差点砸中他的脸。

土侠依旧没动,反倒传出隐约的呼噜声。

"吓!"表哥吃惊道,"你真砸呀!幸亏他睡着!不然你也砸不到,别看他睡了,其实心里明白得很,必打中他的暗器,到只有发丝的距离时,才会伸出两根手指接住,然后一反手就打了回来……"

我惊出一身汗。好险!

恰在此时,土侠翻了个身,同时伸出一根指头,若无其事一弹,竟准确将头顶的一根草屑弹掉了。

我和三表哥同时打个冷战!吓!他是什么都知道的!幸亏!

我们缩着脖子,哪里还敢停留,便蹑手蹑脚地撤退,然后一溜烟地逃走了,从此再不敢去探视。

一晃三十年过去,我们不再是孩子,但我依然喜欢仰望星空,寻找流浪的星星。三表哥大约早把这荒诞的往事忘了吧?我却时时记着它,且总希望世间真有这样的侠客,在暗淡的午夜里任意驰游,于是我又对土侠的母亲耿耿于怀——为了自己的私心,竟将儿子一生的未来和幸福断送!但愿这样的悲剧,在现实的世界里不要再重演!

(2015 年 7 月 18 日)

九岁历险记

潘茂贵

时光如梭,往事如烟。过去的点点滴滴都在时光流里漂游激荡,徘徊徜徉,让你挥之不去。一些东西如烟飘散了,一些东西如水流走了,但总有些东西如金子般沉淀下来闪耀着光芒,让人无法忘却。

在我九岁那年的夏天,妈妈在挎斗中放二斤绿豆,十六个鸡蛋(借邻居大娘家五个),还有二斤红糖,让我送到三十里外官塘的小姨家去。东西收拾好了妈妈还在犹豫,父亲说:"让他去,男子汉要锻炼锻炼。我八岁时就跟人从上海跑来家了,攥在掌心能长成什么人啊?出去历练历练才能长大。"妈妈仍是不放心,问我:"能找到路吗?"我想了一下回答说:"应该能"。"那走哪几个村庄"?妈妈又问。我还没回答,父亲说:"鼻子下面就是路——问啊。"我说:"知道走豆冲、柿树园、王拐子,好像还有小莫庄,就看到红旗水库,过了红旗水库就能看到小姨家了。"妈妈点点头说:"嗯!对。"妈妈放心了。父亲又催道:"要去就赶早上天气凉走。奶奶回来又心疼就走不了了。"我便拎起那沉甸甸的挎斗上路了。

那是二十世纪七十年代,出门都靠脚步量里程。一路上多为乡村小道,没有宽阔的马路可行,有时要走田埂、越乱岗草丛,有时还要跨沟涉水而行。

从家到豆冲这一路熟一些,中途有一道宽约丈许的沙沟,常年流水,时缓时急,时深时浅。那天溪水清浅缓缓流淌,水下是银色的沙床。我脱了鞋,卷起裤管,一手拎着挎斗,一手提着鞋,小心翼翼地涉过沟去,过了沟在青草地上蹭蹭脚,略晾一下脚,便穿上鞋子继续赶路。

一路风光无限,满眼是绿,草长莺飞。不时碰上孤独的云雀,定格在空中某处"叽哩叽哩"地歌唱不停。草丛中不时地跳出蚱蜢、青蛙之类。有时也会忽然飞起一只鸟来,后又在不远处落入草丛或庄稼田里难以寻觅。穿过豆冲小街将走出豆冲时,在路旁有户人家,低矮的草屋,屋顶上的缮草因年久已变为灰黑色。在土墙的门洞外有一棵枣树,一棵槐树。槐树树荫浓密,树荫下草墩上坐着位白发老太正在摸索着做针线活,身旁放着个针线匾。不远处还趴着一条白花狗,那狗见了我就汪汪地叫,叫了两声干脆站起来龇着牙狂吠着向我奔来,我一愣便停下了脚步与狗对视着,并在目光所及之处寻觅有没有可以驱赶狗的棍棒或坷垃头。这时,老太听到狗叫转过身来也瞧见了我,便冲狗喝道:"小狗干什么?回来。"那狗还在叫。"我拿刀给你剁了,不听话个畜生。"那狗"哽叽"两声便缩了尾巴又趴回树荫,用不友好的眼光瞅着我。老太起身走到我跟前,上上下下打量我一会说:"你是哪庄伢子?到哪去?"见问,我就如实地说:"到官塘找小姨去。""啊?这么远就你一个孩子也敢去?你家大人也真能舍得?""我之前去过,能找到路。""哦!你这伢子这么瘦弱,胆还真大。"老太浑浊的眼里露出惊奇与赞许。"伢子,你等下。"我正要走,她叫住了我。老太颠着小脚找什么似的,转了二圈没找到,就在门口菜园的篱笆上费了半天劲拔了根棍子给我。那棍直径约有一寸多,一头还带有约六寸长比棍还粗的斜棍头,整根棍像一根拐杖。老太将棍递给我说:"拿着。柿树园和王拐子狗多又凶,有根棍就不怕了。"我感激地点点头,告别老太继续前行。

　　满是野草的羊肠小道上只我一个人,时不时能碰上锄田薅草的社员队伍,他们干他们的活,我走我的路。也有好事者向我多看两眼,小声嘀咕着什么,于是又有两三双眼向我投来,之后相视一笑又低头做事了。

　　刚到柿树园庄头就有狗大声地狂吠着来迎接我,想驱逐我这位不速之客——而且是个只有九岁的小客人。见我有棍子它就远远地叫,先迎面后侧面再后就尾随盯着我不放。一条狗叫全村诸犬相和。柿树园庄住得较为散乱,狗吠声从庄中一声接一声幽幽传来。没一会儿一条大黑狗带着只小花狗寻声而至,三条狗追着我拼命狂叫。一会又有两犬而至,冲着我龇牙咧嘴叫个不停,我一手将棍攥得紧紧地并不停挥着,一只手拎着拎斗小心向前走,嘴里不停地喊着:"来呀!来呀!砸不死你。"这样给自己壮胆。我的心中有些害怕,又不能跑,就这样不停地向前走。谁知狗并不怕我挥棍与高喊,它们愈叫愈狂,而且越叫狗越多,已有十来只狗将我围拢,呲着长牙,炸开颈毛,一条条恶狠狠的样子。众犬跃跃欲试争着向我扑来。我真的害怕了,声嘶力竭地喊着:"来呀!来呀!来呀!"手虽舞着棍,但已经无法前行了,我已吓得要哭了。不知道我什么时候跟这庄的狗结下了仇,看众恶犬的架势,像是想要将我活撕了。我已喊岔了声,棍快舞不动了,有几次差点被扑上来的狗咬到。一个老头和两个老太也拿棍从外围赶,可效果不大。一个老太喊:"快去叫人啊。马上真要咬着这哪庄的孩子了,怎么得了呀?"她边说边拿笤帚驱赶狗群。又有狗围上来拼命地叫,想向我扑,眼看着我抵挡不住,将要被恶狗撕咬了,正在这危急时刻,一位戴着破旧草帽、约有四十岁的壮汉拖着把锹跑来了,到跟前举起锹对着大黑狗的屁股猛拍一下,那狗"叽歪"一声坐地,转三圈后拖着屁股逃了。群狗见大黑狗拖屁股跑了,也是一愣,而后夹着尾巴四下逃散,边逃边叫,没一会就平静了。我已吓得蹲在地上抹着眼泪。那汉子过来问:"没挨咬着吧?"我惊魂未定地点点头。"那就好!那就好!你要是不拿棍舞来挥去可能会好一点。再遇上狗,棍不要拿起来,就在地上拖着,也不要去看它招惹它,只管走你的路就没事了。"我也不知道是真是假,感激地点点头说:"我知道了。这次多亏你了。"两位老太和一个老头也走过来,问我是哪庄伢子,要到哪里去,怎么没有大人跟着,多险呀!我一一回答之后说:"我还要赶路。幸亏你们了。"我拎起挎斗,将盖在上的毛巾揭开确定鸡蛋没有坏才放心,又定了定神拖着那根棍走了。"大珠子,给这伢子送出庄,莫再有狗咬着这孩子。"那个老头说。壮汉应了声便送我出庄。

  壮汉给我送出庄之后要分手时,问我:"能找到路吧?"我说:"能。"他指着偏东一个小村庄说:"你就别从魏岗走了,看到东北那个远处的村庄了吗?那是王拐子,从王拐子村西擦过去就行了,别再碰上狗。过了王拐子你就能见到红旗水库,从水库东边走就对了。"我很是感激,连说:"好!好!多亏你了叔叔。"那时候说不上来谢谢!除了"多亏你"就是"幸亏你"。

  走过柿树园就算走完总路程的一半了,我沿着壮汉指的路在田埂上走着。太阳已到正南方,有点晒人,我的心才平静下来尚有余悸,沿途风景也无心情看。看着雾蒙蒙的村庄好像是不远,但我在蜿蜒曲折的田埂上走了好长时间还没有到,很是着急,脚步不由得加快。眼看近了,又被一道很深的沟挡住了,沟水流淌着,也不知多深,更不知从哪里可以过沟。我想问人,便四下看看,也没见着人,就沿着近丈许深的沟坎向西寻路。走了一会儿,看沟沿还那么深就有些失望,停了步沿沟望去,很长很远。

这时,我忽然听到一声古怪的声音,那是我从未听见过的,很是难听,有点让人毛骨悚然。不是游虫或青蛙的叫声,更不像鸟叫声,当然也不是人的声音。那声音叫得有点凄惨怵人,只听"唔——哇——咕——哇"。我当时吓得头发都竖了起来,心想:是不是碰上鬼或是妖啦?我听过的鬼与妖的故事有点多,就很怕。在这荒天野地里四处也不见人,更让人向那方面想,我便坐下来不敢走了,又四下看看,想见到个人壮壮胆,可哪里有人呀?我便用手在头上前前后后使劲地不停地搓揉头发,听人说这样做头发会冒火,可以驱鬼。那怪声不停地传来,渐渐地好像越来越弱了。我平复一下惊恐的心,壮壮胆丢下挎斗拖着棍向那声音寻去。看见沟对面有草在动,一根彩色的如鞭梢一样东西在草丛中甩来甩去,还有一团彩色的东西好像在蠕动。我站直了身仔细一看,呀!是条红山冈蛇(也叫赤练蛇),正用柔软的身子缠着一只癞蛤蟆。那蛤蟆被蛇一道道紧紧地缠着只露着头,而嘴巴却张着发出了怪叫。原来是这对毒冤家。我一下平静了,不再害怕。饶有兴致地看着眼前这一幕:一只蛤蟆被赤练蛇一道道缠在中间,蛇头高高昂起,不时地从嘴里吐出肉红色的蛇须盯着蛤蟆,身子在缓缓蠕动但却力道十足,越缠越紧,癞蛤蟆已被箍缠得立了起来。没一会蛤蟆不叫了。蛇伸出头来一口将癞蛤蟆吞进口中,松开身体,再看那蛤蟆不再是平时我所看到过的那样胖嘟嘟的一团,而是细长瘦弱如一只瘦骨嶙峋的青蛙。蛇做了三四次吞咽,癞蛤蟆不见了。而蛇那细长的身子间鼓起个大包,稍歇便消失在乱草丛中。

有毒蛇,我走路格外小心,将那棍放在草上推着走。又走了一会儿碰上一位少妇,少妇惊奇地看着我问:"你这孩子从哪来?到哪去?""到官塘。"经过几句攀谈,我知道她是在田里锄地,现在回家给孩子喂奶的。我便与她同行,被她领着很顺利地过了王拐庄,没碰上一条狗,继续向东北而行。没走多远就见远处一大片亮亮的水,不用说,那就是红旗水库。姨家就在水库的那边,我快到了,心中一阵喜悦。

真是好激动。我一个人也能走这么远的路摸到亲戚家。快到中午了,我的脚步不由得加快,抄近走小路往前赶。

当我走过一块青青的玉米田时,已到了岗岭高地的尽头,再向北就是一片大洼地与红旗水库相连,坡地上是砂礓滩与茅草丛,很荒凉。有几座长满草的坟墓。碗状的坟头只剩下扣放的那一个了。西北方小莫庄的东面有几条牛散放着,隐隐约约好像有两条狗在嬉戏。见有狗我便不想向那边走了,而是下坡向东北方走。刚走不远见有一大片茅草很绿很深,茅草丛中隐隐看到了像是花布衣服,我就好奇地走近了看,果然是一件花裙子,上面好像有暗色斑点。不远处还有一团花布样的东西。我一下站住不走了,想到:这会不会是乱葬岗? 这花衣应该是死去的孩子的。我又大胆向前探了一步,果然在前方不远的岭沟中见到一个破席筒,便回头另辟蹊径。沿着岗岭边向东走,又见一个破烂的粪箕和一条烂席子,草如此茂盛却无人来割,这就有些怪,更加证明我的判断是对的。我曾跟大伙伴在我们那儿的乱葬岗玩过,并不知怕,但有一个小伙伴吓丢了魂,叫魂叫了好多天才好转。我被父亲一打,说那是脏地,到那玩会生病的,我便再没有去过。今天为了抄近路却闯入乱葬岗总觉得不是好兆头。

正这样想着,忽然看见一条浑身青绿与草同色的蛇向我游来,我止住步不由得攥紧了那根棍。这种青蛇我从没见过。蛇也看见了我,它头一下抬了起来,张着血红口吐出了蛇信子。见我没动,它转身调头钻进了草丛,眼看着还剩几寸长的尾巴也要消失了,但却不再动了。我仍站着没动,盯着那蛇尾看,时刻警觉着,忽然发现另一侧青蛇抬头正对着我看呢! 也许它早就在偷偷地看着我了,而我却不知道,只顾看蛇尾。我的心就是一紧,这狡猾的蛇居然在偷窥我,真的好险。幸好我没有动,否则它可能会咬我一口,那可比狗咬着利害得多,是可伤命的。蛇见我没动,待了会就游走了。我又站了会儿才敢走。后来,我回家说给邻居大爷听,才知道那蛇叫青风子,也有人叫它青风冈蛇,是我们这儿最毒的一种蛇,很少见却偏偏被我给碰上了。我想想都后怕。

将近中午,我到了小姨家,小姨头上扎着方巾叠成的带子,见我喊她,她先愣了下,而后一把将我抱住叫我乳名,而后问:"就你一个人来的?"我说是的,小姨抱怨道:"你妈妈怎么舍得的? 看我见到你妈我怎么说她。"小姨说着让我坐下歇歇,问我渴不渴,饿不饿。这一问我真觉得又累又渴又饿。我到了水缸前舀了瓢凉水,一口气喝下去觉得很舒服。小姨又忙着打了荷包蛋给我吃,放了红糖又拿来馓子给我吃,那顿饭真好吃。

明月故乡

　　下午约有两三点,歇足了的我,不知道为什么那么固执地非要回家不可。小姨苦苦相留,让我明天早上赶早凉走,我就是不肯。小姨拗不过我,只好放我回家。在我拎来的挎斗中放了把馓子和两个煮鸡蛋,另外又给我一个小黄皮甜瓜让我路上吃。我辞别了小姨往回赶,小姨送出多远还依依不舍的,仍是不放心。我说:"没事,能摸来就能摸回去。"我看见小姨眼里好像有泪光,又有千般不舍万般不放心的样子。我还是固执地走了。我不知道的是,在回去的路上有一个病魔在等着我,还差一点要了我的命。

　　与小姨告辞后,我便急匆匆地赶路,天很热,没走多远就流了好多汗。到了红旗水库,我先喝了点水库水,又将甜瓜洗了,走着吃着。因为是熟路,走得快,到王拐子时想起未拿棍便不敢进村找水喝,就匆匆赶去上午走过的那条沟中去喝水。沿沟找个水清的地方,我捧起水一气喝个够,又找了个好走的地方过了沟。忽然觉得肚子疼,就在玉米地边解手,大便是稀的。继续往前走,没走多远又拉稀了,这样拉了多次。之后我又觉得恶心,不停地吐,先吐的是饭菜,后来便是绿水了,苦苦的,胆都吐破了。我也越来越觉得乏力,腿酸得走不动了。这时离魏岗不远,我就朝魏岗去了。到了庄头我又一次拉了稀,又吐一遍,这才进庄。

　　村西路边有两间低矮的草屋,屋东山墙荫凉处一位白发白胡子的老大爷正坐在一条破苇席上抽着旱烟袋乘凉。黄色的烟袋嘴,黄色的烟袋锅,细长黑得发亮的烟杆下挂着个装烟沫的黑布袋。我到这老人家跟前腿一软跪下了:"请老大爷救救我吧。我觉得不行了。"就要给他磕头了。老大爷一惊烟袋掉了,又连忙拾起将烟火灭了。"你这孩子怎么啦?哪家的?脸色怎么这么难看?"说着伸手拉我一只胳膊,我就势坐到破席子上,这才简短地讲了经过。老大爷听后忙说:"你就先歪(躺)在这,我……我去给你找先生。你看你眼窝都陷下去了。病得不轻。"正要走,庄中出来一位背粪箕、四十多岁的壮汉到了近前。"正好正好。季奎快去东头看看魏先生在不在家。这个孩子看着病得不轻,人都快脱形了。跑快点。快!快去!"那叫季奎的将粪箕一摞就向村东跑去,没多一会领了一位又矮又黑又胖的人匆匆赶来了。他大口喘着气:"差一点就……差一步他就走了。"说着指指领来的那人。那人说:"我正准备到官塘呢,东西收拾好都出门了,被他给叫住了,说有个孩子得了急病让我赶快来看看。就这孩子?"略停又问我怎么了,我又告诉他自己上吐下泻,不知是不是喝水库水和沟里水喝的。他拉过我的手给我把脉。我已浑身无力,头有点晕,软软地歪在那条破席上。他把完脉之后说:"是急性痧子,还好能来得及治。"那两人都说:"那就好!那就好!"于是那人从衣袋里掏出个盒子,从里面拔出银针来开始给我扎针。一根根细细长长的银针扎入了我身上的穴位。具体不记得都扎的哪里,只记得拇指与食指之间处好像扎一根。扎完之后魏先生说:"没事了。你们放心吧!"对那个喊他来的人说:"你忙去吧。我在这看一会儿,官塘是去不成了。"季奎笑了笑说明天再去吧!说完他背粪箕走了。魏先生看着我笑着说:"你这孩子胆真大,敢走这么远的路。多大啦?"我回答九岁了。魏先生又问:"你王套的可认识罗书记呀?"我说:"认识,还是我们家亲戚呢。"他笑了笑说:"这么巧?也是我家亲戚。""哦。真巧。""你先睡一会儿,我不走。"说完就和那白胡子老大爷说闲话了。他说:"这痧子,只要用银针扎上穴位,止住吐泻就没事了。今天还巧我在家有针扎,一次我在小郭洼出礼,路上碰到一个担草的汉子也得了急性痧子,当时没有针,你猜我用什么给他扎的?"说着神秘地望着老大爷,老大爷疑惑地问:"什么?不会是草棒子吧?""也差不多。我见有竹耙子,就折断一根耙齿,用刀削几根竹针给那人扎的。也将那人给救过来了。""你真行。"老大爷一脸佩服,魏先生见我还眼睁着在听,又问我:"现在肚子还疼啦?不疼了吧?也不打张要吐了吧?"我说:"是的。好多了。真是太幸亏你了。我会报答你的。"他笑了:"嗯。这孩子不错,懂事。"他向老大爷夸我。"很快就好了。放心睡吧,今天你回不了家喽!"我一听今晚回不了家,心中黯然,便闭上眼睡了,他们还在闲谈。

等我醒来时天已黑,一盏油灯点在桌上,老大爷还在抽烟袋,不知道什么时候我已经被他抱进屋里,还睡在那条席子上,但席子已经移到老大爷的凉床边了。我的肚子上还盖着一条折叠几层的旧单被。我动了动,浑身还是没劲。老大爷听见动静,回头看看我说:"醒啦?饿不饿?魏先生走了。他交代我要是你醒了,给你弄口吃的。吃什么?"我觉得饿,不好意思要,就说我挎斗里有煮鸡蛋,我吃那鸡蛋。老大爷说:"好好好。就吃鸡蛋,那是凉的,我烧水给焐焐再吃。"我爬起来,从门后的挎斗中拿出两个鸡蛋,老大爷拿去放到锅内加水烧。没烧几把草就住了火说,让它焐一会就热了。鸡蛋热了捞在碗中给我吃,我让老大爷也吃一个,老大爷怎么也不肯吃,说他吃过了,怎么能吃孩子的东西呢？我也只吃一个。那一个放在碗里没吃,也没收起来。我在老大爷家睡了一夜。

第二天早上起来,我觉得有劲也精神了,就要走。老大爷也未挽留,说:"能走就走吧！我也不留你,你一夜没归家,家中大人也不知道急成什么样呢？"我告别老大爷拎起挎斗就走。老大爷忙将昨晚那个放在碗中的鸡蛋拿给我。我不要,要留下给他吃,他怎么也不肯要,说:"有这句话比吃什么都香,你是个懂事的孩子。"说着塞进我的挎斗里让我走了。

我将近中午才到家,家中只有奶奶带着两个妹妹在家玩。"哥哥回来啦！奶奶！"两个妹妹围过来翻挎斗找吃的。父母又去生产队劳动了。我见到奶奶和妹妹忍不住哭了。奶奶一把搂住我问:"乖乖！你姨家没有人给你送回来？怎么回事？到家就哭成这样？"奶奶愈说我愈哭,哭了阵之后才哽咽着讲了经过。当我讲到病倒在半路求人救治,在陌生人家过了一夜之时,奶奶也流泪了,气得浑身发抖说:"看你爷(父亲)你妈回来我怎么和他们拼命,差一点害了我大孙子。乖。不哭了。到家了。"原来家里人认为我在姨家过夜的,所以也没有去找我。

过了约一年,魏先生来我们庄罗书记家走亲戚,父母亲知道了,就将魏先生与罗书记请到家中,又请一桌人来陪。我放学回家时见家里好多人很热闹,父亲见了我忙将我拉过来,说快来见见你的救命恩人。我一愣,见一位黑而胖的人正对我笑,似曾相识,忽然想起:"是魏先生？"魏先生点点头。罗书记说:"不错！不错！还能记得。好好好。"父亲便忙拉我给魏先生磕头,谢谢救命之恩。魏先生说不用不用。我已跪下磕了三个头了。他忙将我拉起双手搭在我肩上端详着:"长高了,变白了,也胖点了。"

好酒好菜盛情招待之后。魏先生要走。父亲一再挽留,见留不住,便送魏先生三条苇席表示感谢！我说:"给那白胡老大爷一条吧？他家席子都坏了。"魏先生和罗书记都笑了说:"这孩子,真懂事。"父亲很为难,说我再去借一条,刚想走就被魏先生拉住了,说不用。然后对我说:"这有那白胡大爷一条,还有另一位叔叔一条,我一条,不正好吗？"我一时无语,魏先生就走了。我们家人送出好远。

之后我再也没见过魏先生。多年以后忽然想起,当我问罗家表姐时,表姐说人已不在了,我忽然一阵难过,泪就要掉下来了,总觉得亏欠什么,一顿饭、三条席子怎么能报答了救命之恩呢？总觉得报答得太浅了,但无法再去弥补了。现在忽又想起这件往事便作文以记之,记下那些曾有恩于我的人,以作怀念。

(原载于《楚苑》2023 年第 2 期)

岁月留痕

温暖的地铺

潘茂贵

地铺现在听来可能陌生,甚至年轻人都不知地铺是何物。顾名思义,地铺就是铺在地上的床,即利用一席之地将四周用高粱秆捆或玉米秆捆围成一矩形框,里面铺上麦草,放条芦席再放一床被来供人休息睡觉的地面。

二十世纪八十年代前物资匮乏,家中床铺有限,睡地铺是经常的事。在田地里看庄稼,在场上看场,或在冬春季节家中有个红白喜事,接来了好多亲友,有的路途远,有的是至亲,晚上一定会留下来过夜的,没有那么多床供亲友休息怎么办呢?主人家就会找一处空置的房子,扯上几担麦草在房中铺上一个大大的地铺,租来些被子,连铺加盖,众亲友抵足而眠,挤睡在地铺上,相互取暖。在昏黄的马灯下大家聊聊天,拉拉家常,谈论谈论各自庄中的奇闻逸事等,加深亲友的感情。地铺上谈笑风生,其乐融融。心,首先温暖到了一起,接着每个人的体温又传递到铺垫上、盖被上,而后相连相通,继而温暖了整个地铺,忽然觉得身上也倍加温暖起来。尽管外面是寒风凛冽,地铺上却温暖如春。

小时候,我曾在一个寒冷的冬天,跟看芦苇的父亲到离家几里路的苇地去。收割完了的芦苇地忽然开阔起来,无遮无挡,一眼可看出几里地,那些飞落在苇地下口坝沟边的老鹳与大雁都能看得清清楚楚,这样反而使苇地显得更加冷清。而上口苇地边收割下来的芦苇却被码放成丛,那一丛丛如金字塔般的苇丛,一大丛接着一大丛绵延数里。那都是各个生产队的苇丛,这些苇丛一般要在田头堆放一段时间,若遇冰雪封门还会放置更长的时日,甚至会放到开春才被搬运回来。这就需要人来看守。看守人在这冰天雪地的野外睡在哪呢?搭个庵子,还要支锅烧水做饭,庵小只能睡上个把两个人,其他人只能在苇丛深处洞穴般的空间里,在冰冷的土地上用芦苇码起一个高高爽爽的地铺雏形,来隔断冰冷潮湿的地面,再铺上一层厚厚的麦草,这样地铺就打好了,然后麦草上面再铺上被子或狗皮褥子及其他的一些可抵御寒冷的东西就可睡觉了。不必担心无孔不入尖溜溜的寒风会钻进去,约有六七米厚的苇墙足可以将寒风阻挡在外面。睡时别忘了将朝南的巷门用两捆苇子挡起来,再塞上两捆细草个儿堵漏,就可放心睡觉了。一个苇丛中睡上两三个人,在这漆黑的空间中谈谈闲聊聊天,即使说点秘密或私房话也只限"洞穴"中三二人知道,不必担心隔墙有耳,因为漫天野湖无墙也无人无耳,厚厚的苇帐足可将话音包容、收纳、管控起来秘不外传。你只待到身下温暖时便可安心地入睡了。那是我第一次睡在离家那么远的野外,还是睡在芦苇丛里的地铺上,尽管身下时有芦苇被压裂的"咔咔"声,但还是睡得很舒适,很温暖。我担心会有蛇来咬我们,父亲说大冷天蛇都封口封眼不出来,我才放心。那一夜我是在父亲与同铺邻居的闲谈中睡着的,我睡得很香,即使是在寒冷的冬夜也不觉得冷。那是个难忘的夜。

我最难忘的还是正月省亲时在舅舅家睡地铺的情景。

我们几个孩子跟着小舅徒步行走了三四十里路,到大舅家已近响午了。大舅妈正在锅上炒菜,菜香满屋。大舅一边拉着风箱一边填些碎草到锅底。见我们到了,温和的大舅笑着说:"哦,小亲戚们都到了,跑得快么?"和善的大舅妈也笑了笑,边烧菜边跟我们说:"累不累呀?地铺铺好了,先到上面歇歇,一会儿就吃饭了。"原来勤快的大舅妈早将地铺铺好了。我们一下子躺到地铺上面,即使仅有几床颜色暗淡的旧被褥,但躺上面还是舒服、温暖的。将一路的疲劳都卸给了地铺,这使我们感到轻松而又温暖。

晚饭之后,我们这些不知疲倦的孩子们还要疯玩一会儿才肯睡觉,即使上了地铺也会打闹一会儿。这时不必担心会掉地上摔着,即使你睡觉再不老实也滚不到地上去,这就是地铺的益处。玩足了各自钻进被窝还是睡不着,我们就"破命猜"(方言,即猜谜语)。一人出谜面大家猜,于是大家搜肠刮肚,将从大人那听来的谜语一个个地讲出来让大家猜,有天上的,地上的,室内外的,山上水下的,等等,五花八门样样都有。由于区域的差异,方言不同也会闹出让人无语的事来,大表弟出的谜面是:"上不沾天,下不沾地。还有半截在泥里。"我先猜是垒在墙肚里的鸟窝,大表弟说不对,我又猜是大树,表弟也说不对。我又猜了几个都不对,实在猜不出就让大表弟划个范围,大表弟说照屋里猜。我照屋里猜了几样都不对,忽然看到了土墙上那根挂东西的木桩,我一下会过意来就说谜底是桩。不料大表弟还说不对。我懵了,心想怎么能不对呢?这墙上的桩不正是上边不沾天,下也不沾地吗?不正插半截在土墙里面吗?那土墙不就是泥吗?这正合谜面呀?说不对,我就想不通了。到底是什么呢?实在猜不出只好让大表弟公布谜底。大表弟支吾半天才说谜底是橛。我问什么是橛呀?他指给我看,原来就是我先前已猜出来的那根打在墙上的桩。真是让我大跌眼镜,明明是桩怎么叫橛呢?大表弟说打在地上的叫桩,打在墙上的叫橛。真让我无语,但也长了知识。大家就这样猜着,出谜语的提示着,猜着猜着地铺暖了,猜着猜着有的就睡着了。

第二天家里又来了几位姨表兄弟,当然也有姨、表姐妹们,她们睡床上,于是大舅小舅都被挤到地铺上来了。独一个人的三外公也来凑热闹,说孩子们个个都像个火蛋蛋,火性大,跟孩子一起睡地铺暖和,而且还很热闹。大家叽叽喳喳的就像林中聚集的鸟儿,喋喋地说个不休,说够了又有人提议讲个故事吧!于是,小舅就先讲一个故事,又让大舅讲,大舅腼腆地笑笑说:"我不会讲故事,我爱看古书,就给大家讲一段古书吧!"大舅就慢条斯理地讲了一段,虽然不够精彩,但里面蕴含着做人做事的道理。大舅讲完了,表兄弟们也一个个地争着讲故事,讲的大多是从大人口中听来的传统故事:有神话故事、童话故事,也讲电影的故事,还有愣子的故事。这些大多是笑话故事,故事中的聪明人被愣子耍,被愣子骂得狗血淋头也不露半点做作的痕迹。这就告诉我们:世上没有多少愣实心的人,不过都是装傻充愣罢了;也没有十分精明的人,太精了也就成了愣子。一个个精彩的故事在地铺上飞扬,一阵阵笑声在故事间客串。地铺上祥和热闹,地铺温暖如炕,时常热闹到深更半夜大家才沉沉地进入温暖的梦乡。

睡地铺的时代已经过去了。如今大家都在空调房中睡席梦思,柔软而舒适,已无冷暖之忧。但是我总觉得少了点什么,我非常怀念睡地铺的那段岁月,对那有一种难以割舍的情结。

(2022 年 10 月 10 日)

哦,我的二外公

潘茂贵

二外公是个木匠,也是一位唱坠琴的,黑黑的脸上堆满了岁月的沧桑,粗糙的手脚讲述着一位匠人的艰辛与磨砺。

二外公整天上身穿着蓝黑粗布短打大袄褂,下身穿的是白腰边大腰裤,脚上一年到头不论阴晴春夏秋冬总穿一双雨鞋,尤其是晴天走起路来呱唧呱唧响。我也曾问起他总穿雨鞋的原因,二外公说省事,我有点不解,又细问,二外公解释说:"在外面做活(即指木工活)的人难免会碰上阴雨天,穿着雨鞋就不怕了。走黑路也是常有的,难免会踩上蛇虫之类,也不会被伤害。"小小的我似乎明白了。"可是晴天穿也不舒服呀?""习惯了就一样了。"二外公一生勤劳俭朴,为了生活长年在外奔波,时常寄居在我们家,所以二外公给我的印象很深刻。

二外公的木工手艺是家传的,据说先人的手艺很精湛,箱子、柜子、床工雕花,包括精致的首饰盒做得都很美,远近闻名,后来逐渐凋敝,到了二外公这一代,只留下做桌椅板凳凉床之类的简单粗糙的手艺了。即便如此,二外公常年在外也有做不完的活,东家打几天桌子板凳尚未完工,又有西家预先打了招呼,做完之后再到他家打张凉床、安几条板凳,就这样一家接着一家,一村接着一村,在一个村庄做三两个月是常有的事。这村还没做完,又被邻村人预约好了:"这边做完了到我们村去。"就这样二外公的木匠活从东家做到西家,从这个村做到那个村,一直做到南山里,方圆近百公里都留下了他的足迹。之所以如此,是因为二外公的手艺很适用于乡村农家,且工价低廉,而且二外公从不讲究吃喝,雇主家吃什么他就吃什么,从不挑食,不论吃什么他都说"中,中,中",而且他时常会说就喜欢喝稀饭。那时生活水平较低,吃饱肚子就是最好的享受。多一位木工就等于多个碗、多双筷子,只需在一家几口的锅内添上一瓢水就解决了一位木匠师傅的一顿饭,何乐而不为呢?

二外公也曾在父母跟前说过他的幸福辛酸史。年轻时二外公曾给一位唱坠琴的人家做过木工活,唱坠琴的老人看到二外公做事认真,为人诚实可靠,就将女儿嫁给他,并教了二外公几部传统的琴书,说技多不压身,有了这两样吃饭的本钱将来就不会饿着,比拖根棍讨饭体面得多。于是二外公便与会唱琴书的二外婆走南闯北地唱过几年坠琴。二外公手拉坠子脚踏敲板,二外婆搊琴,夫唱妇随在外面讨生活,日子过得很甜蜜。有了女儿之后便不能过那种在外漂泊的生活了,他们就回家安顿下来,靠种田过上了普通农家的生活。但他们毕竟漂泊惯了,荒废了农活,一个劳日挣不了几分工,再说了,地里种的粮食也不足以糊口。农闲之余,夫妻俩再去唱坠琴是不现实的,所以二外公又重操木匠的旧业来贴补家用。他曾以两角几分的本钱买了一根几尺长的杉木梢回家,开板抟了个洗衣服的木桶卖了一元多钱,而后又用这一元钱为本钱,买了更多些的木料,做一些实用的木器翻出几倍的钱来,一家三口日子过得充足。可是好景不长,二外婆生病了,二外公带着二外婆四处求医,花光了多年的积蓄并背了一屁股债,还是没有挽回二外婆生命。二外婆去世之后,父女俩相依为命过上一段漫长的苦日子。直到女儿成家之后,为了女儿与赘婿能过上好生活,二外公只好再次孤身一人长年漂泊在外,做起了木工活贴补家用。他走东串西,北上南下,担着木匠家什,走亲访友,招揽木活。那时木匠不多,农村的家家户户房前屋后都爱栽种些杂树,树成材了便想做些实用的家什,所以揽木匠活并不难。一个村庄有一家要做活,于是就会跟着有几家做,一家至少要做三五天,所以二外公很少闲着。

记得那年二外公来我们家时正是初春,春寒料峭。二外公担着木匠家什,还有被燥热顶掉的黑布棉袄和一顶猴头帽,头上正冒着热气且流着汗。行走了二十多公里路到我们家时已近中午。父亲忙去村中的豆腐作坊打来二斤豆腐,母亲从菜园里拔几棵菊花芯菜和葱蒜,邻居大伯家早上称来二斤小鱼留待中午吃,听父亲说来了亲戚没菜,便拎了来给我们家招待亲戚。母亲便把家里仅剩的一把干豇豆饼和鱼一起煮了,又用菜园里的青蒜炒了几个鸡蛋,没有米煮饭,就烧上一锅玉米面稀饭又贴了几块玉米饼,这是那个时候我们家待客最为丰盛的午餐了。二外公很激动,吃饭时还说母亲和父亲:"我们这是锅门亲戚,有吃的就行了,何必这么破费呢?"吃饭时,他也舍不得吃菜,将鱼和鸡蛋向我们兄妹碗里夹,说孩子正是长身体的时候应多吃点。父母央二外公吃菜,二外公总是说"中,中,中",就是很少夹菜,吱吱地喝着稀饭,用豁牙嚼着玉米饼,筷子伸向凑为第四个菜的咸菜中。我们兄妹年幼无知尽管拣好菜吃,被父亲责怪:"不央你二外公吃菜,就知道自己吃。"二外公就说父亲:"要不怎么叫孩子呢?"之后又对我们说:"喜欢吃什么就吃,别听你爸的。"现在想起来那时我真是不懂事。

二外公这次来也是村中要做木活的几家人与父亲约好了的。二外公在我们家歇了半天,第二天就去给雇主家做木匠活了。晚上回来我们家休息,没有床,二外公就紧挨着灶台的地方铺个地铺。父母有些歉意,二外公说:"中,中,中,地铺好,暖和又不怕翻身掉地上去,睡着踏实。就这好。"说完已将被子——两床黑粗布被子铺好,然后就靠墙坐着焐被窝了。我还像往日一样缠着二外公让他讲古(即故事,在我们家乡称为古)给我听。二外公讲的故事大多是琴书段子或者琴书的引子,如《老虎学艺》《鲁班的故事》,还有些是做木匠活时听别人讲的民间故事之类,有时会说重复,即使这样,我也听不腻。二外公有时做了一天的木匠活,晚上回来得早,就会拿起坠子边拉边唱,唱上一段琴书,引来左邻右舍爱听古书的邻居们。听二外公说,一次做活做到了南山里(大概是如今的安徽明光市,即浮山向南、明光向北的这一带山区),那里较为偏僻,人迹稀少,文化也落后。二外公做木活闲下来时,村庄人不让走,要他唱坠琴,一天多少钱照样给,一家一天供饭吃。二外公在那里几个村庄既做木活又唱书,待了近半年时光。二外公说肚里存的就那么三四部书都唱完了,山里人还是意犹未尽,二外公便现编现唱。父亲好奇地问怎么编呢,二外公说书有路子,顺着路子编几个人名,添几个热闹段子劝化劝化人心,说说古理就行了。唱古书不都是劝化人心向善的吗?到现在我也不明白不识字的二外公说的编书路子是什么。小时候我只知缠他讲故事,妈妈总是说你二外公累了让他睡吧,我总有些不乐意,二外公则大多会讲上一段满足我。

就在这一年,二外公给我们家打了张方桌,又打了张凉床和三四条小板凳。方桌是为我读书打的,当时我已经读三年级了。一二年级时泥土垒的座位与我告别了,所以需要一张课桌。当我和同龄同级的小叔将桌子抬进教室时，一群围观的同学纷纷投来羡慕的眼神，这的确是一张非常漂亮的桌子，红红的香椿树作边框，白中略显微黄的楝枣树作内堂，被二外公用砂纸打磨得锃亮。这张桌子一直陪伴我读到初中，直到有了统一课桌之后才搬回家中作为餐桌用，到现在还在用着，只不过已不再那么光鲜，变得"人老珠黄"了。

二外公打了张凉床网上绳子，夏日，他自己就躺在上面纳凉休息，之后这就成为他的专用床。其实二外公也没有睡上几天，村上和邻近三二个村庄上的活做完了，他便不住我们家了，连同他的木匠家什都拿走了。在哪干就在哪睡，二外公就如一叶扁舟在那些村庄中漂泊着，风里雨里讨生活。

二外公最后一次住我们家的时候，我记得大约是秋末冬初，黄叶飘零，几乎落尽叶子的树在秋风中瑟瑟发抖，发出呜呜的声响，凄凉而又哀婉。地面上的枯叶翻滚着跌落到深坑中去了。

读初中住校的我周五下午回家，走进我家那低矮的草屋，见二外公正坐在板凳上，右手正捂在左肩下的肩板骨上龇着牙轻哼着，我很惊喜忙喊："二外公你又来了。"二外公一抬头见了我勉强笑了笑说："长高了……读中学了……好好读书你爸可……可对你寄予很大的希望。"这简短三句话中间，他哼了三次。我见二外公又苍老了许多，并且又黑又瘦，右手不住地想抓挠左肩下的后背处，我惊讶地问二外公那儿痒吗，二外公又哼一声说不是痒是疼。我说去医疗室去看呀，二外公说看了吃药也不管用……还是疼，也许挨挨就会过去。第二天父母下田了，二外公交由我照看。二外公躺在床上还是哼着，翻身打滚不能安静下来，药还是照常吃，第三天二外公开始吐了，吐的都是清水，饭也吃不下。下午我就上学了。大概是星期三的上午，父亲托门旁邻居家赶集的人到学校告诉我说你二外公死了。我听了一惊，鼻子一酸泪流下来了，便蹲下来抹眼泪。邻居又说你父母和你舅舅那边来人将你二外公抬回去安葬了，这个星期天不知能否回家，你要有个准备。我一边揩泪一边说知道了。

哦！我的二外公一生漂泊，用他那不算精湛的木工手艺做出了让农家认可的、适用的桌椅板凳等家具，带来了千家万户的方便，而他自己却忙碌了一生。至今还有人会提起：这张桌子还是爱喝稀饭的李木匠打的呢。

(2020年5月13日)

明月故乡

去舅舅家的路

潘茂贵

听表弟说他所在的村庄即将拆迁,我心里忽然感到莫名的阵痛,那个不知经历多少代人繁衍生息而形成的村庄,忽然就要从这个地球上被抹掉了;那个曾经欢声笑语其乐融融老少齐聚一堂的村庄,将要归于沉寂,与田野融为一体;那个出嫁女心心相系的村庄,那个漂泊在外游子的归宿地忽然之间将消失,让人何处觅根?这怎不叫人心痛,既而失落与怀念呢?而这一切对于我——这个村庄的外甥来说,又为什么有那么强烈的反应呢?也许因为那儿是母亲的第一个家,是我的第二个家吧。在那里,从我出生一直到那美好的少年时光,每年都会留下我的足迹,我的欢笑,我的自豪;在那里,我得到了美食、欢乐、尊重、满足、疼爱与呵护。不用说外公外婆及舅舅舅妈们对我的百般疼爱与纵容,也不用说与表兄弟姐妹、姨兄弟姨姐妹齐聚一起将初心尽兴释放,就单单在每年正月初的省亲的路上就有着无限的乐趣与故事。

我们这儿的习俗是,每年正月初娘家人总会来接出嫁女回家省亲,所以每年过了初二我就盼着舅舅来接母亲回娘家省亲。大多时候,与舅舅同来的还有同门表哥。舅舅的到来会让我很高兴——不光有亲戚走了,还有好吃的。休笑我没出息,好吃好玩本就是儿童的天性。那时候日子艰难,但不管日子有多难,总会将家中最好吃的留着招待客人,这是礼数。因为路远,舅舅会在我家住上半天一夜,第二天早早地吃了饭,他就带着我们这群小可爱赶路了。

那时候交通不便,从我家到舅舅家近四十里的路程全靠两条腿来走完。听妈妈说,幼年时的我是妈妈用根背带将我打在背上背着我省亲的,累了再由舅舅背,就这么轮流着背我赶路。后来有了妹妹,舅舅就用一条扁担两只筐担着我们走,可见舅舅和妈妈在这条省亲的路上吃了多少苦。可不管多苦多累,每年省亲路我们至少要走上一趟。

后来,我们长大了,自己可以走那么远的路了,于是就跟在舅舅与表哥的后面欢笑着跑。与我们同行的还有姨妈家的姐弟们。出了我们村庄所辖的范围,我们觉得一切都是那么新鲜、那么有趣。野树上"喳喳"欢叫的喜鹊,路边匍匐着的枯白的野草,野坟上落净芳华、光秃秃的灌木,甚至是盘旋在乌蓝天空中的黑乌鸦,我们都觉得新鲜与喜爱。一路上走过圹埌空寂的田野,绿油油的小麦给灰色的田野增添了一笔浓彩;跨过一条条小溪,溪流潺潺唱着一支清泠泠的歌。我们从先院大水库的长堤上走过,宽广的水面荡着碧清清的波,不怕冷的野鸭在碧浪尖上戏水,还有几只大雁在水边照着碧水梳理着羽毛。斜阳下那赭石铺就的护堤石坡真好,可以在那石坡上坐坐或躺下歇歇脚。

当然这一路我们也会走过几座野村,而首先迎接我们的却是那些野村的狗。它们张着口,龇着牙,耸起颈毛,翘着尾冲我们狂叫。我们吓得直往舅舅与表哥后面躲。舅舅会操起一根木棍,表哥会随手拣起一块土坷垃,一前一后保护着我们走。而那些狗大多也会在主人的呵斥声中低下头敛了声,温顺地爬进门旁的狗窝。不知道是谁家的锅盖没盖紧,偷偷溜达出来几缕肉香,那香味真让我们垂涎欲滴。舅舅咽了唾沫说:"快到家了,你外婆和舅妈正炖着一锅肉,表兄弟表姐妹可能正在庄头迎接你们这群小亲戚呢!"于是我们又欢呼雀跃地向舅舅家的方向奔去。

最让我难忘的是在去舅舅家路上,舅舅与表哥轮流给我们讲故事。在那漫长的路上有故事相伴,走起路来轻松多了,对于处在幻想时期的少年来说是几多惬意,也就不觉得旅途劳累道路的漫长了。

舅舅和表哥肚子里的故事真多,尤其是舅舅,肚子里除了五脏六腑剩下的大概都是故事了。这不是在吹,在我的记忆中,那么多年在去舅舅家的路上,舅舅和表哥讲的故事没有重复的。因为一重复我们就会说这个故事听过了重讲一个,他们就这么不重复地讲,一讲就是好多年。舅舅和表哥讲的故事很杂很乱,没有系列条理,大多是散落在民间的古老的故事,也有《西游记》的段子,他们称之为《猴子捣洞》。我印象最深的是孙猴子那别有洞天的水帘洞,还有孙猴子翻跟头的本领。我不需要一个跟头翻出十万八千里,那样我会找不到家的,我只要一个跟头能翻到舅舅家就行了。他们还讲侠客的故事,侠客也会乘风驾云地飞。我也想有侠客会飞的本领,那样去舅舅家就不那么累了。舅舅他们还讲三国的计谋、水浒的义气、隋唐的英雄、春秋战国的纷争、讲得最多的是神话故事,一部《封神榜》挑挑拣拣几乎讲完了,如哪吒闹海呀,土行孙遁地呀,申公豹将头割下来抛到天空唱歌,等等,我们都听得入了迷,还有八仙的故事也很引人。舅舅讲的民间故事中,给我印象最深的是张得鬼的故事。那足智多谋的张得鬼不仅智斗压迫他的财主,还能治那些各色各样的小鬼,如秃头鬼、尖腚鬼等,将小鬼治得龇牙咧嘴抱头鼠窜,真是好玩又好笑。还有那"乌漏"的故事,常言说老虎的屁股摸不得,而这个"乌漏"却竟敢在老虎屁股上叮三口,不仅如此,竟然还骑在老虎背上,让老虎驮着满山兜风跑了一夜,且招来满山的野兽。它使豹子丧生、狮子跳崖、猴子浑身没有了皮毛。那这么厉害的"乌漏"是什么呢?是怪兽?是神魔?其实什么都不是,"乌漏"就是屋漏,确切地说就是屋漏雨。那屋漏雨又是什么呢?不过是住在山中一对老夫妻的一句戏言。那虎背上的"乌漏"到底是什么?说出来让人大跌眼镜,原来它不过是个贼——一个小偷而已。舅舅讲的故事就这么绘声绘色、妙趣横生,使我至今记忆犹新。在舅舅那精彩的故事里,我们不知不觉就走出了很远。

舅舅不仅讲上面那些故事,还即兴发挥,见什么就讲什么。在魏营以西再向北那广袤平坦的田野里,时常会见到一个个大土台,舅舅说那叫墩(也许是古战场留下的烽火台?),吕布辕门射戟就在这一带,于是就引出了《三国演义》。见到天空中的鸟,他就讲《懂鸟语的公冶长》以及《快嘴燕子》的故事;见到一个村庄,他就讲关于村庄的故事,如舅舅家前面的一个叫肖岗的村庄,其实叫啸岗,原来这庄很久以前的打谷场是用六寸厚的松木板铺就的,底下是空的,板上留有孔,一打场那孔就呦呦地鸣叫,所以叫啸岗。遇上沟有关于沟的故事,碰上桥也有故事,连路边的草也是故事,如太阳可以晒死田野里被连根拔除的草,却为什么偏偏晒不死甚至晒不蔫被连根拔起的马齿苋呢?于是就有了关于马齿苋的故事,名叫《太阳不晒马齿苋》。这个故事其实就是《后羿射日》的续集。总之,舅舅能讲好多故事,故事的内容大多积极向上,以善有善报、恶有恶报为主要宗旨。另外,还有斗智斗勇开发大脑的智慧故事,以及妙趣横生的动物故事和幽默讽刺的笑话故事。我对文学如此感兴趣,甚至立志要当作家,这跟在去舅舅路上听的那些故事应有着密不可分的关系。

如今舅舅家的村庄被拆了,也就意味着以前去舅舅家的那条路再也不用走了,也没有走的意义,没有方向目标了。其实那条儿时步行的小路早就不走了,自从有了自行车,到现在有了小轿车,我们去舅舅家都是走大路。那条小路大概早已淹没于田塍了。但是,这条小路在我心中依旧明朗清晰,小路上的情景仿佛就在昨天。在这条小路上听的故事还时常在耳边回响,在这条路上有太多的趣事值得珍藏。这是一条承载许多故事的路,一条本身就有故事的路。哦!去舅舅家的路,好美好长好精彩。

(2018年8月6日)

父亲

李青云

父亲一生坎坷,历经苦难。他3岁没了父亲,19岁没了母亲,跟着哥嫂过日子;16岁时,与我的母亲订婚,24岁和我的母亲结合,独自顶起一个门头,日子虽然苦,但是有了盼头。

父亲成家后生育了两双儿女。父亲聪明,脑子灵活,边教书,边在家里养猪、养鸡、种田,日子蒸蒸日上,一家人其乐融融。

1993年夏天,厄运降临,父亲查出了肝硬化。那年父亲39岁,我13岁,哥哥15岁,妹妹9岁,弟弟7岁。那个年代,在人们心中,得了这种病便和癌症画了等号。一个家的顶梁柱倒了,对一个家意味着什么?拿到结果的那天,父亲痛哭了一场,说对不起我们,把我们生下来,可能没办法养大我们了。我也是第一次看到父亲流泪。但父亲没有因此气馁,到处寻医问药,在魏营医院住了八十几天院回家养着,从那以后我们家一直飘着中药味。父亲的身体也慢慢好了起来,日子又有了希望!

1995年父亲远赴福建求医,只因听说那里可以医治肝硬化。到了福建,医生说肝硬化目前还没有可以彻底医治的办法,只能维持,尽量延迟进入失代偿期,如果能一直保持在代偿期,人就相对安全。

1997年夏天,父亲再次因脾大在泗洪人民医院住院。当时医生的诊断说父亲是巨脾,有正常人的七倍大,必须切除,不然脾破裂,人就很难抢救过来了。也是那一年,我第一次去泗洪,三十几里路我是走着去的。当我出现在父亲病房门口的时候,父亲背对着门坐在床上,我喊了声:"爸爸。"父亲惊喜地回过头来。父亲拉着我的手说:他不怕手术,只是放心不下我们,如果他有意外,让我一定帮妈妈把弟弟、妹妹拉扯大。父亲的手术做了7个多小时,安全地渡过了这一关。

2009年1月18日,父亲再次因肝左叶占位入院。父亲12年来喝了那么多中药,还是没能抑制住病情的发展。这一年我29岁。我拿着父亲的CT检查报告,去了江苏省肿瘤医院、江苏省人民医院、上海东方肝胆医院,所有医院给的诊断意见都是手术切除。记得那个春节我们都是在医院度过的。父亲手术前对我说:只有我成家了,还有两个小的没有成家,他不放心,如果他这关过不去,家里就交给我了。最终父亲幸运地又闯过了一关。

2009年5月30日,因在泗洪复查,父亲疑似肝癌复发,听说上海东方肝胆医院吴孟超擅长治疗肝胆疾病,称为"中国肝胆外科之父",我们便慕名去找他医治。当时医生给的方案是介入治疗,经右腿动脉穿刺至肝脏,注入利卡汀。那次住院让我终生难忘。手术当晚,整个病房哀号声不断,药物导致的疼痛使病人痛苦不堪。所有家属无人入眠,也不能靠近,因为这种药物的辐射非常强,病房不穿防辐射服不许进入。父亲虽然病治好了,但经过这次治疗身体极其虚弱,当时好不容易撑着坐车到了江阴。

2012年4月19日,父亲再次入住北京军区总医院。当时他肝区不舒服,听说这个医院有种药物可以让纤维化的肝脏恢复正常。这次因我怀了女儿,便由我老公带父亲前往。到了那里医生说,你听说的只是传言,我国目前为止没有可以治愈肝硬化的药物。父亲还是在那里住了下来,在给予常规治疗后出院。

2018年7月5日早上4点多钟,母亲打来电话,说父亲吐血,打了120电话但救护车一直没来。我一下子从床上跳下来,打电话想办法解决。好在20分钟后救护车赶到,将父亲送去了泗洪人民医院。我和弟弟一家,还有妹妹匆忙往家赶。记得那天的雨特别大，3个多小时的路程我们开了5个小时，11点多才到泗洪，其间不停和母亲打电话询问父亲病情。等我们到了医院，父亲已经不吐血了，看到我们，他笑眯眯地说："我没事的，你们都赶回来干嘛。"还摆出剪刀手让我拍照给还在路上的妹妹看，让她放心。父亲在医院住了9天，7月13日出院，14日与我们一起回江阴，等着去上海做手术。

  2018年7月17日上午，父亲说有了黑便。我不敢迟疑，赶紧打电话让老公回来，10点多开车去上海中山医院。医院里没有病床，父亲在急诊住了5天，每天要挂十几瓶水，24小时都不停地挂，血终于止住了。父亲也是受了极大的苦，白天坐在凳子上挂水，晚上躺在简易床上挂水。连我这样好好的人，坐了一天都受不了，父亲该有多难受啊！

  2018年7月24日，终于等到了我们挂的陈世耀特需号，为了他，我们已等了十几天。听说他是中山医院看食道静脉曲张最好的医生，我们想着找了他，父亲的病就没事了。7月26日父亲住上了院，经过一系列的检查，7月30日下午做了食道静脉曲张套扎手术。同去做的病友都做了6个点，但父亲做了12个点。医生说父亲的比较严重。手术当晚父亲几乎没睡，他说太痛苦了，每分每秒都是煎熬。我信心十足地对父亲说："做了手术就好了，我向2床的病友打听过了，人家都来10年了，只要按时复查，就会一直没事。"我说我买了一张小床，以后每年复查我都陪你来。父亲笑了笑说："你是我雇的长工，跟那两个小的谈不来，让他们做做短工吧！"8月2号父亲出院，当时体重只有102斤，我俩相约回了江阴互相监督，每人要在一个月内长10斤。

  2018年8月29日上午10点，父亲突然在厨房晕倒。在这之前，父亲7点多起床拉了1个多小时的二胡，等我9点下楼，父亲和母亲已坐在客厅剥豆子。后来我和女儿在沙发上读拼音，父亲剥好豆子去削了个苹果，拿到客厅和母亲一起吃。吃完后两人去房间，父亲躺床上看书，我和女儿接着在客厅读拼音。10点钟，只听厨房传来"砰"的一声，我以为是母亲在厨房做饭，不小心把锅铲掉地上了。我喊了声："老妈，干嘛呢？"接着又是"砰"的一声，赶紧起身去看，父亲躺在了厨房。我和母亲赶紧去把父亲扶了起来，母亲掐人中，我打120叫救护车。父亲缓缓醒来，我问他怎么晕倒的，父亲说，不知道呢。救护车到了，正准备抬下楼，父亲说不舒服想吐，接着吐了四五口鲜血,于是赶紧吸氧、上担架、去医院。救护车上就我和父亲,父亲问我:"怎么会这样?怎么会这样?"我也一脸茫然,做过了手术,怎么还会吐血?!到了急诊,医生安排住院,父亲坐起身对我说:"我没事的,我没事的。"我说:"没事也要住院查查,不然你怎么会晕倒的?"弟弟、妹妹赶到,父亲对他们说:"我没事的。"待办理了住院手续转入病房,11点多父亲又开始吐血,医生赶紧加盐水,三路水一起挂。但是父亲一直吐个不停,我求医生想办法,医生说只能让介入科来看看手术,这样可以止血。介入科医生来了,看了之前的检查报告后,摇了摇头说,他肝脏有血栓,做不了。我求他不惜一切代价想办法救父亲,他说没办法了,血栓的地方过不去,医生只能看病,看不了命。我感觉天塌了,留给父亲的唯一希望破灭了!父亲还在吐血,上面输的血没有吐的多。我赶紧打电话联系上海医院,想转去上海。但是中午医生下班了,当时父亲的主治医生不在。我想到堂姐的女儿甜甜在上海,赶紧打了她的电话,让她去医院找医生,请他们给出方案。2点多,甜甜来电,说她问了急诊和父亲当时的主治医生,都建议等情况稳定了,江阴医生评估可以转院,再转过去。我去咨询医生转院的事情,医生说他这个情况是到不了上海的,路上的颠簸,出血量会更大。也就在2点多,父亲开始不停吐血,进入昏迷。我绝望到了极点,感觉自己好无能为力,眼睁睁看着父亲吐血却无能为力!医生让我们准备后事,我不同意,我要抢救!我不甘心!上午明明好好的,才几个小时,怎么就这样了?医生连着下了三次病危通知书。我坚持抢救到不能抢救的地步,不然我不放弃,决不放弃!接着科主任、几个医生就站在父亲床边,指挥换药,指挥抢救。5点多,父亲的心跳正常了,嘴巴一直在说话,听得清楚是"叫你妈来,叫你妈来。"母亲走到他身边,问他想说什么。父亲说:"回家,回家,回家。"后面的话就听不清楚。我高兴啊,以为父亲能说话了,情况就稳定了。医生说要不吐血了,过了今晚才能安全。6点钟,父亲呼吸又不平稳了,心跳开始往下降,往下降,6点38分父亲停止了呼吸……这一关父亲没能闯过!

这一个半月,父亲的体重长了10斤,胃口也好。我到现在也想不明白他为什么会离开。我听到了那么多成功的案例,为什么父亲会这样?父亲这两个月常说"他现在哪天走都不担心了",因为我们都成家立业了,他的任务完成了。他现在把每一天当最后一天来过。

父亲一生乐观,大半生和病魔作斗争。父亲常说的话是:与天斗其乐无穷,与地斗其乐无穷,与病斗其乐无穷。

(2019年10月12日)

忆父亲

李青云

一

那是多么寻常的一个早上,翔宇下楼准备吃早饭然后去上课。走到楼梯口,父亲走出房门,笑眯眯地拍拍翔宇肩膀说:"小伙子,起床啦!"没想到这是父亲和翔宇说的最后一句话。下午再见就是在医院了,是我让人把翔宇从课堂接过来的,知道父亲不行了,他又是那么疼爱翔宇,怎能不让他见最后一面?翔宇到了医院,看到早上还和他打招呼的爹爹,现在却躺在了床上,眼睛紧闭,身上插满了管子,不停地吐血。他蒙了,呆呆地站在那里,眼泪止不住地流。他怎么也想不通,早上还好好的爹爹怎么会这样!听医生说父亲手脚变凉,两个孩子都去握着爹爹的手,希望能把手焐暖和点!可是他们不知道,不管他们怎么焐,也焐不热了……两个孩子哭得是那么伤心!有些事情亲身经历了,才知道那种肝肠寸断的疼,那种无能为力的无助,那种坠入谷底的绝望!

二

感谢您和母亲,37年前的今天把我带到这个世上。让我看到了世界的美好,体会了幸福的味道!

感谢您给予我生命!母亲告诉我:您对我的到来是那么开心,那么高兴。为了我的名字,您抱着字典坐在门东旁,琢磨了半天。最后敲定了我的名字,乳名"红旗",大名"李青云",寓意我的一生青云直上。

感谢您传授我知识!在我3岁的时候您便教我识字,土墙就是黑板。多年后还能在我家土房的南墙上,看到您教我认字留下的痕迹。您在我家土房东墙上画了一幅中国地图,对我说:"中国地图的形状像只大公鸡,和你的属相一样。"您经常带着我在地图上游览全国各地!

感谢您教我做人! 记得最深刻的就是我8岁那年,偷偷拿了您一元钱,被您觉察了。等我睡着的时候,在我秋裤的口袋里,找到了还没来得及花掉的一元钱。您把我叫醒,问我有没有拿钱,我依然矢口否认。那一次您让我知道了偷钱的下场,懂得了诚实的重要。一个星期我走路都是一瘸一拐的,头上、身上都是柳条打的伤痕。从那以后我再也不敢偷一毛钱,再也不敢撒谎。

感谢您教我做事! 在您生病之前,我是村里的疯丫头,村里男孩也没我调皮。生病是您人生的转折点,也是我人生的转折点。按照您原来的计划,我现在应该是一名教师。您生病后,无奈地让我退了学,在家里帮母亲做起了农活。您教会了我种地,教会了我开拖拉机,教会了我如何与人打交道。记得那个夏天,我和母亲开着拖拉机去宿迁卖西瓜。在宿迁跑了两天两夜,终于把一车西瓜卖完了。但发现卖得两百多元钱里竟然有一张五十的假币。我痛哭了起来,我和母亲白天舍不得买饭吃,晚上睡在西瓜上,却收到了假币,内心实在接受不了。您对我说:"没关系的,我们就当交了个学费,认识了假钱,以后从中吸取经验,就能辨别真假钱了。"从那以后,我再没收到过假钱。您把假币拿走了,一直保存到现在。在您去世前我看到了那张五十元纸币,放在您的文件夹里收藏了18年。您说,经常把那张五十元纸币拿出来看,每次看到钱,就好像看到当年我和母亲沿街卖西瓜的情景,每次都很心酸。

现在我的生活稳定了,您的任务也都完成。我也想带着您看世界的美好,体会更多幸福的味道! 我们相约,等您身体恢复了,一起去爬黄山,去海南,送您去学二胡……这些我们都还没去做,您却走了……

父亲,感谢您给予我的一切!

三

您总说:几个孩子中,最亏欠的是我,最让您骄傲的也是我! 可是您知道吗? 这么多年您对我付出多少啊!

2005年我结婚的时候,您知道我老公家里穷,四口人住着三间祖上留下的瓦房,当他拿着家里仅有的三万多礼金给您的时候,您不要,您让我们自己留着。我执意让您留下,您说,要等我们将靠自己的双手挣来的钱给您,您才花得开心,那才是真正的孝顺!

您不仅没要礼金,还把家里仅有的两万多元钱拿出来,加上礼金凑了五万七,给我们付首付,在泗洪买了房子。那也是我们人生中的第一套房子!

2008年,那一年我28岁,萌生了自己开公司的想法。当我把这想法和您说时,您非常支持。可当时开公司要八万,我自己只有三万多。正为难的时候,是您拿出自己所有的钱,又向别人借了一部分,给我凑了四万多,一下子解决了我缺钱的烦恼。

2012年,我生了女儿没人带。您和母亲立刻从老家赶过来,帮我带孩子、买菜、做饭。

您没有传统思想重男轻女,对每个孩子都一样,不仅是亲生的,就是女婿也是同样待遇。

这些年您待女婿如儿子,他敬您如亲生父亲!您常笑着说:"这个女婿比儿子更像儿子!"

四

今天把您身后事全部办理好了,村里的,学校的……户口也注销了!

下午去墓园看您,车子陷入泥坑,两个小时才找人拖出来。是您想让我多陪您一会儿,是吗?

看着您安静地躺着,看着碑上满脸笑容的您,有那么一刹那,感觉走错地方了。我应该去军李庄找您,您一定还是做好了饭,满脸笑容,在屋后水泥路上迎接我!

您把所有人都安排好了,单独忘记您自己了。扶我走稳了,帮着妹妹在江阴安了家,给弟弟买了房、买了车。就连那个对您大不敬的哥哥,您也做了安排,在魏营买了房,怕他出来没安身之处。可是您呢?却躺在了冰冷的地下!

回江阴之前,我去看了哥哥,记得以前一年四季,都是您给他送衣服,送吃的。现在您不在了,这个责任落在我们肩上了。我能体会到,您以前每次来的心情了,心疼又无奈……毕竟血浓于水!

临走的时候,哥哥问我:爸爸身体怎么样了?当我说病重的时候,他的脸色沉了下来。哥哥是不是也在后悔当初对您的大不敬?! 如果可以,我宁愿哥哥一辈子也不知道!

小时候就渴望,有个健康的爸爸,有个健全的哥哥。这将永远是个奢望了!

五

我家的草房子里,一家人围坐在一起吃饭,还是那个小木桌。父亲也回来了,哥哥也回家了。我对父亲说,您终于回来了,我有好多好多话想对您说,我们都好想您! 您的户口被注销了,要去找人办好。还要带您去上海看看,再好好查查。父亲笑着说"好,都听你的。"吃好饭,母亲在洗碗,我和妹妹打扫院子,父亲坐在草房子前的凳子上……(不愿醒来,想一直留在梦里。内心深处多么怀念,小时候一家六口人团聚在一起的样子。父亲您离开我们4个月零2天了,我们都好想您!)

如果有直达天堂的电梯,我会不顾一切地去看您,告诉您家里发生的一切……

事非经过不知难,父亲您说得很对,有些事情不自己亲自体会,永远不知道它有多难。我想您……爸爸! 如果是您,该如何抉择……

父亲说的对:越是困难时期,越要勇敢面对。只能靠自己,不要依赖任何人! 父亲的话,我记心里了! 再艰难,我也要做好,决不辜负父亲对我的信任!

六

我想您,我的父! 生我养我,教我做人,教我做事,教我做个正直的人,做个善良的人,做个有担当的人。我想您,我的师! 教我知识,传我技能。我想您,我的友! 世上唯一一个懂我超过我自己的知己。多少个梦中,陪您聊天,陪您说话;多少个梦中,您是活着的,您是死而复生的;多少个梦中,我们又回到了从前,回到了您在的时候,回到了我小时候。一觉醒来,泪湿枕巾。我有好多好多的话想和您说,我有好多好多的事想向您请教……

(2018年12月31日)

最后的小舅

小舅躺在大舅的两间小屋里,和我们隔着一层冰棺。白日里,小舅还拉着二胡,拉着拉着吐一口血,人就不行了。他留下最后一句话是:"回家。"可是,哪里还有家?别人的房子还在,可他的家没了。拆迁后镇上新买的二手商品房,刚刚住了三天,又怎能算作家?他是带头拆迁的,两处房子,扒得地滩土平。他自己都没料到会走这么早,一切如此猝不及防。

大舅母是去年走的,偏瘫许多年,终于解脱。那时大舅和大舅母一起住院,大舅母去世大舅不知情,出院后到小女儿家住了,老房子便空了下来。这也成了小舅"回家"的唯一选择。毕竟他们是一奶同胞,也就谈不上什么忌讳了。生命的终结,又回到初源地。最后能回归哥哥的小屋,小舅也算落叶归根。

家里没人,都在外打工,舅母娘家赶来几个人,现拆了灶台,坐在门前候着。从江阴出发,小舅的灵柩快半夜才到。舅母和女儿下车坐在路边哭。两边虽有好路,但人家都特意打过电话,不准从他们门前走,怕晦气。一行人,在夜色里抬着棺材,只好蹚着乱草烂泥送进屋里。

族里遇到白事、挽联什么的,一直是小舅承包,现在他撒手不管,变成了要写的对象。我只好滥竽充数,胡乱涂鸦。其实我准备了一副挽联:

抱病躯坚守三尺讲台四十春秋传美谈;
叹命运空有一生挂念两双儿女品悲伤。

后第三字各嵌了小舅一个字。姨哥茂贵说好,是小舅一生的真实写照。只可惜,木门太窄,土墙太矮,只得放弃,选些字数少的写了。是的,作为一名教师,小舅大半辈子却是在和病魔作斗争。肝硬化、肿瘤、脾切除,大大小小手术大约自己都记不清了。食管、胃里血管曲张,第一次出血被救了回来,又到上海做了相应手术,没想到还是没止住再次复发。这些年也多亏了他的大女儿,她在江阴一边忙着做生意,一边还要照料父亲和弟妹。为了父亲的病,凡是有些名气的医院她几乎全跑遍了。小舅羸弱之躯能支撑到64岁,大女儿功劳至伟。

母亲兄妹五人,小舅最小,却体质最弱,除去大姐早逝,就是他了。开门之日,小舅的孙子才几个月,在灵堂边还头,只能以爬行代替。我的儿子不谙世事,到大舅爹屋里站一会,出来满脸疑惑说道:"里面有人哭,看上去好伤心。"

桌祭。寥寥的一家人,村庄中心清冷的路口,磕头、行礼、祭拜。天色郁暗,灰云低垂。

上土庙,村庄外,田野深处,这个被绿色包裹的僻远小村庄,埋藏着无以言表的悲痛。一队人沉默地走。"没下雨,前面的人为什么要打伞?"儿子问。"什么?"我不解。"那是花圈。"一旁的表嫂解释说。唉,这傻孩子,他还不懂什么是生死离别。

到达已没有庙的土地庙,一行人却全不谙古之礼法,幸亏有一位没赶上公交车又返回的长辈,领头行了三叩九拜的大礼,其他人也都依次叩拜了。纸马、纸人、纸电视、纸汽车……依次焚烧。冲天的火光,映照着小舅心爱的二胡……

清晨,将要往火葬场去。出棺、叩拜、孝子摔老盆……小舅最后一次离开故土,永远再不得回来。小舅也许是庄上最后一位逝者,拆迁正紧锣密鼓进行着,十天以后,或将再无"军李"了。小舅的脚冰冷,在安静地沉睡。一双已被折磨得干瘦的女儿,歇斯底里地恸哭,又怎能拽回如山的父爱、难舍的亲情?

小舅最后的归宿是蔡圩墓园,秋草瑟瑟,低荷连天。

(2018年9月1日)

【注】 一段不太详尽的记录,只为将来一切都被时光模糊后,还能有个念想。

走向太阳的小舅

10月2日,是小舅"五七"。

母亲平生第一次担心太阳会出来。

可是,乡村的路,虽也是水泥路,但逼仄如线,原本就开不快,偏撞见手扶机趁着露水拉玉米秆去卖,装得满满当当横在路心,比路还宽!我们只好停下,到前面查看。表妹红旗也下车,和开手扶机的商量,让他开到路边田地里去。开手扶机的抱怨说,灯光太刺眼,看不见路。我赶紧回去把车灯关掉,他把车挪到一边,我们的车擦着玉米秆勉强侧过。

母亲一路不禁叹着气,说:"五七要趁早的,太阳似出未出的当口,你小舅就会迎着太阳走过,看一眼亲人就能放心走了。"母亲又道:"你小舅的确能放心走了,几个子女都安排妥当,都有自己事业,都买了房子,孙子也抱上了,你小舅母也有了养老的房子,就等享福了,还有什么不放心的呢?"

父亲则担心去得太早,就怕墓园门没开就麻烦了。

乡村的路多少有点随意性,左拐右绕,羊肠一般。又侧过几辆拉玉米秆的手扶机,天已放亮,蔡圩墓园似乎不太远了,但还看不到。

父亲说:"前面小桥左拐,一会儿就到了。"

偏巧一辆电动三轮车挨在桥侧,挡了小半个道,车拐不过去。父亲暴躁脾气又犯了,摇下车窗,大声冲着正在地里薅草的车主训斥。那人闻声过来,也不作声,也不做事,就在那里木木地站着。还是后车的红旗下来,把三轮车推到一旁。

我们终于赶在日出前来到墓园门口。担心是多余的,园门大开着。园内雾色沉沉,阒寂无人,鸟雀喧嚣。

小舅的墓碑已竖立起来,但照片还没贴上。我摆好祭品,点燃草纸。母亲已号啕大哭起来,哭得那么声泪俱下!母亲是内敛的传统女性,哭得如此毫无掩饰,我还是头一次见到。毕竟这是她的亲弟弟,只相差几岁,姐弟俩从小就感情深厚,如今小舅早早离去,作为姐姐怎能不悲痛欲绝!小舅母的哭声尤其歇斯底里,张着大嘴,却是把心翻出来在那滴血!小舅爱说爱笑,小舅母也爱说爱笑,到哪都是乐乐呵呵,一唱一和,夫唱妇随,形影不离,而现在突然失去一半,另一半又如何再能乐起来呢!前段时间八月半,舅母是在红旗家过的,红旗作为长姐,把弟弟妹妹都召集过来团圆,把小舅的一双筷子也摆上了。据说这顿团圆饭,是一家人趴在桌子上哭了一顿饭,没有一个人动一口菜!

火越烧越旺,小舅母拿出小舅生前的二胡谱子,一页一页撕着放到火苗上。红旗用手机播放着小舅遗留的二胡曲子。每个人都泣不成声。小舅,愿你在天堂安好,继续拉你心爱的二胡吧!

父亲突然说:"太阳出来了!"

大家都抬起头,东望去,冷冷清清,太阳在荒草丛中探出半张冷红的脸。除了一棵树和一个大铁架的投影,其他什么也没有。直到整个太阳升起来,依然什么也没看到。

小舅真的没有向着太阳从我们身边走过!或许已悄然走过了。

(2018年10月5日)

家在九庄头

李道银　丁　村

只能说她是一座奇特的村庄,深处泗洪西南岗绿莽丛中,居于三乡交界之地,东与魏营镇军李庄炊烟可望,北与车门乡岗朱庄田埂相接,犬吠三乡不说,公鸡振翅一飞便已越出了上塘地界。

然而更奇特的还是她的名字:"九庄头"。一座其貌不扬、小小的村庄,却以"九庄"冠之,怎么说也有点"张扬"之嫌。其实说起"九庄头"的由来还有一段故事呢。相传明朝开国皇帝朱元璋定都南京，派军师刘伯温沿着南京向北查看风水，一路风餐露宿，从南京到淮河北岸刚好数到九个岗岭。刘伯温便停下脚步，并把这里命名为九岗头，后来因谐音的缘故，被人们称为九庄头了。

原来，刘伯温早已看出这是一道龙脉，九庄头便是这龙脉之首。刘伯温盘亘多日，终于找准七寸，为朱元璋剔除了江山易主的隐忧，确保了大明王朝的绵绵瓜瓞。九庄头的村北约二百米处，原留存有一条长约二三百米的自然大堤。庄上年龄稍长的村民，儿时经常去那里割草、挖野菜。大堤中间有一道笔直的缺口，如刀削斧劈一般，足有四五丈高。据传这便是当年刘伯温斩断龙脉的地方。大堤一直到二十世纪七十年代还是完好的，但后来扒河治水，南堤被毁坏，北堤至今仍在。

相传大堤上曾有座小桥，号称："三步两桥，五马投塘。""三步两桥"，记载的地方不少，南京有之，甪直有之，寿县有之，不远的双沟也有这样的传说。"三步两桥"，究竟是走三步跨两桥，还是走三步望两桥，不得而知。总之，多少有些富庶繁荣、人流拥趸之意。至于"五马投塘"，更不知何意。河南长篇大鼓书有《四马投唐》，《资治通鉴》的记载里面却又是秦王李世民东征洛阳，程咬金、秦琼、罗士信三人突然阵前反戈，策马投入了李世民阵营的"三马投唐"。或"塘"便是"唐"，邻里军李庄传说始祖为一位唐朝的军官，不知可有关联。另与北首的马塘村也不知可有千丝万缕的联系。

"三步两桥"也好，"五马投塘"也罢，这桥的确是风光了很多时日，那时商客多以驴马驮私盐，此桥贯通南北，是客旅必经的咽喉之地。太过繁华，必有人惦记。一邓姓财主瞅准商机，在桥边定居下来，一边搜刮过往商贾，一边鱼肉乡里，最可恨的是，他还在九庄头边上打起响场（即把地挖空棚上木板，木板上钉上铃铛，用牲口拉着石磙在上面转）。那时九庄头穷得叮当响，当然不怕这种恶毒的魔咒，倒是响场惊动了北京紫禁城（有点玄乎），皇上派人追查下来，邓财主闻讯，畏罪投井身亡。

其实，说起九庄头，村头那两棵橡树才是它最奇特之处。橡树并非土著，莫说西南岗，估计就是整个泗洪县也难寻出几棵来。提到橡树，就不能不提到九庄头辛酸的往事。

九庄头隶属泗洪县上塘镇,姓氏以李居多,据传祖上为车门乡大李圩迁徙而来。全村最鼎盛时户不过二百,人口不过六七百,世代务农,矗矗穆穆,勤勤恳恳,但因西南岗土质刚硬贫瘠,缺少雨水滋润,收成只能靠老天赏脸吃饭,加之国事蜩螗,战火不熄,民不聊生,尤其西南岗更是如此,较长一段时间内都未能完全摆脱贫穷的帽子。"九庄头穷又穷,拾草挖菜一条龙。"这首儿歌便是当年九庄头生活最真实的写照。

大约一个世纪前的一天,九庄头的一对夫妇用锄头在门前的菜园边吭哧吭哧地刨了四个坑,然后十分虔诚地从怀里掏出一个小布包来,打开,里面赫然出现四粒浑圆的树种。这树种是他们在外地逃荒时捡来的,由于从没见过这样奇怪的树种,加之溜圆好看,夫妇俩决定回乡的时候也种几棵。可惜,西南岗土地贫瘠,干旱少雨,四粒种子只有一粒破土而出。

橡树在夫妻俩的宥护下,眼见似的粗壮起来,渐分生出三枝两杈,蔚然成荫。然而一场突如其来的台风,将刚刚成年的橡树拦腰折断,也击垮了他们唯一的希望。没想到,翌年春,已经被男主人锯成树墩的橡树根处,抽出新蘖,涅槃重生了。日复一日年复一年,这棵历经磨难的橡树,终于枝叶繁茂,翳天蔽日。后来,它落下的种子在旁边又发了一棵树,一大一小一老一少两棵树比邻而立,枝相握,根交错,终日厮守,风雨相伴。

蹉跎岁月,在政策的春风里,富裕起来的九庄头人逐渐搬离旧居,住进了宽敞的商品房里。只有双橡树风采依旧,依然默默守护着九庄头往昔的美丽安宁。

是啊,双橡树见证了九庄头的苦难、贫穷、奋发、富裕,也印证了他们的乡情、亲情、友爱、幸福。如今的双橡树已不再是原来主人李家专有,已然成为九庄头的乡愁树。她们是整个九庄头的象征,甚至是整个西南岗上的神树、福树。人们远道而来,在树上系上一条红丝带,是为思乡,更是为祈愿能带来好运。

远远地,双橡树站在那里,有树就有家,无论你远在天涯海角,只需回望一眼,就会深情道:哦,我的家,就在九庄头啊!

(2022 年 9 月 18 日)

大洪山和小洪山

西南岗凝固的波涛，涌至淮河边上，已达到乐章的高潮部分，那岗就有了些山的意味，改换作山名了。这山指的便是大洪山和小洪山。

小洪山状如一截城墙，大洪山形似一个馒头。两座山一南一北，互为手足，相濡以沫，唇齿相依。

认识这两座山，源于儿时从母亲那里听来的故事。母亲姊妹仨，两个姐姐都比她长不少年岁，大姐近嫁九庄头，而二姐稍远些，正嫁在洪山脚下一个叫作王套的村庄。母亲年幼时常去看望家姐。母亲说那时洪山上正办炼钢厂，一夜半，大洪山上突然火光冲天，整个山头亮如白昼。全村人悉数惊醒，但没人敢出门，都透过窗户往山上看。只见山头上，两只金马驹通身闪着金光，打圈地跑，最终还是被人给收走了。

母亲的故事似乎是三人成虎的谬传，但至少可以证明两点：一是大小洪山一直流传着关于金马驹的传说；二是山上的确炼过钢。后来我专门到山上游玩过，印证了这一点：小洪山上有片地方多呈赤红，有散落的褐色石头，圆形，易碎，空心，似乎都与当年的大炼钢有千丝万缕的联系。

去洪山游玩其实是为"老山根"的。王套的姨哥说浮夸风时期用炸药开山，炸出许多石头。只是这石头太特别，土黄的颜色，看着像一截木头，却又比一般石头还要坚实。大家都以为是把洪山的根给挖出来了，便都称作"老山根"。又因其长长方方，无须雕琢便是现成的建筑材料，纷纷搬回家盖了房子垒了猪圈。后有人到村里高价回收，才知是远古树木化石，便又纷纷从墙上抠下，卖给了石头贩子。既为古木化石，定是有一段远古的故事，难解的情缘，或与双沟醉猿、下草湾人，以及不远的松林庄的遗迹有某种不可分割的关联。我便心动，想去一探究竟，好在工作单位距洪山并不是特别的远，趁着早春三月，备好吃喝，骑上自行车向洪山进发。

先到小洪山，山上卵石遍布，多被人收集堆起，想必是有些用的。一条简易公路跨山而过，削了些高度，两侧裸露出山的真本，只见剖面上大大小小鹅卵石层层堆叠，并呈穹隆状隆起，看去有些震撼，似在悄悄倾诉一段沧海桑田的过往。但这里没有我所要的"老山根"，于是我继续向大洪山前行。

草长莺飞之时，山上麦野乌青，田埂野花初绽，加之一些小雀啁啾着时而贴着头顶飞过，很有些幽寂的韵味。说是山，也确有些山的感觉了，虽山道漫漫波澜不惊，但两侧坎梁纵横，翻过一道便失去了另一片天空。我在田头埂畔搜寻，荆棘乱草中时有所获，拣了几块木化石，小者如拳头，大者若铧犁，又拣几块品相尚好的其他石头，一并塞进口袋，几乎已提不动。我休息一会，喝点水，回想一下刚才所见那物，明明是一只壁虎，偏逃得飞快，把沙土扒得啪啪四溅，转眼就不见影踪，莫不是传说中的"马郎蛇"吧？

太阳已到头顶，确有些累了，我摸出零食吃了些，又拿出塑料布铺着，躺在路边假寐。太阳似乎有些懒散，照得人倦意阑珊，却难以睡实。半山腰有户人家，离着也就几百米的样子，一个中年人走过来，向我询问道："你看到有人拖走几袋粮食没？"我迷迷糊糊当然是答不知。他边退走边嘀咕道："几袋粮食怎么就没了呢？"后来我才意识到他家是遭盗了，好在他是个憨厚的人，并没拿我当作同伙，不然我的洪山行定会多出一出意外的剧本来。

休息过，又转悠一会儿，巧遇一老者来看麦。他见我问道："要'老山根'？"我问"怎么卖？""玉米的价格。"他答道。他家就在山脚的村庄里，看着很近，却走了三四里的路程。一路上他和我说起金马驹的传说。说以前的大小洪山不像现在这样光秃秃，而是古木参天，丛莽连绵，溪谷跌宕，蓊郁迷离。有一人过山去赶集，在山里就走迷了，误入一谷，谷中有一山洞，他惊奇，入内一探究竟，只见两只金马驹正拉着一盘金磨在磨金豆子，便仗着胆子趁金马驹不备，偷抓一把跑了出来。回来后起了贪念，想多抓些金豆子，等他顺原路再去，哪里还有洞口，早迷失了。从此再没人见过这山洞，倒是时闻两只金马驹在两山之间撒欢地跑，只是白驹过隙，电光火石，就是惊鸿一瞥，也算是人生的福气了。故事讲完，就到他家了，房前屋后果然凌乱扔着些木化石，都比我所拣大得多，但皆是通身土黄，没有中意者，最重要的是囊中羞涩，没带一个子儿，看一回仍旧回山，踏着暮色打道回府。过小洪山，山下十字路口，有一院落，草屋土院，满院堆叠着木化石，虽也土黄，但个个体形硕大,最高者几近两米,粗需两人合抱,尽显古森林之奢华阔绰,只是柴门紧闭不见主人。后再去,依然柴门紧闭,从不见有人来过,显得荒凉而诡秘。

第二次到洪山的时候,小洪山开始修建火葬场,等修好,我再不去了。大小洪山固然是好,但一旁那烟囱突突地冒着黑烟,或还暗藏着些孤魂野鬼,想想委实不舒服,还是算了吧。

(2018年5月27日)

大湖涛声

来到洪泽湖边,正值东风肆虐,只见湖面一派苍茫,怒潮澎湃,一浪接一浪拍打着堤岸,发出振聋发聩的喧哗声。

我站在堤岸上,身体有点趔趄,时刻担心被风卷走。虽是仲春,却明显体会到一种深秋的肃杀之气。不能不承认,我是被大湖的气魄震慑住了。我从未见过如此恢宏壮观的场面,前几年在连云港看到的海,也没有这样壮怀激烈的阵势。

"东临碣石,以观沧海。水何澹澹,山岛竦峙。树木丛生,百草丰茂。秋风萧瑟,洪波涌起……"

此时,此情,此景,用曹操《观沧海》这首诗来描述再合适不过。

这就是我们的母亲湖,一个充满苦难的湖,无数次在梦中期盼过的圣湖。我从小就是听着母亲讲《水漫泗州》的故事长大的。为什么要淹泗州城倒是忘了,只记得水母娘娘挑着一担水,在泗洲城里吆喝,扬言三天内要是没人把桶内水买光,就把泗州城给淹了。凡人当然都识不出她的两桶内装的可是五湖四海的水,全都当玩笑,笑说城里来了个疯婆子,全不知一场灭顶之灾就要降临。只有张果老识破了水母娘娘的机关,化作普通老者买她的水饮驴,那驴自然也是神物,一转眼把两桶水喝得见了底。水母娘娘眼见五湖四海的水就剩几滴,心头一惊,一把夺过水桶说不卖了不卖了,随手将仅剩的几滴水往地上一倒,顿时白浪滔天,千年古城转眼被洪水淹没,消失得无影无踪。然而水母娘娘也没有好结果,张果老没能救下城中的黎民百姓,异常恼恨,要拿住水母娘娘。水母娘娘不是敌手,只能逃,逃来逃去,却因贪吃,被化成店家的果老仙将面条变作铁索锁住心,丢进一幽暗的深井里永世再不得出来。母亲说泗州城每六十年都会重现一次,立在湖面上,城还是原来的城,街市还是原来的街市,人还是原来的人,或行或立或担或卖,却全都一动不动,保持着原本的姿势,睡着一般。

传说并非完全妄撰,真正的洪泽湖的形成,也确是一段民不聊生的悲情史实。黄河多次夺淮,淮河泛滥成灾,封建王朝统治者却腐朽无能,一直无法根治水患顽疾。清朝康熙十八年(1679年),据说连降七七四十九天暴雨,至冬十月,大水终于冲开城外石堤,涌入城中,人们四散逃命。次年,泗州城彻底沉没,再没有浮上来。大湖最终形成今天的规模。只可惜了泗州那美轮美奂的"泗州十景",再无缘向众生展现;被南霁云怒射的浮屠塔,再无法凭吊那颗慷慨赴死的侠肝忠胆。

三百年过去,泗州城依旧沉睡在大湖深处。大湖滋润着湖边的万物生灵,同时也成了匪霸猖獗的天堂。它既给了人民以甜蜜的馈赠,又给了历史更多的苦涩记忆。站在大堤上,我不禁感慨万千。三百年了,洪泽湖风吹浪打去多少云烟往事!祖父带着全家逃荒的红草湖,到底在大湖的哪一隅?那么多难民涌来,结草为舍,就靠着挖藕采菱养家糊口。人群中是否还有陶滩武工队?军民一道,究竟是怎样和前来搜查的敌顽斗智斗勇的?那一天,侦察员张德福他们究竟是在湖边哪一处草庵被包围的?敌骑紧追,张国贞跑得口吐白沫,眼看前面就是大湖芦苇荡,到底是哪一个地主唆使长工用锄头将他钩倒,让英雄饮恨终身?

哦,那一天,晓日东升,旌旗猎猎,你看那大湖上,千帆竞发,军民同心,乘风破浪,奋勇向前,霎时间,炮卷巨浪,枪如暴雨,一举剿清湖上百年匪患。剿匪战役总指挥张爱萍将军意气风发,即兴赋诗一首《平定洪泽湖》:

> 洪泽水怪乱水天,奋举龙泉捣龙潭。
>
> 红旗漫展万众勇,白帆云扬千樯舷。
>
> 塞江倒海斩妖孽,长风劈浪扫敌顽。

岁月留痕

旸乌红天炀红泊,渔歌满湖鱼满船。

俱往矣！唯有涛声阵阵,似述说着如烟的往事。湖边柳畔花丛间的大王庄,原新四军四师师部旧址中,或还可寻出些峥嵘岁月的印迹。

大约自二十世纪八十年代开始,沿湖群众靠湖吃湖,不断围湖养殖。洪泽湖日渐萎缩,失去往日的真容。近年来,政府出台"退渔还湖"政策,千疮百孔的湖滨,即将恢复原貌,大湖野生物种也将得到休养生息。待来年,洪泽湖必将别样的繁荣！

风更猛烈,波涛如怒,撞击着堤岸,发出骇人的狂啸。不远处的船上人家,此时正在风浪中颠簸着,船边的禽舍中,一只鹅对着风浪无奈地引颈啼叫。湖上,一叶小舟,那对年老的夫妇竟然还在下着丝网,只见男的蹲在船头作业,女的于船尾迎浪棹船。小船随浪头沉浮辗转,如一枚落叶,似乎时刻都有被吞没的危险。再看两位老人,却始终淡定从容,一副见怪不怪的自若。突然,我明白了,这不就是生活吗？大湖是他们的家园,在家园中,就是有再大的风暴又有什么好害怕的呢？

是的,既然选择大湖的浩荡,风浪也必将成为生活的一部分。不是吗？

(原载于2017年3月《宿迁日报》副刊《大湖漫笔》)

风筝误

这种感觉非常奇妙,是在某一瞬间,我突然发觉春天是真的到来了。不是在昨天,也不是在明天,恰是这样一个伴着些微凉的早晨,那丛柳不知怎么就绿了,而它身边的梨树不知怎么也就摇落了一身雪白。

为什么,这看似普通的夜晚,那柳会突然醒来,而那满树梨花也会如此灿烂呢？一切都毫无征兆,但它还是扎扎实实地来了。

我们约好去春游,到河边的一座村子上,那是一位同事的村子。他向我们介绍说,那里很美,有一条河。我们下了车,就奔那条河而去,河风一阵阵吹过来,清爽爽的。

杏花已经开败,油菜花还开着,有一股浓艳的香息。河滩上全是麦子,正要抽穗。而田间小路上则长满野草花,带着点荒芜的野性。不远处,有几户春种的人家,不知在种什么。

浓烈的乡土味,差点把我击倒,心房好像被谁撞击了一下,赶紧急走几步,迎着河风大口吮吸起来,我甚至吮吸到了河水的味道、麦子的味道,还有青草涩涩的味道。

大伙都有些兴奋,但最兴奋的还是我们的朋友C,她早已高举着风筝一马当先冲上了那条长满野草花的小路,风筝在头顶一颠一颠,她也好像在麦丛中一跳一跳,像一只正在逃跑的小兔子。

你无法想象当时的情形,一切美极了,包括正在风中奔跑的她。我不知怎么想起了那个上古美女罗敷姑娘,历史曾如此相似。我们都张大嘴巴,发出一阵惊叹。那几户种地人家,撒种的妇人忘了撒种,耕地的老牛忘了耕地,而耕地的人,牛鞭已掉落地上。更可笑的是那位开拖拉机的农人,已经拐进了田头的水坑,自己竟浑然不觉,仍然向她奔跑的方向眼都不眨地望着……

如果我是画家,我定会把这一幕画下来,因为她还不知道,自己在风里奔跑的样子有多么美,那时的空气中都充满了快活的味道。

风筝忽然跌入麦丛,她停下来,有些异样。一位老妇人向她走去。我们也奔过去,看个究竟。

"狗!狗!"C低声而仓促说道,有些花容失色。一条狗在她脚边兴奋地跳着。它要和她一起奔跑。除了她,我们都笑了,笑得非常放肆。

我们跨过一道水沟,走过几片盛开的油菜花,去寻船家买几条鱼。回来时,远远望见,风筝已升上天空,像一只硕大的蝴蝶。

我说风筝怎么就飞上去了呢。C说不知道,反正它就这么上去了。

也许正是这样,该来的总会来,就像这春天,不经意间,它已经到了。

(2006年6月18日)

【注】 这篇或该叫作《马滩春游》的,当年同事兼室友沈强,家居四河里雪二村(又称马滩),紧挨雪枫堤,过雪枫堤便是淮河支流——窑河,环境幽

美,蔬果诱人。一日提议春游,众友人欣然前往。于是夜半起身,商讨菜谱。清晨采购食材后,大厂、程果儿及男朋友小刘等五六家十余人,各有骑乘,过大桥沿窑河直向小强家乡扑去……其实这是当时作为记事的日记,写实中略带些夸张调侃意味。后感觉文中有不足之处,为保证原文完整性,故未做改动。

鸟客

我的窗四季是不关的,想关也关不上,窗棂全叫葡萄藤侵占去,盘曲缠绕,遒突成苍老的一坨,到春天便伸进白嫩嫩的一支,如孩提般的手,招呀招的。

葡萄藤茎上的叶片,自然见风似的长,转瞬便绿透窗台。我的小屋于是躲藏进荫翳,枕着绿色的清风,整日似睡非睡,似眠非眠。待那些浮影似的小花落去,青涩的葡萄日益饱满,最终成熟成这里的一丛那里的一堆,带着诱人的即将腐去的气息。

但我不喜葡萄,小且又酸涩,只摘两枚作试探,然后呸地吐在地上,再不去理睬。这些葡萄便疯成了野物,我既不去施药,也不去驱虫,任随它们自生自灭,腐化凋零,碾落成泥。

鸟儿自然能探得讯息,便成群结队飞来赴宴,于是鸟影叶影葳蕤翕动,热闹着院中的寂静。这些鸟儿中当然离不开戴着白色帽子的白头翁,它们的浅吟低唱,给诗意的绿中平添了清悦的音符。

我颇感欣慰,这些鸟客的到来,让我孤寂的生活闪烁出欢愉的浪花。它们近在咫尺,伸手可及,但我们又身处两片完全不相干的世界,它们是它们,我是我,一扇仿佛虚设的窗户,把彼此隔断成相近又遥远的活的风景。

我还是要感谢它们。其实也无须再感谢,我已为它们付出过,也许正是我的真诚,才让这些鸟客纷至沓来。我已把它们当作朋友,它们也该不见外了吧。

那白头翁的一家,嘈嘈嚷嚷,打打闹闹,热闹而又快乐。我常立在窗里,饶有兴趣地看着它们,看小鸟对老鸟撒娇淘气,看老鸟对小鸟悉心照料。

那该是欲雨的天气吧,遮蔽在绿荫中的屋子天黑的更早。我拉亮电灯,在淡白的灯影里静坐。

突然一阵林暗惊风,一只鸟呼地由叶丛冲进屋内。我不由心生惊喜,有客来应以礼相待。然而,这鸟客黄喙小雀,显然未谙世俗,四处飞撞,甚无礼貌。看来窗内窗外真是两重天下,尽管只是一窗距离,它却已是惊恐万状,如入地狱一般。

我的热情顿消,只希望它安生点,能原处飞回,再回自己的安乐窝去。但它紧张过度,显然忘了来路,只是一味蛮干,甚至还要破墙而出。对于这只愚蠢的鸟儿,我再不能袖手旁观,于是我走上前,准备将其捉住,送到窗外去。一场人鸟大战就这么开演了,一通鸟飞人跳,到处乒乓乱响,有几次我差点就抓住它的尾巴,但又让它逃脱,换来的是新一轮更疯狂的突围演练。我折腾得浑身是汗,突然意识到这是比鸟还蠢笨的行为,也许鸟还没捉住,它已经自残而亡了。

我站定,对着仍在飞蹿的它大声道:"鸟,你给我听着,那边就是窗外,你给我看清,我希望你现在就给我飞出去,再不要给我添乱!"

它依然拼命四处飞撞,却唯独忽略窗口的方向。

我不禁被自己引笑了。我这智商!这鸟要是能听懂人话,也该叫作"鸟人"了。我于是变换策略,趁它蹲在晾绳上喘息的当儿,拼命打手语,示意可飞出的方向。但它并不曾看我一眼,又一门心思扑腾而去。我彻底失败,人鸟之间,真的无法沟通!其实还是怪我的愚,你想想看,鸟若是能看懂我的手势,那还是鸟吗?

我终于绝望,再没其他招数,只得趁它又一次停歇在晾绳时,啪地将灯熄灭。黑暗中,这位不受欢迎的鸟客,最终停止了愚蠢的冒险,安静下来。

夜真是漫长,但黎明终究会来临。当天边露出一抹曙色,它的亲人们——老鸟带着一群小鸟又回来了。也许它是来寻找遗失的孩子的,也许它压根就不清楚有个孩子走失,它只是带着其他孩子吃早餐来了。但这已足够。

屋里的小雀"呀"的一声,纵身飞出,葡萄深处立即传来一阵欢快的喧器。我再未听过如此欣喜的鸟声,带着九死一生重获自由的兴奋,它"呀呀呀"地向伙伴讲述着自己一夜离奇的遭遇。也许它的伙伴听懂了,也许并没有听懂,但窗内的我是扎扎实实听懂了。

因为一场错误的邂逅,让我突然读懂了每一个生命对自由的渴求。

(约 2003 年,双沟桃园九巷记)

蜡梅

到医院看望一位病人,忽见住院部楼底的小小花圃里,几株蜡梅正迎着寒风怒放着。

我心中突然生出一种久违的温暖来。不见蜡梅已经很久了。

蜡梅本非此地品种,只限机关单位偶有种植,故并不多见。认识蜡梅花,还是在淮安上学的时候。那时,我们班教室边上就有这样几株,到了冬寒,百花迹已绝,连菊花也开败了,它却轰轰烈烈地盛开了。若在春日里,这样的花实在普通,甚至有些拿不出手的,但它却偏生在冷门时节,一花独尊,便显娇妍了,又因立根冻壤,敢于抗霜溯雪,便更显出几分铮铮傲骨来。

蜡梅花,别称黄梅花、铁筷子花、雪里花、巴豆花、蜡花等,属蜡梅科植物。李时珍《本草纲目》解释:"蜡梅,释名黄梅花,此物非梅类,因其与梅同时,香又相近,色似蜜蜡,故得此名。花:辛,温,无毒。解暑生津。"

李时珍注解得极是,蜡梅花不甚大,看去有些肥厚,黄黄的,确实如蜜蜡一般。

蜡梅花性喜阳光,亦稍耐阴耐旱,却忌惮水涝;能耐寒,却又畏风。我们教室旁那几株蜡梅,有的葳蕤热烈,有的却疏疏朗朗,想必是置于风口,常被暗风作梗的缘故。

我们做课间操时都面对着那几株蜡梅,邻班班主任是一个美女,正值芳龄,妙曼多姿,每天都在蜡梅树下看大家做操。我们的武术老师,身材挺拔,刚刚大学毕业,对该女士便有了君子好逑之美意,时而有意无意上前搭讪。但他却偏有些木讷腼腆,不善言辞,而她总一副爱理不理的样子,便让他愈加局促。见这情形,我们都有点幸灾乐祸,又暗里为他着急,一次趁着集合便冲他们起哄起来,巴掌声、叫喊声、口哨声连连。见状,她便几分害羞,几分矜持,几分怪嗔,头一低,径自走了。他也红了脸,跟在后头走了。两人身影越拉越近,最后交织在一起。

现在偶尔还会想起这位武术老师来,也不知他和这位美女老师最后成了没有,要是成了,估计现在孙子都能打酱油了吧。

(2017 年 12 月 30 日)

八里岔八章

其一　风吹麦浪

风吹过,楼下的麦野形成一波又一波烟绿的麦浪,煞是好看。如果雾天,偶尔会见风驱着雾气,转过楼角,消散进绿荫深处。

楼前的园子里永远葱葱茏茏,那些常青灌木,连雪天也不减绿色。于是那里便成了几只寒鸦绝好的过冬胜境,每天黄昏必要"呀呀"飞来,钻进树丛不见了。荒草中有两只白鹤,是雕塑出来的,还有三只长颈鹿,也是雕塑出来的。野草长得疯狂,把路径都遮没住,我们便不常进入,任由它们疯狂去。楼边还有一株合欢树,现在依然沉睡在冬的怀抱里,没有醒来。这是一种很有意思的树,慵慵懒懒的样子,时常羞答答地将叶片收拢起来,似乎很有点害羞。然而它的花却别样的好看,线绒扎出的一般,远远望去,如同一片淡彩的云朵。树上常飞落一些鸟儿,野鸽、斑鸠、乌鸦都是成双成对的,唯有棕背伯劳独来独往,站在高枝上一通"嘎嘎"乱叫,然后飞走。

我满足于现在的居所,如同乡间的别墅,前面是私家花园,隔壁有十里桃花,与自然亲近,远离尘嚣。

我们的厨房足够大，整整三间房子，在里面打打羽毛球绰绰有余。但乡间风太多，时有大风之夜难以入睡，那风肆意叫嚣，门窗"哐哐"作响，仿佛连整个楼房都在摇晃。

到楼底提水是不成问题的。难的是夏夜蚊虫太多，无法忍受。刚入住时，天气尚不太热，便没有挂蚊帐，没想到了晚上，儿子脸上竟被叮出几个大包来。而到了三伏天，虫子就尤其难以防范了。一天刚打开电灯，忽见一大群黑甲壳虫从四面八方向门里涌来，我拿起扫帚试图把它们驱扫出去，扫着扫着，不禁汗毛竖立起来，那虫子越集越多，如潮水般拼命向屋里渗透，结果顾此失彼，扫帚已失去了意义。这情景如同科幻片中的人虫大战一样，虫子永无止境，黑压压地向着光明拥去……迫不得已，最后把所有的灯火全部熄灭，那些甲壳虫们方才渐渐散去。

春光明媚的早晨，一切都可以忘记的。睁开眼睛，听窗外合欢树上，两只布谷鸟"咕咕""咕咕"地合唱，于是感觉世界是如此安寂，如此恬淡，如此美好，心情便随之安逸起来。

其二　梦境之外

雾失楼台，一场旷世之梦。

那空结泪珠的蛛网，粘不住一颗清脆的鸟鸣。

梦境之外，鸟鸣绽开欲飞的花朵，似泉水叮当，似古磬清音，似一支短笛在奏响。

空气中弥漫着新雨的味道，还有麦草青涩的芬芳，新叶片探出的清凉。

太阳如一盏淡黄的灯，静泊在天外。

那原野野雉的高啼，那绿茵中伯劳的狂啸，那院中洗衣人的轻语。

四月的清晨，迷雾中，一切如此沉寂迷人。

蜗牛爬上高高的草尖，还是没把世界看清。

其三　清晨

阳光铺在淡白的麦芒上，犹如一片静湖。烟生寒水。

鸟鸣，氤氲成细碎的浪花，一颗颗，晶莹，清脆。

燕子掠过湖面，没有惊起一圈波晕。四周绿树环抱。

也没有风。

静静的，静静的。

微凉的清晨,苦楝树刚从梦中醒来。

其四　静夜

月明星稀。柔光如水般泄下。

一片蛙声。一片虫吟。一片夜色朦胧。

何来的一抹香息?是菜花?还是野花草?悄然无声地流动。

一个人伫立在清凉的夜色中。

麦花深处,凤目香正缠绵着一场青涩的爱情。

其五　柳絮飘飞

柳絮飘飞时节,菜花依旧黄得可爱。菜花香里,蚕豆花儿像一只只带着黑斑纹的彩蝶,陶醉了。连那些葱也凑热闹,顶着一个个小彩球,给谁看呢?

两只蝴蝶,一只白的,一只黑的,它们厌倦了菜园的生活,追逐着飞向麦野深处。麦子竟然抽穗了,散发着一种青涩的香息。

麦地边一排大叶杨,新绿的荫翳中,一群鸟儿在快乐地唱歌。

这是最好的时节,有新绿的树荫,有无边的清风。于是白头翁的婉转,蜡嘴的清越,黄鹂的温情,都从叶隙中流淌出来,如泉水叮咚,沁人心脾。

晌午的太阳如此温暖,我站在正要发芽的合欢树下,就要睡着了。

但清风里的鸟鸣,真的非常好听。

其六　麦浪

没有比这更曼妙的浪潮了。

"沙沙"的潮声中,深绿的略闪着银辉的潮水,一波又一波,联翩着向远方荡漾。

风大了,墨绿的海洋,在"沙沙"的歌声中,尽情狂舞。

你若看到这沉醉的欢舞,一定心旷神怡,难以自禁。这忘情的欢乐啊!痛苦中忘我的陶醉!醉倒在无情风中的欢乐!

天暗了,我枕着涛声睡去。

其七　春天的菜园

麦收时节,我们的菜园也收获了。荒废多年的黄泥地,长出的大蒜头竟然个个硕大,饱满如鼓槌,看着也觉欣喜。我感觉应是屎尿的功劳,夜间的小便,儿子屙的屎,都舍不得抛弃,全掺了水,泼洒进这小小的园地里。

想想当初开垦这片荒蛮之地,下了无数次的决心,方才握了镰刀、锄头和铁叉一路披荆斩棘，开疆拓土。然而开辟新园的确是辛苦的事，一般的野草倒还好对付，镰刀一扫便倒，但那些野蒿却绝非等闲，刀枪不入，只得赤裸着手，使出吃奶劲儿方才拔去。而后便是挖地，然而黄泥如胶，拥裹在叉股上使不得劲，只得时时停下，剔牙般将其一点点去除。尤其草根更令人生厌，缠在叉的上沿，拽都拽不掉。既然目标已定，又怎能轻易打退堂鼓呢？只得抖擞精神不惜体力，拿出愚公的劲儿咬着牙坚持，挖地时连儿子也要站在叉柄上晃两下，以示不罢休的决心。待手上磨出两个亮亮的水泡，菜园终于初见雏形。

接下来就是栽种，我虽然是农村出身，但毕竟没种过园，什么都不懂。种什么，什么时候种，全凭邻居老汤一家提示，而且种源也多是他们一家无偿赠送的。说排葱我们便排葱，说栽蒜我们便栽蒜，说点蚕豆我们便又点蚕豆……当然我都是敷衍，至于葱蒜，我是趁着下雨，把它们硬生生按在黄泥上，疑心活不了的，没想到，长得倒挺旺盛。而那些豆子，我也是全没当回事，仅是锄头刨了个坑，豆子一丢，再盖上点土，行了。豆子有没有进坑我不过问，有没有盖上土我也不去管它，任由它们自力更生去。点完之后，倒是孩子颇为在意，隔三岔五要去探视一番，终于一次回来惊喜地嚷道："活了！它们都活了呢！"我赶过去看个究竟，看着满地的芽尖嫩瓣，回来便如过节般庆祝了一回。

于是，它们便在春天里疯长，先是绣出一朵朵黄嘟嘟的菜花来，然后蚕豆花儿也像紫蝶儿似的盛开了，甚至连那些青葱也不甘寂寞，头上顶起一个个不并惊艳的小绿球儿。只有大蒜还算本分，无声无息地抽薹拔节，不显山露水，却暗里经营着自己的小算盘。

菜花头摘吃了一遍又一遍，葱蒜的叶子也摘吃了一次又一次。菜花便落了，蚕豆花也落去。繁华散尽，一切重归寂静。但花落下的所在，就有另一种生命悄然孕育着。

终于到了麦熟时节，它们也一同成熟了。虽然园子不大，收成看着也不会太多，但毕竟是自己的劳动所赐，是该骄傲的事，总比只看着别人收获要强。

早晨，孩子去园里看一回，学着大人的样子说："地里的大蒜倒了，蚕豆也黑透了，该去收一收才行。"但他干不了多少，又嚷着累，其实也就起了几根大蒜，于是傍晚我再接替他清早的活儿，去薅那些长枯掉的蚕豆。

蚕豆长得的确不咋样,稞子矮瘦,散落于野草之中,东一棵西一棵,须仔细搜寻才行。我们没时间把那些蚕豆夹扯下,只得野蛮地一棵棵连根拔起,这样显得有些过分,且很费些力气。儿子赶过来帮忙,但他依旧分不清哪是豆子哪是草,等分清楚,力气又不济,只得拽几个豆子装在口袋里。最后自己也泄气了,说:"爸爸,我去找小个的拔。"

我说:"行,你去找小的拔去。"

没几分钟,他兴奋地大叫道:"爸爸,我帮你拔了根辣椒。"

我一抬头,顿时哭笑不得,刚刚给他指认过的辣椒苗,被他从根掐断,高高地举在手里呢。

其八　今夜

人生,能有多少个这样的夜晚?

彩云追月,月走云游。满天洁白而朦胧。

一大一小的两颗星隐去了,天空的神秘,尽被云朵隐藏去。

天,是就这样晴了呢。青蛙依然哇哇地聒噪,已快坠到地平线的太阳却在云隙放出光耀,白生生的清新;一轮圆月也便在东天隐现,浮在云端,信步闲庭。

洗浴罢,独立层楼。

蛙唱虫吟,交织成无边的夜曲;壮阔成海浪,潮落潮涨。

夜色朦胧。合欢花羞答答地盛开了。

远树渺渺,淡于薄烟之外。

有微风一遍遍吹过,吹来微凉的清爽。

何处水声,依旧浅浅地滴沥。

那些恼人的蚊虫,悄然漫上来了呢。

这初夏的夜。雨后。

将来,一定还会有相似的夜晚,但再不会是同一处景致,同一种心境!

(2015年6月30日)

【注】　至2015年7月1日搬迁回县城,在原双沟八里岔学校共居住一年许,择其间作品汇成八章,以作纪念。

钓鳖小记

甲鱼在桶里养一段日子,儿子看得厌了,嚷着要吃。他还没尝过王八的肉味。

甲鱼本地是多称"老鳖"的,诨名王八,多是骂人的,若大不高兴,还要带上个"蛋"字,变作"你个王八蛋"!无论名姓,甲鱼终究是水族翘楚,野生之地几乎踪迹难觅了。

然而小时乡间老鳖倒是很多,河沟里都有,有一年姐姐在门前小沟淘山芋,山芋上还爬了一只指甲大的鳖崽子。每年夏秋时节,比我稍年长的孩子到湖地里放牛,暮归时总免不了提着一串螃蟹,或用扒根草拴着一只老鳖。

父亲是个"鱼鹰子",1960年庄上人都饿得走不动的时候,靠他一个孩子逮鱼摸虾,全家才熬了过来。当然父亲引以为豪的,还是十六岁那年第一次罩鱼。那是三节地那块老红军墓旁的一个水塘,水塘只有屋身宽,腿长的几步能趟个来回。全庄十几口子罩鱼的全往别处罩去了,只有他还举着祖父编的又歪又小的笱一次次往下按着。他总感觉有点不对劲,水里好像有块奇怪的石头,似乎还会移动,罩到几次,总不在一个位置。当罩再次罩到这块大石头的时候,他留了心,使劲把笱往下刹了刹,但石块比罩口要大,根本刹不动,用脚一试,有点光滑,用手一扣,边缘肉乎乎的,原来是只巨大的老鳖!他一个人在水塘里掀了半天,才折腾到岸上,扛回去全家足足吃了三天。

那时候,家里总有许多网具,平日里网箣下在村西的小河里,想吃鱼便将箣倒置过来,甚是方便。我看瓜或是放牛,若在不远处时,常脱个精光凫到箣旁,看看到底是逮着了什么。有一次竟发现网里进了一只老鳖,有小碗口那么大,很是高兴,便取出高举着往岸上拿,眼看还有两步就到岸上,意想不到的事发生了,那鳖头忽地伸出,直奔手背,快捷如蛇。我心一惊,下意识一甩手,老鳖被我甩回河心消失了。要是被老鳖咬到可不得了,据大人说它是不会松口的,除非听到驴叫,而我们这里自古就不养驴,可以想象被鳖咬该是多么危险而尴尬的事:你到哪总不能手上永远提溜个王八吧?好在我并没有被它咬着,方圆团转也从未听过谁被鳖咬过。

夏季发大水时,父亲最喜欢的还是等鱼,一张竹竿撑开的网抵在腿上,只要有烟,他能在水里一动不动站上一天一夜。给他送饭的多是我,吃了饭,再把逮到的大鱼或是甲鱼连同饭碗一起带回去,并叮嘱不定期到他跟前查看,以防有意外之获。这当然都是经验之谈,只有送回家才最保险,就曾有一次我去迟了,一只几斤重的甲鱼从鱼篓里爬出来逃了。

那时甲鱼当然是多,且不值钱,吃的自然多,跟其他鱼虾一样,就这么烧着吃。有时太多吃不完,就养着,还能在缸里下出白生生鸟一样的蛋来。

父亲有个拜把子兄弟是渔民,我们都称他们为"māo"子的。父亲不少渔具就是从他那拿的,他有时赶集卖鱼也会顺便来家吃顿饭。有几次吃老鳖,他便道:"骨头别丢,给你做只老鹰。"我们便小心啃噬,都搜聚在一起。饭后洗净之后,他果真用鳖骨组装出一只"鹰"来。过程看起来相当烦琐,我学了几次竟也没学会,这大约是渔家饭后闲余之际于船头聊以解乏的休闲游戏吧。

但不知从何时开始,甲鱼渐渐看不到,也再逮不到了。这似乎是一个相当缓慢的过程,缓慢到你意识不到这个物种是什么时候开始远离我们视野的,当意识到的时候已经是相当遥远的多年以后。如果要探寻其间的原因,当然只能归罪于环境污染和捕捞过度,但我们不能谴责谁,因为尽管我们嘴上说着别人,却又无时不在暗里做着这些同样龌龊的勾当。

再次见到野生的甲鱼已是到去年的晚春,我和堂弟到一废弃的抽水站垂钓,鱼没钓到,倒是瞥见一只张牙舞爪的怪物伸着蛇颈顺着抽水管向上攀爬,见有人影又忽地缩回水底。我很是兴奋,便坐守着,结果一下午一无所获,而坐在另一侧的堂弟不声不响竟连着钓上两只。我心里当然是不平,回来连夜钻研钓鳖大法,然而书中所述只是大概,其抛竿钓法、拉坨钓法、震鳖法等诸钓法,皆不得要领,最后择其简要者以猪肝为饵,又去钓两次,终无所获,便只得作罢了。

没想到钓鳖的愿望却在这个春天意外实现了。这当然要算作一次意外。我是去夜钓的,当时大约晚上七点的光景,天色已经暗淡下来,一切准备就绪,只是浮漂露目太多,始终无法调好。也许是线组出了问题,我想。于是低头翻寻铅皮,准备挂在钩上找底,以验证浮漂的位置。当我寻到铅皮抬起头,浮漂却没了。再搜寻一遍,还是没有。一提竿,原来在水草里。我就纳闷,明明是在明水处的,怎么会进水草里去了呢?那么只有一种解释:被鱼拖进去的。我拖住劲,钩挂在草里,竿稍弯成一张弓。一分钟后,竿稍开始颤动了。哦,鱼还在。我不敢放松,双手握竿,紧绷着。过一会儿,也许是几分钟,也许十来分钟,草间的鱼儿终于撑不住,随着钓线向明水处缓缓滑过来。它不挣扎,但我却分明感觉到了分量,并不敢贸然提竿。这是狡猾的鲤鱼的惯用伎俩,我就曾上过它的当,以为手到擒来欲将提出水面时,它却一个翻身扎下深水,线便断了。我领着它,在席面大的明水处溜引,耗它的精力。这十分讲究,分寸要把握好,不能紧也不能松,太紧易断,太松易脱。尤其我的钩是小号,无倒刺袖钩,极易脱钩,若放太过,鱼再次钻入水草间,也许就前功尽弃了。我稳着竿,领着它走,它紧我便放,它松我便回带,让它始终用不上劲来。这样我们相互耗着,天色完全暗下来。我终于把它领到水面。借着对岸依稀的路灯,我看到鲤鱼身上竟套着一个黑色塑料袋,难怪使不出劲来。待到近处,哪里是塑料袋!蛇样的头在扭曲,四爪疯狂地扒拨着浮草,分明是一只甲鱼!近旁树丛中一位大约是在等约会,打了半天电话对方也没来,听到动静过来看个究竟,竟然比我还兴奋,赶紧拿过我的手电筒帮忙照亮。甲鱼并没有吃钩,而是挂在脖子上,大约是路过给碰上的。这倒霉的王八!

"好大的乌龟啊!"儿子当然高兴,但从未见过甲鱼,以致连名字也给说错了。这就是现在孩子的悲哀,我们那时虽清汤寡水的,但甲鱼还是有的吃。

我们把它暂养在大桶里,得空便观察,加以研究。甲鱼前后足有30厘米长,估计是不低于三斤。它的眼如鳄鱼,怄瞪着,嘴却如猪唇,最前端还长着肉质凸起,似乎也和猪般拱地之用。而巨盖隐藏下,后蹼共分五指,状似鹰钩,坚如钢铁,看之令人生畏。它自然不耐烦,夜夜于人静后,咔咔地抓着桶壁,试图出逃,吵得心烦。儿子最后也烦了,要杀了吃肉。

"老鳖是什么味道呢?"他很期待的样子。

杀老鳖当然不会,只好提到菜市去。卖鱼的两口子非常热情,一句话不说接过去就给剖了,分文不收,其间还怂恿我把甲鱼卖了,因为有一个顾客看中了。

甲鱼已经垂死,仰面朝天躺着不动,原本总是缩着的脖子伸得老长,再缩不回去。它压在下面鳄鱼一样的眼睛依然无力地翻白着。猪一样的嘴巴大张着喘息,我第一次看清它的牙齿,不似鳄鱼,也不似黑鱼,而是像牛马那样扁平。我想多数人是误解了它,它原不是凶残的杀戮者,而是像牛马一样温情的小兽,且有些害羞喜静。甲鱼的后肢让我想起恐龙,这简直就是恐龙的微缩版。它们原来就是和恐龙一样古老的生物。这只古老生物的后裔也许做梦都没想到,它会以这样的方式结束了自己的生命。

残害生灵是多么残忍的事,但为了口腹之欲,有时又不得不这么做。

(2016 年 4 月 29 日)

游过时光的河

"走,洗澡去啊。"一行人便趁着黄昏往庄外走去。

我们那里所说的洗澡,其实就是找个水沟一头扎下去,一番鱼游蛙走,待游尽兴方才周身打上香皂,再扎上两"猛子",甩甩头上水珠,爬上岸,趿着拖鞋快意而归。

当然,这要等到入夏才行,其他三个季节只能耐心等待。等到身上的灰垢积成"车轱辘",衣缝里的虮虱拥挤到无处容身时,清凉的夏天终于到来了。于是只一瞬间,那"黑车轱辘"没了,散作星星点点,成了小鱼们的美食。而那些头上的虮,身上的虱,也都一同置身于水深火热中,再不能兴风作浪。

其实我开始时只是旱鸭,只敢和三两个年纪相仿的伙伴,贴着沟边小心翼翼,爬行摸索,或坐在沟沿,羡慕地看着比我们大的孩子在深水里肆意折腾。尽管羡慕,但我们毕竟不敢仿效,只能按部就班,紧贴水边,像只田螺般，缓慢且笨拙地移动。但过分小心也未必安全，我和同伴小利一同滑入后拐沟的深坑里，世界便一片模糊，只感觉手在下意识乱招，嘴在咕咚咕咚灌水，其他什么也不知道了。然后就感觉身体轻飘起来，头发被一只手薅着，拖到了水边。原来是比我们大一些的将军救了我们，他不仅会水，而且水性真的不错。我和小利歪坐在浅水里，张着大嘴一直呕吐，把五脏六腑都要呕吐出来，现在还能记得那水的味道，一股泥腥味，叫人永生难忘。我们呆呆坐着，身体已被掏成空壳。日头白花花地照，我们如两只生瘟的鸡，垂头耷脑，翻着白眼。

溺水事件最终没有传到父母的耳朵里，我没有挨揍，依然可以到水里和牛一样泡汪去。也就在那一年，我终于也"会水"了。整个夏天，我们几个八九岁的孩子，都趴在稻田边的水沟里，练习双腿打水的绝技。那水刚好有屁股深，我们只露出脑袋，把水打成了一片黄泥汤。快到秋天的时候，我们技艺初成，在比我们大几岁的"首领"带领下，终于成功横渡了稻地南面那条宽广的河流。

长大后，才发觉那不过是一条普通的水沟罢了，宽不过十米，深也不过一大高个的深度，但那时在我的眼中，却是一道难以逾越的鸿堑。我最终还是跨越了它。当时我们几个小伙伴如刚出窝的雏鸟，既紧张又兴奋，以致手还有点发抖。我们鼓足勇气向前冲去。我们的"首领"跟游在一侧，保驾护航。我使用的是练了一夏天的功夫——"打漂风"，两脚轮番"扑通"着打水，双手趁着节奏向前划去，累到呼哧直喘的时候，终于碰到了对面的沟沿。危险面前，不应该一味逃避，而是要想办法征服它。这一次成功，让我顿时找到自信，从此再不怕水了。

水自此成为我夏季里不可或缺的载体。一日不去洗澡，心里就痒挠得难受。庄上东沟、南沟、西沟，还有差点要我命的后拐沟，除了东沟在庄心为鹅鸭占领外，其他三个沟全成了我们童年时的天堂。南沟、西沟、后拐沟是连成串的，中间只隔着一道堤或是一条路。我们有时会从南沟一路游到后拐沟去。在水中我们变成一只只小水鸭，像水鸭一样灵活，也像水鸭一样快活。我们有时也会在水里玩摸鱼的游戏，憋着气潜到水底，双手趟着泥底往一起合拢，时而会捉住一条鲫鱼或是一只草虾。草虾都晶莹透亮，干净得很，胆大些的，就趁着鲜活剥去虾壳，把肉给吃了。有几次还摸到了鸭蛋，便喜滋滋地拿回家。母亲贴着耳朵摇了摇,却说坏了。我不信,往地上一扔,一股恶臭便飞溅出来,果真是坏了呢。

我最喜欢的,还是稻田边的那条河,清冽纯净,毫无杂质,水底的水草,水中的游鱼,皆历历可见,毫无可隐瞒之处。还有那些可恼的小杂鱼,只要你静下,立即围拢来,抢食身上的皮屑,让人麻噜噜地痒,却又有一种莫名的舒畅。西红柿熟时,我们会摸上岸,偷几只园地里的西红柿来打水仗;西瓜熟时,就从自家地里带只西瓜来,玩水球的游戏,玩到最后便把西瓜给分吃了。

我们的水性越来越好,泡在水里的时间也越来越多。那时候,我们那里是没有电的,更别提电风扇空调什么的了。到了夏天,我们就把自己的凉床扛到沟边的树底下,十几张凉床摆成一排,倒也蔚为壮观。蚊虫叮咬且燥热难耐时,我们十几个伙伴便集体出动,到沟里泡上一泡,直到困意袭来,才爬上床,一觉睡到第二天被知了吵醒。我们有些年要在树底睡到八月半,晚上的澡有时也要洗到八月半。且有时要跑出很远找一处陌生的水塘,全是为了追求一种心灵上的刺激。农历的八月夜晚已经有些冷意,但我们十几个人还是一窝蜂地去,浑身打着冷战,肌肤上生着鸡皮疙瘩,上下齿对错,在水草稞里追逐打闹,疯闹到半夜。等天明一看,满身是水草的划痕,浑身辣辣地疼,但到了晚间,依旧还是去了。

我们去过最远的,是几里外的水库。水库显然不同于一般的沟河,浩渺广阔,给人一种海的感觉,但在它面前,我们已游刃有余,来来回回如同儿戏。若是累了,或是水压得胸口难受,便仰躺于水上,露出肚皮休息片刻,只用手脚偶尔划动两下。若是脚趾抽筋,也不慌张,自己蜷在水里,搬弄几下,便恢复如初。

最让我记忆深刻的,是一次刮大风,我们几个同班同学逃学到水库玩水。风急浪高,我们随浪起起伏伏,仿佛睡在婴儿的摇篮里一般,舒服极了。风是冷的,水却是热的,我的心也温暖如春,感觉自己就是一只悠闲的浮鸥,正随波逐浪呢。

现在想想,当时老师要是知道这几个孩子到水库玩水去了,大约脸都吓白了。我这青葱时光,原来一直在悬崖边上,玩着生与死的游戏,稍不留神,就把自己变成了游戏的终结者。每年总听到关于孩子溺亡的事件,大概都是像我这样太过自负到无知的吧。但我很幸运,一次次和死神擦肩而过,却安然无恙活到现在。

时光的河流中,我们游着洗着……我们渐渐长大,玩水的时间越来越少,而乡间的水也在悄然恶化着,逐渐蜕落成了无人敢涉足的臭水。

最后一次游泳,还要追溯到十多年前。我工作的小镇下便是淮河的支流,我们依然习惯性称为淮河。那时的淮河水尽管已开始变坏,尚可勉强游玩,我们十来个童心未泯的同事,便相约着去横渡一回,看看到底谁的水性更好。这段淮河虽是支流,依旧有里把路的宽度。我们找了一只木船,水性差的依附着船小心行进,我们自以为水性好的便甩开膀子奋勇向前。没想到这次畅游竟成绝唱,此后再没游过。

(2015年6月4日)

彷徨的兔子

独处自有独处的好,静也有静的妙处。这大约是热衷于热闹,或于闹中取静的立世者所难以理解的。

黄昏中我静静地坐着,已到开灯时分,但我懒于起身,只是静坐桌前,书打开着,却没看。我是失了神,兀自坐成一尊雕塑。

一抹淡黄的身影从门外闪入,悄无声息。一切极静,我也成为静的一部分,于是它忽略了我的存在。待它溜到床边,我终于发觉了。哦,是一只黄鼬先生。我依然不动,保持着雕塑的姿势。我在等待。

它果然是贼,贼头贼脑,四处转悠,终于溜达到我的脚边。时候到了。我猛地一跺脚,声音之大,连我自己都受震动。于是,可笑的一幕发生了。

黄先生一个激灵,返身便逃,但转得过于陡急,竟摔了个四脚朝天。显然,它是什么也顾不上了,四蹄乱蹬,挣扎着爬起,飞也似的冲出门去。它的反应真是迅速极了。

看着它屁滚尿流、狼狈逃窜的样子,我不由大笑起来,一直笑出了眼泪。

我原先租住的房子就是这样,除却院门,里面的门窗我从来是不关的,除非雷雨交加,或是风雪大作时,迫不得已才会虚掩片刻。于是我静坐时,常会有些小客造访。一只耗子,进来溜达一圈,然后出去;一只刺猬缩头缩脑溜进来,一路嗅着探访,然后也原路出去;那些蝴蝶小雀也时而飞入,扑腾一圈然后也都飞走。它们的往来,和我是不相干的,我只是静静坐着,彼此相安,并无结交。也许它们趁我不在时也时常光顾,但依然是客人,转一圈也便走了。只有一只厚脸的猫是例外,它竟仗着冬雪之夜的冷,蹿到我的被上安眠。睡也就睡吧,然而非得睡在我的胸口上,压得我喘不过气来,只好起身把它赶走。

我的村庄西面,是一片叫作"仓营湖"的广袤原野,那里是我幼年时的乐园,而现在我依然习惯于得空便骑上破自行车满野地转悠。寂寥的原野,一个人的时空里,我便探得许多不为人知的秘密:早春里那一米多长晒着暖阳的赤蛇,野地里那捕食大狼蛛的细腰蜂,那轰炸机般从半空俯冲下来捕捉红蜻蜓的金环大蜻蜓……还有那钻进泥裂缝里的小水蛇,一提尾巴,它立即吐出刚吃进的泥鳅逃走了。那泥鳅依然鲜活,挣扎着跳回泥缝,再寻不见。静美的仓营湖深处,我终于沉静下心来,并偷窥了它最纯真的风景,百看不厌。

在这里,我邂逅了也许是一生里所见过的最为怪异的兔子。它从远处踟蹰而来,一步一蹦地来到近前。它始终没有发现,草稞里静坐的我,却看到了立在路心的破自行车,于是凑到跟前,仔细端详起车轱辘来。它表情严肃,一副老学究的样子,却又充满好奇,努力思索着,似要用一生的学问探究出这是何方神器。但很遗憾,鉴于智商的局限,它最终还是糊涂,只得带着满脑的疑问,怅然离去。

这只灰兔径直走向不远的瓜地。西瓜刚刚开花,还没把地铺严实。兔子走进去,被阳光照着,被风吹着,暴露在了空地里。

树梢两只多事的花喜鹊瞧见,可恶地飞追去,俯冲在它的两侧哇哇地聒噪着。兔子很不情愿,想竭力摆脱,喜鹊却左右堵截,穷追不舍。兔子最终无计可施,被两只喜鹊吵得混混沌沌,不知所措,只有四处尴尬地游走,可笑而又可怜。

那一瞬间，我突然觉得自己真的像这只彷徨的兔子，在世俗流言蜚语的漩流中挣扎着，寻找属于自己的一方净土。但它，究竟在哪呢！

(2015 年 5 月 14 日)

人生如枣

友人赠送一袋枣，状如马泡（一种野瓜），青皮酱瘢，说是老家刘营老枣树上摘的。回家洗洗，往嘴里一扔，脆，甜，还有一点岗地特有的刚硬！没错，这正是儿时枣子的味道，只是好多年没吃过了。

刘营北是仓营湖，仓营湖东是丁巷。两庄相距不过四五里地。我们是在仓营湖里泡大的，到刘营赶场看电影是抬脚就到的事儿。还是"茅檐低小"的时代，一高一矮两位少年正走向庄里，高的是红杉，矮的是我。红杉手里揸着块不知攒了几个月的零花钱换来的二两猪头肉，趁着放学邀请我去解馋。他家在刘营的西北角，两间草屋摇摇欲坠。我们坐在锅洞前，一边往锅洞里塞草烧饭，一边你一口我一口啃起猪头肉来，尽管啃得小心翼翼，但还是在饭熟前把这唯一的下饭菜给啃得一干二净。

前些年老家房子拆迁，父母曾投奔女儿，在刘营借了房子住了一两年。家姐嫁在刘营，在家时在仓营湖种瓜，嫁过去依然在仓营湖种瓜，我因惦记着她家那几棵西瓜，走动便勤一些。

歪瓜裂枣。这是仓营湖一带挂在嘴边的词，既指某类人模样或是秉性实在提不上席面，又指真实存在的歪瓜裂枣。歪瓜指的当然是仓营湖中的西瓜，裂枣则指的是房前屋后歪脖老枣树的春华秋实。这便是老祖宗的智慧，歪瓜也罢裂枣也罢，不中看却中吃，很甜着呢。

不像有些谨细人家把庭院规划得妥妥帖帖，就连两棵枣树也要安插到必须生长的位置；也不像有些拽哏的人家哗众取宠，非要舶来什么木枣沙枣之类博人眼球。我们家的枣树是自己长出来的，长就长呗，家里恰好缺棵枣树,就让它歪在阴沟边随便地长,不几年也能滴了打挂地结了一树的枣来了。于是入秋后我们便有了零食,想吃时扔几块砖头瓦碴就解决了问题。初时枣子黏黏搭搭,还有些青芒味,稍后才有了些枣子味道,但每年秋季总等不到"裂枣"时节,枣还没红呢,一棵枣树早变成光秃秃的枣树,连叶子也给打稀了。打枣要趁早,但早打的枣子滋味的确不咋地。

打枣还具有一定风险性,用竹竿稍好些,只是有些累人。若抛以砖头瓦碴,一不小心砸中过路闲人也未可知,倘若树上藏匿的马蜂窝连枝带叶被打将下来,脸被叮成"猪头三",也是时有发生的事。相比之下用弹弓才最稳妥,只要你技艺够高超,指哪打哪,连树梢顶头的最顽固分子也手到擒来。有那么几年,我总喜欢到前面冯庄去打鸟。打鸟是假,打枣是真。冯庄人喜欢栽枣树,几乎家家都有那么几棵,秋风徐来,满村红红绿绿,一派丰收景象。两三少年,提溜着弹弓,装模作样,贼眉鼠眼,左顾右盼,见谁家房门紧锁,便趁机往树上连珠弩发,一时三刻一地落枣,风卷残云,扬长而去。若被大人撞见也不打紧,睁一只眼闭一只眼的事情,几个顽童几颗枣子,如此而已,没什么大惊小怪的。而冯庄的狗虽多,却也没敢吱一声的,它们都知道弹弓的厉害。

枣,早也。枣熟,甜也。但我们总等不到枣熟,吃着青涩的果实,在漫无边际的嬉戏玩闹中,荒废了美好的青春。似乎人生永远都是一颗半生不熟的枣子,直到某天瓜熟蒂落砰然坠地,才发现枣子也会有饱胀得开裂的成熟。看那年轮般的褐红,皱纹般的裂口,细细品茗如砥的滋味,回想从前的过往,蓦然思之,哦,人生也如枣子一般,原来也可以是甜的。

(2021年9月2日)

这是一片神奇的土地

是一只兔子将我引向了那条河。那是麦苗疯长的初春,我呆立在仓营湖的深处。我的脚陷在草稞里,四野阒寂无声,空气中裹着青麦新草浓郁的涩涩的味道。

那只兔子是从路的一端过来的,乡间土路虽逼仄荒芜,路面却还平整。它胆子颇大,大摇大摆,沿着路心,就这么一蹦一跳地过来了。招摇得很。我故意不动,它竟然毫无察觉。等挨到近前只有一步距离时,我猛地一跺脚,它顿时一个趔趄,吓得屁滚尿流,箭似的向前逃去,果然"跑得跟兔子一般"。我哈哈大笑,向兔子逃走的方向走去。

我追到河边,兔子已不知去向。我熟悉这条小河或者说是水沟,南面连接水库,北面连接一条引河,然后注入溧河,最后汇入洪泽湖。这处地方原先有个水坝,我曾在旁边钓了一个秋天的鱼。但水坝不知什么时候被扒掉了,两岸露出高陡的黄泥。黄泥下约一米,有一砂礓石层。春光的辉映中,我突然发现一片白生生的物质。走近细看,却原来是一块骨头,长约20厘米,似乎是某种哺乳动物的大腿骨,但奇怪的是,它却覆盖在砂礓石之下,那么只有一种解释,它是动物骨骼化石无疑了。就在刹那间,我激动起来,还有点小小的紧张,仿佛是自己无意间偷窥见了地球尘封的秘密。我立起身,头顶阳光熠熠,周遭悄寂无人。我确定不是梦,而是真实的发现。

后来,我又先后在这道河沿发现三块化石,其中一根细如牙签,包裹在石中,疑似小雀的腿骨,另一块石中隐约漏出数枚浑圆雪白的蛋状物,大如豆粒,似小禽或龟鳖的卵。在河的下游,我还发现了一些沙积石和一块卵石。

先前我一直以为这片平洼的沃野数万年前曾经是浩瀚的湖泊,但根据这些化石可窥见,事实并非如此,远古时期,这里或许早已是繁茂的草原了,当然还伴有零星的沼泽、河流。我的眼前出现一幅悠远的画面:一望无垠的葱绿草原,动物往来,狼奔豕走,鸟雀集翔,河流如带,锦鳞浅游,一派生机勃勃的景象。

仓营湖南去10多公里,西南岗边缘有大小红山巍然凸起。没有火葬场和碧根果园之前,我曾数次登上山。可以说这是西南岗最具有代表性的地貌,最能显现本地区史前变迁的原始地质风情。山上出产被当地人称为"老山根"的木化石,漫山遍野的鹅卵石,横断面弧状隆起,无不在悄然吐露着丝丝历史烟云。

当然,这一方土地还有"下草湾人"、"双沟醉猿"、松林庄遗址、淮河古菱齿象化石、顺山集遗址、古徐国遗址、东汉石刻、崔庄墓葬……一座座遗址,一块块化石,一件件文物,如一盏盏灯,洞烛时光隧道,照见一幕幕繁华落尽、沧海桑田。

可以大胆臆测,远古时代,洪泽湖这片区域已是佳木成荫,森林秀美,水草丰茂,葱茏一片。恐龙出没也未可知。然后,由于地壳的变迁,这里逐渐变成浅海,依旧是水质肥美,物种丰饶。再后来,地壳再次升高,渐定格为今天的平原和丘陵地貌。适宜的气候,广袤的土地,陆地生物得以再次极大发展,森林遍布,草原连云,大象徜徉,各种动物奔走往来。于是就有了古猿,有了人类的祖先,有了顺山集,有了古徐国……

可以说,这是一片神奇的土地,无论时空如何变迁,如何沧海桑田,它的辉煌历史都从没有断层过,它更从没有放弃过自己的繁盛之梦。它用这些"痕迹"告诉我们,它曾无比繁华过,而现在,它依旧繁华。

(2019年2月27日)

回不去的故乡

风雨仓营湖

泗洪西南岗呈丘陵地貌,远观群澜卧波,甚为壮观。丘陵间偏有一处沃野,地势平阔,举目十余里。

这片沃野,西部叫作"仓湖",东部称为"营湖",合称"仓营湖"。实是田地,却以"湖"为名,或许上古时确曾是湖,后沧海桑田中,随时光移转而逐渐湮没了。直至现在,每遇到特大洪涝时,仓营湖都会被洪水吞没,只剩下一些禾苗梢头露出水面招呀招的,真有些大湖浩渺的意韵了。仓营湖中多生茅草、荻柴,每到茅茵盛开时节,仓营湖中便是一片白茫茫,甚为壮观。春夏之间,满天是本地称作"疾溜鸟"的小雀子,像颗黑棋子般钉在高空里,叽里呱啦地把整个原野吵得异常热闹;秋天丰收在望,便有一群群灰鸥云一样从洪泽湖那边飘过来,掠食着田间惊起的飞虫、蚱蜢;而初冬时,便常有雁行阵阵借空而过,如夜晚偶宿,则满湖"风声雁唳",给人一种凄凉之感;到了真正的寒冬,则又成了乌鸦的世界,它们呀呀地吵闹着,一起飞起时就遮天蔽日满天的黑,落下时又把青麦遮没,剩下了满地的黑。对于它们,人们多是不相扰的,也有不法之徒趁机偷着去下药,每次都是成堆背回,渐渐地乌鸦稀少下去。

仓湖地界有条小河,南北走向,因近傍猪场,便都叫它猪场河。它西连先锋水库,北接付圩引河,是左右原野的灌溉水源。早些年有处河段翻挖,我曾在河底和河坡上捡到几块貌似动物化石的石头,全被砂礓石包裹着,大者如手掌,似某种哺乳动物的胯骨,小者纤细如牙签,应该是某种小禽的腿骨,还有一堆卵状化石,白色,比花生粒略小,像是某种小雀的蛋。我对后两种尤其珍视,特意用一盒子保存着,只可惜一次搬迁时意外丢失,从此再没了影踪。通过这些化石,可以窥见,人类还未涉足的远古时期,这里已是水草丰茂、野兽游走、飞禽相戏的繁荣之地了。

再看这湖地的名称："仓""营"。用现在的眼光来看似乎有点古怪生冷，不知所以然，但仔细想想又似乎和古代军队有所关联。那么让我们看看周边的村庄吧，或许从它们那里能得到一些佐证。仓营湖西南，是魏营镇政府所在地，一前一后分为前营、魏营两个自然村落，相距不足一里。前营向西二里许，有村名"先射院"，传说是吕布为调解袁术和刘备间的矛盾，辕门射戟之处。前营正东约四里，是为刘营村。刘营、前营、魏营互为犄角之势。相传这是曹操的魏军和刘备共同驻扎之处。因无史料可考，只能妄加臆测，缘于某种利益关系，曹刘联手驻于此处，且旷日持久消耗甚大，便屯垦荒野以为长计。他们划地为界，各自独立，并冠以"营""仓"加以区分，这大约就是仓营湖的由来。

刘营村辖下几个自然村落，小李庄居最东。1946年10月下旬，由于叛徒告密，泗五灵凤县副县长曹化东在此处突遭敌重兵包围，激战中腿负重伤，他把文件印信交给秘书突围带走，自己则在战斗中不幸壮烈牺牲，时年38岁。就在同一天，东北两里外的小冯庄，一位拾粪的老人刚走出村口，迎面撞上一个捂着肚子浑身是血的伤者，赶紧将其藏进就近的草堆里，并佯装拾粪，将一路血迹悄悄掩去。不一会儿，几个"还乡团"沿着血迹寻来，因线索中断，乱找了一回，悻悻而去。据说当时伤者肠子都流了出来，竟被奇迹般救活，后拿着公文包走了。小李庄再往东北走约五里路，仓营湖的正东面，正是"崔庄事变"的发生地。1941年4月，一支国民党投诚部队秘密向皖东北进发，张爱萍代表新四军在举行欢迎大会时，再三叮嘱陈锐霆团长：时局变化，注意考察，谨防不测。但不幸还是发生了，当部队行至崔庄驻扎时，少数反动军官趁夜哗变，杀害团政治指导员屠凤麟、团副孙兴魁、营长王国纯等共计十一人。团长陈锐霆身负重伤。另有崔庄小学校长张国模老先生，乱中被误杀身亡。事变后，烈士们的遗体就地葬于崔庄南端野外，当地俗称十一座坟。1981年清明移葬于泗洪县革命烈士陵园。

过崔庄北去不远，便是大庄集。这是仓营湖一带早期革命发源地之一，1930年6月8日，泗洪地区第一个由党组织发动成立的"雇工协会"（又称"棒头会"），会员300多人，在大庄集举行暴动，虽因武器落后，敌众我寡，最终惨遭失败，但毕竟点燃了仓营湖地区的革命火种。

往事如烟,风吹雨打。古老的仓营湖,也在时光的浪潮中,不断变换着她的容颜。那些如雪的茅草、荻柴逐渐消失在历史的尘埃里,旱地换成了水田,水田边又开发出西瓜种植基地。如今的仓营湖已是沟渠纵横,树木成行。她不再仅是天下粮仓,更成了当地的致富之仓。

(原载于2017年12月20日《宿迁晚报》副刊《悦读》)

仓营湖上

一、二、三。

几乎每个傍晚同一时刻,那只翠鸟都会准时停落到歪在河上的矮刺槐上。

"噗——"它不停留,一头扎入水里,转眼复钻出水面,扑棱着翅膀跃回树枝。而后故伎重演又一头扎进水里,如是三次,便抖了抖羽毛,甩落几点水花飞走了。

大约,它只能数到三吧。"东国"边上,我握着鱼竿想。浮漂一动不动,水面如整个仓营湖般波澜不惊。

我已在仓营湖这条小河钓了一秋的鱼,并不是因鱼多,恰是人少的缘故。仓营湖这片一马平川,却以干旱著称,它的深处能有这么一条鲜活滋润的小河确属不易。说它是河,有些抬举,宽度不过鱼竿长,一个猛子能扌歪到对岸黄泥板子上去。河生于野,无名无姓,犹如隐逸者一般。溯源头,它上迎先锋水库,下接付圩引河,本为季节性河流,只因用水泥筑了一道拦河低坝,才有了一汪似清似浊的死水。

"东国""大绿洲""好望角"。这是三块水草方阵。"东国"当然是贴在东岸的那片水草,西岸的"大绿洲"最为广袤,如一片水上草地,"好望角"却偏远而小了,似一只驴耳朵支棱于百草丛中,探听着仓营湖的风吹草动。"钓鱼要钓草。"三处水草是我一秋的钓点,只可惜除了在"大绿洲"旁钓到过一条二斤多重的鲇鱼和一条七八两重的嘎针,再别无收获。

几天绵绵的秋雨,秋水涨了,漫过不远处低矮的水泥坝形成一道清浅的瀑布。我发现那瀑布上总漂下一团牛屎饼一般的物体,一而再,再而三,便起了疑心,站起身察看究竟。哦,却原来是一只螃蟹,它由水坝漂下去,再沿着左侧岸边爬回河中,一会儿再漂下去,周而复始,乐此不疲。

鱼有鱼路,虾有虾路。这只螃蟹的套路也太显而易见了。我暗中埋伏在它必经之地,待它再次回程,一脚踏住。它岂能束手就擒,挣扎着逃脱,我再起一脚踢到了岸上。这只螃蟹在变成红烧蟹之前,一定悔不当初,没想到一时贪图享乐,却丢了卿卿性命,所付出的代价着实太大了吧!

秋蟹肥美,足有二两重,当我按住它的时候的确激动得全身发抖,犹如捡到了一块狗头金子。后来也曾无数次不厌其烦地向朋友介绍逮住这只螃蟹的详细过程,无不充满了自豪感。是啊,那只螃蟹的滑稽可笑,抓蟹时的期待和满足,人生的乐趣不过如此罢了。但时过多年,现在每每回想起此事,留下的却是内心的不安和悔意。作为钓鱼人,抓一只螃蟹当然天经地义,无比正确。但在正确和善良二选一的抉择面前,难道必须选择正确吗?也许这是唯一一只懂得生活情怀的螃蟹,却被我的贪婪和暴虐无情地扼杀了!

秋渐入深处,仓营湖上一片秋收后的苍凉。每天傍晚,夕阳就要坠入对岸河埂的当儿,那只孤独而固执的棕背伯劳便飞来了,落在对面唯一的一棵玉米秆上,"嘎""嘎"地狂啸一回,然后向天边飞驰而去。

暮色慢慢合拢,四野一片沉寂。河那边崎岖的田间小路上,一辆自行车又从远方"嘀铃铃"奔驰而来,一个男高音便响起来:"在那桃花盛开的地方,有我可爱的故乡,桃树倒映在明净的水面……"歌声未经修饰,显得有些粗糙,却又高亢而深情,还有着发自内心的自信和欢愉。他的歌声单调而寂寞,似一晕涟漪一波一波向仓营湖荡漾开去,唯一的伴奏是那与歌声格格不入的全车零件震荡的和鸣。但这歌声已足以给空荡、渐趋寒冷的仓营湖平添一丝春的暖意。

我曾特意爬上土坡眺望,只见一个衣着破旧看似建筑工人的背影,正奋力蹬着一辆老掉牙的自行车,边蹬边唱着,匆匆向着家的方向奔去……

至今仍不知这位唱歌的人到底是谁——也许永远都不会知道。过了那个秋天,我离开了仓营湖,再没回到那条小河钓过鱼。

(2021年7月26日)

仓营湖上的鸟群

那时候,仓营湖上还是一望无际的辽阔。田地平阔,且并不似今天层层树林遮挡,仅有的几排树是西小河两岸的洋槐树林,每到初夏时节便是蔚为壮观的白,如一片云朵一般,为仓营湖平添了无限的诗意。那时的庄稼也多是花生、黄豆等低矮作物,并不碍眼,如一碧万顷的海,风吹来时,灰白的叶背翻卷过来,一浪一浪,如湖面般波涛汹涌。

春夏之交,"疾溜鸟"们登场了,它们就定格在蓝天底,满天里一片叽里呱啦。其实"疾溜鸟"学名叫作云雀,也称作大鹨、天鹨、百灵、告天鸟、阿兰等,最喜栖息于开阔的草地环境。仓营湖无疑最能投合它们的胃口,所不同的是,这里不是草地,而是无数块花生田连成的绿色的海洋。"疾溜鸟"虽飞得高,甚至高到只闻其声不见其形,而它们的巢却又如此的低,低到只藏匿于花生根部,悄无声息、杳无踪迹,只有在清理荒秽时,才能偶尔探知它们的秘密。于是善良的锄地者通常会留下这棵花生周围的杂草,一起把这个秘密保守下去。

入冬北风料峭,乌鸦不知从何处成群聚集而来,哇哇地叫嚣着,扭曲成一团团乌云疙瘩。整个仓营湖便被乌云笼罩了,在凄凉的冬天更显凄凉,寒冷的北风中更显寒冷,仿佛百草凋零,春天再不会回来了。入夜,偶有暂栖的鸿雁浅吟低唤,凄惶缠绵,让人辗转难眠,长夜难耐。

转春入夏,不觉又到秋风,仓营湖中正是飞虫肥美时节,一阵阵灰色的云自远方飘来——哦,是鸥鸟连成的一阵阵灰色的云翳从远方联翩地飘来了……它们飞翔着、盘旋着,在浩瀚的金色的烟波上飞舞出灵动的诗意。鸥鸟似鸽子,却不似鸽子那般俗气,似斑鸠,也不似斑鸠那般古怪,如游侠一般,目光如炬,或前视或俯瞰,从容不迫地游荡在辽阔的仓营湖上空。

唐代大诗人杜甫在《旅夜书怀》里写道:"细草微风岸,危樯独夜舟。星垂平野阔,月涌大江流。名岂文章著,官应老病休。飘飘何所似,天地一沙鸥。"一生忧国忧民的大诗人在那静夜孤舟之上,面对辽阔寂寥的原野,面对浩浩汤汤的大江,最终能够慰藉自己的只剩下翩然而飞的鸥鸟,人生何其悲寥!从诗歌中飞出的鸥鸟矫健地翱翔着,在空无所依的仓营湖上,天南地北,任意驰骋。它们从不停歇,偶尔会因一只飞虫稍做盘亘,继而一跃,继续流浪之旅。他们飞掠而过时,仓营湖中劳作的人们总是禁不住停下手中活儿抬头仰望,它们那流线型身姿、俊美的线条、深灰或白色洁净的羽毛、精致的脑袋以及纯净而不失灵动的眼眸,无不近在眼前,让人生出无限的羡慕和想象。

幼年时的我一直纳闷,这些鸥鸟到底从何而来呢?它们为何舍弃浩瀚的海洋湖泊,舍弃鲜美的湖珍海味,而选择干旱的仓营湖呢?后来跟着父亲到溧河洼打鱼,才知道洪泽湖就近在咫尺。它们的家原来就在洪泽湖啊。

(2022 年 11 月 8 日)

话说溧河洼

蓝天白云之下,千顷碧波之畔,一方巨石巍峨厚重,直指苍穹。巨石上镌刻有书法家姜广志所书三个大字:溧河洼。三字笔力遒劲老辣,与溧河洼的雄浑苍凉相得益彰。

何谓溧河洼?

笼统点说,它是洪泽湖西北的尾梢,宿迁地区唯一的 5A 级国家风景区——洪泽湖湿地公园便是它最精美绝伦的华章!要往细里说,或是追根溯源,所涉及的便是洪泽湖的水系因果了。它的起点在古徐大桥,不,还须向北,该是更古老的大桥——洪桥之下。

有水西来,至泗洪城西,一支矍然南下,一支依然入城来,至千禧塔前再度分道扬镳,一支继续东游,是为濉河,一支复南拐去,是为老汴河。而最先南下的一支便是溧河了。溧河还未过洪桥已为一绿堤所阻,分歧而走,开始时绿堤如线,两河尚能手足相依,互闻声息,随着那绿堤越来越宽阔且衍生出无尽的坑坑洼洼衰草荒滩,两条本为同根生的河流终于抛开手足之情,越走越遥远,最终在互不知晓的陌生地界一同注入洪泽湖,才又续上血浓于水的前缘。

这两条河,在东的是为东溧河,在西的是为西溧河。东溧河东面一路向南依次便是石集、城头、临淮,当地人却不知东溧河,只称作"西大河";西溧河西面一路向南依次便是瑶沟、魏营、双沟,当地人也不知西溧河,只知它叫作"航道"或是"东大河"。航道在瑶沟南侧,接着新汴河的清流继续南下,在双沟东侧与淮河、洪泽湖融为一体。西大河与航道相对而行,在湿地公园七弯八拐,紧贴着老汴河也汇入了洪泽湖。

那么,说了半天溧河洼究竟在哪呢?两条溧河之间,即溧河洼也。两条溧河既是溧河洼的水之源,也是溧河洼的画框。可以这么说,溧河洼,就是两条溧河给描画出来的。它像一个长长的锥状三角形,锥尖在城西的洪桥附近,向南60余里才到达它的底端,而底端便是在洪泽湖沿线,东西距离就是双沟到临淮的距离,两地相距多远溧河洼就有多宽。

近湖的溧河洼多生芦苇,那是当年的红色芦苇荡。戎马倥偬岁月,敌人大兵压境、白色恐怖弥漫之际,共产党县区乡村干部曾藏身于此,和洪泽湖上的武工队一道利用芦苇迷阵与敌人斗智斗勇、巧妙周旋,进行了艰苦卓绝的斗争。据说溧河洼边上有一间茅草屋,为一打鱼老汉所居住,暗地里却是武工队的口粮中转点和情报站。这天张德福带着两名队员刚进茅草屋,不想已被知情的敌人骑马围住了。一队员翻上屋顶阻击敌人,为掩护他们撤离壮烈牺牲。张德福和另一名队员在掩护下一左一右、边还击边向芦苇荡狂奔而去。张德福身手矫健,眼看就要脱险,却不想脚下滑了一跤,待爬起敌人快马业已追上,他也壮烈牺牲了。另一名队员跑得口吐白沫,还有一箭地远,眼看着就要跑进芦苇荡里,偏撞见一地主正带着几个长工锄地,地主一使眼色,长工锄头一拐,队员猝不及防"扑通"栽倒在地,敌人赶来,几声枪响后扬长而去。这一幕被前来接应的队员看得一清二楚,当天夜里武工队便摸上岸,为三位牺牲的同志报了血海深仇……

走过血雨腥风的溧河洼依然回归到它与世无争静谧辽远的本质,如深山古刹一般,常年枯寂青灯,了无人烟,唯有鱼虾嬉水,鸟雀相乐——这是它们的家园。只有当人们惦记起它的资源时,那里才会偶尔热闹起来。

早年,溧河洼两岸的人春秋天都喜欢"卷鱼"去。卷鱼当然都是渡过溧河到溧河洼里卷的。溧河洼是低洼的平滩地,有水但不深,水草丰茂,鱼虾多得无谱。每到春秋农闲时,男女老少蠢蠢欲动,成群结队向溧河洼进发,卷鱼人要多,围成一个巨大的"塘子",就地取材以草筑堤,而后滚雪球般将水草堤层层推进,越筑堤越大,越筑堤越牢,"塘子"便在层层推进中越发缩小,当缩到只有屋身大时,"塘"里的鱼已是挨挨挤挤,四处跳蹿却无路可逃,这时"丰收"的季节到了,刚才还在筑堤的人们纷纷跨入塘中,眉开眼笑地开始"取鱼",夕阳西下,家家户户无不是满载而归。

幼年时我曾跟随父亲到溧河洼打过一回鱼。过了航道,只见滩涂上绿草丛生,散养的牛儿在悠闲吃草,满天"疾溜鸟"叽呱乱叫,身边不时飞过一两只轻云一样的白鹭来。父亲说在古早以前,这里豺狐狼狈都是有的,只可惜人烟一稠什么都没了……

父亲打鱼用的当然还是自己最拿手的长方形打鱼网。他在前面打鱼,我便在后面摸鱼。洼里的水果然不深,只到大腿,但乌黑的臊泥却陷到了膝盖,加之不时踩到带刺的芏草,简直寸步难行,不知那些卷鱼人都怎么挺过去的。再看父亲竟毫不在意,蹚着水一网接着一网,下网、赶鱼、起网、舀鱼、入篓……他动作轻描淡写,如在自己屋前散步一般。而我摸了半天只摸到一只刀鳅,还是误打误撞摸了只空壳的河蚌,它是躲在河蚌里避难的。

大约二十世纪九十年代,一股围湖养蟹的风潮由洪泽湖波及溧河洼,只一夜间,静谧的溧河洼已被头脑灵活的人们瓜分殆尽,水平如镜的百里湖湾变成了阡陌纵横、星罗棋布、挨挨挤挤、蜂巢似的蟹塘。数百年积攒的生态环境被毁坏殆尽,狐兔奔走,众鸟飞散,只剩下一片盛世繁华的养殖业……

终于,"退渔还湖"的东风袅袅吹来,溧河洼得以重归往日的平静,尽管它的容颜依旧千疮百孔且带着灼伤的烙印,但它已在白鹭放飞中绽放出了勃勃生机。

2018年10月通车的溧河洼特大桥,全长3.538公里,一桥飞架东西,从此"天堑变通途"。溧河洼特大桥如长虹卧波,身形修长,清丽雅致,又蕴涵着不可名状的非凡气势。烟雨迷蒙中,只见大桥翩若游龙不见首尾,又如仙女长袂漫舞、轻风扬絮;夕阳西照下,鸥鹭等鸟雀从桥上或桥下联翩飞渡,桥下溧河洼碧水连天,草花烂漫,洼上桥影恢宏,描金绣彩,水映桥色,桥接水天,夕阳、大桥、溧河洼、鸟雀浑然天成、如诗如画!是的,洼是桥的风景,桥是洼的点睛。桥上更是一窥溧河洼无垠风光的绝佳去处。

除了溧河洼特大桥,溧河洼生态修复工程已解开溧河洼观光带神秘的面纱,它以清水出芙蓉的姿态,展现了泗洪人走向生态、走向美的信心。穿过古徐大桥,沿东溧河一路向南再向南,直至柳山方才打了个轻巧的顿号。一路逶迤一路风景,一路湖光水色,或接天荷叶,或蒹葭苍茫,或白鹭嬉水,或牛羊放归……一条崭新的防汛道路把无限景致完美串联起来,穿成一串七色彩链。骑行小道、景观亭台、亲水景观节点、迂回的景观桥……一路上人来人往、络绎不绝,游玩者兴致盎然,散步者悠闲自得,骑行者神色怡然,跑步者步履轻盈,垂钓者悠然忘归……

让自然回归自然,让生态更为生态,让青山绿水重回原本的样子,让人与自然和谐共处,这才是溧河洼的美好未来。溧河洼生态修复工程仅为"一廊五镇·百里湖湾"的起点,柳山也并非这条路的尽头,它将会沿着溧河洼继续向湿地公园那边延伸,或还将延伸向更遥远的世界。

(2022年8月25日)

山芋情怀

山芋性淡泊,不显山露水,去巧守拙,叶不奢华,藤不声张,而泥土中的块根也是质朴无华,正和乡村里淳朴民风相得益彰。

小时候,一片山芋地撑起了家里半个天。一垄山芋,自打栽上拖了蔓,便可细水长流、添补家用了。下面条没菜炸汤,就摘些嫩叶子回去;吃饭缺点炒菜,就薅几把嫩蔓头回去;圈里猪缺了口粮,就割几抱山芋藤回去。待到底下的山芋有了些模样,半大的孩子便背上粪箕提上锄头,趁着黄昏到地里刨山芋去。刨了山芋扯了秧,鼓鼓囊囊一粪箕。秧子自然是喂了猪。晚上山芋烀了一大锅,人吃一部分,剩下的,也喂了猪。如做母亲的讲究点,塞几个到锅洞里,孩子便又多了一份香喷喷的烤山芋了。

故时的乡村,如一幅陈年的油画,画中是茅檐低小,榆荫依绕。榆荫中必少不了猪哼哼的猪圈来,猪圈旁必少不了正有牛悠闲吃草的牛槽来,牛槽旁必少不了群鸡正在底下刨食的草堆来,而草堆旁更少不了一个苫着草顶的芋窖来。秋后下过霜,芋叶被打得焦黑,暗藏的山芋已膘肥体壮、三五成群、蠢蠢欲动、急不可耐。砍了秧,犁了垄,山芋们破土而出,红生生的,夺目耀眼。便一车车地回运,把山芋窖装得满满当当。这是一家人和圈里的猪一冬一春的口粮呢。还有一部分山芋并不拉回,就地推成山芋干撒在地里晒。推山芋当然要用山芋推子。这推子有点像木匠的刨子,只是反装在长凳的一头,人骑坐在板凳上,手握山芋平推向推子的刀口,来来回回间,雪片纷飞,如刀削面的师傅在展示自己出色的技艺,转眼间面前已是白白的一堆。当然推是讲究技巧的,既需平又要快,手指还须拿捏到位,不然碰到刀口上可不是开玩笑。山芋推到只剩小半截的时候尤其要注意了,到最后手指也不好把握,便换作已剥去颗粒的玉米棒抵着,既安全,又不浪费。后来设备改进些,换成了山芋铰子,正如学生的铅笔铰子一样,需两手配合,一手摇动手柄,一手填山芋,那边山芋片已"嚓嚓"地飞了出去,比推子要快多了。不论是推子还是铰子,都是技术活儿,需边练边琢磨,久练久熟,熟能生巧,当到了行云流水最为精熟的时候,满堆的山芋却已告罄,都化作片片雪花飞入了阡头陌尾。

经冬到春,一窖的山芋吃没了。接上山芋干,又吃了一夏,等挨到了秋,便又续上了新的山芋。山芋年年吃,山芋干也年年吃,好在这两样都没有吃厌的时候。正如玉米白面白菜冬瓜,与生活不分彼此难以分割,也就谈不上好与不好、爱与不爱了。

当然吃山芋也能吃出些接地气的文化来。若揶揄谁,便来句:"多吃了烤山芋——尽放屁。"若取笑谁,便来句:"一口吞个热山芋——咽气又烧心。"若挖苦谁认了怂,便来句:"霜降后的山芋叶——蔫了。"若看不顺谁溜须拍马,便来句:"手拿烧山芋——又吹又拍。"若嘲讽谁痴痴蔫蔫、态度暧昧,便来句:"山芋干烤火——甜不唆的。"……

这些歇后语自然是"狗肉上不得席面",在坊间井旁相互取乐尚可,若是和阳春白雪一比较,简直就土掉渣了。苏轼诗云:"芋羹薯糜,以饱耆宿。""半园荒草没佳蔬,煮得占禾半是薯。"这是古代文学家笔下的山芋。

薯,即红薯,山芋也。不过据考证,苏轼笔下的"薯"并非今天的山芋。因为,真正的山芋从明朝万历年间方才从南洋流传入本土。这还要从一个叫陈振龙的福建读书人说起,他因屡次考举不中便有些心灰意冷,索性弃文从商,跟着老乡下了南洋。在西班牙的殖民地吕宋(现菲律宾),他偏对一种从西班牙引入的农作物产生了浓厚的兴趣,那就是当地人叫作"朱薯"的山芋。他发现此农作物对土壤、雨水、肥料的要求都不高,相当耐旱,搁哪长哪,是正儿八经的放养植物,且不用煮熟就能吃。

陈振龙敏锐地意识到,这不起眼的玩意对自己的家乡具有非凡的意义。福建多山,土地贫瘠,且没有高产易种植的农作物,一旦碰上灾年就闹饥荒。他想着如能带回,肯定是一件功在千秋的事情。

然而,想要把朱薯带回中国谈何容易!西班牙人也知此物不同寻常,海关盘查尤其严苛。陈振龙绞尽脑汁,把薯藤编入藤篮当中,终于通过伪装得以躲过检查,顺利地将朱薯藤带回了国内。

陈振龙所没想到的是,他这一举动竟一个不小心解决了大清帝国三亿人口的温饱问题。如没有山芋的"辅佐",大清定不会那么顺顺当当延续200多年,光是一个吃饭问题都能将其拖垮。

山芋解决了清政府的粮食危机,乾隆皇帝是最大的受益者。乾隆皇帝为推广山芋,每餐必吃,并赞曰:"好个红薯!功胜人参!"

作为特殊时期的特定产物,山芋一直本本分分守在田间地头,一守就几百年的光景。它为着人们的肚皮问题、人口发展甚至世界和平,一直默默无闻地做着平平凡凡而又扎扎实实的事情,不事张扬,低调内敛,一如生养它们的农民。终于,被山芋养育大的孩子走出田地,走向城市,走向纷繁的世界,便纸醉金迷,被美食诱惑,进而忘却了山芋十数年的滋味了。

或许经历过一些事情,也或到了一定年岁,人就有些怀旧,一番醒悟道:"还是山芋好啊!"他想起了村庄,想起了田地,想起了山芋,想起了种植与收获的辛苦,想起了山芋种种的好处,更想起了山芋味的寡淡。

"这才是人生最好的味道啊!"他说。

(2020年5月17日)

儿时的食谱

那时候,真是穷,全村清一色的草房子不说,除去过年过节,能吃上一顿肉时,注定是家里来了重要的亲戚。吃,是头等大事,每天琢磨着吃却没什么可吃。村邻照面不是客气地问候:"你好。"而是问道:"吃没?"若是"嗯呐"一声表示吃了,才是对方最期待的回答。

那时候,冬天缺衣少粮是最难挨的时光,等挨过冬天,挨到了开春麦苗返青,半大的姑娘、小子成群结队挎着篮子到麦地挑乌青的小乌郎菜去,回来母亲用盐码过晒干,便成了可口的咸菜。

麦地里还有数不清的荠菜,半天就是一篮子,嫩汪汪的招人喜爱。荠菜包饺子最好,但太奢侈,自然不会有的,通常是炒着吃,味道也不错,嚼在嘴里带着一股泥土的清香。

到洋槐开花的时节,捋下成堆的花骨朵,用开水一过,炒吃、凉拌、蒸着吃都行,透着洋槐花特有的清纯,叫人口齿留香。还有人家把它们晒干,收起来,可以吃上很长时间。

豌豆荚鼓起来时,孩子们就常猫到豌豆地解馋,甜丝丝的,连豆荚皮都要嚼烂,直到再咂不出滋味来,才"呸"地吐掉。临走仍不忘带上一兜,回家烀着吃。

夏天,可吃的就多了。黄豆、玉米、花生吹气似的长,趁它们饱满尚未成熟、正嫩的节点,摘回家去,便可打打牙祭。玉米棒子的烧法最诱人,剥去枯壳,母亲把它的屁股往火叉上一戳,就塞进草锅洞里烧了。饭未烧好它便熟了,烧得糊头燎脸,尚冒着黑烟,我们便什么也不顾抢着填进嘴里啃,唾沫嗞嗞响着抗议,嘴里却是真实而香甜的温暖。

入秋,豆子熟了,割下拉到场上打了,收了。一场绵绵秋雨,场边、草堆底、边边角角散落的豆粒都出芽了。我们便赤着脚提着篮子,采蘑菇一般挨个儿捡回,饭桌上就多了一碗爆炒短豆芽。

我们到湖地里野去,也不忘从锅洞里偷盒火柴带着,找个干沟角背风的地方,划拉一㧟落叶枯草,就点燃一堆火来,把采来的豆子,或玉米,或花生,或山芋一股脑地扔进火堆里,片刻再拨出,半生不熟的,吃得满嘴黑灰,也能混个滚瓜溜圆。

山芋的叶子也是能吃的,往地里一走,满粪箕的山芋连同扯下的藤叶,斜着身子背回来。嫩叶子用以炸汤下面条,而山芋则在沟里淘净满锅烀,人吃一部分,剩余的就任由"悟能"大快朵颐了。

鱼是那时家里时有的佳肴。只要得空,父亲就要把他的宝贝——调网收拾一下,打鱼去。家前屋后的沟河那时还没被污染,干净得很,父亲就穿着裤衩赤脚站在水里。调网的柄子抵在左腿上,他左手掌控,让网立在水中,迎向右侧候着,右手的拨竿便在水面猛地打个响竿,然后探到水底,颤着膀子朝网里赶鱼,竿到网起,满网鱼儿乱跳。鱼多是泥鳅、陈小麦、餐条、鲫鱼等小杂鱼,鲜有大鱼。若到夏天发大水,等鱼就不一样了,再无须扛着网来回奔波,只要找个沟站着,让网迎着水流置好,便静等佳音了。有的鱼很狡猾,会从网侧逃走,两侧须插上网片才行。父亲依旧穿着裤衩赤脚立在水里。他的一条腿抵在网肚子上。鱼进撞网,网动腿动,抬手便提,网起鱼跳。父亲乐呵呵,拿起舀子抄鱼。一条乱蹦的黑鱼便归入鱼篓。等鱼能等到大鱼、黑鱼、鲇鱼、鲤鱼……还有鱼塘跑掉的鲢子、混子,甚至连黄鳝、老鳖都能等到。有了鱼,锅里就充实了,鱼锅面皮是再好不过的,假若锅上再围一圈锅贴饼,不管是玉米饼,还是死面饼,都能惹得满屋鱼香,还没开锅呢,已经流口水了。

乡村里最壮观的还是农闲时罩鱼去。那时几乎家家有篼,我家的篼是门旁瞎大爷编的,竹篾均匀有致,看着都舒心。春天时篼是母亲拿来罩住抱窝母鸡的行头,夏秋时才是父亲用来捉鱼的工具。那时候壮劳力都在家,农闲时便无聊,于是一呼百应,扛了笿便走,说说笑笑,直奔庄西小河。那阵势!百十号人,百十口笿,齐刷刷往水里按下去,水声哗然,惊天动地,水底的鱼儿们自然是惊恐万状,四处逃窜却无处藏身,最后只得一一乖乖束手就擒。不到日落时分,大部队已经凯旋,每人袋中都是鼓鼓囊囊。顿时,家家炊烟袅袅,鱼香满村。

夕阳下,鸟雀聒噪的村庄里,狗追着孩子撒欢儿往家赶。这是记忆深处乡村里难得的饕餮盛宴。

(原载于 2022 年 10 月 25 日《新沂市报》副刊《花厅》)

一茬一茬的人

一季一季的庄稼,一茬接一茬的人。从呱呱坠地,到生老病死,几十年光阴,或短或长,生死轮回,演尽世态炎凉。其间或历经大喜大悲,荣辱巨变,或是春风得意,或是碌碌终了,其喜怒哀乐,悲苦欢郁,皆由心生,不为外物所更改。

忆及幼年时,庄上有户人家,深宅大院,墙体虽土坯垒就,仍显出不凡气象。那门前一字排开,栽着三棵赖葡萄树(苟树),树影婆娑,形如伞盖。

冬春时节,墙根底,便常蹲着一溜老人,抽烟袋,晒太阳。至今我仍能记起那时的情景,他们裹着臃肿的老棉袄,或戴着棉头帽子,神态安详,或轻声慢语,或眯缝着眼打盹。但他们是一天见一天地少,最终没了,只剩下一堵空草墙。我那时只觉纳闷,竟不知他们都去哪了。

祖母去世时,我依然幼小,自然蒙昧无知,不谙世事,并不能体会离世之悲苦。反倒有些兴奋,学着猫狗看家的狠劲,驱逐凑热闹的孩子。祖母的形象在我心中几乎是空白,唯能记住她背着我走进小巷,和这最后病逝后的情形。

及至祖父意外离去,我方才深切体会到生死离别之大恸。于是我再不能听他讲述自己的传奇,说他怎么被抓壮丁又只身逃回,又是怎样参加队伍,又怎样和敌人遭遇最终和部队失散,也再不能听他讲他的父母,讲他家道的败落。

其实每一个家族,都可写成一部跌宕起伏的长篇,每个家族都有述不尽的故事。我的曾祖是私塾先生,据说家有良田八十余亩,谁又能想到,到他孙子一辈,只能靠讨饭度日。前后三代人,沧海桑田,其间心酸,个中滋味,谁又能知道。

每个人都是一本书,人走了,书合上,锁进坟墓,再无人能够开启。

儿时从未体会到时间的沧桑。而今年过四十的坎,自知身体大不如前。看母亲斑白的两鬓,看父亲每日戴着假牙,焗黑头发,试图抓住时光的尾巴,不禁有些悲凉。有谁会愿意让岁月老去?但它终将是要老去的。

没有谁能挡住时间的车轮。你的一生奋斗,你的风光无限,你的英雄气短,你的长吁短叹,你的一生落寞……百年之后,谁还会记得你呢?

(2015年4月29日)

说路

一条路,横在屋后,不知从何而来,也不知通向何方。尽管它是土路,却宽敞,比麦场窄不了多少。

母亲说:"路心还有一个树根呢,什么时候刨出来烧锅。"

我暗暗觉得好笑。怎么会呢?路原本就在这儿的,怎么会长出树根呢?我感觉它和前面的石子公路一样,亘古就横在这里,遥远的未来依旧还会横在这里。它在这儿是天经地义的,哪里会长出树根来呢?一定是母亲弄错了。我于是暗里取笑母亲的糊涂。

路,无时不在讲述它的重要。手扶机驶过,一路烟尘,如一路迷雾重重。老牛走过,一声声"哞"的呼唤,招引着贪玩的牛犊。忽然岔开两腿,一股热浪就下来,"哗哗"的自然是骚尿,"嘭嘭"的当然是黑屎。牵牛的就放下肩挎的粪箕,用粪勺把一坨屎收走,但尿是收不走的,只能随它冒着骚气,肆意漫游。路上还时常有自行车"嘀铃铃"疾驰而过。更多时,是粗布鞋遢遢地走过,裹携一股脚汗臭,落一层蒙蒙的尘灰土。

路是没有"休闲"的时候。人车方散尽,鸡狗又登场。狗都发疯似地奔跑,或是缠绵一处,谈一场如胶似漆的恋情。而母鸡喜欢扠挲着羽翎,在灰土里翻身打滚,我相信那一定是它们的洗澡方式,就像我们泡在水里一样,非常舒服。但公鸡到路上都别有用心,一旦发现目标,定会奋不顾身,冲上前去,光天化日之下,要扑到母鸡身上。我当然是看不过眼的,每每提了棍子就追打公鸡,然而母鸡总是也不领情,和公鸡一道嘎嘎地逃走了。

我们当然也喜欢在土路上飞奔,带着一股烟尘,风一般奔跑。偏着腿骑自行车不是我们的权利,大一些的孩子才胆敢这么做。我们不怕热,常顶着日头,和家里的小花狗比比谁是第一。它每回都是吐着舌头,扮着鬼脸打圈子跑。我们的速度总是差不多的,它一旦跑到前面就会立马折回来找我,不然我肯定会踹它两脚。

血红的夕阳中,我抱着扫帚在路心里,扑打漫天的红蜻蜓。母亲路过,说:"注意,你脚下有个树根呢,哪天刨出来烧锅。"

我找了一圈也没看到,禁不住说:"不会吧,路上怎么会有树根?"

"一定是被土掩住了,等到下雨后你再来找找。"母亲说。

一场暴雨过后,我真的发现了一截树桩。因为暴雨,旁边的泥土被冲走,于是它显露了出来。

我满脑的疑问:明明是路,可路心怎么会冒出一截树桩呢?

母亲笑着说:"傻孩子,这路原先是我们家的园地呀,树就是园里的一棵树,长了好些年了,后来修路就把树给砍了,这不,树根就留在路心了么。"

我终于明白,路,原不是本来就有的,就像路边的那条水沟,原本也并没有鱼,只因夏季发大水,鱼就随着水抢上来,于是这沟里便有了鱼,便可供我们用三角网子来随意捕捉了。

我找到那截树桩,在上面撒泡尿,试图冲洗干净,辨识出它的年龄,但终究是徒劳,它已年久腐朽,彻底隐藏了它年岁的秘密。

过了些年头,旁边修筑了一条水泥路。再无须旱里冒着灰尘、雨里蹚着黄泥,且车履轻便可直通向更遥远的世界。庄上人便都见风使舵,纷纷改道了。这路再无人涉足,终被野草荒掉,变成了一堆荒凉的虚景。

那路心的树根,到底没被挖出烧锅,却让野草一并吞没,再找不到了。母亲自己也早已忘掉,再也不提它的故事。

我终于知道,路,原也是可有可无的东西,你若惦着它,它便成为路,你若从不去在意,纵使再好的路也终会变成死路。

(2015年5月23日)

上梁

门西旁来先大爷家要盖草房子。提前种了一秋的覆草,还打制了一秋的土坯。

覆草其实叫作"菅草","草菅人命"中的"菅"说的就是它。它是多年生草本植物,叶子细长而尖,花绿色,结颖果,褐色。形似茅草,却比茅草细致耐看,是苫屋的上佳材料,其次才能排上麦秆、稻草等。《左传·昭公二十七年》记载:"或取一编菅焉,或取一秉秆焉,国人投之,遂弗熬也。"编菅,即盖屋的茅苫。从"编菅"一词可看出,以菅苫屋顶的历史至少已有几千年了。

土坯,是要趁着清秋在谷场上打制的。制坯在我们那里叫作脱坯。黄泥如胶,和着水,撒上碎麦秸,二爹赤着脚牵着牛,将其踩拌得稀烂匀实,灌到长方形的木头模子里,再用"抹子"抹平即可。脱完坯,晒到表面半干,把坯全部搬立起来,再晒个十天半月,土坯已十分干实,便码起来盖上塑料布备着,单等翌年春天的到来。

过了冬便是春了。春耕完毕,距午收还有一段日子,正是盖新房的好时节。大爷满庄赔笑撸烟,大半个庄的壮劳力便都扛锹提锨欣然奔来,不是为了钱也不是贪几口酒,而是乡里乡亲人情人面理所应当。"万丈高楼平地起"说得并不完全对。盖房是要往下挖地基的,不然屋不牢靠。工头怀梁分了活,放样的放样,使锹的使锹,铲的铲,抬的抬,等挖过膝盖深,找平了底,修了边,地基还不算成,还要用夯夯实,只见几个汉子抬着夯子喊着号子,兴兴轰轰砸将下来。他们的号子喊得越来越高亢,夯子使得越来越起劲,"轰轰轰"的,震出了汉子们的狂野,也震出了农村人的气魄。

接下来是下地基。下地基须用石头才好。石材是北面大庄集开采的大青石。石匠"叮叮当当",小工提泥送料,瓦匠依形就势,不出两天,地基已高出平地,等根脚达到"澎七不澎八"的高度,石料刚刚好好用完。这都是老早计算好了的。

第三步是采墙。采墙也叫筑土墙或者版筑,这应该是传承了数千年的老手艺。"傅说举于版筑之间",通过这句话,或可证明傅说是有典可查的最早的泥瓦匠。

依然是拉土拌上碎麦秸或稻草和泥,和泥的依然是二爹,他赤脚拉着牛胡乱踩踏,待踩得稠度合意如糨糊一般便好了。那边工头怀梁手持吊锥,反复测算中,两块夹板已竖立起来。做工头的一定要保证夹板的绝对竖直,不能丝毫马虎,不然一座辛苦盖起的房子有可能就废掉了。夹板为六尺松枋做成,高约一尺。夹板一端用挡头板挡住,以防外露。等夹板已被棍子抵实定型,便有小工铲泥,提桶,这边也便有汉子手持四尺多的墙杵,配合着他们边倒泥边捣筑。墙杵顶端如铁锤,捣得匀实细密,土墙才得以布匀紧密、结结实实。

待采墙采了一圈,大爷款待他们一顿,酒足饭饱,便都回家歇了。等到十天半个月,这一圈土墙晾干,方能再加上一圈。如是者三。到开了窗分了门洞,有一人多高了,便开始筑土坯墙了。

去年秋打制的土坯终于派上了用场。土坯摆砌与砖墙显然不同:砖墙的砖块平放(一般指十寸墙,若七寸墙也有立砖),大面向下,或三顺一丁或五顺一丁;土坯墙则不然,土坯要立放,一般是一层横坯,一层纵坯,而且侧面不用泥,只是平面接缝用泥,这样,墙体借助自重产生的压力就可以立得住,如果平放,受土坯本身韧度所限,就有断折危险。

山墙快砌到了顶,要起脊了。房前屋后愈加忙碌起来,除了一直忙活的泥瓦匠,还早早请来了庄上著名木匠德之。他领着两个儿子,围着檩条、大梁、叉手,弹线,锯料,斧砍,刨凿,标注位置……爷仨忙得不亦乐乎。而不远处,几位年纪大的正由二爹领着扎苇把。只见他们一同协作,将数根芦苇拢成茶杯粗的一把,用自制的"压把机"(一根细木桩打在地下,一端系着短绳,短绳另一端也拴在一根短木上)巧妙地利用杠杆原理,绕着苇把一压,苇把便忽地如被蛇箍住一般,被箍处立马纤细了许多,那短木就势被踩在脚下,腾出手来迅速用细绳将苇把绑牢。苇把逐渐向远处延伸,蜿蜒成一条不见首尾的长龙。便有人抬着闸刀,比着长度,将其斩断成数段,如一个模子里套出的小蛇来。

更远处,祖父和几位老人正在整理去年砍下的覆草。他们剔除芜杂,单选精壮笔直者,涮成一顺,捆成不大不小的一捆,以便进一步操作。

这天是要上梁的。这里的"上梁"并不是"上梁不正下梁歪"中的名词"上梁",而是一个动词,具有喜庆的特殊含义。这可是一件大事,和二月二剃毛头、小孩十二天,甚至和娶亲出嫁是同等重要的喜事。这一天,亲戚和有往来的庄邻都通知了,厨师也请了,全家族不论男女老幼都要来帮忙,女眷自然是烧锅凑火,男人们也都有各自分工,借桌子的借桌子,借板凳的借板凳,借碗碟的借碗碟……去催庄邻赴宴的也是马不停蹄。大爷原本就是族里大支,他分拨安排已毕,自己没了事务,便抄着手踱着方步,笑眯眯地巡视着自己家中一派忙忙碌碌、歌舞升平的景象。对此,他非常满足。

到了上午十来点,最后一根主脊棒也系吊上去安装完毕。今天的主角——工头怀梁提着满满当当的笆斗,爬上主梁端坐好,松开腰间的大红绸子,将笆斗绑在腹前,防止意外掉落。他故作姿态,稳了稳身形,四下望了几望,咳嗽一声,扯着嗓道:"这个——啊——人呢?——"庄上男女老幼一见,早把新房前前后后左左右右围得水泄不通,都伸着脖子巴望着。喜庆的鞭炮一响,他便趁着鞭炮左一把右一把撒了起来。笆斗里是什么?染红的花生、糖果,还有点了洋红的馒头。这在那年月都比较稀罕。就是不稀罕也要抢。喜庆!

他照例前三把、后三把、左三把、右三把撒了一通,忽又停住了。他在等声音。

"往哪撒!"他"高高在上"地喊道。此时他有些膨胀,感觉权力比县委书记还大。

"这边!""这边!""往这边!"人们大呼小叫。

"爷,这边!"人声嘈杂中他辨出是儿子,一把便撒了过去。

明月故乡

"怀梁子欸！这边哦！"他立刻又朝母亲的方向撒去一大把。他光天化日之下，公然"以权谋私""以公肥私"，实在有些"不成体统"，但没人关注，也没人谴责他此时的"不检点"，因为大家都在争抢，他的母亲依然两手空空，而他的儿子不过抢到一颗花生果而已。

"这边哦！""这边哦！""怀梁子欸，往这边撒哦！"……人们跳着脚，和鸣出了山呼海啸的架势。

怀梁面对众人"巴结"的神色，喜笑颜开，不断插科打诨，哪边俏姑娘俊媳妇多就往哪边撒一把，哪边声音大就往哪边撒去一把，在人群中不断掀起一个又一个紧张而又欢快的浪花。

终于糖果撒完，花生撒完，点洋红的馒头也撒完了。村邻散去，客人归座。这个村里重大的喜庆节日中的庆典活动终于告一段落。

"上梁"之后，泥瓦匠工作还没算完，还要上苇把、铺芦席、摊黏泥、苫覆草，再把屋内修饰一下才算完工。其中苫覆草是个技术活儿，须怀梁他们几位大工子亲自上阵才行。房苫不好，下雨、冰雪融化房子就会漏。苫房先从前房檐开始，而第一步最为紧要，叫作"拿檐"。这就轮到老把式怀梁一显身手了，他的绝活是能把房檐做成像"大盖帽"那样的"马蹄檐"，十分好看。檐拿好，其他大工呼隆一起上，摊一层泥粘一层草，直苫到屋脊。然后再从后坡按同样方法苫到屋脊。南北坡在屋脊上汇合，统一做一条"编营"，盖住屋脊，这样，整个房子下雨就不漏了，住上五六十年也不在话下。

轰轰烈烈喝了竣工酒。待屋内晾干，又收拾一下，大爷一家欢天喜地住了进去，他家从此多了一座冬暖夏凉的好住所。

"盖屋十年穷"，这话说得一点不假，在那个不富裕的年代，仅仅盖一次草房，已耗尽了一家人十多年的辛苦积蓄。盖草房可以说是全族总动员，甚至是全村总动员，是全村一次欢乐的大聚会。只是随着时代变迁，草屋已逐渐消失在时光深处，一同消失的，还有延续了几千年的盖草房的技艺。

（2020 年 5 月 19 日）

冷春

阳历2022年2月21日,我中午喝了些酒,午觉便睡得冗长了些,到了晚上睡不着,于是趁着夜深人静,躺在床上用手机续写中篇小说《二楼的女人们》,因怕影响别人睡眠,于是调成了静音。到凌晨一点多依然没有困意,但明早还要早起做其他事情,只好把手机放在床边,强迫自己睡了。没想到这一觉睡得如此艰难,噩梦连连,似乎一直处于半睡半醒状态,以致6点的闹钟声还未响起,我已睁开眼睛,眼前依旧是一团黑,不见一丝曙色的亮。

摸索着找出手机,打开一看,赫然见有几十个未接来电!除几个父亲的电话外,其余全是德峰哥打来的。心里不觉一沉,心话完了!急忙回电话,果不其然,他的父亲——我的大爷果真于凌晨一点多走了!回算一下,正是关上手机睡觉的当口,如再晚睡几秒钟就能正好候到德峰哥的电话。竟然就这样鬼使神差地给错过了,一错便错过了整整一个夜晚!

前些天和四姐短信聊天,无意中提到大爷,说他正在宿迁某医院抢救呢。原来是身体不舒服,到县城某医院就诊,做了全身检查得出结论说是年纪太大部分器官衰竭的缘故,住了几天院,状况不仅没能缓解,却愈加严重了。便强行转院到宿迁,终于找出病根,原来是心肌梗死,因误诊耽误了几天,此时大爷已危在旦夕。在重症监护室连天加夜地抢救……晚上和父亲通了电话,父亲说:"那赶紧啊,明天就去宿迁看看去。"于是连夜到取款机上取了些钱,准备翌日上午过去。和四姐一联系,说:"别呀,我们都在家呢。在重症监护室,谁都不给看,只有侄子在那边听信,再没别人了。"双沟霞姐也打电话过来,说是等等吧,等医院给看了,或是转院回来再去看望吧。既然亲闺女都这么说了,那就等等吧。谁知这一等竟等来了这样结局,唉——

匆忙起床,囫囵洗漱一下,开车先拐到健康路那边去带国先爷。国先爷做过村小校长,是德峰的亲舅舅,也是我的小学老师。他也是刚刚得到信息。车到地点,迷糊的晨光里瞥见他在路边已等候多时了。到车上谈起,才知大爷星期六已转回住院,当时他去看时精神状态非常好,神采奕奕的,且头脑非常清醒,谁知刚过天把竟这样了呢……

大爷已停在他原先住着的车库里,倒头饭供在枕前,老盆里火纸舔舐着黎明,长明灯忽明忽暗,家人还有少数亲友席地而坐,沉寂中时而响起几声嘶哑的哭泣,让人感觉压抑而悲凉。天已逐渐放亮,不一会儿农场的二哥二姐赶来了,二姐未进门已哭出声来。然后陆续有远来至亲,进门照例叩头祭拜,这边孝子孝孙还头回礼,一条孝手巾已抛在地上,祭吊者弯腰拾起,围在脖上。一时并无事务,爷几位胡乱在门前,或抽着烟,或就这么呆呆地站立着。虽已早打过春,但清晨的寒风依然料峭,穿着薄外套止不住地打颤,眼前不禁浮现出往日的情形来。

对于三爹的印象,只有一个挂着拐杖、模糊而落寞的背影。三奶倒是优游岁月许多载,也许由于过去太穷的缘故,三奶总是道:"吃你家油炒干饭了哦。"没想到他们的儿子现在也追随而去了。那时村庄最南面一排住房还没新建起来,我们住的老宅依然是村庄的最把边,过一道小水沟,往南一箭地远便是横贯东西的石子公路。我家正后方是父亲胞弟家,他家左首是刘振邦大爷家,右首是瞎子崇先大爷家,再西侧便是家下大姑家,她家三姊妹一个赛似一个,方圆团转是出了名的。多年后在下草湾工作,一位远房的亲戚还特意提道:"你们家庭玉侠三姊妹,那人长得,一个比一个水灵,三枝花一样,在整个西南岗也难找哦——"据说她们的父亲曾是粮站站长,克己奉公,事必躬亲,在任上因公殉职,她们的血管里流淌的自然不是平庸的血液。三姊妹一在北京,一在南京,一在本县,虽不是大富大贵,日子过得也足够村上人家羡慕了。

父亲胞弟——我的小爷张永家前排就是我家。我家西侧是来先大爷家。来先大爷家西侧是表叔许尔根家。许尔根家西侧是老其柱爹家(后让给其弟其昌)。老其柱爹西侧是表大爷王康银家,他是光棍一个,其兄是县邮电局干部,和父亲要好,他和父亲走得也近。王康银家西侧是张旭爷家。张旭爷家西侧是猛子爷家。猛子爷家西面是一条南北土路(后改成水泥路),土路是村里的中轴线,路东是八队,路西是三队。

从我家再往东,第一家便是伦先大爷家。伦先大爷、来先大爷和我父亲虽不是亲兄弟,但家族就那么几家人,且三家抵足而居,不亲近也要亲近,如家里来了重要客人,吃饭时父亲便吩咐道:"去,把你两个大爷喊来。"我便光着脚丫低头吭哧吭哧地去了,大爷若来还好,若不来,还有点难为情,我在门前用脚丫揉了半天土,回来复命了。

伦先大爷家东侧是美法家,美法也做过我们的村小校长。美法家东侧是二姑父陈玉礼家,他家老二红阳哥体育天赋高出我一大截,只可惜囿于学业没能走得更远。陈玉礼家东侧是直先大爷家。直先大爷家东侧是美社家。美社家东侧是张强哥家。张强哥家东侧是小扣子家。小扣子家再东面依然是他们弟兄家。

我们家左右,一溜七八家都是小弟兄两人,只有直先大爷家是三个儿子,且都是大学生,这在当时的农村里可谓是开天辟地的事情。实际上,这一排人家的小辈们都很争气,小健哥医学专科毕业在儿科方面小有名气,我呢,孬好也混了个师范体师班毕业,其他也有都靠后天努力争取到一份正式工作,也有在外打拼事业有成的,即使是在家种田,也都勤勤恳恳,富足有余,安康乐居。以一排人家窥见村庄,全村的风气的确如此,亹亹穆穆,和善淳朴,宽厚而不失强悍,恭谨而不失睿智……

似乎要下雨,又不曾下。天空是悲哀的灰色,风依然止不住,带着刺骨的寒。而门前也是清清冷冷,没有一丝生气,只偶尔有至亲奔来吊丧,反倒愈加让氛围显得冷寂。似乎什么都没准备,也不知准备什么,倒是大支来先大爷胸有成竹,不紧不慢地,时而差遣一下,半天我和满弟只分到一次借大桌的差事。而父亲则是联系他吹喇叭的徒弟德伦,让他赶紧把花圈搬来,亲友都在等着呢,门前光秃秃的可不是太好看。

第二天是正式开门,接上二哥二姐,又到周李那边接了大姑父传华,赶到方才八点。门前充气式灵堂已搭起来,前面两三排不见首尾的花圈、花篮彰显着逝者风范和家庭宽厚的人脉。花圈前一匹枣红骏马,昂首阔步,似欲迈步向前。德伦的舞台车架设好,舞台上两位美女正嘟嘟哇哇地吹着欢畅的喇叭。其中一位是泗县请来的,另一位是父亲师弟的女儿,她的父亲是朱明,朱明父亲是我父亲的师父。朱明传承衣钵,也是方圆团转难得的好手,只可惜意外英年早逝了。她们暂歇的时候,德伦又摸起了喇叭。他的喇叭早年我听过,叽叽歪歪连音也拢不圆,现在再听确实收放自如,比原先老成多了。"曲不离口,事在人为。"这些话说得还是有些道理的,即便资质一般,通过后天努力照样可以有所成就。

灵堂左侧,大桌朝天迎宾客。冯庄亚洲哥记账,冯老师被请来写花圈上的挽联,学飞负责发放孝手巾和孝碗,我则负责收钱。我自感责任重大,收钱的提包一直揿在手里,到晚上才移交出去。在傍晚绕土地庙夹着提包磕头时,竟突发奇想,我手里拿的哪里是包,就是握着一枚核按钮啊!假如我卷铺盖偷跑了,这场白事活动肯定会立刻乱成一锅粥。

见到我,亚洲哥在喇叭轰响的间歇中对我道:"小说《苍营湖》写得不错,但序里所提有点瑕疵,丁巷确实是有过丁姓的,还有姓孔的,那是他们远祖的老娘舅家呢。""哦?"我颇为惊讶,这两姓着实陌生,竟然从未听上辈提及过!或大约如此吧,若是有也不知几世几代,就在村庄里消失了呢,消失得无影无踪仿佛从未出现过,连村庄的后人也都无从知晓!或是搬迁或是人丁不旺所致吧,如《苍营湖》中丁村的老史家一般,几代单传流水渐细最终无可奈何花落去了。难怪古人以为"不孝有三,无后为大",细细思量,一个家族在某一村庄消失,的确是很无奈且悲哀的事情。亚洲奶奶是我们家下姑奶,父辈家穷,下了学堂胳肢窝夹个碗就走,要完饭再来上学。父亲每当要饭不景气的时候就往冯庄这位姑姑家门前溜,他们都知道,就是家里再难,姑姑也不会让上门的外甥空着肚子走的。

喇叭与音响交织的悲调中,客人陆续来了。初时来客还是稀稀拉拉,有一男一女缩着脖子,胳肢窝夹着折叠式花圈凑过来。伟弟迎过去准备接下花圈,一旁的大支道:"不接。"伟弟看一眼做大支的父亲,收住了手。那猥琐的老男人也并不把花圈递过来,而是径直走到灵堂前,把花圈放在地上,嘴里念念有词,有如做道场讲经说法一般,但因震耳欲聋的音响缘故,只看到一张一合鲇鱼似的嘴巴,念经完毕不曾停留,上前拜了三拜叩了三叩,闪到一旁呆立住。接着那女的也如法炮制。大支道:"按惯例,两包烟,十块钱。"小瑾依言拿来,两人接了也不作声,捡起花圈依旧夹在胳肢窝里转身离去。

日头渐升高,客人多起来。南京的三姐家来了,徐州的鹏飞小爷家来了,胡三的老亲来了,涧北的亲戚来了,赵庄的亲戚来了,双沟的亲戚来了……双沟姐夫的三哥多少年未见,竟然没怎么变化。当年初到双沟工作,我曾在小霞姐家住过一段时间。三哥喜钓鱼,得空时我便跟随他去学习垂钓。我们一清早到包子铺买点包子,三哥用矿泉水瓶装了几两双沟酒,背上渔具骑上自行车就出发了。那时四河大桥还未修好,我们先坐渡船到淮河对岸,再沿着河埂往南骑行,"老鼋窝"那一带是不能底钓的,深得找不见底,或左或右拉开一点距离才好,便向岸边人家借了条船,划到河心,将船拴在网箱上,就着不尽的网箱夹档垂钓,但水还是有点深,七米多的鱼竿用尽,还要徒手往上筹一截,才能把鱼提上来。到了晌午,我们便一口包子一口酒,就着满河秋风,闲看漂起飘落……

来凭吊的除了亲友,还有乡邻,这在以前都是低头不见抬头见的,只是村庄拆迁后,有的已是多少年再没照过面。今天一一走将过来,看似熟悉,细瞅眉眼却又感觉未曾见过——唉,都是熟悉的陌生人。无一例外,原先的少年变成了中年,原先的中年变成了老年,原先的老年已垂垂老矣。

可以说,这是一场家族的盛会,原本应该站在门前迎来送往的主人,此时却冷漠地躺在地上,只与孤灯泪水相伴。喇叭声咽,冷春凛冽,暗云低垂,长明灯忽忽闪闪,挣扎着攫抓着繁华世间滑向冷寂冥界的最后交织线。鹏飞爷以孩子名义小巧地捧来两盆鲜花,摆在长明灯两侧,给悲伤的氛围增添了些许庄重气息。

"唉,悔不当初!"小霞姐说,"从市里转院回来原本已经很好了,精神也很好,一切都正常,但到第二天挨晚却挣扎着怎么也要回来看看,说自己是活不过三天了……"当时只有孙子在病床旁,不敢擅自做主,只好发信息征询她的意见,她呢,当然不愿父亲冒险回家,一再安慰许诺稍好点就回家,谁知当天夜里竟猝然而去了呢!"唉,悔不当初啊!如果知道这样,怎么也请医院救护车护着回家看一看,说不定心情好转,人还没事了呢……唉,真是遭尽了罪,听说在市院抢救都是绑着手脚的,即便这样也没能挽留住……"其实啊,人是逃不出自己的宿命的,大限将至岂是人情所能阻挡的?自责大可不必,谁又能有前后眼把什么都看得清清楚楚明明白白呢?

就要"启程"了,德伦持一把剪刀在枣红马旁呆立不动。待国先爷拿来两包烟,德伦立即举起剪刀去绞马口,但那竹质的马口实在太坚实,他费了九牛二虎之力才算绞断。"再难也要绞开啊,到那边不能吃草还怎么骑?"他道。只见马鞍侧写道:

马契

　　立卖马人张善保,情愿将自家骑坐使用的枣红马卖给张伦先使用,经官塘骡马大行评定,价值冥币伍万元整,钱马两交,分文不欠。自卖之日,任凭买主骑坐使用,恐日后无凭,特立此契存照。

　　　　　　　　　　　卖马人：张善保

　　　　　　　　　　　买马人：张伦先

　　　　　　　　　　　行　人：张响先

　　　　　　　　　　　日期：二〇二二年农历正月二十一

　　"起吧——"大支喊道。

　　孝子驮着牌位,孙子扛着柳枝,撒纸钱的撒纸钱,拿花圈的拿花圈,抬马的抬马……最后是神色黯淡的亲友、哭哭啼啼的家人……走啊,一直向土地庙走去。我和满弟负责抬米汤一路洒着,说是米汤其实是小半桶清水外加了一把米——嗨,人生都是鬼糊的,小半桶假冒的米汤又算得了什么呢,意思到了就行了,大爷他一向粗枝大叶,也不会怪罪小辈礼数不周的。走啊,喇叭声因离了电子琴的伴奏变得单薄起来,一条松松散散的队伍,在春寒的掩映下,悄无声息地走向暗淡的黄昏。土地庙其实没有庙,在原来村庄的西侧约一里路,如今村庄早拆迁了,但村庄的图腾还在那里,再远也要到土地庙去。近乡情更怯,故时的村庄只剩下一条水泥路还是原有的样子,老宅已变成田地,只能参照着辨识大概的位置。当年祖父出事的那道小河只剩下一丝麻线溜,虽时隔多年,再看到那一处地方仍感觉挖心似的痛。

　　"……赵庄杨府……"冯老师朗声道。"上土地庙"仍是冯老师主持,绕供桌三周后,按老亲新亲依次邀请祭拜,略尴尬的是,百十口人竟然无人识得三叩九拜之大礼,只好三磕头略表心意。这边亲友磕头,那边孝子率孝孙还礼。祭拜完毕,那边火起,花圈、枣红马、火纸……在火光霍霍中婀娜腾挪,至亲纷纷解下腰间草绳抛入火中……一扁担下去,枣红马灰飞烟灭,已奔向另一个世界。

　　刚入夜,喇叭场子已开始了,两位美女喇叭手加上德伦和一位下午才赶来的手艺人,人手一支大喇叭并排站着,四个喇叭口朝天怒放,激昂回转连绵不绝、直如刮水一般,一时三刻场前已站满黑压压的人。这是"辞灵"的序幕,到小半夜随着"辞灵"开始,这份最后的热闹便降下帷幕了。但我不想等,一来忙乎一天着实累了,二来入夜实在冷,连最厚的皮衣也阻挡不住,便提前回去休息了。

第二天依旧先去带二哥二姐,赶天刚刚麻麻亮,吃了简单的便饭,亲友跪拜已毕,八位"举重"大汉把灵床抬上灵车,孝子摔了老盆,鞭炮一路"噼啪"地指引着,大爷就此辞别,向大红山奔去。大红山火化回来,尽量不走重复路径,直奔提前探看好的茔地。一口棺材躺在旷野、一台挖掘机虎踞龙盘、几位"举重"人静候多时……伺逝如生,骨灰被小心翼翼地摆放……挖土机吊着棺木压抑着无声的叹息……

"孝子铲一锹土……走吧,不要回头……"大支喊道。

转眼"五七"到了,二姐一再叮嘱:"明早早点啊,千万不能迟了。"凌晨3:30,准时到达地点去带他们,开车到茔地,四下一片漆黑。公路上连个车都没有。一看时间才4点露头。二姐拿出手机一联系,德峰哥道:"赶紧回来,都在家呢。"果然都在家中,至亲都趁着夜色陆续赶来。来先、根先、永先、柳先、国先、鹏飞……仁德、德亚、兵利、德峰、家闯、德龙、德飞、德伟、德雷……美谨、美旺、美忍……还有二姐玉侠、儿媳、女儿、外甥女等女眷差不多有30来人。近5点半,一行人趁着熹微的晨光出发了,大地仍在熟睡,家犬在梦呓,偶有夜鸟飞过。一行人杂踏着走向黎明。二姐把一束精心挑选的鲜花呈在坟前,女儿已呜呜哭开,烈火已熊熊升腾直把夜的外衣扯破,那些纸钱已化作一只只翩然舞动的蝴蝶……"今天六点日出,六点能看到人影往太阳那边走的。"大家便往坟茔上方看去,有轻雾从麦野间升起,天空一片混沌。祭拜已毕。"走吧……"大支喊道。孝子、女儿仍往坟茔上方看去,轻雾在向天空飞升,天空依然一片灰色而迷茫。今天是阴天。

"大家走吧,都别回头……"大支催促道。

大伙儿转回头,举着裹在泥泞中的双脚,一步一步走远。没有人回头。没有人说话。只是埋着头自顾地走着,走着……一抔黄土随着渐行渐远的清风,正悄然埋进记忆的深处。

(2022年5月18日)

怀念蝉

立秋时节,那叫作"秋凉儿"的小蝉儿就疯狂起来,扯着嗓子"凉啊,凉啊"地叫。其实这天,还正热着呢。

这小蝉儿并不是我记忆中的蝉儿。我记忆中的蝉是那种敦实粗犷被称作"蛣蟟"的蝉儿,那蝉声厚重朴实、带着乡村泥土的气息。我时常忆起那山呼海啸的蝉声,铺天盖地,一座村庄接一座村庄的,一浪赶着一浪的,如风过松林,如海潮奔涌,热热闹闹地打进时光的梦里。仿佛是农家汉子汗粒砸进泥土时的喘息,仿佛是耕牛紧绷四蹄时的呐喊,每一声都糅杂着时间的温度,蔓延出无可奈何的乡愁。

那歪脖的柳,那斜生的榆,那不修边幅的"赖葡萄",那房前屋后每一丛绿荫,哪一棵树上不是挨挨挤挤、密密麻麻。它们鼓着肚子在唱,拼了命地唱,唱着苦难,唱着欢乐,唱着未来,唱着热闹的寂寞。也可以说这是一种闹,满村庄的蝉儿都在疯狂地闹,把犬吠鸡鸣鹅叫鸭呱都压得没一丝声响。若哪一树突然静如潭水,准是鸟儿来了。鸟儿来了蝉儿装成哑巴也藏不住,"呀"的一声,一小一大一前一后两团黑影刺向天空,这命运就已注定了。蝉儿着实苦,在泥土幽暗中蛰伏这么多年,为的就是振羽青天外一朝天下闻,可生活的残酷现实活生生地告诉它们生命原本不易。

除了鸟儿,除了守在树根底的蛤蟆,它们的天敌还有我们——一群野得整天不沾家的孩子。大热天里,捉了蜻蜓打了鸟,还是不能罢去欲望奔流的蠢动。那么,捉蝉倒是不错的消遣。装洗衣粉的袋子结实耐磨,洗净晾干,缝在早已圈好的铁条上,做成网兜,再往长竹竿上一绑,成了。扛着竹竿横七竖八地满村庄罩蝉儿去。蝉儿再精灵也精不过我们,趁它叫得忘乎所以的当儿,网兜已悄无声息地伸到它的屁股下面,若再一愣神已抵到背上。蝉儿当然跳起要逃,这一跳正自投罗网。它只能闷声在网兜里胡乱挣扎。挣扎有什么用呢，无一例外，全成了瓮中之鳖。

洗衣粉袋紧缺时，也无妨，我们还有其他招数，从家里偷出把白面掺水揉成团，然后放水里一遍又一遍搓揉，一直揉到水里再渗不出白意儿，往手上一粘拽都拽不掉，这便好了。戳在竹竿梢头单去粘蝉儿的翅膀，也有异曲同工之妙，蝉儿只能颤着身体乖乖束手就擒。其实，捉这些蝉儿有用吗？没有用。不能吃不能喝，顶多能让馋嘴猫儿打个牙祭。这只是我们的游戏，用它们脆弱的生命为童年时光找个乐子。

夕阳西坠，鸡栖于埘，羊牛入圈。我们并不闲着，提着小锄头，围着树底挨排锄地，当然大人锄的是杂草，我们锄出的却是"肉蛣蟟"。这"肉蛣蟟"在泥底窝了一冬，养得膘肥体胖，早等得急不可耐，已暗暗把洞口开到地皮下，只留出书页般薄薄的一层，一旦探得天黑的讯息，便会闻风而动，蜂拥着爬出洞来，爬向树干，爬向树枝。我们拿捏的正是时候，只轻轻一刮，"肉蛣蟟"已是原形毕露，无处逃遁。但满村庄的蝉儿多如牛毛，任凭你一群孩子又能奈何。入夜来，静到极致时，只闻四下纷纷攘攘，一片骚动，一群群"肉蛣蟟"漫过夜色，正潮水般向一棵棵树上涌去。我们不需要手电，只凭借月明星稀或闭目聆听，便可探察纤毫，一把上去，三五只在掌中鼓鼓囊囊已然入袋。不消多时，袋满归家，放逐于家门前灌木花草之上，再用父亲的渔网罩住，只等翌日起床欣赏群蝉脱壳。

那时虽穷了点，村庄里却没有吃肉蝉的传统，尤其是不会有人愿意将金贵的食油浪费在这土掉渣的玩意儿身上。多年后，在寻不见蝉声的城里，在夜色中的烧烤摊上看到被视为佳肴的肉蝉的时候，我就无端地忧伤起来，村庄里的那些年月岂不是错失了许多触手可及的珍馐了吗？是农村人思维的狭隘吗？非也。细细思来，他们不吃肉蝉，同样也不会去吃草稞的蛇、田间的蛙，因为他们早已把它们视作村庄的一部分。没有蝉鸣，没有蛙鸣，没有蛇游的村庄，又怎能算得上完整的村庄呢？既然作为村庄的成员之一，却还吃它们，这该是多么残忍而糊涂的事啊！

我们罩蝉摸蝉，只不过是让枯乏单调的童年，多一份充实的娱乐罢了。我不识蝉的滋味，只喜看它破壳重生的壮美，在悲苦艰难中一颤一颤，最终以最美好的结局蜕变成一道景色，这不正是我们所期愿的吗？

（原载于2022年10月《文学与文化》）

明月故乡

喇叭·唢呐

偶然路过一座陌生村庄,忽听到一阵隐约的喇叭声,便驻足细辨。是海笛,苍凉老辣,透着一股人生阅历后的沧桑。我点头,寻声走过去,一直走到一户白事人家的门口。

果然是父亲。他正鼓着腮,低着眉,漫不经心地吹着。见我来,父亲有点诧异。待我说明,他"哦"一声,一副见怪不怪的样子了。

我是能辨出父亲的喇叭声的。在他吹得还不拢音,叽叽哇哇,像只蹩脚的雏公鸡的时候,我就开始歪在屋角听着了。吹喇叭行当并不是祖传手艺,实际上父亲四十来岁才开始接触喇叭。那时他还是大队书记,不知怎么就突然迷上喇叭,于是隔三岔五,家中唯一的大桌便被拖到门口,桌边围坐请来的周边名手,嘟嘟哇哇地吹。至今我仍记得他们的名字:胡圆方、许开喜、王绍金、朱广喜、田岸华……这都是各吹奏班的班主,当地响当当的名角,后来几乎全成了父亲的师傅。田岸华吹的是《泉水叮咚响》,至今我再没听过如此优美的小喇叭曲子,声音飘忽缱绻,优雅舒展,如少女歌喉般甜美。

"泉水叮咚泉水叮咚泉水叮咚响,跳下了山岗走过了草地来到我身旁,泉水呀泉水你到哪里你到哪里去,唱着歌儿弹着琴弦流向远方……"

听着喇叭声,我的眼前突然出现一幅画面:蓝天白云下,一股清泉淙淙奔流着,一会儿流过青翠的森林,一会儿流过芳香的草地……这首优美动听的歌曲,竟然是通过喇叭第一次得知的,后来我真正接触原歌时,感觉好是好,而喇叭的曲子也是一样的精彩。

那些暮春的黄昏,他们吹呀吹呀,锣鼓喧天,喇叭悠扬,引得邻里丢下手中的活儿,左三层右三层地围看。吹得多了,渐渐习以为常,慢慢冷落下来,只剩下吹奏者和父亲。父亲听得痴了,也坐到桌边,摸过喇叭,发出来的却是一堆让人发笑的怪腔调。父亲不放弃,每日抱着师傅们赠送的喇叭连天加夜地练,慢慢地,破锯拉朽树的吱呀声没了,音拢圆了,音色正了,开始能别别扭扭地吹出些曲调来。

我感觉父亲还是适合吹喇叭的,首先他喜欢,想吹好。他却不适合做小村官,再大的官更不行。他脾性不对,官越大,犯错就越大。他能正开着会就蹲到旁边的沟里摸鱼去,也能不打草稿、谎话连篇乱扯两个钟头。他脾气暴躁,看谁不中意便是拳脚交加,手底的队长们没少挨他的揍,据说他还曾提着板凳把公社书记追出老远。当他的喇叭吹出师的时候,大队书记也当到头了,便全心做起了草根艺人。

他心性高,不愿投身师门,更不愿寄人篱下听凭别人摆布,便自立门户,要自己做班主。消息一出,四方贤士立即云集响应,村西王秃子夹着笛子来了,冯岗老冯头提着二胡来了,刘庄刘名扬背着鼓来了……仿佛是在谋划着开天辟地的大事业,他们表情凝重,围蹲在昏黄的油灯下,一夜接一夜地商讨,研究发展大计。不久庄上有老人去世,他们抓住机会,以此为契机,正式宣布进入江湖,要开创一片自己的天地。

父亲的师傅众多,且都是有些名头的。师兄弟自然也多。加之做村官时余留的人脉,红白喜事时有来请,他们的喇叭班子逐渐风生水起,有点气候了。的确,这是一群有些另类的手艺人,埋了半截土的庄稼汉,非要装出点文艺范来,在农村,就有点新奇了。王秃子,常年戴个黄军帽,把一支笛子横着吹,竖着吹,倒着吹,一对牛蛋大眼滴溜乱转,尽拣俏媳妇抛媚眼;刘名扬,瘦长脸,敲着鼓,抓耳挠腮,一副猴相,时不时往人窝里觑;冯老头,拉二胡,抑扬顿挫,头摇得像个拨浪鼓;还有两位吹笙的,腮帮子鼓瘪如发情的蛤蟆,摇头晃脑眯缝着眼,表情看似很投入,仔细听却是呜哇呜哇滥竽充数。引得很多人老远赶场,不是为听喇叭,而是看他们表情表演。

这一个喇叭班眼看着壮大,还有人慕名投奔。吹着吹着问题出来了,一桌挨挨挤挤坐不下了。分两桌刚刚好,可是主人家又都不干。只好继续开会,分家。吵吵闹闹好多天,最后只好抽签决定去留。分出去的一班,当然不景气,没出两年,倒闭,散伙了。而跟了父亲的,继续吃香喝辣,东村西庄屁颠地跑。

喇叭攥风的时候,红事白事都请,红事有红事的曲,白事有白事的调,悲悲戚戚，热热闹闹，各不相扰。喇叭是此类乐器的统称，又细分为小喇叭、大喇叭、海迪等，以唢呐称之并不能以一概全。唢呐，通常意义指的是小喇叭，体小，音清亮，适合吹欢快的曲子，为婚庆必备。父亲吹唢呐，只喜欢吹一支《百鸟朝凤》，模仿各种鸟鸣，曲调明快，旋律旖旎，每在薄雾的早晨听来，犹如天籁。大喇叭最为传统，皆为悲调，只合丧葬之用。"喇叭，唢呐，曲儿小腔儿大……眼见地吹翻了这家，吹伤了那家，只吹得水尽鹅飞罢！"我总疑心，王磐的曲子说的就是大喇叭。大喇叭不吹流行歌曲，只吹牌子。牌子就是大喇叭专用曲牌，这和词牌就搭上点关系了。牌子没有谱，吹喇叭的艺人们也不识谱，都是代代相传，口口相授。至今我还能记起父亲当年学牌子的情形，他和师傅倚坐门边，头挨着头。师傅哼一句，他就跟着哼一句。"嘀嘀哒哒嘀嘀哒，嘀嘀哒哒嘀嘀哒，哒嘀嘀哒……"这是《小开门》的调子。白事分为《小开门》和《大开门》，《小开门》是至亲凭吊，《大开门》是纳客迎宾，以大小开门曲牌烘托区分。大喇叭必须对吹，且延绵不绝不可间断，如躁响的蝉一般，曲牌终了，方可住嘴。大喇叭在喇叭中最为传统，最需基本功，因此学手艺多从此处开始。练大喇叭，等稍有些基础后，就要练牌子，练换气。而换气又最难练，据说有人练一辈子也没学成，它要求吹者口不离哨、手不离杆，气息均匀，声似流水，循环往复，滔滔不绝，却全凭鼻腔吸纳周转，腮帮鼓息间便是一个轮回。而父亲最喜欢吹的却是海笛。世上本无海笛这种乐器，在大喇叭沿口焊了一圈上好的铜皮便成了海笛。海笛音沉郁粗犷，浑厚庄重，与唢呐的轻灵、大喇叭的秀美形成巨大反差，恍如一位饱经风霜的关东汉子。海笛最为父亲喜爱，使用的次数也最多。唢呐多为喜庆，大喇叭专为丧葬，海笛却两者兼可，取法自由，流行歌曲皆可吹奏，是喇叭中下里巴人和阳春白雪完美兼容的"歌者"。

我至今都没能弄懂，父亲那老树根一般粗糙笨拙的手指，是如何捂出那些细腻的曲调来的。但他的确越吹越好，越发有了自己的风格，却仍不满足。一日遇上对棚，本来双方势均力敌，父亲他们这班正准备发力，对方一老头突然爬到大桌上，喇叭高昂："东方红，太阳升……"一个女花腔突地从喇叭管里冒出来，清脆嘹亮，字字珠玑，众骇然，听众立刻被拉走多半。喇叭能吹出女腔不容易，字字咬得清更着实不易，只有那些老师傅单用喇叭哨子拿着小碗配合，方能变幻出来，但多有拉魂腔的味道。而单凭一支喇叭,便能达到如此境界,纵观声色江湖,数十年来,未见出其右者。父亲一打听,原来是原县文工团下放的台柱子——王昆文。没出一个星期,这个干瘦的小老头便出现在我家屋里,每日身传心授,住了将近一年时间,方才告别。

父亲的吹奏功力日臻成熟,喇叭班也逐渐成形,有了一片自己的领地,便也开始收徒解惑。他的徒弟并不多,先后不到十人。最小的徒弟当时只有十几岁,每晚由祖父陪着走几里路过来学习,可惜学成后并未师承衣钵,而是开店经商去了。其他徒弟大多学了几年,好不容易攒下点师徒之意,最终都被他几巴掌给打没了,虽未反目成仇,却都已疏远,投奔了别的班子。说来说去,还是他的关门弟子最忠心。这徒弟比其他任何弟子年岁都大,似乎比父亲只小两岁,行拜师礼时已五十好几了,他好像一直没能出师,喇叭始终吹不拢音,叽叽歪歪,像一只惊慌失措的母鸡。但他人却憨厚,逢年过节,总要送点礼来,农忙时节,得空便三个儿子全带上,过来帮着抢场夺麦,秋收春种。

其实吹喇叭是讲究点天赋的。方圆团转,做吹鼓手艺的人不少,但真正能吹出点名堂的,就屈指可数了。这不仅需后天努力,还要有先天的禀赋,外加生活的阅历才行。三棍擂不出个闷屁的实心眼子,就是不睡觉,也练不出天花乱坠来。父亲左嗓子,从不唱一首歌,但他读初中时跟班主任学过笛子,多少有点功底,加之悟性较好,且剑走偏锋,钟情于海笛,虽未大成,也算小有成就了。听父亲吹奏海笛,沧桑寥远,厚重坚实,有泥土的醇厚,有秋草的郁涩,也有生姜的老辣。这与他所有师傅的风格都大相径庭,师傅们虽尽为名师,但都走华丽一线,全是洋洋洒洒、缠缠绵绵、高山流水、飘忽云端的缱绻气韵。这大约与他的生活经历有关,小时家贫,四处辗转要饭,年轻时当过兵,干过公安,做过工人,开过石场,收过芦苇,当过大队书记,中年时又遭变故打击,命运多舛,磕磕绊绊。应景入怀,相由心生,吹到最后,喇叭成了灵魂的"调色板",最终应合了他的心景。

喇叭要吹得好,还须喇叭好才行,杆要上好的紫檀木,碗子要纯正的黄铜,才能音拢腔圆、居高声远。最关键还是哨子,唢呐发声本源,优劣与否,关乎甚大。父亲的哨子都是自己做的。每到霜降,他就满湖搜寻那种未长成形、不稂不莠、只有筷子粗细的芦苇,割回阴干备用。需时便抽出一根,取成截,一端细细缠上铜丝,另一端浸湿,用两片烧红的碗茬对着一烙,便成了。看似简单,实质深有讲究,好不好,能不能用,全凭自己感觉把握。县城一家琴行曾慕名请父亲供货,一个哨子五元。父亲婉言拒绝了,毕竟材质不易找,每年做的,仅够自己用的。此处说得似乎有点远,但从艺术相通性说起,这就是所谓的"功在诗外"了。

  喇叭场,其实就是一个草根江湖,风云吊诡,波澜变幻。喇叭的传统地位受到威胁:首先遭到时兴的电影冲击,婚庆阵地被夺走了;然后受现代化波及,喇叭班纷纷装了音响,配了电子琴,或者干脆用音乐伴奏,那些只会吹笙敲鼓打当当的,只能黯然下岗了;再后来社会气候也变了,晚场没人再愿看什么魔术把戏,也没人再想听什么《百鸟朝凤》民间小曲。有些实力的班子,便迎合观众渐变的口味,买了舞台车,请了专业表演者,浪声嗲语,搔首弄姿,衣衫单薄,勾引人心。父亲吹了几十年,依旧一个提包,两个喇叭,别无他物。而他的班子也是一茬茬人来,一茬茬人去,换来换去,只剩下了孤家寡人。现在,如有主家来请,他便请几个人来帮活;若同行来请,便去给人家帮活;没人来请,便打打麻将,逮鱼摸虾,种点小菜。

  回想当初和父亲一起打天下的那帮人,早退的退走的走,泯没于江湖之远,唯有父亲虽渐老去,却一切依然。能一直做着自己喜欢做的事,不能不说是一件幸事。舞台上,父亲依依哒哒地吹着,似吹给别人又似为了自己,依依哒哒地,吹着岁月,吹着自己的人生。他放下喇叭,老眼昏花,看着请来的年轻人,又蹦又跳,插科打诨。细想想,在这个粗枝大叶的世界,人生能够这样,已算足够圆满了。

(2018年4月1日)

瓜事

  有人喜食歪瓜裂枣,大约谙熟于补偿一说:所谓关上一扇门即打开一扇窗云云。我小时常吃歪瓜裂枣,除去歪裂部分,余下者的确脆甜酥爽,滋味别有洞天。然若易之于市,歪瓜裂枣确又不易卖,毕竟井市多以貌取物,则内中风韵又居其次了。

我八九岁时家中开始种瓜。那一年,庄上跟约好了似的,几乎都种了瓜。我家瓜地在公路旁边,种的是本地土种,一个个长得圆溜溜的,覆在瓜秧下面,仿佛埋了一地墨色的地雷。因是土种,瓜瓤并不好吃,软塌塌的,没有一丝甜味。

西瓜熟时,照例是用平车拉到集市上卖。我们那里逢三、五、八、十为集,轮到逢集日,母亲就趁着朝露摘上一车赶集去,或卖完,或卖不完也不打紧,卖不完就带回来自家吃。

我最中意的还是靠地边的一只西瓜,墨绿得发亮,跟篮球一般大小,看着养眼。我便有了私心,扯瓜藤藏了起来,防止被母亲找去给卖了。我每天前去查看,它一直很隐秘地长着,我心里便有了盼望,待到十分熟时,该是特别好吃了吧!于是我小心谨慎地期待着,直到瓜蒂处那枚须枯死很久,瓜色暗得就要腐烂的时候,才下定决心将其吃掉。可是,当打开瓜的一刹那,我傻眼了,哗啦一声,西瓜熟溏久已,早化作了一摊水。可见,世事皆不可久等,等过头时什么也没了。

到大份瓜出来的时候,集市上瓜满为患,不好卖了。种瓜人家只好候在路边,等待那些过路客们。这天路上晃晃悠悠驶来一辆五吨货车,司机满车的梨不吃,偏下来买西瓜解渴。一听说才一毛钱一斤,他立马眼睛瞪得老大,转身就把一车快烂掉的梨倒在路边,换作一车西瓜拉走了。才过一天,这个人又回来了,还带了两个人来。那些瓜贩闻风而来,不出十天,已形成了西瓜市场。最初来贩瓜的两个邳县人和我们一家结出深厚的情意,还特意带我们到邳县去,好吃好喝供着,只是交代不要轻易说出自己是哪里人,防止被他们的生意对手利用。

西瓜市场如吹了气般膨胀,上海、南京、淮安、新沂……四面八方的商客都有,几十里地的瓜农也蜂拥而来,市场一时间竟在公路上延绵了数里路长。庄上的青壮年们争当时代弄潮儿,从瓜农一转眼都变成了西瓜经纪人,只不过那时没这个称呼,他们称瓜商为"货主",而对于自己则谦称为"开行的"。父亲是瓜行最早的发起人之一,因做过大队书记,能说会道,加之很有些"领导气质",招揽的"货主"自然多,而庄客们也是身随影从,不几天已发展到几十号人,麻利地到岔路口等车抢"货主",嘴皮灵敏地帮"货主"看瓜谈价,上年纪的过秤算账,我们半大小子则在车上接瓜码瓜。人多手就杂,就有人偷懒耍滑等着分钱,也就有人抱怨闹矛盾。于是父亲的瓜行一次次分家,分了再分,一直分到剩下些家族相近脾性相投的,才慢慢固定下来。每年瓜季,是父亲除去做大队书记最为风光的时节,手指夹满"货主"、瓜农孺的香烟,在西瓜车辆间颐指气使,如鱼得水。

林子大,鸟就杂了,就有投机取巧者东市贩西市卖,从中渔利;也就有人欺行霸市、小偷小摸。一淮安人,开着十吨车来买瓜,瓜买了一半,一摸口袋,钱没有,被人偷了,一脸沮丧坐在路边。父亲知道后,请到家热情招待一顿,以语宽慰,因天变阴冷,特送一床毯子路上御寒。后这人曾寄一封信来,说毯子已在途中饭店吃饭做了抵押,特地表示感谢云云,落款是三堡乡。父亲也没当一回事,把信随手丢了。后来我到淮安上学,曾骑着自行车在乡间转悠,城南几十处果然有个叫作"三堡"的地方。

一条瓜市,就是一个世界,其间演绎了无数的悲情喜剧。同样是"货主",有人赚得盆满钵满,有人却贴得连回程的路费都没了。而"货主"和"开行人"之间也时为利益驱使,钩心斗角,尔虞我诈。庄上有一叔爷辈的"开行人"和"货主"闹了矛盾,被强行按在车上带走,半道推了下来,住了半个月的院。还有一位也是叔爷辈的,晚上收完瓜,喝了酒回家,正撞见女人和母亲拌嘴吵仗,一时忧愤想不开,拿起一瓶农药便咕噜下去,没到半夜人就没了。我的远房表哥长敬,是瓜市边供销社里的营业员,每日看着别人贩西瓜眼热,便和别人合伙贩一车西瓜到南京卖。他是在后面押车的,车到盱眙境内,有瓜滚动,他扭身去护,结果瓜掉下去人也跟着掉下去,轱辘从大腿碾压过去,截了肢,遭受此打击,没过几年,人也就走了。

瓜市虽间杂、蝇营狗苟、暗流涌动,但其主旋律却永远是熙熙攘攘,热热闹闹,一派繁荣景象。"货主"带了大包的钱来,装满一车西瓜走了;瓜农拖着一手扶机西瓜来,换作一沓钞票回了。各得其所,皆大欢喜。每年立秋过后,父亲都要趁着瓜市收官,十块钱或五块钱的,捡一车败园瓜回去,可以一直吃到八月半。

西瓜市场红红火火十余载,因在公路上,时常堵车挡道,便被政府强行改了场所,又加之田地都由旱地改作水田,种瓜者渐少,瓜市逐渐败落,最终消失了。

现在想来,种瓜其实是件不易的事情。就说春瓜,开春便要挖河泥回来育瓜芽,田地也需覆成垄预备着。清明前后,点瓜种豆。等过了清明,天气转暖,便要移栽瓜苗了。用平车或手扶机将瓜苗拖到田头,沿着垄一棵一棵栽下去,同时需一瓢一瓢地浇水,还要用塑料薄膜覆盖保暖,防止"倒春寒"。这期间看护要紧,勤浇水,随时补秧。等瓜秧开始妥头疯长,又要施肥、除草、打头了。打头就是把多余的藤蔓掐除,每株只留下三四根粗壮者精心培养。藤多瓜是长不大的。待到开花打纽儿,瓜长到碗口大,家家便开始搭瓜庵照看了。种瓜最累人的还是摘瓜,装在蛇皮袋里腰背肩扛,蹚着瓜秧间隙,踩着泥泞,运到车上。要是遇到阴雨天,手扶机冒着黑烟,需几人才能推到公路上。卖瓜所得的钱虽比其他作物要多,但其间的付出与艰辛非是不种瓜者能体会到的。

因自小种瓜看瓜收瓜吃瓜,我与瓜自然多了一份亲近,每夏都能吃瓜上瘾,入秋无瓜之后,总要难受好长时间。又因与瓜相伴,熟稔无间,对瓜的辨识,自然比常人多几分心得。第一茬瓜是看须的,藤上有一叶便有一须,瓜蒂处须死,该瓜便熟了。后再结瓜,就无须眼看,听其声便可。弹瓜,其声啪啪如敲树干,则生瓜;其声咚咚似鼓,则瓜十成熟,味正甘美矣;若其声嘭嘭如空,则瓜已熟过头,变作败絮空瓤了。如用手掂之,同等瓜,生则重,过则轻,其拿捏判断,须阅历淬炼方可。夏日连阴雨过后,买瓜最须谨慎,若弹瓜声当当,如击坚石,则此瓜不可买——系瓜被水浸,复被曝日一激,瓤已熟溏。切开,色紫,味酸,夹有淡淡酒味。若不忍丢吃下去,对人体也无多大伤害。

对于吃瓜,多数人喜欢吃大瓜好瓜,我窃以为,还是歪瓜最合我的胃口。

(原载于《分金文学》2018年春季刊)

明月故乡

猫狗事

记忆中家里只养过一条狗,是一条毛色黑白相间的花狗。虽是土狗,却壮实凶猛,在村庄的狗群里鲜有敌手。刘邦大爷家的黄狗也是敦敦实实,一身蛮力。人处为邻时,和和气气,狗为邻时却常"政见不和"就"兵戎相见",不争个你死我活誓不罢休,但无一例外,总是花狗昂首蠢立,望着黄狗落荒而逃。

但居家时花狗总一副憨傻样儿,摇头摆尾,且常与我相戏为乐。我那时大约几岁,每日和狗一处玩耍,常不离左右。一日秋收,玉米棒子堆在门前,一家人围坐着剥玉米外壳。花狗躺在一旁观望消遣,竟酣然入梦了。我当然是不必剥玉米壳的,便捡地上的玉米缨子编出好大一条辫子来,轻手轻脚绑在它的尾巴上。花狗睡得正香,浑然不觉,待醒来竟也未发现,伸腰撅腚,来回奔跑,直把长尾舞成一条蛇才探出端倪,然而却被自己吓坏了,躲不迭地跳蹿,引得众人一阵哈哈大笑。

似乎小学三年级的时候,一日放午学回来,花狗不见了,只闻见锅屋里飘出一阵狗肉香。原来"打狗运动"已掀开序幕,父亲是大队书记,要以身作则,先把自家的狗给勒了。此后,满庄孩子满庄狗的平静生活,被兔子枪的凄厉声打破了。平时少有人搭理的打兔子的猎人突然间变成了香饽饽,各村抢不到手,猎人后面跟着一群持枪弄棒的劳力。平时老实巴交的庄户人此时已变得青面獠牙,成了屠戮"人类忠实伙伴"的帮凶。一时间,村村房前巷尾一片失了疯似的喊杀声,夹杂着狗儿们绝望而刺耳的呻吟。从此,村庄陷入一片死寂,再没人欢狗跑的和谐景象。狗肉盛在盆里,香味四溢,全家人围坐桌边大快朵颐,我则坐在一旁哭了一中午,然后背着书包空着肚子抹着眼泪上学去了。

在涧圩小学上学的那一年,我住在大舅家,大舅家新抱养了一条花狗,颜色斑纹竟与原来的花狗如出一辙。这花狗只几个月大,倒也乖巧,尤其喜与我亲近,每天放学必老远就迎接过来的。一天放学,花狗竟没有迎来,且不见身影了。便问询表哥。

表哥却道:"疯了。"

"疯了?"

"疯了。"

怎么会?这狗最近确实不似先前那般活泼,但也不至于啊——但既然这么说,结局也大约可以确定了。既然这样,就这样吧,还能怎么着呢。但我却异常伤感,且为狗的不幸愤愤不平,终极所以然,只能借著述抒发胸中愤意,晚上凭着昏黄的煤油灯,趴在当作桌子的土砖块上写一篇纪念的文字,如此而已。从此便再不愿接触狗,因最终的结局实在让人难以释怀,不如远离的好吧。

对于猫,确切讲我并未真正养过。一年深秋,一只花猫不知从何处跑来,赖着不走了。母亲说:"不走就不走吧,也不多它一个。"于是在墙根底置一破碗,每逢家中有鱼肉佳肴必分一杯羹,算作接纳为檐下客了。

猫是自来熟,房间摆设不几天都被它摸个透熟。但猫生性孤冷,不到饥饿时是不与人接近的,接近也有限度,若即若离,永远保持着警惕的红线。它自力更生,掌握着猎杀麻雀的独门绝学,若见麻雀落于树下,则以树干掩护潜踪蹑迹,待到近前,一个虎扑,麻雀来不及挣扎已成了腹中之物。

它的食谱当然不会仅限于此,甚至有些着实让人头皮发麻。秋夜灯光如月,吸引不少飞虫飞聚过来,啪啪地撞落在地。我在灯下看书时,花猫也溜达过来,坐在一侧,却显然心不在焉。原来是别有用心,在扑食肚皮滚圆的蝼蛄。蝼蛄哪里知凶险,一味地扑向光明,"啪"一声碰了壁翻身落地,早被花猫一爪按住,"枯嗤"一声,只剩下一截张牙舞爪的头颅满地翻滚着……这一幕让我恶心得浑身发凉,生出一层鸡皮疙瘩。

另一幕则更为瘆人,午夜时分,无意中从床的夹层摸到一物。开灯一看,却原来是一骷髅!头颅、身躯、四肢、尾巴完好无损,却不见一星半点的肉渣。一具老鼠骨架!想也不用想,肯定是花猫的"杰作"!从此便对猫有些厌恶,一副道貌岸然的嘴脸,却做着龌龊冷血的勾当,的确让人不齿,这猫不养也罢了。

但猫依然我行我素，没人去干扰，更没人去驱赶，在自己的圈子里活得有滋有味的。后生了一窝小猫，一只猫仔不像其他猫仔那样自寻门路，而是赖在"娘家"不走。大约是"一山不容二虎"，即便母女也是如此。母猫为了女儿的幸福，不久便不辞而别，再没回来。这只花猫和她母亲几乎是一个模子里刻出来的，但比她母亲乖巧许多，因此在家中的地位有了一定提升。新宅打地平的时候，它无意中在尚未凝固的水泥上留下了一串梅花印迹来，且一直在院子里醒目地保留着。我曾和弟弟戏言道，这猫爪将来不会变成化石吧。可惜，随着拆迁的到来，别说它的爪印，就连村庄都没了。这只猫在家中待了两三年，外出打野的时间越来越长，有时十天半个月都不照面。一天母亲嘀咕道："这猫，好长时间没回来了呢。"父亲也附和说："是啊，足有小半年了。"这花猫自此渺无音讯，再没回来。

多年以后，儿子提出养猫，我是坚决不同意的，再冷漠之物，相处久了，都会纠缠出感情来，然而终有一别，伤心必不能免，不养也罢。但儿子铁了心，义无反顾，储蓄罐翻了个底朝天，带着几年的积攒鼓鼓囊囊一大袋子，几次登门宠物店，1000块钱一只的矮脚猫买不起，最终600多元换回一只蓝猫来，并搜肠刮肚给起了个名字：糖宝。

糖宝活泼可爱，有时还很黏人，给家中平添不少生气。看着它便不由想起家中往昔狗与猫的故事来，不觉有些伤感。唉，既然养了，那就养着吧，毕竟，这是一只乖巧的蓝猫。

（2021年10月1日）

偶遇儿时玩伴小兵子

"你是谁啊？"

闲且无聊时，我偶然登录某唱歌软件，还没唱上几首呢，冷不丁收到一句来自陌生人的没头没脑的问话，也不知是疑问还是质问，更搞不清此人究竟是何用意,便一笑了之,抛在脑后。

两年后再次登录该唱歌软件,又看到这则消息,再琢磨一下,我的空间里有几张孩子照片,其中一张是和祖父母合影,对方可能辨出这张照片而问有所指的。如是这样,必是熟人无疑!打开对方空间,发现一张似曾相识的照片。我迅速输入一行字:"你是兵子?"

他的问话是 2017 年 9 月 18 日,我的回复是 2019 年 11 月 19 日,时隔两年零两个月。

第二天他回复是的,并留下一个联系方式。第三天我联系了他。

"我是小兵子。"他第一句话说。

我无比激动,这个熟悉的小名多少年没喊了。小兵子,我穿开裆裤时的玩伴。我们相邻而居,我家西边是来先大爷家,大爷家西边就是小兵家。我们年纪相仿,大约刚会爬时就在一起跌爬滚打了。

小兵家院前猪圈旁栽着数棵榆树,婆娑翁郁,引得鸟儿们一阵一阵往上落。那里自然成了我狩猎的场所,常常趁天麻麻亮时,以猪圈作为掩护,用弹弓对树上鸟儿发动突然袭击。其中一树最为高大,足有三四层楼高,窥见树梢叶丛藏有一鸟窝,便趁老鸟外出觅食,攀上去掏鸟窝。谁知老鸟并没走远,赶回来绕着我嘎嘎狂嚣,冲着眼睛扑棱乱啄,惊得我差点从树梢跌落。

我年年掏鸟窝喂小鸟,剥夺鸟妈权利把自己变成老鸟。父亲的好朋友我的表大爷姓王,是县城邮电局里一位干部,也喜养鸟,时而送一个木质或竹质鸟笼给我,但最终都被恶猫给扒坏了。

那一年,我在鸟窝里掏了四只小鸟,竟然全喂活了,等翅膀长硬以后,不是落在房檐就是守在屋边矮树上,天热时便跳进院中的水缸里扑腾两下算是洗了澡,若见我回来,又都飞扑过来,张着大嘴呱呱地撒娇,比它们对亲娘还亲。那段时间我忙得焦头烂额,连放牛也顾不上,四只鸟儿食量大增,我每天除了逮蚂蚱就是抓虫子,忙活半天,一串蚂蚱刚提回,一阵风卷残云,转眼又都哇哇讨要,我饭也吃不迭只好再次扭头给它们寻食去。奇怪的事情发生了。第一天,少了一只,怎么也找不到,不知飞哪去了。第二天又少一只,依然不知所踪。我很纳闷。第三天,我提着蚂蚱回来,仅剩的两只雀子飞迎过来,谁知还未落地,早被一只埋伏已久的狸猫冲过来,在我眼皮底下一口一个给叼走了。一切都明白了！怒从心头起,恶向胆边生!我咬牙切齿红着眼随手抄起一根棍子跟后就追打,撵了有小半个庄子也没追上,这狡猾的恶猫三绕两绕转过一个草堆,竟然把我给甩了!又寻了半天也没找到。这时恰好到了小兵家前面,小兵刚好从屋里出来。我一看到他就仿佛受公婆虐待的小媳妇终于见到了娘家人,只喊一声"兵子"哪里还能再控制住,泪水早如决堤般倾泻而下。

小兵外爹是个皮匠,每年都要来他家住上一阵子,走乡串户赶赶集,做点补鞋打掌子的小本生意。他补鞋用剩的下脚料就成了我的宝贝,修剪一下,便成耐磨的弹弓包皮了。弹弓包皮多的时候,也曾和小兵趁下课在校园里兜售,还真卖了两毛钱。小兵外爹不忙的时候,也帮我们剪,他的剪子又大又快,三下两下一个弹弓包皮就出来了。若到夏天,他偶尔还用锉子帮我们磨黄鳝钩子。这是个很有意思的小老头,高且精瘦,略有一点驼背,到哪都精神抖擞眯缝着眼带着笑。他见多识广,回来做活时,我和小兵就蹲在旁边,听他用一口宿迁侉腔讲述走乡串户的趣事奇闻:说月夜赶路,见有几只黄大仙拱手拜月,见他便又向他拜,吓得他差点把挑子给扔了;说某村深塘里出了"水鬼",专拽人的脚脖子,一个路过货郎不知深浅,跳进去洗澡解暑,结果被人救上来时脚脖子乌青……说得我和兵子将信将疑。

我们虽时常一处玩,但家风显然很不一样。不像我没人管束,兵子家教很严,他和弟弟小风都文质彬彬,母亲不会轻易让他跟我屁股后打鸟逗鸡满庄乱转无所事事。一个星期天下午,我提着弹弓刚到他家院前,正好撞见小兵被逼着做作业,躲避不及已被发觉。他母亲说:"小二,赶紧,一起把作业给做了,明天先生又该查了。"我应了声,心不甘情不愿硬着头皮背书包过来,和小兵抬了桌子到院中,装模作样写了起来。她一见,很是放心了,便锁了院门到湖里锄地去。我啃着笔,抓耳挠腮,心神不宁,百无聊赖,翻眼骨碌,坐院观天,听院外树梢上叽喳乱叫,见蓝天底鸟雀纷飞,犹如热锅上的蚂蚁一般。再看小兵,也是味同嚼蜡,坐卧不宁,左顾右盼,面露苦色,心如猫抓。我们一对眼神,意见已沟通完毕:逃。院门已被小兵母亲我的表婶从外面锁住,想逃只能另寻他路。房屋我们当然翻不过去——还没那能耐,能爬的只有院墙了。但小兵家院墙也着实难爬,虽是土墙,但顶上却盖了层覆草,滑不溜叽,还刺挠人,更碍事。我们开动脑筋,两人合伙把平车架子抬靠墙上，方才翻了出去。不知后来小兵有没有挨表婶的擀面杖，反正第二天我又照例到老师办公室墙角站了。我的家庭作业就没完成过。

玩弹弓的确对学习影响很大，小学毕业后，我没能考上中学，被母亲送到大舅家复读了一年，才考上了乡里中学，而兵子上的则是本地联中，我们一起玩的时间就少了。他联中毕业后，一天和我告别说他要到宿迁外公家那边工作了，舅舅已把一切安排好，并比画着说是吹茶瓶内胆。等再次见面时，他又黑又瘦差点儿变成了非洲人。"吹瓶胆天天挨火烤，能不黑吗？"他说。声音又粗又侉，完全变了个人。再下次见面时他已到了蚌埠。几年后又跳槽到了昆山。我们见面次数逐年减少，只偶尔趁春节回乡能见见面聊上两句。再后来村庄拆迁，我们天南海北，从此彻底失掉了音讯。一晃下来已不是少年了。没想到现在竟然以这种不寻常的方式续上了联系，这世界说大真大，说小还真有点小啊！

当天夜里1点多，我们这对穿开裆裤时的玩伴又开始聊上了。聊天中得知他现在已到淮安工作了，离家近了不少，而且工作环境和地位都改变许多。我很欣慰。

我们现在还有了一个共同的爱好——钓鱼。我们相约，等他有空回来，就到洪泽湖边一起去痛痛快快钓一场鱼。

(2019年12月20日)

春天里的村庄

夜里"死"去的村庄，又在大清早活泛过来。先是村南头满意家芦花鸡，天黑洞洞的就扯着嗓子乱叫，然后是狗叫、猪哼哼，就连羊叫声、牛叫声也在同一时刻趁着薄雾"醒"来了。一同"醒"来的，还有满树叽叽喳喳的鸟雀儿，把新着的轻荫吵得一团糟。

已有老人背着粪箕，在村庄里转悠，每一次驻足，手中的"粪勺"一钩一提,半截狗屎,或一泡猪粪已飞入粪箕。家庭主妇起来了,一阵锅碗瓢盆交响,烟囱里冒出炊烟,一时饭熟,喂着猪,喊着懒睡的孩子,一天才算真正"醒"来了。

四月,春气动,该是育西瓜芽的时候。满意好像要出一次远门,把手扶机检修一新,特意加足油添满水。"闲了一个冬,也该收拾收拾了,就算是人闲这么久也能上锈了。"满意说。

手扶机"突突"冒起黑烟,惊得鸡群飞梁上树,还忘不了"咯噶"回望一番。满意开着车,车上站着儿子玉米,一条直贯村庄南北的黄土路尘土飞扬。老井沿有人在提水,弯腰撅腚拉着井绳。"满意,一大早你爷俩哪去?""摇把沟,拉点土。"他们相互扯着嗓子喊,手扶机的声响吵乱了整个村庄的清静。

河边的路已被野草花盖实,扒根草、癞牯稞、猫了眼、七个芽、凤目香……一棵棵跷腿撅牙,在路心招摇浪荡,懒懒散散。"摇把沟"之所以叫"摇把沟",就是因为此沟拐了个"Z"字形的湾,活像启动手扶机的把手。满意的目的地是摇把沟的第二个湾口,上年发洪水时,那里淤了一湾的黑泥,经过一冬的发酵,现在又肥又酥像刚出锅的发面饼。满意早盘算好,用这泥来育瓜芽,连肥都不用上了。

爷俩早分好工,满意挖泥装车,玉米到沟里摸田螺,不过中午还不能吃,要放清水里吐几天的泥腥才行。摇把沟除了汛期似洪水猛兽外,冬春则恬静如少女,清浅如许,若一脉溪流,只到膝盖深度,水底游鱼螺蚌看得一清二楚。满意和玉米各忙各的,一边是"窟嗵"的挖土声,一边是"哗啦"的蹚水响。

满意不用抬头,也知道儿子方位,玉米一会儿嚷嚷摸了只"大牛眼",一会儿报告挖出个大河蚌,一会儿又叫着掐了条大鲫鱼。车边跑过一只兔子,顶上飞过两群鸟儿,满意歇了三回,抽了四颗烟,看着谁家放在半空带着响哨的七星风筝愣了会神,伴着淡淡的麦草青芒香息,一车泥土已装满。玉米一脸欢喜,溅了半身的水,提着大半篮子的收获回来,篮子里是田螺、河蚌、"小米歪",还有一条泥鳅、两条小鲫鱼、几条"肉骨锥"、"陈小麦"……

玉米爬上车。满意摇响手扶机。麦子正拔节,像一片绿色的海。在海的深处,红砖绿瓦若隐若现,一团团滚动的春色,已在村庄上空绣成嫩绿的一堆。

(2018年5月2日)

又见楝枣花

走在路上,突然一个战栗,一股久违的香息钻进鼻孔,犹如多年前妈妈亲手烙的葱油饼,那喷香的滋味,让我迷醉。我寻香看去,噢,是路边的楝枣花开了。那一枚枚幽蓝小花儿,仿佛一颗颗失落的泪滴,勾起了我对乡村的回忆。

苦楝树,我还是习惯称它为楝枣树。它原本是乡村里再寻常不过的树了。那时的乡村,有那么多的树:榆树、椿树、洋槐树、赖葡萄树、枸骨树……它们散落在房前屋后,歪在田头沟畔,倚着黄蒿和黑泥,连同它们掩映着的草舍篱笆,组成了质朴无华的村庄。

然而,楝枣树实在是太不出众,它没有榆钱可供度荒年饥馑,没有桑果让顽童偷嘴解馋,也没有枸骨籽可放在我们的竹夹间像子弹一样弹射出去。它叶不茂盛,遮不住鸟窝;树干太过光溜,难以攀爬;尤其质材脆而无韧难堪大用,连做板凳都用不上。因此很少有人栽种,只凭一只鸟飞过,屙下一坨带种子的屎,入地便生根发芽,然后任其野生野长了。只是一旦成树,落在谁家田上便成了谁家的树,这树便从此有了主人,成了这家不可缺的一部分。

我是喜欢楝枣树的。我喜欢并不仅在于它幽蓝的、泪水一样的花朵,不仅在于它虽不甚挺拔却干净利落少有枝杈的干练气度,也不仅在于它散发出特别的气息,少有虫蝇敢招惹的特立独行的秉性。我喜欢它,还因它曾是我童年时的玩伴,少年时的朋友,让我一直惦念的"故人"呢。

楝枣树花期一过,开始结出楝枣,待楝枣长得比黄豆大的时候,我们就可以玩"走阳阳"的游戏了。楝枣还在树上的时候当然叫楝枣,一旦被一通乱棍砖石砸下地,便立马变成了我们的手中玩物"阳籽"。泥地须挖出两排共十二个小泥窝,我们像鸟下蛋似的每个窝里摆上六颗"阳籽",然后抓起一窝点豆子般依次点起,每窝一粒,点完抓起下一窝再续,直到出现空窝扑住下一窝,这便是你的所得了,最后所有的"阳籽"都被扑完,谁得的"阳籽"多谁就赢了。童年时代,一片树荫,一把"阳籽",十来个泥窝,就成了夏日里我们绝好的避暑游戏。

楝枣虽圆润,却不可作为弹弓的子弹来使用,它太轻且不坚实,打鸟总是效果不佳。但它们确实对我用弹弓打鸟很有帮助,有楝枣在,总要有鸟来吃的——尽管每年等得楝枣都要烂了。楝枣的味道实在是不咋样,我曾亲自尝过,酸涩又苦,我疑心它是有毒的,大多的鸟儿当然不喜吃,也不愿吃,只有每年入冬时节,再找不到其他食物,才会有几种较大的鸟儿蝗虫般飞掠过来,慌张地乱吃几口,又仓皇飞走。楝枣的核儿实在过大,小一些的鸟儿自然吃不下,来得最多的是我称作楝鹊的灰喜鹊,它比喜鹊只小一点,却比喜鹊机警得多,吃时左顾右盼,稍有风吹草动,立刻一哄而散,从未让我得手过。有一种肉嘟嘟短翅短尾的黑鸟就显得笨拙得多,它们也是成群结队,飞得并不快,忽地落下,枝条便坠得快要断了。我瞅准机会,弹弓里的石子儿嗖地飞向那黑的肚皮,却听到嘭的一声闷响,犹如掉在一包棉花上。它们有时连反应都没有,只是被击中者稍迟疑一下,又继续吃起它们的大餐。这也是我童年时快活的游戏,虽然力气太小打不下它们,依旧每天在寒风里躲在屋角猪圈后,尽管常冻得青头紫脸,心中却充满了期待和满足。

我们家锅屋的山墙边原有一棵楝枣树,不知长了多少年,有一些树荫了,那时夏季炎热又无电风扇,午饭或晚饭时,父亲常将桌子搬到树下吃。树下有风,树叶翕动,吃得凉快,无须再手持蒲扇。树下是饭桌,饭桌边是道路,时有庄上人走动,有人来父亲总要客气一声,开两句玩笑,亮一下见底的酒瓶,一副很惬意的样子。

楝枣树上有一底枝横出,高度合宜,正可手握,我那时十几岁,正长身体,浑身劲儿没处使,得空便猴吊在上面当单杠用。这样练了大约两三年,它终于熬不住,竟被我折腾死了。父亲很是可惜,到了夏天再没了就近的树荫,我们也再没到树荫下吃过饭。后来每到夏天我常有种负罪感,总觉得对不住父亲,他再不能到树底惬意地吃饭了,是我把一棵意义非凡的楝枣树给谋杀了!

随着年岁渐长,我走出乡村很少回去,再后来老家拆迁,一晃多年再见不到像楝枣树这样的乡村的树了。今天突然在小城的路边邂逅故友,不禁生出些许感慨,勾起了一段乡村的记忆。我的心底还溢生出一丝温暖和慰藉来,乡村的树毕竟已经走进城里,尽管只是寥寥的一排,但毕竟是得到了认同。这真是再好不过的事了!

(2016 年 5 月 21 日稿。原载于《楚风》2018 年 02 期)

失落的月季

我竟再记不起老屋是哪一年拆迁的,只觉得太过遥远,竟忘了具体的时间了。

那一年夏天将尽的时候,父亲说我们的村庄要拆迁了,乡里来人找他,让他们老党员带头呢。果然过一段时间,他说已经把字签了,就等扒房子了。

等中秋节回去,见围墙上用石灰赫然写着两个大大的"拆"字。院子里摆满家什衣物,正趁着好天晒一晒去去霉,做着搬迁的准备。父亲已在几里外的刘营找了一间旧屋,以作过渡之用。我心里当然不舒服,有一种说不出的滋味,世代延绵的祖居地就要没了,是永远地消失!父母倒很平和,母亲忙着烧饭,父亲整理着自己的网簖,时不时地说笑,没事人似的。

院外的公路边,一台挖掘机刨挖着园地,我家院前的山芋秧被翻的一片狼藉,小拇指粗的山芋躺在地表,带着殷红的血色。这景象很是叫人不安。我试图在地里拣一些稍大的山芋煮饭吃,但寻了半天也没找到一根合意的,只好作罢了。

过了中秋,家家忙碌起搬迁,父亲也用平板车蚂蚁搬家般,一趟一趟往刘营拖,拖了许多天才算搬清。等到深秋,再去寻老屋。整个村庄都已不见了,老屋基上只剩下一片残垣断壁,一派萧索景象。

然而,院中的那丛月季仍在秋风中瑟瑟地盛开着,虽再不似原先那般热烈,甚至在寂寞中掺杂些许憔悴和悲苦,但依旧带着久违的迎接亲人般的欣喜。我不禁悲凉起来,我们都走了,整个村庄的人都走了,那些亲密的邻居,血脉相连的家族,像落瓣一样四散飘零而去,消失在茫茫的原野中,而今只剩它在坚守,也许它是在等着我呢,它知道我一定会回来!于是我心底又升腾出一股亲人重逢般的温暖来。

是啊,这丛月季该是我们的亲人了,它来到这个家也该有二三十个年头了吧。那时姐姐才二三年级,月季是从同学家得来的一株,说是花好看着呢。于是它便在家中扎下根,由一株长成茂盛的一丛。这月季花真是好,水红色,大如碗,一朵挨着一朵,开得颤颤的,像一朵朵羞涩的笑。花名月季,姐姐的名字叫月红,那时候,她的确长得像花朵般水灵。那时她是个性格开朗的女孩子,高兴时就笑得咯咯咯的,尤其喜欢唱歌,有一个专门的歌词本,我喜欢唱歌基本是源于她的影响。姐姐结婚时,专门分出一支作为自己的陪嫁,如今在那里也是葱郁的一丛了。

有了月季,花开了,满院香,我们都很喜欢,也引来不少人驻足,夸它的花朵大,夸它的颜色俏,夸它花团锦簇、枝繁叶茂。当然少不得有孩子来偷花,甚至误触了藏匿的蜂窝被蜇得哭爹喊娘。他们偷花我们是不恼的,反倒很高兴,似乎有一种成就感,于是我趁着夜色把蜂窝给捣了,以让他们能够继续安心地偷花。

花的确是好花,花期长,一年中足足能开上八九个月。就有不少人来讨花回去栽,母亲有求必应,谁要就给谁分一支去。得花的人欢喜着回去,然而栽下后却很少有能与母花相媲美的,多是花小色淡、凌乱无章。他们不知道,花原是和人一样的,也须定期修枝剪叶才行,花枝须疏密相宜,过疏,花则散漫无神,过密,则又枝细花小,拥挤逼仄、陷于混乱。

观花其实就是观人,修剪花其实就是修剪人生。一茬一茬,花开花落,伴着花,我们从幼稚童年一步步走向成年。这一路风风雨雨,悲喜哀乐,这丛月季见证我们家二三十年的分分合合斗转星移。我们早已习惯它站在这里,我们早已把它看作了家庭的一员。

我们当然希望它能够永远站立在院子里。我们是希望它和我们的家一样,永远能够延续下去,永远都不会老去的。因此,盖了新房之后,母亲特意把它从老屋前移到新屋院子里,就是希望它和新屋一起永远延绵下去,既寿永昌。

　　但是现在什么都没有了,老屋没了,新屋也没了,只剩下唯一的月季在原本的家中孤苦地留守着,守候着我们的归来。

　　我心中有一丝悲凉。我当然是不希望它独自遗留下的。我不希望看到它在孤独中老去,更不愿看到它被岁月的野草最终吞没掉。但我又无奈,买的套房竟找不到一丁点泥土来供养它!世界之大,竟找不到让它活命的立锥之地了!想到最后,我想到孩子外公,他家新买的房子,房前不是有一小小的花园正空置着么?打电话去,那头欣然接纳。我找来工具挖出,剪了枝,孩子的外公骑电动车来,把它带走了。

　　开春时我去看它,已经活过来,并长出了全新的叶芽来。到了今年再看到它时,那小花园几乎全被它占实了,枝叶繁茂,一丛丛水红的碗一样的花朵,正迎着春风肆意怒放着。我原来担心它会不习惯寄人篱下的生活,没想到却早已当作了自己的家园。这当然再好不过,我终于可以放心了。我很欣慰!

(2016年5月25日)

八月乡村

　　村庄淋湿了,一切都是湿漉漉的,蒿草、树叶、房舍……就连怯怯的蝉声也像沾着晶莹的水珠儿,轻轻跳落下来,跳进人们的耳朵,一声声是沁人心脾的天籁。

　　鸡在草堆下翻刨着糠屑,寻找食物。

　　孩子们赤着脚在泥泞中追逐、嬉戏;斑驳的房门敞开着,大人们到谁家聊天去了。

鸟雀啼叫,忽而惊落一树水珠,从枝头飞向另一树丛。

早晨或傍晚,葱茏的树丛中飘出万缕烟霞,氤氲成云,把小村笼罩在仙境之中。淡淡的树影、屋影、人影相映成趣,仿佛一幅水墨。

穿破迷雾,"哞哞"的牛叫声、山羊的对唤声、犬的轻吠声传来。

远处隐约有妇女喊孩子吃饭的声音。

穿过村前村后蓬蒿中的小径,绕过菜园篱笆上满爬的豆角藤萝,走过栽着月季的门前。

月季硕大鲜艳的花朵,带着水珠,一朵朵,一团团,压得枝低。月季后,瓦屋门口,一位头发斑白的母亲,正透过月季向远处张望。她安详而充满期待,和绿树合抱的瓦屋一起静默着。

一切是如此安逸,宁静。宁静而又恬淡。

这就是八月乡村,微雨中。

(约1999年稿。原载于2022年8月17日《绍兴晚报》的《鉴湖月》。)

回不去的故乡

青白的月光如时光的水,漫过记忆的堤坝,一味奔向记忆中的故乡……蟋蟀抑扬顿挫地唱着古老的歌谣,树影间的知了偶尔发出梦呓的轻吟,园杖上的蜻蜓早睡熟了吧,没入睡的是老牛,它眨巴着眼睛,不紧不慢,"窸窣"地嚼动着草料……

是你吗?老牛!

它"哞"一声,亲切地回应着,点着头又摇着首。

村庄四下里是此起彼伏、若有若无的鼾声。"呀"的一声门打开,一位干瘦的老头儿披衣走出,查看牛槽里的草料。

"吃吧,吃吧。"他念叨着,拍拍老牛的额头。他额头深沉的皱纹,如同春犁熨帖般温暖。

"祖父!"

他听不见我的呼唤,踟蹰地走回屋,在月光的注目下,"呀"的一声关上隐约的门扉。

月色弥漫,犬吠也如水底般氤氲。一只花狗跑过,一次次努力地抖动,却无法抖去一身的雪。它狡黠地回首,似乎要引我入那条幽深的巷口。

"我怕!"我诺诺道。

"莫怕!莫怕!"

奶奶背着年幼的我,嘴里唠叨着如风琴般的轻语。穿过小巷,豁然开朗,点点灯光之外,依旧是一地月光。

一条路横亘在月色之下,不,这是一条静默的河流,正满载一河清辉,缓缓向西流淌,西流入河汊,一脉继续西流汇入仓营湖,一脉北上,不久也向西拐入仓营湖。

这条河上是不需要用船的。年轻的母亲,一根扁担两个筐,一头是姐姐,一头是我,晃晃悠悠地如同偎依在水乡的船头。撞入满怀的不是苍茫的湖水,而是莽绿的原野,一望不见边际,绿涛如梦,梦如绿涛。满天疾溜鸟悦耳的轻吟汇成的潮水,不正是月光铺天盖地的奔流吗?

时光的河流不仅汇入仓营湖,也流进依绕着小村的东沟、南沟、西沟、后拐沟……嘿,东沟边那棵老榆树上,被我借着月光用弹弓打下的乌鸦,它并没有记仇,而是把我家当作了它家,扎扎实实住了一个冬天。南沟,姐姐淘白芋时篮子里竟爬上一只指甲大的老鳖……隆冬了,月光已把水面镀上似冰的鱼肚白,我和弟弟站在冰上挥舞着锄头,累得满身臭汗,却没能刨下一块做冻车的冰块……夏夜的月光下,十来个光腚的孩子到南沟洗澡去,青蛙聒噪中,恍若一群不安生的鱼儿在月光恍惚的水中打闹嬉戏。摸到一只青虾就站在水里剥吃了,然后从南沟游到西沟,又从西沟游到后拐沟……

月光下,虫声静谧,此时是走不出的童年。

"打仗么?"

"打呀!"

那条南北路是分割八队和三队的天然壕堑,八队和三队似乎是天生冤家,势必两军对垒。每一排黑黢黢的草屋,都变成了堡垒;每一棵黑魆魆的树丛,都变成了屏障;每一处黑黝黝的草稞,都变成了掩护所……

夜已深了。月已高了。

"和好吧?"

"和好!"

没有永远的"敌人",只有永远的朋友。敌我双方,化干戈为玉帛,握手言和,跨过那道"三八"线,开始了"藏蒙蒙"的游戏。于是,一群鱼儿游弋在神秘的月光里,每一个草堆、每一个白芋窖、每一个巷拐屋角……都成了秘而不宣的月光宝盒……

"回家吃饭——"

母亲的亲切呼唤,在悠远而恍惚的月色中传来。又是清晨或是黄昏吗?白驹过隙的日子,无不被淡淡的月光抹过,沉浸下一碗伤感的温度。

七月流火,月上柳梢,赤膊的父亲端坐在苦楝树下,一杯阴阴晴晴的酒,一口可有可无的菜。

"来,喝两盅啊——"

"嗯呐,吃过了哦——"

村邻庄客趁着月色朦胧溜闲散步,一把蒲扇一袋烟,呼扇呼扇地扇,啪嗒啪嗒地吸,有一搭没一搭地闲聊,直聊到月到中天,万籁俱寂……

月落下,月升起。月升起,月落去。阴晴圆缺,草长莺飞,春花秋月,岁月流沙……祖父、奶奶早已化作永恒的思念,而父亲、母亲也已日渐衰老,搬离故土,蜗居于陌生的商品房里。还有更多的年轻人背井离乡在异域漂泊……

一个人的乡愁,一家人的乡愁,一代人的乡愁……乡愁已成为日趋遥远却又挥之不去的符号……此时,青白的月光如水般恣意流淌着,念一声"故乡!",一汪泪已遮盖住家的方向,疯长成一片凌乱的荒原。

(2022 年 8 月 8 日)

后记

《明月故乡》整理罢,不禁长叹一声,这本散文集收录近些年乡愁题材的文章共计近百篇,其中有几篇为家人所创作,因有相关性,一并收录了。所观文字似有佶屈聱牙或长篇累牍之嫌,甚有些话题颠来倒去、喋喋不休如饶舌妇,也只能这样了,金无赤金,言无尽言,有些念念难忘之处,总归要多唠叨两句的。

闲暇之余,总该找点事做,哪怕无所成就,也作为一份消遣吧。当年读初中三年级时,偶尔翻看语文书后面附带的唐诗宋词,读着读着突然发现诗词歌赋竟然如此优美,不禁怦然心动,从此便一厢情愿与文学扯上了关系。

我在淮安师范读书的时候,秋渐深入,满目萧瑟,走在黄叶如雪片般纷然飘落的梧桐林间,不禁忧从中来,不甚凄惶,忽有感念,始觉人生的未来还需自我谋划谋划。便暗自揣度道:虽习练体育四肢发达,然而三棍擂不出一个闷屁的腼腆,笨嘴拙舌的言谈,还有极其情绪化的个性,注定在某些方面再难行通。而若拙效陶朱公之美,因天生的缺憾定难以通达,即便坠志市井富甲一方又能如何呢,到头来不过云烟一场而已。若立汗牛充栋之志,胡乱写下点篇章来,说不定在熙攘流光中留下点印痕也未必可知⋯⋯

用现在眼光来看,当时确实幼稚可笑,只是年轻时脑子一根筋,自以为所有的梦想前面都是通天大道,然而现实总是很残酷的。我从古体诗写到现代诗,从现代诗写到小说,又从小说写到散文,终究无所建树,便心灰意冷,自叹到底是狗肉上不得席面,便将笔一扔,近十年时间再未写过一字。直到前几年,禁不住一位文友的一再鼓励,方才拾起荒疏已久的笔来,只不过时过境迁,心境已大为不同,不再似以前那样华而不实一味空中楼阁。写便只记录一些记忆中的陈芝麻烂谷子,也不成什么章法,想怎么写就怎么写,只要把家乡故时的那些人那些事写明了就好,也好让遥远的以后,偶有

明月故乡

人翻看这些文字,才会"哦"一声道:这一片土地,很久很久以前,竟然还有这些村庄这些人物这些事情啊,便有了一丝怀旧,感念起时光的飞逝,过去人的生活不易,从而感慨起前人栽树后人乘凉的幸福来。

散文集共分为"童年·故乡""往事如风""那村·那人·那事""岁月留痕""回不去的故乡"五个板块。正如仓营湖中有着"三分九""小鸡磨""小尖地""西条田""老井沿"等众多地名,大体是为了区分方位远近而已,"三分九"种着大芦黍,"小鸡磨"或也种着大芦黍;"小尖地"是山芋地,"西条田"或也是山芋地,彼此地亩与地亩之间并无本质差别。散文集五个板块也正是如此,在众多篇章中垦出几道以做标识的田埂,至于田埂内的作物也只是尽力统一罢了。

我们那里称呼有点奇怪,祖父叫"爹爹",父亲叫"爷",而更早一代人,他们都称呼父亲为"大的",发音生硬,如西南岗的岗地一样刚硬艰涩,这称呼据好事者考证,竟然与鞑靼南犯的悲怆往事相关联。山里人称到田地劳作为"出山",我们这里偏称为"下湖",因为满野的庄稼地并非是田地,而是东湖、南湖、西湖、北湖、仓湖、营湖……这就很有点匪夷所思了,竟不知是出于对水的膜拜,还是常年干旱对于水的渴望。总之洪泽湖一带水系庞杂,却常处于尴尬的干旱之中。这矛盾点还体现在它的地域上,此处位于南北交界不南不北之地,人口芜南杂北,口音南蛮北侉,造就十里不同俗的鲜活各异的风土人情。而这一切都在悄然变化着,一代人的离去,一座村庄的消失,一块田地的流转……或有一天人口都聚集而居了,口音千篇一律了,风俗天下大同了,那些带有鲜明地域特色的民俗民风都将消失在滚滚的岁月流沙之中,留下的只能是一份乡愁,或到最后乡愁也仅能活在"乡愁"里了。

其实这不应该叫作散文集,而应该是一部小说,诉说着我的村庄、你的村庄,其中有我的故事,也有我们的故事。

散文集整理出版过程中得到江苏文泉图书文化有限公司徐广立先生、泗洪县作家协会胡继云主席,以及陈银、何晶晶、李闯亚、石峻丰、金道智、宋建国、李道银、潘茂贵、李青云等众多亲友大力支持,特在此表示感谢。

丁村(张德虎)

2022 年 12 月 18 日